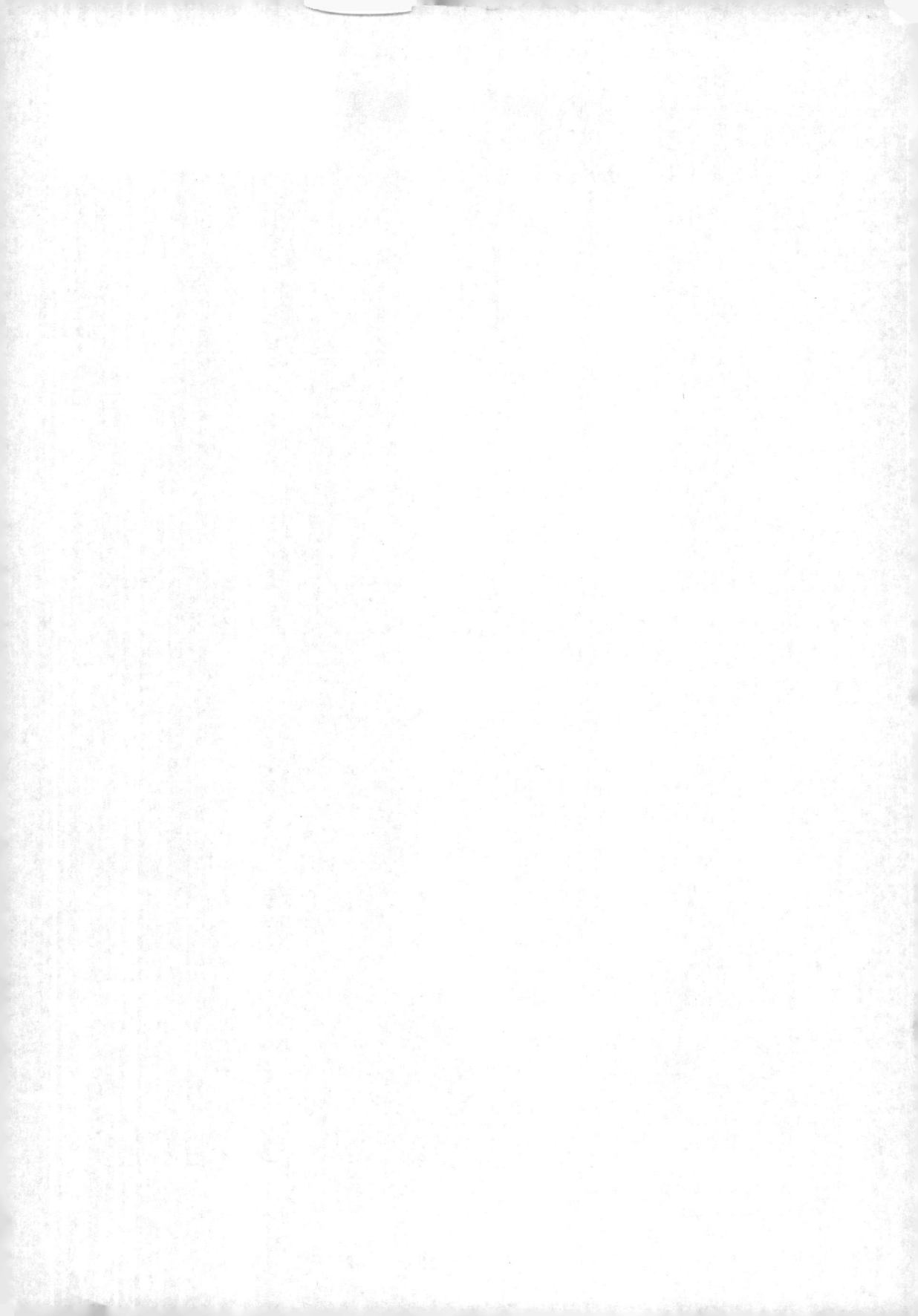

深圳地理的文学表达

吴君作品评论集

江丹 ——— 主编

深圳文学研究文献系列

百花洲文艺出版社

图书在版编目(CIP)数据

　　深圳地理的文学表达：吴君作品评论集 / 江丹主编.
-- 南昌：百花洲文艺出版社，2022.1
　ISBN 978-7-5500-4449-4

　　Ⅰ.①深… Ⅱ.①江… Ⅲ.①文学评论-深圳-当代
-文集 Ⅳ.①I206.7-53

　　中国版本图书馆 CIP 数据核字(2021)第 217676 号

深圳地理的文学表达：吴君作品评论集　　江丹　主编
Shenzhen dili de wenxue biaoda : Wujun zuopin pinglunji

责任编辑　杨　旭
特约编辑　张立云
装帧设计　潇湘悦读
出　版　者　百花洲文艺出版社
社　　址　南昌市红谷滩新区世贸路 898 号博能中心一期 A 座 20 楼
电　　话　0791-86895108(发行热线)0791-86894717(编辑热线)
邮　　编　330038
经　　销　全国新华书店
印　　刷　长沙市精宏印务有限公司
开　　本　889 毫米×1194 毫米　　1/16
印　　张　21
版　　次　2022 年 1 月第 1 版第 1 次印刷
字　　数　330 千字
书　　号　ISBN 978-7-5500-4449-4
定　　价　95.00 元

赣版权登字　　05-2021-391

网　　址　http://www.bhzwy.com
图书若有印装错误,影响阅读,可向承印厂联系调换

深圳文学地理的测绘者

⊙孟繁华

　　深圳作家中，吴君因其创作成就格外引人瞩目。从90年代初期开始至今，她创作了百余部中、短篇小说，三部长篇小说，十一部文集以及影视作品和舞台剧。吴君的成就和创作的独特性，并不在于她的数量，更在于她的书写对象和所达到的思想、情感和艺术深度。吴君90年代初到深圳，她的文学创作，除了一部写东北原乡题材的长篇小说《我们不是一个人类》之外，几十年来几乎一以贯之锲而不舍地书写她的深圳，她是专门书写深圳的"专业作家"。因此，我说她是深圳文学地理的测绘者，是深圳几十年来发展变化的见证者和书写者。她的成名作是《亲爱的深圳》，小说的主人公叫李水库。按李敬泽的说法，如果吴君是"移民"的话，李水库就是"流民"。流民李水库夫妇在深圳饱受艰辛，甚至没有起码的尊严，他们的夫妇关系都要隐瞒，否则就不能在同一公司打工。资本原始积累阶段"流民"的生存景况，无论怎样想象都不过分。他们忍受了所有的一切。通过李水库夫妇的遭遇，我们深刻感受到的是，生命中最残酷的莫过于生存景况的逼迫。尽管如此，李水库夫妇仍然坚守深圳不撤退。现代性犹如潘多拉的匣子，打开了就再难关上，我说这就是现代性的不归路。吴君是"移民"，但她坚持书写深圳的性格中，有李水库夫妇坚韧的一面：她就是不放手不放弃，将她所认识、所了解的深圳——将深圳不同的侧面展示给我们。可以说从《亲爱的深圳》一直到《万福》，我们看到了深圳的巨变，也看到了吴君小说创作的变化。

吴君的努力、抱负和文学成就在评论界引起了很大的反响。这本评论集就是反响的一部分。当然，对于评论界的反响，毋庸讳言，当然有而且主要是对吴君的褒奖。但我不认为这仅仅是对吴君深圳文学书写成就的赞美。那里更隐含着与吴君以及与如何书写深圳、如何书写现实的对话关系。这种对话超越了赞美/否定简单的二元对立，而是对如何书写一个新兴城市和创作普遍性问题的思考和讨论，因此也就是关乎中国文学现实与未来的思考和讨论。这里评论的具体对象是吴君，但讨论的范围远远超越了一个具体的作家。比如李敬泽在《直接无碍及其代价》中讨论的几个问题诸如"移民""难度""错误""底层""真实"，这是我们习以为常也习焉不察的"普通"概念。但是，李敬泽通过对吴君的分析，辩难了这些概念并不是自明的。特别是对移民和流民的界定，不仅显示了批评者的历史感和眼界，同时对当下小说创作也有直接的针对性；对"底层"的分析，既肯定了吴君的没有的毛病，也看到了那一时期创作普遍存在的问题。这篇写于2005年的文章，今天看来仍然是有效的批评；还比如陈培浩对吴君《晒米人家》的评论："吴君《晒米人家》从题材的选择到价值取向，到对当下青年精神状态的捕捉，都体现了重回社会主义文学经验的选择。我想有心者不难发现，近十年来的中国当代文学，正发生着从个体到共同体的美学转型。吴君的《晒米人家》也是此中的一个节点。今天，当代文学写作重新激活"十七年文字"经验，并非重回一种单向的集体美学，而是导向一种沟通个体与集体、自我与他者、民族与世界的共同体美学。吴君们要处理的，不但是把生活的细节和文学的肌理带入大时代的典型场景，将个体细小的美学和集体宏大的历史视野结合，还应将理想化的新人、英雄和草根、具体在场的人民联结起来，只有写出洋溢在土地深处和人民身上那种明亮的欢乐，新人的理想和历史的视野才更有力量，共同体美学才真正有效。吴君选择的写作方向，值得期待。"青年一代批评家的敏锐和历史感，显然也不仅是针对吴君一个作家产生的。

　　另一方面，是批评界对吴君——一个坚持书写深圳三十年来的作家的普遍关注。李敬泽、雷达、贺绍俊、张陵、李一鸣、谢有顺、洪治纲、丛治辰、曹霞、贺江以及我本人等，几代批评家都热情地对吴君的创作表达了看法，这本身就体现了吴君创作的成就和价值。文学博士江丹是深圳文学研究中心的青年学者。她承担了本书的编选工作。她将本书划分为"深圳书写的文本之析""深圳移民的心灵秘史""都市文明的皈依之路"和"访深圳地理的书写者"

四个小辑。不仅归类清楚便于查阅，同时，这种概括本身也是批评的一种方式。她在后记中说，"作为第二代移民，吴君的写作是包容的，开放的，润泽的，知错即改的，意义深远，给人以希望，是渐进式的光明与晴朗"，这种知人论世的评论，也显示了江丹与众不同的视角和体悟。总之，《吴君作品评论集》，将吴君作为"深圳文学地理测绘者"的形象表达的一览无余。相信作为"深圳文学研究文献系列"之一种的《吴君作品评论集》，对于了解、研究吴君和深圳文学，一定会起到推波助澜的积极作用，对于深圳文学而言，其文献价值自不待言。

是为序。

2021 年 11 月 6 日于北京

目　录

辑二　深圳移民的心灵秘史

辑三　都市文明的皈依之路

辑四　访深圳地理的书写者

辑一 ○○○

深圳书写的文本之析

直接无碍及其代价 ①

李敬泽

"移民"？

有人说《我们不是一个人类》是写"移民"，我认为恐怕不是。在现代汉语中，"移民"是个高级体面的词，去美国是"移民"，从内陆去深圳也是"移民"，这个词指涉着"未来"，差不多就等于与世界接上了头。

但吴君的这个"人类"显然不是这样的"移民"，准确地说，他们是"流民"，在正常社会结构之外流动不定的人群。"流民"这个词不是指向未来的，它指向我们的历史记忆。"流民"是古代中国一个循环往复的疑难，在现代，我们曾经以为"流民"不复存在，但它从来没有完全消失，即使在二十世纪六七十年代，正如吴君所写的那样，在新疆、东北这些边远地区，依然有"流民"的空间。现在，在巨大的社会转型过程中，我们正看到一个数量庞大的人群在城市与乡村之间、在城市的边缘地带流动。

难度

之所以要强调这个区别，是因为词语的误用会严重影响我们准确地认识事物。在《我们不是一个人类》中，灰泥街上生息的就是这样一个自农村流出、

---

① 该文原载于《文艺报》2005 年 1 月 27 日。

停留在城市边缘、无根基、无认同的人群。这样一个人群，一直难以恰当地被我们社会的知觉结构归纳、整理和分类，我们很难看清它、说清它，这个人群没有任何象征性资源可以凭依，他们的生存状态、精神生活对我们的文学来说还是高度陌生的。

在这个意义上，我们就能理解吴君在这部小说中为自己确定了多么艰巨的、几乎不可能完成的艺术任务，其中既有认识的巨大难度也有表现的巨大难度。

错误

也许正因为感受到这个难度，这部小说的叙述者是犹疑的，甚至是软弱混乱的，我们难以确定那个第一人称的"我"在小说中的功能，她在小说中若隐若现，好像作者始终拿不定主意让她干什么。

当然，对一个技艺熟练的小说家来说，这是不应犯的错误，这无疑反映了吴君操作长篇小说的艺术准备不足，但我认为，事情的有趣之处在于，幸亏吴君没有想好，幸亏她不太自信，这使她避免了知识分子常犯的毛病。

"底层"？

有人说，《我们不是一个人类》写的是"底层"。对"底层"这个词，我保持警惕，一方面，就对社会的认识而言，"底层"和"上层"这样简单的划分不可能为我们提供什么可靠的知识，它完全忽略了社会构成的复杂性；另一方面，更重要的是，当一个知识分子或一个作家把他的对象指认为"底层"时，他实际上是为自己找到了一个更高的、具有道德优越感的位置，在这个位置上，他可以居高临下地"悲悯"了，可以"批判"了，可以议论横生自以为真理在握了。

问题是，他的这种优越感从何而来？他想没想过他的轻率"悲悯"是对被"悲悯"者的贬损？如果我是一个艰辛的农民，我扛绝情感施舍，拒绝别人不管三七二十一提笔写我就马上眼泪汪汪，我认为他这是取消我的生活，粗暴地把我的生命中丰富的喜怒哀乐简化为苦难；为了急于满足他自我陶醉的情感，作家可能在无意中歪曲和改造了他的对象，放弃了最基本的艺术目的，那就是看清他的对象，真正看清他们的生活和心灵。

真实

吴君没有这个毛病，她可能从没想过她是在写什么层，她根本就不能给自己找一个居高临下的立足点，因为灰泥街是她生命的一部分，那些人、那些生活场景、那种精神状态，她对它们爱恨交织，无法摆脱无法安顿，所以她写了这部书。她可能根本没有想好如何对她笔下的生活提供一种总体性言说，但这也使她真诚、谦逊，在百感交集的犹疑中保存了一些真实的经验，保存了关于某一群中国人的生活和精神状况的直接无碍的观察和表达。

吴君长篇小说《万福》：出走与还乡的隐喻①

孟繁华

万福是一个地名，具体地说是一个村名。将它作为小说的书名，是如此的吉祥如意，那里隐含的本土祈愿和祝福的情感愿望一目了然。然而，这个祈愿和祝福与事实上一言难尽的艰辛南辕北辙。万福是通往香港屯门的起点，从万福到屯门只有一步之遥，跨过深圳河就是香港屯门。但是，从屯门再回到万福，仅这一步之遥却远胜万水千山。小说的空间是万福、屯门两地，时间跨度40年，其间人物就在这样的时空中演绎了他们的人生经历和命运。应该说，为了写这部小说，吴君显然做了充分的积累和准备，这从她已经发表过的小说，比如《皇后大道》《生于东门》等作品中可以得到证实。这两篇小说都与香港有千丝万缕的关系，也与深圳的命运构成了某种隐喻关系。需要指出的是，吴君到深圳生活工作之后，她的目光一刻也没有离开过深圳，她深情地关注着这座城市的变化，真切地体会着深圳人40年的心理和精神面貌的变化。作为一个作家，仅此一点就足以让人钦佩不已。

吴君成名于《亲爱的深圳》，那时的吴君关注的是外来打工者的生活和命运。通过李水库夫妇经历的困苦和坚韧，她在深圳发现了中国的现代性。于李水库夫妇铤而走险到深圳而言，他们踏上的是一条不归路，乡村中国的农耕文明迟早要被现代生活所替代，全新的生活尽管正在遭遇前所未有的困难，但它的前景是如此不可阻挡。40年后的李水库夫妇显然已经看到并正在享受着深圳的生活。后来，吴君开始关注深圳本土普通人的生活。应该说这

---

① 该文原载于《文艺报》2020 年 3 月 30 日。

是一个巨大的挑战。对深圳来说，只有写出深圳原著居民的情感和精神变化，才能够更深刻、更本质地反映出深圳的变化，而要捕捉这一变化实在不是一件容易的事情。后来，我们在《皇后大道》《生于东门》等作品中，看到了吴君的这一努力。《皇后大道》写了水英母亲对阿慧嫁到香港的羡慕，然后写水英亲眼见到的阿慧的生活，从一个方面颠覆了对资本主义想象的一厢情愿；《生于东门》写作为父亲的陈雄非常有优越感，但他不过是一个拉客仔。孩子、甚至阿妈都看不起他，儿子陈小根在学校受尽了欺辱，回到家里再受父亲陈雄的奚落。陈雄的所有遭遇都与他的身份相关。要改变这一切，必须改变身份。自己的身份已无从改变，那么只有改变儿子陈小根的身份。改变的唯一途径，就是将其过继给儿子早夭的香港商人。通过《皇后大道》《生于东门》，我们发现，在那个时代，深圳和香港之间存在落差，香港是深圳仰望的天堂，也是深圳人改变身份和命运的一种方式和途径。阿慧要嫁到香港，陈小根要过继给香港商人。至于阿慧切实的婚后生活怎样、陈小根过继后的命运怎样，无人知晓。大家宁愿相信香港会改变他们的一切，他们此去便是天堂。这是当年的深圳人对香港的想象。

在深圳建市40年前后，吴君出版了长篇小说《万福》。这是一部地道地写深圳本土生活的小说，是深圳原著居民的生活变迁史和精神变迁史，是潘、陈两家40年的家族秘史，是用文学方式演绎的深圳从前现代向现代坚定迈进的社会发展史。小说用血浓于水的方式，讲述了深港两地血肉相连不能割舍的骨肉亲情。这是一部有极大难度和挑战性的小说，吴君用她的方式成功地完成了。小说讲述的是深圳万福村潘、陈两家三代人40年的故事，是关于出走与回归的故事，在人物命运跌宕起伏、大开大阖中反映出不同历史时段深圳和香港的关系及其变化。故事缘起阶段，隔河相望的香港仍然是对岸的神往之地。母亲潘寿娥对阿惠说过最多的话是："你只有嫁到香港，我们家才能抬起头，才会不受欺负。"她认为只有让女儿嫁过去，她才算报了被亲人和恋人抛弃的仇。不只年轻的女性嫁到香港才有面子，原著居民都有前往香港以求一逞的深切愿望。于是，"到香港去"几乎成了万福人没有喊出的口号或具有支配性的生活的"意识形态"。于是，潘家三代人毅然离深去了香港。事实上，天下任何一个地方都不是为某个人准备的。潘寿良、潘寿成、阿珠等，初到香港为了生存找工作惨不忍睹的状况，应该是他们当初也难以想象的。但是，风气一旦形成就无可阻挡。"这一年，村里走掉了200多人，上半年 70 多人，下半年 130 多人。"尽管如此，故土难离仍然是万福人不变的观念和传统。去留两难是当时的处境和心境，叶落归根则是不变的文化信念。潘寿良后来和陈年说："当年，我们这些讨生活的人都有一个共同的名字，叫阿灿。我们是阿灿啊。现在看着大陆强大了，深圳也富起来了，没人再这样称呼了。"潘寿良的这番话，从一个方面表达了万福人去留的根本原因，物质生活是一个重要方面，但人的尊严更重要。或者说，优裕的物质生活是人的尊严的一部分。万福人离开，是因为贫困以及贫困带来的尊严尽失；万福人回归，是因为贫困一去不返，生存的尊严失而复得。因此，《万福》是一部与深圳 40 年历史变迁息息相关的小说，也是一曲深圳改革开放 40 年的颂歌。

深港两地的去留也在一念间，但是身体的空间挪移牵动的各种隐秘或不隐秘的关系，如波浪般逐渐展开。潘、陈两家的爱恨情仇以及姐妹间反目成仇的过程，在一河之隔的两地渐次上演。潘寿良、阿珠、陈炳根三人是高中同学，阿珠、陈炳根是恋人，在去香港的船上，为了掩护全船人员，村干部陈炳根下了船受了重伤并有了残疾，被抓去劳改，回来后因为得知阿珠已经在香港结婚生子，一气之下与阿珍结了婚并生下陈水英。去了香港的潘寿良为了阿珠肚子里的孩子不受歧视，也为了阿珠不受工头的欺负而假结婚。潘寿良一直深爱着阿珠却不敢表达，当阿珠怀了陈炳根的孩子准备生产之际，为了孩子不受歧视，他只能假扮父亲。得知陈炳根已经重新开始生活，无奈的潘寿良和阿珠只好在一起生活，并生下女儿阿如。华哥是阿惠母亲潘寿娥的恋人，也是小姨潘寿仪暗恋的对象。似乎天遂人愿，潘寿仪终于可以与华哥在一起，可是却需要还债，被母亲逼迫，她不仅要帮着哥哥带孩子，还不能结婚，只能与华哥保持这个不清不楚的关系。因为等不到潘寿仪，又要延续子嗣，华哥只好另娶了香港女人。还在万福的潘寿娥对华哥和妹妹恨之入骨，一气之下与外面的人相好并生下阿惠。阿惠作为小说的串线人，她当初被母亲用弟弟相亲、哥哥娶亲的方法送过罗湖桥嫁到了香港，成了一个病人的老婆，为了保护母亲的虚荣心，也为了心中的马智贤，阿惠选择留在了香港，并用双手撑起了全家人的生活。改革开放后，家中老大潘寿良多次梦想带着弟弟妹妹回到万福均没有成功。只有阿珠因为误会阿惠和潘寿良的关系，带着潘田和阿如赌气回到了万福。而结婚的消息被家中次子、惯于惹是生非的潘寿成传回了万福，万福试图让陈炳根死心，也导致了陈炳根对潘寿良和阿珠心生怨恨。潘寿成后来与一个来港做工的女人相好，女人跑掉后，留下两个孩子，由二妹潘寿仪帮忙抚养成人。潘田的特殊身世倍受歧视，导致性格叛逆，直到 40 岁也不想结婚。他痛恨经常来到家里照顾他们的陈炳根，作为陈炳根的亲儿子这个秘密被潘寿良一直守到最后，为后面潘寿良和陈炳根的和解埋下了重要伏笔。而抢走了姐姐未婚夫的潘寿仪被潘寿娥当众羞辱而无力解释，后来与一个外地来写生的男子远走他乡……

应该说，这些小人物写得真实而生动、丝丝入扣，顺应着小人物的情理、命运。尤其潘寿良这个形象，作为家中老大，他的口头语是"可以可以"，仿佛他能扛下生活中所有的难。他被母亲、兄弟姐妹、恋人、孩子、朋友等几乎所有的人怨恨，可是他都选择默默地忍下、吞下，不做解释，这是一个中国家庭里典型的老大形象。《万福》的背景是深港两地的归去来，从出走到还乡，看似家国的宏大叙事，但撑起小说基本框架的，还是这些小人物的血肉之躯和情感关系。作为一个隐喻，《万福》是深圳乃至国家和人心 40 年变化的隐喻。小说最后是大团圆的结局，潘、陈的"和解"是'万事兴''和为贵'的具体演绎，是人心向善的理想表达，当然，也是小说最后向所有人道的一声"万福"。

如果说有什么不足的话，我觉得小说语言略显平淡，特别是人物之间语言的差异性、辨识度不高，这是一个大问题。我觉得吴君短篇小说语言很有感觉，长篇要差一些；其次，对过于切近的生活，提炼得不够。人物和故事都太"实"了，这是当下小说普遍存在的问题。如果能够再空灵些或有飞翔感，小说的面貌可能会大不相同。

烟火气和日常情中的时代印记

——读吴君的长篇小说《万福》①

贺绍俊

  吴君在时空上把握得非常到位，时间上是改革开放四十年，空间上则是深圳与香港相邻的前沿地带。这一特定的时空自然就把我们带入一个伟大变迁的时代。但吴君并不是一个刻意去沾重大题材之光的作家，虽然她有过记者的经历，具有强烈的现实敏感，也始终在跟踪深圳的瞬息万变，但她关心的是现实变革中普通人的生活轨迹，以及各种生活的变化所带来的人心波动和灵魂纠结。同样的，在《万福》这部涉及中国改革开放最前沿的深圳四十年来与香港最近距离的交往的作品中，吴君的着眼点仍然是普通人的日常生活以及他们的家长里短。这是一部具有鲜明大时代印记的小说，但大时代的印记不是刻在那些重大工程或宏伟建筑上，也不是刻在英雄劳模的伟大创业上。这部小说充满着烟火气和日常情，它的大时代印记就是烟火气和日常情烘托出来的。

  万福虽然只是一个小村子，却能凸显改革开放的迫切性和必要性。改革开放的目的用一句最通俗直白的话来说，就是要让人民过上幸福的日子。吴君选择"万福"这两个字可以说正是抓住了改革开放的核心——万福，万福，不就是要让亿万人民都幸福吗？万福村因为与香港隔海相望，万福村的人自然就会以对岸的香港作为参照，万福人是从日常生活出发而羡慕香港的，"对于吃的用的，万福人只相信香港的"。因此我们也就能够理解了，在改革开放

  ① 该文原载于《名作欣赏》2020 年第 6 期。

之初，深圳会有那么多人逃到香港去。小说就是从万福人也卷入到逃港事件中写起的。万福人从"只相信香港"到逐渐以平常心往来于深圳、香港之间，从因为没有嫁到香港而心生恨意到开心地说"我不去想香港的事了，万福比哪里都好"，无不凝聚着改革开放四十年所带来的物质之变、精神之变和观念习俗之变。吴君是从万福的日常生活里去表现这种种变化的，她十分细心地观察到万福人在日常生活中呈现出的神态和心理，比如：'万福人通常会叼着一支从香港吃午饭时用过的牙签，大摇大摆地从香港回到深圳。看见深圳湾上空那片浅蓝色的时候，心中掠过阵阵欢喜，只是在脸上都不会显露出来，他们太愿意这样生活了。"这一细节把万福人骨子里仍然喜欢香港但他们更为自己家乡自豪的心理表现得入木三分。

这部小说的人物来往于万福和香港之间，他们的命运和他们的福气都与这两个空间相交集。万福人最初把幸福寄托在香港，后来社会在变革，他们寄托幸福的空间也在发生偏移，后来，万福人从家乡获得了更加实实在在的幸福感。万福人的幸福感是与具体的日子连在一起的，因此吴君始终从普通百姓的日常生活着墨，这样就能够更真切地表现出这种幸福感来。但万福人的幸福感在这四十年间游移于万福和香港之间，这种状况给万福人的日常生活造成了矛盾。吴君丝毫没有遮掩这种矛盾，她所编写的故事基本上都是对这种矛盾的演绎。矛盾给家庭带来种种悲欢，也造成亲情关系的恶化。吴君写矛盾写出了十足的烟火气，同时她更关注烟火气下日常情形是怎样绵延不断的。潘家大哥潘寿良带着弟弟妹妹们一起爬到逃港的船上，但因为发生意外，潘寿娥没有逃成，她独自一人留在万福，未去成香港成为她的心病，她就想尽办法也要将女儿阿惠嫁到香港。她更是把自己的哥哥和妹妹恨死了，发誓要和潘家人决裂，因此她在母亲回万福做寿时导演了一场吵架的闹剧。潘寿良虽然去了香港，却一直心怀内疚，长期不敢理直气壮地回万福，不敢见妹妹潘寿娥和同学陈炳根。但即使他们之间的关系如此恶劣，他们曾经的亲情、友情乃至爱情还存在心底，这种亲情、友情和爱情只不过因为生活矛盾会以不同方式来表现。比如潘寿良帮助阿惠在香港渡过难关，并一直以阿惠的名义给妹妹潘寿娥寄钱。在潘宝顺的寿宴上，陈炳根见阿珠醉倒在沙发上，便拿了个披肩给阿珠盖上，这一细节则可看出陈炳根心中还保存着对阿珠的爱。吴君写到了矛盾的尖锐和激化，有时会觉得几乎是水火不相容，但即使这样，我发现吴君仍然强调了他们的日常情仍是带着浓浓的烟火气，仿佛每一个人的怨气和恨意都值得同情，又仿佛每一个人都生活得不容易，不必去责怪。这些人物即使矛盾非常尖锐仍能保持日常情感，为什么这些在吴君的笔下显得十分真实可信呢？这是因为吴君把握了一点：他们之间的矛盾与人性的恶意无关，这些矛盾都是万福人在寻找幸福的过程中产生的，尽管在寻找幸福的过程中会遇到挫折、意外，也会造成误解，但他们寻找幸福的愿望是一致的，最终他们就会在寻找幸福这一点上达成谅解。说来说去还是这个"福"字啊，福就是每一个万福人心中的一盏灯，只要这盏灯不灭，他们之间的情感之河就会一如既往地流下去。但是，必须看到，为什么万福人心中的这盏灯不会灭掉，这是因为改革开放大时代在源源不断地给他们心中的灯续上了能源。吴君非常敏锐地把握了普通人与大时代的关系。大时代的巨变是千千万万普通人共同努力取得的，但普通人如果没有大时代做后盾，他们个人的努力也是很难轻易改变命运的。吴君大概看重这层关系，所以她没有去写英雄的故事，而是想写普通人与大时代的辩证关系。万福人都很勤奋、善良，但他们并非三头六臂，如果完全靠自己，一时半会儿难以过上幸福的日子，那么他们就只能长年把幸福的愿望寄托在对岸的香港上。但他们的勤奋和努力顺应了时代的发展，紧跟着改革开放的步伐，因此他们就在万福这片土地上过上了幸福的生活。从这个角度看，万福虽小，却折射出了深圳改革开放四十年的变化轨迹。

万福处在与香港相邻的特殊位置，当年香港成为万福人艳羡的福地。《万福》的故事也是在万福和香港两地展开，我们在阅读中自然会将两地加以比较，在比较中我们也许能对改革开放大时代的特点看得更清晰。潘寿良和陈炳根是这部小说的两个主人公，他们是中学同学，曾相邀一起逃往香港，但最终变成了一个在香港，一个留在了万福，他们各自走了一条不同的寻找幸福的路。陈炳根留在万福，不仅摔伤了腿，还丢掉了村主任的职务，按说很倒霉了，但他仍老老实实做人，一步一个脚印跟上时代的步伐，因此在村里仍有威信。陈炳根是一个善良、诚实的农民，也是一个能够忍辱负重的好人。随着社会的发展，万福也旧貌换新颜，一步一个台阶往上走。陈炳根与万福人一道共同享受着改革开放的红利。小说中有一段描写万福人日常生活的文字，写他们如何洗漱完毕，慢慢走到福高酒楼去悠闲地吃早茶，又如何踱步到了潘氏祠堂斟上茶开始一天的生活。吴君在文字里透出了一种欣赏的惬意，她情不自禁地写道："万福人在这个时间里真的很舒服。如果站到山上还可以看到更美的景。"潘寿良走的是另外一条路。他在香港站住了脚，并成了一个承接建筑工程的小老板，但他所付出的辛劳显然比陈炳根要大得多。香港虽然是一个富裕的大都市，但并非每一个来到香港的人都能轻易享受到香港的福利。潘寿良就很伤感地说："原来香港并不是他们描述的那么好，所谓的遍地黄金，每个人都可以吃上白米饭都是假象。"潘寿良完全靠着吃苦耐劳，终于安顿好亲人，也有了自己的事业，用陈炳根的话说，他也像一个"国际大都市的香港人"了。但是，潘寿良丝毫不敢懈怠，因为他只要不拼命工作，就无法维持生活。当他查出自己有病时，就变得忧心忡忡。他感觉到未来毫无保障。这时候，他下决心要带着母亲、弟弟和妹妹回到万福去。陈炳根与潘寿良二人的命运之所以有这么大的差异，是因为他们所处的环境不一样。潘寿良的四十年是个人奋斗的四十年，香港给他提供了奋斗的客观条件，但香港整体的富裕和繁荣是与潘寿良没有密切关联的。潘寿良的"福"是用自己的心血挣来的，但这个"福"又是那么的脆弱，经不起风吹雨打。陈炳根的四十年则是像乘坐在一艘大航船上，被改革开放的大潮推动着向前行进。陈炳根的"福"既是自己努力的结果，同时也是他依靠国家和集体的力量才能完全实现的。陈炳根深深懂得这一点，他热爱集体，也感恩集体。他兴奋地向潘寿良描述集体是怎么种树的："种树时，全村人都出来了，像过节一样，集体过节。"他也知道潘寿良的问题所在，他对潘寿良说："你应该很久没有体会过集体生活了吧？"这就是小说的核心。小说通过万福人在万福村和香港两地之间求生活的故事，揭示了这样一个客观现实：万福村四十年来发生了巨大变化，这种变化不是孤立的个案，它是中国改革开放伟大事业的一个缩影。

万福，万福，这个标题取得好，只有亿万人民都幸福了才是真正的幸福！

带着灰泥街的烙印生活

——读《我们不是一个人类》①

谢有顺

写作是记忆的炼金术。离开了记忆，写作就会失去精神的地基。因此，童年记忆往往是一个作家写作的原始起点。在中国，多数作家的童年都生活在乡村或者小镇，这本来是一段绚丽的记忆，可以为作家提供无穷的素材，也可以为作家敞开观察中国的独特视角——毕竟，真正的中国，总是更接近乡村和小镇的，但是，现在的许多青年作家，几乎都背叛了自己童年的记忆和经验，没有几个人再愿意诚实地面对自己所真正经历过的底层中国。受消费文化的怂恿，他们普遍认为，只有都市经验和情爱写真，才能进入消费者的视野，才能帮助他们走向成功。也就是说，底层的故事虽然适合于文学叙事，但未必适合于市场和消费——于是，那些千人一面的都市经验和欲望场景，几乎统治了当下的写作趋势。

就这样，在新一代的文学叙事里，中国已被悄悄地改写。面对当下小说中近乎泛滥的都市符号丛林——酒吧、舞厅、高级写字楼、咖啡、爵士乐等，**我**常常会有一个幻觉：中国人似乎整天都在喝咖啡、逛商场或者失恋，仿佛一个奢华的时代已经来临。即使偶尔有人写到乡村和小镇，也大多是诗意或美化它，把它当作精神的世外桃源来向往，但事实上呢，中国的多数人还在乡村和小镇的版图上为基本的生存挣扎。今天，谁来关注这些辛酸的现实？谁愿意来书写这些渺小的人群？

---

① 该文原载于《文艺报》2005 年 1 月 6 日。

我不是题材决定论者，但面对消费文化在当下小说出版中无往不利，面对作家们共同臣服于一种单一的都市情爱经验，我的确开始忧虑：现在的作家，或许正在失去面对完整世界的发言能力——他们的写作，都过分用力在一个得以通行于消费和市场的小小区域，而关于这个世界的更大的真实，却被彻底地忽略或遗忘。如果用哈贝马斯的话说，这种对生活的简化和改写，其实是把生活世界变成了新的"殖民地"。他在《沟通行动的理论》一书中，特别提到当代社会的理性化发展，已把生活的片面扩大，侵占了生活的其他部分。比如，金钱和权力只是生活的片面，但它的过度膨胀，却把整个生活世界都变成了它的殖民地。同样，当都市情爱经验在文学叙事中一统天下的时候，也是把整个中国都变成了它的"殖民地"。真正的底层，已经很难找到它该有的位置。

　　正是基于以上的看法，我觉得广东青年作家吴君的长篇小说《我们不是一个人类》（作家出版社 2004 年版），有着独特的价值。她写了一条北方小城的灰泥街，那些流民的生存相，那些草根社会的心灵情状，经由吴君的讲述，生动地凸现在了我们面前。在我的记忆中，很少有中国作家写过类似的题材，吴君的选择，显然丰富了当代中国的文学版图，她似乎决意要把另一个"人类"的真实描绘出来。

　　尽管吴君已经在深圳生活了十几年，但她的写作根底还在老家，还在自己的记忆深处，所以，《我们不是一个人类》里胶着了作家复杂的情感、深刻的喟叹。而这，正是这部小说最动人的地方——它让我们看到了一个作家的根，或者说，吴君终于为自己的写作找到了一个扎根的地方。长期以来，由于文学日渐受到市场和消费文化的影响，作家们几乎都在自己的写作中抛弃故乡，向往"生活在别处"，他们离开自己的根，转而描写适合于市场和消费者口味的都市故事。描写都市并没有错，只是，在这样千人一面的无根的写作潮流中，我们已经很难再找到诚实的心灵、真实的记忆。很多作家仿佛是天外来客，你在他们的作品中，根本就看不出他是从哪里来的，也看不出他走来的时候所留下的心灵痕迹。

　　但《我们不是一个人类》是有根的，读者看了之后，就会知道作者来自哪里——也就是说，会知道塑造作者心灵的过程中，所渗藏的那些令人难忘而真实的细节。这样的阅读，让我想起那些现代作家，比如鲁迅，比如沈从文，你阅读他们的时候，是知道他们精神的根长在哪里的。即便是当代比较好的作家中，像莫言、余华、贾平凹等人，他们的作品下面，也都有一条河流，它流自作家曾经生活和热爱过的地方——故乡。抛弃故乡的写作，只会产生一批虚假的作品，即便表象上很真实，精神上的虚假也一目了然。

而吴君对那一群卑微的人，显然相当熟悉，情感上，也异常复杂而难言。因此，她在小说中，扮演了一个冷静、软弱的讲述者，好像是在旁观一种生活。这是意味深长的。吴君并没有居高临下地审视，也没有一般作家在处理类似题材时那种张扬的同情和悲悯，她如同在和邻居聊天，轻轻地数落和回忆着自己熟悉的人和事。这令我想起波兰裔美籍诗人米沃什的一句名言："我到过许多城市，许多国家，但没有养成世界主义的习惯，相反，我保持着一个小地方人的谨慎。"——对，我在吴君的叙述里，亲见的也正是这种"小地方人的谨慎"，她对灰泥街的所有爱恨，都在这种"谨慎"里体现出来了。她写了宁姨、老何、老王，写了小英、小莲、大宝、二宝……这是一个巨大的底层人群，他们生活在灰泥街，带着这条街的烙印和气味，以后，无论他们走到哪里，"他们身上那种特有的气质让灰泥人一眼就可以看出来"。这或许就是所谓的命运，一种无奈而又真实的宿命。

他们中也有人想逃离，比如小莲，读了夜大，走了出去，但最终还是"被打回了灰泥街"。小说中有一段有关她的描写是非常重要的：十几岁那一年的一个清早，她突然醒了过来。小莲是被一阵特别难闻的味道给弄醒的。醒来之后她并没有说话，而是静静地观察这个生活了近二十年的家，她先是看见了刚刚由火炕变成的大床上面有她妈妈妹妹们的内衣裤子。它们花花绿绿，散发着一夜捂出的汗酸味和奶子味，与厨房里昨晚剩下的饭菜中大蒜大葱们混在一起的味道。这是小莲闻了许多年的味道，但是这一次让她有呕吐的感觉。她感到自己仿佛置身于垃圾堆里。她迅速爬起来跑到院子里，可是她发现院子里也到处弥漫着这一种味道，这是灰泥街的味道，走到哪里都摆脱不了的。

生活就是一种味道，这味道就是留在每个人内心深处的烙印。《我们不是一个人类》的出色之处，不仅在于作者真正写出了一条街道的生存味道和气息，更重要的是，作者还写出了这种味道和烙印，如何复制到了一代又一代灰泥街人的内心里。他们虽然也反抗过，也试图清理过自己的生活，但是，那些属于这条街的气息，属于底层人特有的精神容颜，还是顽强地流淌在灰泥街人的血液里。这是一种无法升华的生活，一种不断复制的生活，因为他们本是移民，他们已经没有了自己扎根的地方，甚至。由于被遗忘和边缘化，他们没有希望。

这是更深的悲剧。一种无法修改的悲剧，如同发生在这个世界的一次生存错误，谁来修正这个错误？小说的结尾写到一个叫小发的灰泥街人，他曾想到为灰泥街改名，改成"菩提街"，但灰泥街人"漠不关心、无所谓"，照样扯嗓子喊"灰泥街""这个街没救了！"——这是小说中深刻的一笔。吴君写出了一种没有解决方案、没有希望的生活，它未必是完全绝望的，但它却只能带着灰泥街人固有的精神继续生活下去。他们的存在，其实是在提示另一些人群，我们应该怎样活着，应该怎样像一个人类一样地活着！

灰泥街是底层中国的一个缩影，类似的街，类似的人群，一定还有很多，他们还在被遗忘，也还在当代文学的书写中被忽视，就此而言，吴君的《我们不是一个人类》值得重视——广东的青年作家能写出这种风格和力度的小说，不简单。

读吴君《我们不是一个人类》①

雷 达

深圳作家吴君的《我们不是一个人类》（作家出版社出版），书名源自马克思的一句话，表达同是"人类"，却在经济、文化、习性、行为模式上存在着深刻分野，而这种分野往往容易被另一些外在的东西所遮蔽。这本书里的"灰泥街"，它的文化位置大致应该在东北某地，生活在这条街上的人，又大致是从山东流浪过来的，准确地说，"灰泥街"是一条由盲流们组成的街，是一个特殊的乌合之众聚首的场所。作品写了许多藏头露尾的人物，但最重要的人物不是别个，就是灰泥街本身。灰泥街是一个意象，是高于人物之上的典型境遇。小说试图向我们提供一幅底层民众的浮世绘，一个草根阶层的内在世界，一部20世纪70年代以来中国某个角落的盲流及其后代的生命史。正如有人指出的，这部小说用的是"笨"的技巧，"憨"的结构，"土"的语言，写的是一种"人类"的别史。

我读这本书，惊讶于吴君的好记性，那么真切，逼真，混沌，陌生，充满了生命野性。难道她有笔记本吗，记日记吗，专事采访吗，刻意搜集素材吗，我想没有，肯定没有。因为一切是片段的，跳跃的，闪烁不定的，没有直接逻辑联系的。她提供给我们的，是个人化的、民间形态的、有别于国家主流意识的、甚至是不登大雅之堂的画面，是不重复前文本的，关于一些灰色的卑微的人群的生存相的记录。她记得那么清楚，是因为她就是灰泥街上的一员，更因为她用心灵抚摸过，用生命体验过，这一切是她成长中刻骨铭心的记忆。

---

① 该文截选自《小说评论》2005年第1期的雷达著《2004年的长篇小说》。

小英这个人物，可视为视角之源，虽用第三人称，其实整部小说是小英眼中的人生。这里有男女，饮食，情欲，争斗，弱肉强食，好勇斗狠，这是一种多少年无人问津的自在状态，这也就是由盲流性格，求生意志，杂多面孔组成的灰泥街人的生存。我认为，吴君还原了70年代到20世纪末的一段被忽略的历史。但不是抽象数字，不是概念化的形容，不是历数人尽皆知的道理，而是风俗画，原生态，是底层百姓的各式各样的活法。正因为如此，灰泥街是一条说不完道不尽的街道。

然而，灰泥街却是一条被遗忘的街。作为一个不堪回首的回望者，作者采取不动声色的风俗画写法，展示关于南人与北人的具象，展开一个不倦的话题。我们看到，灰泥街人爱骂粗口，一切辱骂都围绕着忤器官进行。灰泥街没出过一个大学生，却有多人进了看守所。老何家，老谢家，老刘家，三个男人，三个女人，还有男孩子们，正在发育的女孩子们，还有火车站，学校，街道，这就是灰泥街世界的全部了。每天，灰泥街若没有人砸东西，要死要活，若不狠打孩了，那就不叫灰泥街了。三个女人：兰婶，宁姨，刘疯子，为改动污水沉过的路线，可以大骂一天，骂得五颜六色，天昏地暗，骂出一种文化来。这是何等的丑陋，愚蠢，恶俗，又是何等的痛快淋漓，让骂者产生"麻酥酥的感觉"。

街的描写与人的描写互动。商品经济开始了，灰泥街人开始学做生意，穿白大褂，卖小吃了。年轮暗转，岁月无情。作者表现时代的变迁，以及不变，审视人性幽暗层面的难变。大宝总是冷漠地耷拉着嘴角，半睁一双不带表情的眼睛，二宝气质不凡，发誓要离开灰泥街，却仍然不可挽救地沉沦下去了。这条街集体地对一个曾从这里走出的、富有的捐赠者表示了恶毒。这真是一条让人爱不得恨不得的无救的街吗？这部小说力求表现中国底层民众非人化生存的一个侧影，通过看得见的表象与看不见的存在，试图表现流氓无产者的文化性格之类。因为自在状态的生活不可能说明自己，必须经过小说家的提炼，加工，主体的渗透，心灵化的熨帖，然后才能表现生活本身。而这种表现绝不是因果的，直接的，绝不是被分析完毕，整理清楚，理性筛选过的模式化的生活。吴君的笔，葆有了一些原始的鲜活和泼辣，但与此同时，是否忘记了主体化、心灵化的提炼和加工？

哀其不幸，怒其不争，一条街，一群人，一片地域，两种文化，童年的记忆和沉沦的街景，我们可以想得很多很多。

悲剧与真正的"大团圆"

——评吴君长篇小说《万福》①

丛治辰

吴君最新的长篇小说《万福》有一个安稳吉祥的名字，实际上却是一部相当闹腾的作品。好的小说总是闹腾的，要么矛盾冲突此起彼伏，要么人物关系错综复杂，要么叙述技巧花团锦簇，要么在故事底下埋藏着争相诉说却彼此抵牾的命题——《万福》似乎把这几个方面都占全了。而尤为难得的是，在如此闹腾之后，小说最终还能够突围出来，归于安稳吉祥。

《万福》一开篇就极其闹腾。尽管潘家几个人从香港屯门动身回乡的旅程并不高调，甚至在平静之中明显地弥漫着一种疲倦、沉闷的情绪，但恰恰是这种反常的鬼祟气氛令人不免感到必有蹊跷，于是从疲倦与沉闷里又透出一种不安乃至于悲壮来。待回乡的车子缓缓开进万福村，我们便很快知道了他们何以那么鬼祟：果然，在一个泼辣妇女的带领下，一群村民有如从天而降，将他们团团围住，又是抿打又是吵闹，气势汹汹地控告奸情、诉说积怨，一时间手臂乱舞，唾沫横飞，煞是好看。就在这开场的闹剧里，小说中几乎所有人物都亮了相——肉身到场或出现在詈辞之中——由此也露出了小说的所有线头。但是当然，在唇枪舌剑之下还藏着太多不足为外人道的隐情，即便是气急败坏也不能宣之于口，读者明知道话只说了一半，就更忍不住想要揪住线头扯出后面的故事来，这正是吴君叙事技术精彩的地方。待线团逐渐打开，我们便会发现开场的争吵打闹不过是小场面，小说真正的闹腾在内

---

① 该文原载于《文艺报》2020 年 12 月 9 日。

部、在深处。小说围绕万福村里潘家的两儿两女和他们的老母展开，老母一碗水端不平，却偏偏觉得自己处事最公正；大哥含辛茹苦养活全家，却遭到几乎所有人埋怨记恨；大姐一辈子都想要报复自己的家人，却没什么战绩，反而是那个备受宠爱的二弟，以一种什么都"无所谓"的纨绔做派，一次次把全家人带进坑里；不过最让大姐恨之入骨的，是抢了大姐男人的二妹；而大哥又阴差阳错地抢了好友的老婆。由此，矛盾就出了家门，牵连到别的村人。而当兄弟姐妹日渐老去，老母更到了米寿高龄，潘家的矛盾核心又理所当然地变成了财产，财产又关系到村产。于是潘家的故事不可避免地延伸出去，让整个万福村都缠进了一团乱麻之中，真是闹腾至极了，而小说也因此精彩至极。

那么这一家人和这一个村子，是怎么闹腾到这个地步的呢？这问题的答案似乎显而易见：乃是时代变迁所造成。万福村在今天深圳宝安机场附近，1978年深圳还没有建市，万福村的状况就可想而知。所以村里的年轻人好像个个都想要跑到香港去，用书中人物的话说，"再不走，就饿死了"。这话或许有些夸张，但一水之隔的香港显然在想象里无限繁华也无限诱惑；可惜的是边境检查甚严，不是想走就走得了的。潘家的悲剧正是发生在偷渡过程中：因为人多载不动，边防又紧跟在后，所以大姐潘寿娥与大哥潘寿良的好朋友陈炳根或被迫或主动地下了船，从此和家人、恋人分隔两地，一别就是40年。留下的人固然惆怅，到了香港的人想要站稳脚跟，也是筚路蓝缕，难免生出怨气。但历史的玩笑当然不止于此，40年后万福村变成了万福社区，村民们个个享受改革开放的红利，生活反而比当年那些偷渡客优裕得多，而后者背井离乡之后是否仍应该在故土享受应有的福利，就成了问题。因此对于潘家和万福村人来说，无论分离还是团聚，出走还是归来，都显得无比尴尬。

但是无论在现实中还是小说里，像潘家这样分隔在深圳与香港两地的家庭都有很多，何以偏偏潘家有这么多盘根错节的纠葛呢？这当然不能全都归罪于时代，也要从性格中去寻找原因。可以说，这一家人自老母潘宝顺以降，几乎个个性格都是拧巴的。二妹潘寿仪因为长姐管教太多，便出手勾搭自己的未来姐夫，以常情而论，何至于轻浮如此？而大姐对于弟妹的控制欲，也的确是过于强烈了，那种控制欲里有自负，也有希望改变命运的渴念，有对于某种预设的生活秩序和未来幸福的一整套不容破坏的方案，因此一旦偷渡失败，爱情破碎，恋人和亲人就立刻变成一生都无法原谅的仇敌——以常情而论，又何至于偏执如此？大姐的控制欲得自于老母，而老母的刻意纵容又养成了老二潘寿成的纨绔，整个家里唯一懂得为别人着想的，只剩下一个大哥。可是潘寿良太过委曲求全，令他的人生始终陷于被动，如果不是他想了不去做，做了不肯说，说了又说不清楚，怎么至于造成那么多误会？从这个意义上说，弟妹们争相控诉是被他耽误了一生，也并非没有道理，至少阿珠与他本应和美的爱情与婚姻，的确毁于他想要"完璧归赵"的好心。

　　但是有谁是生下来就拧巴的呢？如果说他们的性格真的生而如此，那么其拧巴的性格又是如何具体发生作用的呢？谈到来龙去脉，似乎又必须重新回到历史，至少有必要将潘家的性格诅咒上溯至老母潘宝顺。小说将潘宝顺的性格归因于她小小年纪便出深圳，去新疆，后来又做过民兵，如果不是因为怀了潘寿良不得不回到万福，大概前途无量。而尽管失去了进步的可能，潘宝顺的"公家情结"却萦绕了她此后的人生，让她改变了原有的很多生活习惯，甚至家里人彼此称呼也都使用大名，更从此不再安于做一个普通人，对家人对村人都指手画脚起来，即便到了香港也不能改变。这当中显然存在一种认知误差：即便时过境迁，固有的渴念化为怨念，依然不能释怀，久久郁积，就造成性格的变异。同样的情况也发生在她的长子与长女身上：潘寿良对于好友陈炳根的愧疚与猜疑，都是因为在认知上不能了解当时及后来内地的形势，而他之所以将阿珠推回陈炳根身边，也因为对阿珠感情的认识始终停留在1978年；而当年的悲剧同样如毒蛇一般纠缠着潘寿娥，令她多年之后依然坚持，只有将女儿嫁到香港方能解心头之恨，至于20年之后香港是不是还是那么"香"，日新月异发展着的深圳是不是更加值得眷恋，则完全不在她的考虑之内。由此，历史作为悲剧的肇因，就不仅仅因为其外在呈现的变化与限制，更内化到人的认知层面，造成某种固有的、难以改变的观念。如果说前者只是暂时的、偶然的，后者则影响更为持久，甚至持久到令人无法理解：身在香港的人怀有一种敝帚自珍甚或夜郎自大的心态总是难免的，何以万福村的人们过着那样安稳富足的日子，仍然会以有一个香港穷亲戚为荣呢？在此意义上，吴君特意写到万福村的人们尽管个个成了富人，却不大读书，甚至当外来者嘲笑当地人文化水平的时候，后者还洋洋自得，就绝非可有可无的闲笔了。本质而言，悲剧之所以造成，并闹腾到那样的地步，既不是因为表层的历史变动，也不是因为个人的性格扭曲，而是因为求知能力的匮乏、反思能力的丧失以及理性思辨能力的缺陷。

潘家乃至于万福村的一团乱麻，若要最终解开，真正实现安稳吉祥，坐等时间去抚平所有的创伤是不行的，将那些莫名造成的误会一一化解也是不够的，而仅仅依靠经济上的改善则不但不能解决矛盾，反而因利生隙，造成新的矛盾。万福、深圳，乃至于我们整个国家的进步，最终要落实在认知水平的提高，落实在文化层面自信的实现。在此意义上，《万福》最令人感到欣慰之处并非结尾处的"大团圆"结局，而是遍布整部小说的叙述之中：小说中对于潘家人的称谓总是在大名与"大舅""二舅"之间频繁转换，那显然暗示着小说的叙述者很可能便是那个承受了历史恩怨却终于自强地在香港生活下来的潘家第三代：阿惠。而既然她终于抛弃了潘宝顺时代起便坚持使用的冷冰冰的称谓，则我们应该可以期待，在见识了曲折的历史和更多元文化的年轻一代那里，所有误解、偏见、隔阂总可以逐渐消除。这部恰恰写成于2019年的小说在此方面的乐观，似乎多少受到了现实的挑战，但也因此更加重要和可贵。

在时间和空间上寻找回家的路[①]

江　冰

一、从地理志写作传统看吴君的深圳叙事

法国文艺史学者丹纳的《艺术哲学》尤其强调空间对于艺术形成的关系。诺贝尔文学奖获得者马尔克斯的《百年孤独》写家族的历史，对马孔多小镇情有独钟；福克纳的《喧哗与骚动》宣称是写一个"邮票大小的地方"；莫言的小说写故乡山东高密，红高粱的符号就在特定空间中闪耀登场。比较起来，吴君没有写自己的故乡，而是移民深圳后，全力写深圳——这座新城，这个特定的空间。评论界认为吴君有"深圳叙事的野心"，她的小说中出现了华强北、岗厦，包括近作长篇小说中的万福，这些地名或实或虚的属于深圳，亦可归属于地理志的叙事传统。可见，对于空间选择与强调，也是我们观察吴君小说创作的切入点。

深圳魅力何在？至少三点特殊性：突然崛起并保持经济神话奇迹的城市；完全的移民城市，"天降飞毯"一般，年轻冲动冒险探索，内地 20 世纪 80 年代改革开放的特区，亦是"第一实验区"；作为与香港一桥之隔的"桥头堡"，深港两地相互依存骨肉相连。而具体的深圳地名，既可以看作作家"深圳叙事"的明确指向，也可以视作作家试图进入城市内部的切入口。

吴君的长篇小说《万福》（花城出版社 2020 年出版）显然寄予了作家吴

---

① 该文原载于《南方日报》2020 年 6 月 3 日。

君对深港两地特殊互动交流的观察与思考，其对"逃港"与"回归"、阿灿与港灿的轨迹追究，包含了关于"时间"与"空间"的延续性思考。作家超越小说故事层面，试图从笔下人物内心寻找进入历史文化深层的入口。

回家的路，漫长而艰难。吴君一直在寻找属于自己的答案。

二、心理与现实融汇的小说叙述

吴君的小说具有一种艺术耐心与冷静的叙事态度。《万福》的开场，独一份深圳风味：香港风与深圳风交汇碰撞冲突，带出一场大戏的各个角色。因为登场的人物太多：一会儿老太太，一会儿中年男，一会儿又是情人亲昵，一会儿又是闹事妇人。头绪繁杂，让读者一时难以招架，加之粤语陌生，读者看得"一头雾水"。但气氛营造到位，乡村大盆菜场面热闹非凡，深港两地爱恨情仇大戏拉开唯幕。如此开场，相当难写，风波掀起大浪，一浪高过一浪。逆流而上，作者硬是扛了下来，显示了艺术挑战的勇气。在场面描写中交代人物关系，在行动冲突中人物登场，比起独白式书生自恋式的抒情开场，相当考验作家功力。粤语的进入，同时构成考验。

第二章成功地成为第一章的注脚。其中二姐妹婚前纠葛，逃港渡船以及潘寿良与陈炳根对手戏在心理活动中完成——精彩度不亚于与潘寿娥与潘寿仪的对手戏。由此可见，作家吴君的心理描写与小说叙述水乳交融，构成其小说叙述特色。心理描写不但入木三分，合乎人物性格发展，而且涓涓细流般地积累能量，悄无声息地烘托主题。并无石破天惊，却是春风化雨。这一特点在她的小说《皇后大道》与《华强北》中已有呈现：前者女主人公陈水英的心理与言行同步，交相辉映，异常生动；后者将乡村人在城市生活中的文明进步——最难表达的心绪——恰到好处地予以揭示。《万福》第二章潘寿良与陈炳根"情敌见面"，彼此提防揣测，两人内心独白交替呈现，毫无障碍地传达心绪，行云流水一般，堪称精彩段落。

而支撑心理与现实融汇的小说叙述的不是宣泄的自我心理流荡，而是冷静淡定的现实情态描写与丰盈的细节呈现，点点滴滴，逐渐积累，推动小说叙事。吴君的叙事耐心，有点类似日本电影导演冲田修一的喜剧电影《啄木鸟与雨》。影片充分表达的日本人两面似乎可以印证吴君的小说叙述。两相比较，吴君的耐心与细致已然具备，比如对粤语进入文本的不懈努力，开场即是"打交"（打架）、"返屋企"（回家）；比如广东民俗的生动描述，第一章"大盆菜"场面热闹非凡，地方气氛浓郁。但在艺术想象"神奇一笔"上尚有距离。

三、深港两地时空互动的联想

吴君对"逃港"与"回归"、阿灿与港灿的轨迹追究，不但包含了关于"时间"与"空间"的思考，而且也面临历史价值判断。或许是无法避开的选择，长篇小说的时空巨大容量极有可能激发作家书写历史的雄心。

文学如何反映时代？中国内地"50后""60后"作家，包括更早的"40后"乃至"30后"作家始终纠结，而文学的历史责任与时代使命感无法卸去，于是，加倍纠结而痛苦。整部中国当代文学史，从某种意义上也可以看作是一部作家——尤其是贴时代最近的小说家的焦虑史。从新时期开疆拓土的丛维熙、张贤亮、王蒙、高晓声、邓友梅、刘心武、蒋子龙、路遥、贾平凹、莫言、阎连科、刘震云、张洁、谌容、方方，等等，莫不焦虑并探索于此。具有"深圳叙事的野心"的作家吴君自然也在这一传统系列之中。

2019年底，我应邀出席"深圳论坛"。无论是北京学者表达的"局部的祸或许是整体的福"，还是上海学者分析的"深圳国际化焦虑"，抑或深圳人表达"深港一体荣衰与共"，均给我一个强烈印象：深港关系密不可分，一直处于调整之中；且唯有不断调整，方可达至新的平衡，从而共同获得新的发展与繁荣。

就此而言，愿与作家吴君共勉：《万福》并非终点，回家的路，我们一直在探寻。

《万福》：心安处，是吾乡 [①]

唐诗人 等

唐诗人： 吴君的小说是我这两年内越来越重视的一类小说，她那种不温不火讲故事、老老实实写深圳人日常生活的小说，往往比那些观念性特别强的小说更有嚼头。可能很多年轻人，包括我刚开始喜欢上小说的时候，都是特喜欢读那些思想气质明显、观念感强烈的作品，尤其现代主义、后现代主义一类风格突出的作品，但是现在越来越觉得，那一类作品虽然可以用它们的思想抓住我们的眼球，但真正深入到作品中去，由我们读者、研究者自己发挥的空间其实是很少的，这就局限了小说之为文学作品的意义层次。相反，像吴君这一类小说，我们刚开始可能很难直接感觉到作品的思想特征，但是她把人物命运、生活现实呈现出来，这本身就包裹了很丰富的内涵，可从中挖掘、提炼的思想意蕴是非常丰富的。我们这次探讨这部小说，是想听听诸位对于这种风格的小说有什么感受，又能有怎样的发现。

刘洁淇： 拿到《万福》，我自然地联想到这应该是一个一家人幸福和睦，平淡而安稳的生活故事，毕竟"福"意味着幸福，意味着喜庆，也意味着圆满。出乎意料的是，在"万福"的背后，骨肉相连的一家人好似有着解不开的矛盾，甚至像是有着深仇大恨，姐妹反目、兄弟离心，爱情和友情的道路也都满是坎坷，个个心中都有自己的计较，日子过得好不安宁。小说里的万福村是改革开放以来的深圳缩影，潘寿良、陈炳根这样的小人物的命运也反

[①] 该文为暨南大学文学院讲师唐诗人主持，暨南大学文学院汉语言文学基地班零零后学生讨论《万福》后的整理稿。

映出城市的发展，感受到了香港与深圳的变化，见证了改革开放之后国家的迅速发展。小说由此达到了以小见大的效果，展现了改革开放的伟大变迁。

从人物关系来看，《万福》是一部家族小说。家族小说往往会描绘家庭的矛盾与纷争，以此来展现人物性格，《万福》也不例外。潘宝顺作为一家之主，是家族的中心，她的行为一定程度上影响甚至是决定第二代、第三代人的命运，也决定整个家族的命运。从香港回归万福这一重大决定便是潘宝顺提出的。潘寿良他一方面是出走家族、改变家族命运的"出走者"，另一方面也是这个家族的顶梁柱，这两种身份在传统的家族小说中往往是由两个人物承担的。而在潘寿良身上戏剧性地统一，使得潘寿良这个人物更加复杂、立体化。因此他表现出来的所谓懦弱、忍气吞声，不仅是作为家里的长子、肩扛家族的担当，也有弥补自己离开家族给家族带来的苦难、缓解内心的愧疚之情的意味。

这个家族的每个人一生都绕不开深圳和香港这两座城，这是时代带给他们的烙印。离深赴港的潘家人，留守万福的陈炳根，选择了两条不同的路，但都是改变各自命运的抉择。他们互相羡慕着对方的生活，离开的想回来，留下的想出去，"城里的人想逃出来，城外的人想冲进去"。他们在深圳与香港两座城之间的纠结与徘徊正是当时广大人民的内心写照。香港和深圳两座城的变化便在两家人的思想的变化中凸显出来。改革开放四十年这一宏大的时代主题，也通过潘寿良一家地理位置的变迁和思想的变迁展现出来。故事的最后，一家人回到了自己心心念念的"屋企"，回归了心灵的家园，都过上了自己想要的生活，虽有些强行圆满的意味，却符合着新时代人们生活向好发展的历史大趋势。

朱霄：以地名为题，20 世纪 80 年代为背景，《万福》从香港深圳两地的人情纠葛出发，展现出时代剧变下生活的未知和惘然，同时隐隐指向时代的精神内容和社会体制变革。小说的主要矛盾从潘寿良带着家人朋友逃往香港开始，涉及伦理、爱情，以及财产的纠纷，这也是家庭内核下社会问题的集结。小说中多处采用当地方言叙述，使用第三人称限知视角，但目光跟随的人物时有变化，兼顾了多个家族成员，让潘家三代人的情仇别恨清晰地铺延开来。空间上的距离不仅隔开了人心，更割裂了时代的记忆。

潘寿良的人生被深圳和香港截作两段，少年时期的自卑和打拼阶段的人情纠缠始终围绕着他，最终以和解戛然而止。这一人物的悲剧性主要在于爱情、友情的纷争和家庭的切实利益。前者是他自我内心的厌弃，后者则牵扯到中国长久以来的家族制度。潘寿良对陈炳根的内疚不仅源自阿珠的归宿，更在于他"自省"能力的折磨。通过解释就可以解决的问题积存四十年后，就变质成了癫痫的伤痕，两方蜿蜒回转的暗示让这结越来越紧，人物复杂的层次感就自此体现出来，也升华了小说的艺术性。我们在感叹荒唐误会时，也能切实地意识到社会对自省能力的呼唤。再论家族利益，它并不像爱情和友情的矛盾哽在心头，反而是以可憎的面目横于生活的方方面面，慢慢消耗着潘寿良的一生。"都得，都得"成了他软弱的应对方式，细妹口中"女人一样的大佬"终究在生活里被吸干了血汗。

　　四十年的时间跨度很长，我们原本的家庭体制在不断发展的社会中逐渐展露弊端。潘寿良一生始终陷在一种"带错了路"，没有给家里人带来好日子的愧疚中。这样的心理和这种"拖赘形式"的家族制度是有极大关联的。然而，拖赘从未如今天一般，在社会的洪流中展现出一种迫不及待的消亡态势。"大家在逐渐有钱"变成了万福的一个发展趋势，对香港的渴望已经逐渐从血液里剥离出来，只存在于过去的纠葛中。"尽管各过各的，却都有各自的不幸。"潘家人这样的心理变化也让曾经家族的拖赘苍白无力。时代开始强调女性的独立，人人都应该有能力去过自己的日子。社会现状让从前依附于家族大佬的细佬细妹们成了难以割舍的附庸人物。就像潘寿仪，她依附在大佬潘寿良的家庭里，连同二哥、老母一起，让一个家庭不堪重负。因此，在《万福》中，还应该关注的是拖赘下的问题和思变。问题很明显，财产纠纷，家庭成员之间无法计量的"欠""还"，诸如此类等等。那思变又如何而来？单纯的分家肯定是不能够解决这样的遗存症结，更多的在于家庭成员思想上的转变。然而，故事的结局有点像是强行团圆，心结解开后的情节发展有些过于迅捷，让人难以同前几节中展露出的挣扎纷乱的人物关系和积怨产生和谐的心理过渡。思变这一点其实并没有展现得非常完美。在最后的阐述中，家庭的拖赘并没有得到根本性质上的改变。人们思想上的转变在于认识自己的错误并且改正，并没有过多着墨于对家庭体制的改变上，最终以大家庭重归和谐作为结尾。读者在这里往往会产生怅然心理，引发更多在时代背景下对家庭社会性的思考。

　　小说中有一部分提到了万福村转成万福社区给村民们带来的变化。从刚开始的"自己管自己的事，什么管不管理的"，转向了"万福人开始用这种冷漠的表情回敬那些对他们微笑的人"。这种变化在现在看来正是时代给一个封闭的地区强行带来的开放。人们面对自己不熟悉的事物，往往第一反应都是保护自己，静观其变。因此就会出现小说后来的几代人之间接受度的撕裂。陈水英和自己女儿之间的对话就可以看出，女儿早就多次往返香港，母亲仍然陷在过去。香港在这些封闭于特定时代记忆里的人心中，是一个难以跨越的鸿沟，它已经成为几代人的欲望、希望、绝望结合在一起的乌托邦。这里其实正是这些人面对时代剧变的反应，他们选择了封闭，止步。

小说以理想化的现实作结尾，给这场时代纠纷画上了句号。但我们仍然能够清醒地认识到时空交错下的家庭不幸，以及中国家族体制向小家庭形式逐渐过渡的趋向。文学使小人物熠熠生辉，也放大了社会变化下人生的困境，最终在时代洪流里激起回响。

叶莹：简单谈谈《万福》的结尾。作者把这部分命名为"团圆"，结局也确实团圆，积怨多年的仇人得知事实解开心结，所有人都有一个好的归宿。潘寿良与阿珠、陈炳根和好，回到万福；潘宝顺见到了心心念念的大女儿；潘寿娥终于等来了家人的回归；潘寿仪终于找到幸福为自己活了一次；就连潘寿成，也一改浪荡做派。

然而结局虽然好，在我看来却有些刻意要团圆的意思。就拿潘寿成来说，一辈子在家人眼里都是扶不上墙的烂泥，整本书都在渲染他的好吃懒做和不成器，在故事的最后却成为病床前的孝子、为哥嫂感情出力的好弟弟。还有潘田的转变，从阿珠的角度看是得知身世之后迷途知返，然而毫无预兆地就即将成为万福村的下一任"领寻"，对于一个不学无术、一事无成的中年男人而言，这样的转变有点突兀。这个略显简短的大团圆结局，或许是有意，作者给我们留下很大的思考空间。

郑颖茵："万福"有多福、祈祷之意，吴君小说《万福》，却有着让人心酸无奈的遗憾。二十世纪七十年代的深圳流传着这样一首民谣："宝安只有三件宝，苍蝇、蚊子、沙井蚝。十室九空逃香港，家里只剩老和小"。宝安，深圳的一个区，当年有数万人铤而走险偷渡到香港谋生。运气好的，过到了香港，经过一番奋斗打拼成为盘踞一方的富豪；运气不好的，则在还没碰到香港的土地时就已遇难。而《万福》中的潘家偷渡者和嫁到香港的阿惠，则算运气中等的：他们虽然到了香港，却没能过上自己心心念念的锦衣玉食的生活。

小说开头先是说到了为了满足老人家的生辰愿望——回到家乡万福为老

人家庆祝寿辰，潘寿良一家人特意从香港回到深圳故土，给老人家准备了一场风风光光的宴席，在这一过程中，潘家人极力扮演着在事业上顺风顺水的大富豪，同时也无时无刻不在心惊胆战地提防亲人和朋友的伺机报复。但是作者却不着急解释错综复杂的人物关系和感情纠纷，而是在小说中不断通过倒叙的手法来为读者还原出其中的真相。当真相渐渐浮出水面，我们看到的不只是潘家人的爱恨情仇，还有大时代背景下小人物的艰难选择与无奈挣扎。

改革开放过了四十年，深圳在这四十年中取得的辉煌成就是有目共睹的，但是四十年前的深圳却极少人了解。小说中的潘寿良一家及陈炳根一家偷渡到香港，那是特殊时代下的生存选择，是深圳逃港群体的缩影。潘家人的一切矛盾与误会都源于当初的选择，带着全家逃到香港的大哥潘寿良也没少因此受到家人的指责与咒骂。当年冒死逃到香港的大陆人大部分只能靠白手起家，他们住的是空间狭小的"鸽子笼"，他们没日没夜干着最苦最累的活，只为了有朝一日能腰缠万贯地回到对面的家乡，接受乡里人崇敬目光的洗礼。但是深圳改革开放接踵而至，四十年来，两地经济上的差距越来越小，两地居民心理上的落差却越来越大。蜗居香港与生活搏斗的人还没富起来，自己拼死逃离的家乡却先富起来了，于逃港者，于潘寿良一家，仿佛一个讽刺的笑话。人会为了生存迎难而上不顾一切，也会为了面子逃避现实退缩不前。加上与对岸的亲人朋友消息隔绝后误会加深，这使得在香港的潘家人畏手畏脚，不想、也不敢再直面任何与家乡有关的事物。这就是人性，是人心，是深圳城市化发展过程中诸多小人物命运的一种。当年自己的心飞来了香港，但是在这里挣扎来挣扎去都没能安定下来，挣扎到现在却已经无处安放了。所幸在小说的最后，潘家人的心还是回到了万福，潘寿良终于又拥抱到了家乡的南风，这股风还是像他小时候拥抱的那样，舒服、自在。心安处，是吾乡。

苏颂然：读吴君的《万福》，除了揪心于这三代人两家族的恩怨是非，更深的感受是这故事背后隐含的一种社会变动中带来的身份的失落感。"从屯门到万福，这条回家的路，潘寿良一家走了整整四十年"。潘寿良一家离深赴港的时间长达四十年。四十年来，改革开放让深圳从一个边陲小农村摇身一变成为了国际大都市，在这特殊的时代背景下，潘寿良一家人关于"身份"的迷失也在这个时间里形成：在香港劳碌工作，脚下的土地却始终不属于自己，不是自己的家；作为万福人，逃离家乡后却在世态人心的变迁中与家乡渐渐产生了隔阂。个人的命运与时代的变化息息相通，时代的洪流翻涌动荡，个人命运被裹挟于其中浮浮沉沉。潘寿良他们曾经因为贫穷而逃离家乡，满怀希望去外面闯荡，他们挣扎过，努力过，却不能如想象中那样会过得更好。而反观家乡，曾经靠打鱼为生的小村，上岸后靠着土地一夜间富了起来，成为前途显赫的新贵。当初选择离开的人，在外面，根不在那，只有浮萍一般随波逐流的流落感。那家乡，家乡还属于他们吗？面对身份的失落感时他们应该如何自处？

"潘寿良任何时间都想家。刮风时想，下雨时想，晴天时想，甚至因为想家，变成了一个爱哭的男人。"家乡明明只在对岸，为什么回不去？几千年下来，衣锦还乡四个字，深深地刻进中国人的骨子里。还乡不仅是出于对故乡的热爱和眷恋，还可能是为了满足光宗耀祖的心理。然而潘寿良一家人显然不是那些"衣锦还乡"的人。打拼四十年，与家乡的同龄人相比还是穷人一个，相当于"白辛苦""白出去混了"。他们留在异乡的土地上，自身的落魄悲苦就只有自己知道，在老乡人眼里或许还是如想象的光鲜传奇。他们在表象上保留了体面，内心却深受"有家不能回"身份失落感的煎熬。

最后，在老母潘宝顺强硬要回乡时，潘家一家人借着过寿大摆酒席的理由，才真正宣告回归。这次回归让埋藏了四十年的炸雷在万福炸响，也炸裂了潘家一家人所有粉饰和平的假面。潘家想在家乡保持表面的风光，背后被掩盖的事实却是"各过的却各有不幸"，一大家子人，兄弟反目，姐妹成仇，夫妻离心，父子积怨，每个人的行为都有自己的原因，但为了维持着表面的和谐，他们互相回避，错过了打开天窗说亮话的机会，让仇怨纠葛越积越深。归乡的炸雷把这些仇怨纠葛炸出水面，掀起风波巨浪，矛盾被推到阳光下激化，也在故乡中得到了救赎，因为血肉相连的亲人最割舍不掉的就是互相依偎守望的深情。《万福》大团圆的结局里，潘宝顺拉着儿子的手说"回来了就好，全家人在一起才好"。旧事终究落入尘埃，灵魂根植的乡野，允许富硕，也允许贫瘠，允许荣耀返程，也允许疲惫归拢，无论我们走的多远，只要故乡还在那里，它就永远等待着游子的回归。团圆才是中国人最深的期盼。

王阳：家是古往今来的浩如烟海的文学作品中不可或缺的主旋律。或是有家难回的无奈，或是无家可归的悲哀，或是描写家庭生活的甜蜜温馨，都会唤醒读者内心对家的最深沉的依恋。我不知道为什么《万福》作者要把回万福叫作"回家"而不是"回乡"？按照"一家人团团圆圆才叫家"的说法，屯门才算家，万福该只称其为故乡。难道只因为潘寿娥还在万福？不。中国家庭常有人离家在外或务工或务学的，不会因离了一个两个人就不叫"家"了。归根结底还是中国人的乡土情结，还是那对故乡的归属感和眷恋，还是眉梢心头化不去的乡愁——思念故乡的景，故乡的物，故乡的一切。

万福与屯门，只隔了一湾浅浅的深圳河，当年离开万福很难，但不曾想，回去才是最难的。这里面包含着离乡人矛盾复杂的心理。"他乡容不下灵魂，故乡安不了肉身。"在这样的矛盾中，他们咬着牙在屯门住了下来，一住就是四十年。而他们内心的复杂又何止于此。听见万福日益富裕的消息，看着自己寒酸的处境，回想那个拼死逃离万福的夜晚，他们五味杂陈：故乡，你是否还能接受这样一个处心积虑离开你但依然一文不名、碌碌无为的人？太多衣锦还乡、荣归故里的故事，让我们骨子里带了"没有出息不能回乡"的执念，让我们"近乡情更怯，不敢问来人"，让潘寿良一家的回乡之路在痛苦地纠结挣扎了四十年之后才正式开始。小说结尾为我们展现了大团圆情景，故乡是会永远地包容你的地方。这让我想到《人生》的结局，高加林并没有像他想象的那样受到村里人的非议和排挤，而是被热情地接纳与关心着！

唐诗人：就刚才大家的发言，可以归纳为三个层面的问题，一是家族问题，二是人物性格问题，三是结尾的大团圆问题。家族小说方面，《万福》可算是一个介于传统大家族与当代小家庭之间的"大家庭"故事。我们对于家族小说，很多时候会联想到现代小说，像茅盾、巴金、老舍等等，包括当代的张炜、张洁，他们写的家族都是传统中国的大家族，普遍也是乡土小说性质，但是当代城市小说方面，像《万福》这里面有很多兄弟姐妹这样的大家庭式家族，还是比较少作家去写的。严格讲它算不上家族小说，但比较起很多"70后""80后""90后"作家笔下的小家庭式城市题材小说，它肯定可以视作家族小说。这种家庭大小与城市发展这个大历史背景结合起来，它就是一个很有意思的"过渡性"特征，我们可以看到一个"小家族"如何被城市发展撕裂，也可以看到"传统小家族"是如何一步一步走向"现代小家庭"的，这是城市文学很值得书写的内容。

人物性格层面，我们可以关注一下《万福》人物介绍中对阿珠的介绍，作者只介绍说她是陈两根的初恋女朋友，却没有写上她是潘寿良的妻子。这可能是无意识的，但很可能就说明在吴君这一代人的潜意识中，前女友、初恋最重要，作者无形中就把情感偏向了这个"前任"。但是在我们的阅读过程中，情感可能会更偏向潘寿良，介绍阿珠时应该会介绍说她是潘寿良妻子，起码不会漏掉这个介绍。这种人物情感关系上的"误差"，会不会是一种时代性文化观念的过渡性表现？在我看来，潘寿良这种人物他完全没必要自卑、谦让，他的付出是很伟大的事，他在阿珠、在陈炳根面前可以没有丁点的愧疚感。延伸一下，潘寿良这种忏悔性人格，起码是类似情感关系中的潘寿良角色这类人物的人格，很可能以后再也不会是忏悔型的了。文化的变迁，带来的是不同代际作家的情感观念的变化，自然而然会表现在小说的人物塑造方面。

大团圆结局可以是小说叙事结构层面的问题。《万福》的结尾是"大团圆"，这个结尾我们读小说读下来其实会感觉到有点突兀，它好像是刻意安排上去的大团圆结局。这种理解仅仅是从小说叙事逻辑来看可能是一个小说的一个叙事问题。但从文化层面来看，"大团圆"结局特别有时代感。这种时代感表现为我们今天所处环境的文化结构和现实语境等等。就文化结构而言，我们今天已经不是一个重解构的时代，而是一个建构的时代，所以小说叙事会慢慢强调"和解"。"大团圆"的结局就是和解的最好表现。在二十世纪八九十年代，甚至新世纪前十年里，那些现代、后现代性特征明显的小说，它们的结尾往往是突出撕裂感、悲剧性、虚无化，但这些年我们逐渐回到了一种中国传统、本土化的情感结构，注重的是"和谐"。这种文化心理结构的变化，引起的是小说家叙事结构的调整。在吴君《万福》里，这一调整就显得特别清晰。我觉得这种文化转型带来的叙事结构变化，或许也是当前中国小说的过渡性特征表现。这些过渡性特征，意味着即将到来的小说形态会发生很大变化，这很值得关注。

两种文学传统如何交融？

——读吴君小说《晒米人家》①

陈培浩

　　《人民文学》2021年第5期发表了吴君的长篇小说《晒米人家》。原作27万字，《人民文学》发表了其精选部分。小说以改革开放前沿深圳的晒米村为背景，描写了集体股份合作公司模式下好吃懒做不断向社区索要救济，拒绝劳动的陈有光一家与"90后"社区干部钟欣欣之间的摩擦、冲突及和解，既展示了在共同体观念感染下人民内部的碰撞和融合，又呈现了一代新人融入土地和人民的过程。《人民文学》在推文导读中强调了作者将细节作为叙事推动力和"不落窠臼的艺术章法"。在我看来，这部作品可能还隐藏着一个社会主义文学传统再出发的重要命题。

　　一般而言，1949年以来的文学被归入当代文学，但当代文学内部却存在着"人民文学"和"人的文学"两个差异甚至断裂的文学传统。人民文学传统也即左翼文学传统、革命文学传统，或狭义的社会主义文学传统；而人的文学传统则涵盖80年代以来的启蒙主义、人道主义和先锋主义。这两个文学传统各领风骚几十年。80年代，启蒙主义文学与改革开放的社会潮流同构，具有毋庸置疑的历史意义。但个体的过度释放却在进入21世纪之后走向其反面。90年代末期以后，"十七年文学研究"在当代文学研究界重新成为热潮，但社会主义文学研究在很长时间内并没有召唤出相同类型的研究。很长时间里，当代作家的写作依然是沿着80年代"人的文学"的延长线前进。不无意

---

　　① 该文原载于《龙华文艺》2021年秋节号。

味的是，吴君的《晒米人家》已自觉地置身于社会主义文学传统和谱系当中。

1949 年以后的社会主义文学经验，拥有一套完整而独特的理论和方法，比如"两结合""三突出"，比如社会主义新人，比如对于历史本质的执着。对于人类生活之集体性、理想性和乌托邦性的追求是社会主义文学经验的重要特征，但"十七年文学"并非没有留下问题。因此，今天，社会主义文学再出发，必须面对的不是一个传统的激活，而是多个传统的兼容。换言之，站在人民文学传统，如何吸纳"人的文学"传统；站在民族形式、中国气派立场，如何将古典的、外国的文学资源也兼容并蓄。

吴君《晒米人家》从题材的选择到价值取向，到对当下青年精神状态的捕捉，都体现了重回社会主义文学经验的选择。我想有心者不难发现，近十年来的中国当代文学，正发生着从个体到共同体的美学转型。吴君的《晒米人家》也是此中的一个节点。今天，当代文学写作重新激活"十七年文学"经验，并非重回一种单向的集体美学，而是导向一种沟通个体与集体、自我与他者、民族与世界的共同体美学。吴君们要处理的，不但是把生活的细节和文学的肌理带入大时代的典型场景，将个体细小的美学和集体宏大的历史视野结合，还应将理想化的新人、英雄和草根、具体在场的人民联结起来，只有写出洋溢在土地深处和人民身上那种明亮的欢乐，新人的理想和历史的视野才更有力量，共同体美学才真正有效。吴君选择的写作方向，值得期待。

小说《万福》里的烟火味①

章以武

二十多年前，一位清俊的北方妹，秀发向后梳去，绉成马尾，在深圳宝安的乡镇、村落奔波。"时间就是金钱，效率就是生命"出神。谁也没料到，这个妹仔的心里会发酵着"深圳叙事的野心"。于是，血脉偾张，长篇中篇短篇，一个个与读者见面了：《亲爱的深圳》《皇后大道》《华强北》《十七英里》，均刊登在国内一流文学杂志：《人民文学》《小说选刊》《新华文摘》等，在银幕、荧屏上也出现了她的作品。

何方人氏？竟在文坛横冲直撞好不凶猛，且行文刀刀见血！她就是吴君，一个行事低调，平时讷言，眉宇间透着几分腼腆的女子！最近她的长篇小说《万福》刚出世就赞声一片，绝非无缘无故的。

《万福》，好一个好吉祥的书名！说的是深圳宝安万福村，四十年前村里原住民潘氏一家，离家去香港郊区屯门一带讨生活，那时在村民心中去香港才是改变命运的途径。白云苍狗，如今深圳成了一颗世人瞩目的耀眼明珠，万福村也变得富裕。那里的年轻仔，双目闪亮，口吐不咸不淡的"官话"，很有经国济世宏图大略。于是潘家三代人在异地经历了伤筋动骨之后，纷纷走上了回家路，这条路走了四十年！连80岁高龄的潘宝顺老太太也是日日夜夜乡愁绵绵，火烧眉毛，急着要回万福村，吃口大盆菜，闻闻家乡烟火味。吴君通过对潘家三代人的爱恨情仇心灵秘史的书写，支撑起一个家国的宏大叙事。这是一曲深圳改革开放四十年的颂歌！

---

① 该文原载于《羊城晚报》2020年4月19日。

《万福》这部长篇的题材颇耐人寻味。它既没有深圳造桥修路高科技发展的重大事件，也没有香艳诱人、欺世盗名、做发财梦做成囚徒的跌宕怪异，写的全是潘氏一家子纠结的日常，全是普通村民恩恩怨怨是是非非的情感生活，以及这一家人从宝安福田村至香港屯门的来来回回的心路历程。然而，骨子里表达的却是家国命运的重大主题。这对一个作家来说，需要多么深厚卓越的艺术功底才能驾驭？！一个重大题材如何处理，这特别考验一个作家的智慧与才华！

究竟里头有什么样的文学创作诀窍？当然这与吴君具有文学创作的天赋是分不开的，但更重要的是肯下笨功夫。她告诉我，她很羡慕别人会"先锋"，会"先验"，她只会先吃透深圳之所以成为深圳的缘由，一个作家的思想境界太重要了，否则就是黑夜里的黑牛。她家在宝安西乡，双脚天天踩宝安那片热土，这是她的优势。她虽然一直在机关工作，却熟悉这里的村民们的喜怒哀乐。在她的电脑里，笔记本中，贮藏着形形色色的宝安人的故事，这些文字的记载都是鲜活的，有生命的，会笑会哭会喊会叫会与她交谈。她为长篇小说里的人物一个一个写小传。他（她）的音容笑貌，他（她）的性格特征、典型细节、命运归宿，都要像青葱拌豆腐般清清楚楚。对这些人物的小传尽量做到纤毫毕现、细腻逼真，甚至香云纱衫在风里的窸窣响声，都听得见。这样，编故事，设置人物关系就好办了。吴君是把这些人物统统堵在一个特定空间里，前后出口堵死，让他们像黑狗白狗黄狗，大狗中狗小狗一样在里边咬！咬出人物性格，咬出故事情节。

这部长篇还有一个特色，就是用了不少约定俗成的粤方言，不知是否受了用沪方言写就的《繁花》的启迪。不过吴君运用粤方言很到位，既透出浓浓的粤味芳香，又看得懂，看得明，不会隔，颇亲切。

吾情归处是故乡

汪　泉

　　一个地方和另一个地方关系有时候就如一个人和另一个人一样，他们曾经如胶似漆，海枯石烂，誓不分离，后来却形同陌路，擦肩而过；等到人老世故，早已风轻云淡，亲疏不再。改革开放之前，深圳人对香港的向往是不可逆驳的，只要逃到（这个逃字是在历史语境下产生的）香港，必然前程远大。等到改革开放之初，深圳本土的人以香港有亲戚朋友为荣，他们可以得到深圳河对岸的港货甚至钱物，更是精神依托；然而，时至今日，那些当年逃港的人却以在深圳或内地有豪宅，能够回到故乡兴业办厂为荣。在这前后四十年的逃离与回归之间，谁又能想到，世事如白云苍狗，精神家园才是最终的依祜呢！

　　从四十年前算起，当年逃港者年龄最小者如今也年届花甲了，期间，他们在经历了露宿街头、只求收留果腹之后，略有积累，想到的还是深圳河对岸的亲人和村庄，修道路、建学校、接济拉攀亲人；而今，深圳河北岸日新月异，政策对他们全面放开，他们归心似箭，重建老屋，重振祖业。而第三代却早已跨越深圳河，来来往往，早出晚归，河岸对他们已经不再是障碍。三代人舍不下的爱，断不开的情，其间的牵攀不是三言两语可以交代了的，而是血泪，是亲情，是爱，是故园情，是家国情。从深圳宝安区的万福村到香港屯门，长篇小说《万福》写的正是这一河两岸四十年的风景。

　　当年，万福村的大哥带着兄妹四人和朋友逃港，危急时刻，阴差阳错，好友被迫下船，却带来了朋友怀孕的女友。大妹也被蛇头驱下，只身远赴新疆。怀孕的女友自然成了大哥的妻子；小妹尽管和家姐的男友在一起，却不能结婚，只好单身拉扯小弟的一双子女……后来，来到香港的老母对周围的一切毫不上心，只要见到钞票便兴奋异常，喊着那句一代人的梦中呓语：我有钱啦！然而，就在八十八岁这一年，她突然明白了，她要回家，回家。这才有了声势浩大的回乡之路。眨眼之间，第二代长大了，寄托着深港两地梦想的他们，开始了新的人生，阿惠被母亲卖到了香港，嫁给了麻风病患者，可她却不愿意回来了，她已经成了香港人，背负着人道的重担；大哥的子女回到深圳，却不想再去香港，他们再也不比当年的父辈。

逃离与归来。这不仅仅是港深两地的地域概念，也是港深两地人心的概念。港深之间，正如游子与故土之间，难舍难离。三代人，分合聚散，好一幅万福屯门市井图。在这幅阔大的画卷中，作家以其细腻的笔触，展开了四十年前后的人心长卷，勾画了历史长河中的短暂景象。小说看似在写一场归途，实则在写一个时代的精神皈依。

与其说吾心安处是故乡，不如说，吾情归处是故乡。一个情字，催动了几许的无所畏惧，牵绊了多少的归心忍耐。小说从容进入每个角色的内心深处，正如福克纳的《在我弥留之际》一样，不同的视角，不同的讲述，将死者不断送往远方，渐行渐远；而《万福》却反向而行，老母归乡，将所有的错愕和疏离不断弥补修复，将一场场闹剧不断转圜，将历史的缝隙缓缓缝合，将人心的疏远慢慢拉近，这便有了四十年，便有了更漫长的美好期待，故乡尚在，人情归来。

读吴君小说《我们不是一个人类》^①

胡　筎

　　如今，弥漫在文坛的浮躁气息甚嚣尘上，从美女、少年、下半身写作到痞子文学、地摊作家粉墨登场，各领风骚的商业与炒作几乎淹没了文学的阵地。

　　文学本身的魅力与价值真的正在被人淡忘吗？

　　真诚的写作，这是我们寄希望于写作者的最基本要求；我们希望阅读健康而深刻的、表现真实的人文状态的文学。读过吴君的小说《我们不是一个人类》之后，我欣慰地看到：文学没有死。在这个浮华的年代里，吴君依然故我地在坚持着文学的操守，以纯真的写作方式讲述着她的故事。

　　小说《我们不是一个人类》，故事发生在东北某个大城市里靠近火车站的一隅，居住在这里的人大多是从关里，相对于东北本土的关外而言的山东一带，熬不住饥饿迁徙到这片黑土地上的男男女女。他们把异乡当作故乡，在这里结婚生子生女，贫困却又自足。像千百年来的他们的先辈们一样，挣扎在社会的最底层。

　　小说写了一群人的生活状态，在这里，全书以一个叫小英的为叙述起点，众多的人物穿插其中，他们卑微、琐碎，但他们也有爱、有恨，有欢乐，有悲伤。这就是中国的老百姓。此时，我们已不是在读小说了，就像是一回头，看见了我们自己20世纪七八十年代的老照片，虽然如此泛黄，但那些人却真真实实是不久前的我们自己；仿佛一开口，就听得见历史深处的一

---

　　① 该文原载于中国作家网：http://www.chinawriter.com.cn/2009/2009-09-09/76646.html。

声声叹息。这样的阅读让人明白，我们的社会就是从那样一种生活状态里一步一步走过来的就在居住的房屋不远就没日没夜地跑着轰隆隆的火车，这是他们的"衣食父母"。火车，这一工业文明的产物，因其流动的特性，它把城市之外的信息最先带给了这个城市的这一群黄泥街上的人们。也因此，虽然在远离主流生活的边缘，他们却是思想最为开放的人。他们从不去约束自己，随心所欲地活着。作品极其散淡地还原了当时的真实氛围。黄泥街上小英一家人的困窘、苦恼和她的左邻右舍几乎相同的生活场景，一定会让我们的社会学家触目惊心，这就是中国的底层老百姓的生活！同时，也让许多从过去时代走过来的读者感同身受，在字里行间找回自己熟悉的身影。那就是我们曾经的自己。

小说写得冷静，不张扬，即使写愤怒也不留露一点自己的情绪，作者在此就是把自己当作一个局外人，她的责任只是记录那一群人的原生态，刻画那些活着的人物的生活细节。作者以这种冷静地写作姿态，却把人们压抑许久的复杂情感冷静地梳理出来；她不追求沉重，不去追求某种历史的辉煌，只是以淡定闲适的笔墨，在貌似不经意处理的情节之中，反而让人感受到历史深处的断裂，那些来自千百年被压抑的民间叹息声。

在黄泥街生活的人们，没有秘密可言。这一点，也恰恰是二十年前的中国人的典型写照。

中国的文学作品表现同类题材往往容易形成定势，人物的设置和发展也容易演变成模式，读者习惯之下也以为就是如此。《我们不是一个人类》突破相同题材原有的框架，去掉以往同类小说中那种多余的附加物、那种夸张的虚饰、那种大批判式的哄闹，把生活纯粹的本色完整地呈现出来，我们被这种艺术的真实性所深深震撼。

读了《我们不是一个人类》，使我们对那个远去的年代又有了更加真切的认识。城市平民麻木无知的处境、善意而又贫困的状态，再加上变化莫测、大起大落的政治背景，作者提供的逼真文本足以让我们回味不已。那些由细节构成的人的命运的真实，外在生活和内心生活的真实。书中没有大悲大喜大事件，作者是用细微写大时代，写出了各式各样人的命运。

作者冷静、平淡、幽默的语言，从容、传神地叙述了那个年代一群小人物的生活状态。文字一点也不花哨，这很适合那群人的本色生活，但是尽管如此，文字却形成的韵律，又可以说达到了一种雅致。

这种心平气和的叙述，如今是不多见了。因此，读我们不是一个人类几乎没有任何阅读障碍，让人直接达到了作者预想的一个境界。那流水账一样的琐碎的一天又一天的生活，那走马灯似的小英、宁姨、大宝、二宝——由他们演绎的故事，不是现代人阅读习惯里喜欢猎奇的大款、美女，没有赤裸裸的性描写，其次也没有曲折的跌宕起伏的迷离情节。但是，在这些被吴君轻描淡写的平凡人物身上却似乎依附着一种魔力，让你一口气想要读下去，然后，开始重新审定我们的生活坐标，让我们知道离现在不远的二十多年前，有一群人生活得如此沉重。尽管他们并不自知，但是那种无边的沉重，至今仍让我们喘不过气来。由此，针对目前文坛一些浮躁的文风而言，能写这种文字的吴君应该算得上是幸福的写作人。

　　吴君写作本书的目的并不是为了忆旧，让人们把它当作个人记忆的引子。她是在时过境迁，尘埃落定之后，让我们至少暂时沉入对人的命运的没有结论的思考之中。在简约的白描背后，留有很大的纵深空间，当你读完这本书之后，你慢慢就能回忆起来，就能窥见那些人物的命运，以及他们的归宿。

吴君的少作《陈俊生大道》[①]

弋　舟

　　吴君的这个短篇令我踟蹰。它几乎让我忘记了主持这个栏目时给自己定下的规矩——以尽量宽厚的目光打量同侪们昔日的作品，不苟求完美，努力从中发现他们日后熠熠发光的最初的端倪。不错，若以小说的艺术性指标来衡量这个短篇，它的确距离我心目中的尺度尚有距离。所以，一改前面多期养成的习惯——读罢作品便立刻写下自己浅陋的"赏析"。

　　其后的日子，为了和东莞文学院签约，我恰恰去了一趟广东。此次和我一同成为东莞文学院签约作家的，还有十数位当地的作者，他们之中，不乏一些打工者（真要赞美当地的文化领导）。与他们四目相向，共同坐在签约桌前时，我突然想到了吴君的这个短篇。我觉得，我面前坐着的这些人当中，也许就有着一个"陈俊生"：每天胼手胝足地劳作后，挤在工厂的宿舍里，从席子下面拉出一本《佛山文艺》或者沈从文的书；有一些小小的傲慢，觉得自己与众不同，内心当中由于某种自我的期许而藏着一个小小的帝王；豪迈地以自己的名字来命名一条小道，但常常面对的，却是梦境破碎的时刻……

　　签约之后，我又去了趟深圳。置身中国盛夏之中的这方热土，我不免又会想到给吴君带来广泛声誉的那一系列"深圳叙事"的作品。吴君凭借这一系列的小说，站稳了她作为一名小说家的脚跟。有论者云：通过"深圳叙事"，吴君表达着一种具有现代感的文化关怀态度，因而显出了特有的深刻。而吴君自己也有所云：用作家必备的良知去感知生活背后的潜流，是我

<hr>

①　该文原载于《青年文学》2014 年第 10 期。

此刻的想法。

如果吴君所言不虚，那么，在这个短篇之中，她便应该贯彻了自己"必备的良知"，由此，她也的确捕捉到了"生活背后的潜流"。于是，再次面对这个短篇时，我迅速打消了自己那些苛刻的、所谓的"艺术性"准则。我要承认，现在，我接受吴君的这个态度，并且，对于这个短篇的再读，也令我重新温习了文学之事那些理应被接受的常识。那就是，除去"艺术性"，文学终究还是有着其他需要面对的义务，而这一点，恰恰同样被我们时常地忽略着。

我想，如果"历史"意味着"事件的书面记载"，那么我们就有理由来诘问：当自己"艺术性'地"书面记载"之时，身为作家的我们，是否胜任了这样的工作？我期望任何有志于小说这门艺术的同侪，在修炼技艺之余，也常常地如此反躬自问。因为，我们的每一笔书写，都有着"写史"一般的内在可能。那么，我们身处的历史不被我们的平庸和偏见所窜改，就成为我们写作之时最应铭记的基本的文学道德。

这就是"陈俊生门"所能给予我等的最好的忠告和教导。

《亲爱的深圳》：城市权力的序列呈现^①

叶澜涛

  随着 1990 年代以来中国城市化建设的迅猛发展，关于城市的书写与想象也骤然增多。人们面对城市化进程，表现出不同的情感反应^②。与其他城市涌现的大量城市书写不同，深圳在这一方面显得有些不同。深圳作为经济上极为成功的城市范例，在城市的想象书写方面显得相对落后。这种情况在新世纪得到了一定程度地缓解，有一批青年作家如谢宏、梅毅、央歌儿、燕子、盛琼、吴君、阿芳等都着力于深圳书写^③。即使如此，较为贫乏的都市想象与蓬勃发展的经济跨越之间仍然划分出深圳在二者之间的巨大差距。这种经济与文化上的偏倚关系不仅体现在深圳想象上，而且在南方都市想象上都不同程度地存在。只有少数作家如魏微、黄咏梅、盛可以、王十月、郑小琼等专注于岭南地区的都市想象^④。

  造成南方城市相对薄弱的城市描写的原因很多，城市书写传统的缺位、浓厚的商业环境均是其中的原因。这一不平衡关系在与北京、上海等有着较为完整的书写传统的城市作横向比较时，显得更加突出和明显。这说明城市发展与城市书写之间并非一一对应关系，这种不平衡关系主要有两种表现形

---

① 该文原载于《绥化学院学报》2018 年第 6 期。

② 叶澜涛 . 乡土、先锋、市民、欲望、颓废——20 世纪 90 年代城市小说的五幅面孔 . 社会科学论坛，2015（1）.

③ 黄玉蓉 . 深圳叙事及其城市形象 . 深圳大学学报，2007（4）.

④ 孙春旻 . 岭南文学新实力：广东青年作家创作现状研究 . 武汉：武汉大学出版社，2013.

○ ○ ○　　**045**

式：一种即表现为城市的经济发展成就较高而城市想象相对滞后，例如南方的城市书写；另一种则为经济成就相对滞后，而城市书写却较为发达，例如武汉、长沙、西安等中西部城市。

深圳作为地处岭南地区的特大型城市，有着与广州完全不同的城市历史和人员构成。短暂而高速的城市发展进程使得深圳在文化品格方面形成了岭南地区相对独立的系统，外来人口的大量涌入使得深圳表现出移民城市的包容性和多样性，这一点与作为粤文化的中心城市——广州形成了鲜明的对比。

快速的城市发展历史让这座城市还来不及细细梳理自身的文化脉络时就已然成长为庞然大物。即使如此，仍然有一批作家在快速的城市发展过程中逐渐沉淀下来，试图梳理和展现深圳的都市精神，例如吴君。她曾坦言："除了一部长篇，我所有的小说都以深圳为背景。通过深圳叙事，我有了成长，学会了宽容。"① 不同评论者如洪治纲、孟繁华、王永盛等也认为吴君的小说在展现深圳城市风貌方面具有一定的代表性②。

《亲爱的深圳》是吴君于 2007 年发表于《中国作家》的一部中篇小说。小说通过居住在同一小区的三位不同身份的进城者描写出具有代表性的深圳故事。小说在选题上并不新鲜，仍然是新世纪城市小说中常见主题"乡下人进城"，但作家在塑造人物关系时流露出的主观情感却悄然建构起人物之间明显的权力关系。这种权力关系的建构具有一定的代表性，体现出城市在快速发展过程中人物之间社会地位和个人情感的相应变化。这种权力关系主要体现在两个方面：一方面通过各自的人生选择表现出的城乡差异；另一方面是社会资源分配差异带来的权力等级序列。

一、城乡之间的序列关系

《亲爱的深圳》主要展现的是张曼丽、李水库、程小桂等以前长期生活在乡村的农民在进入深圳后发生的生活转折和情感变化。虽然人物活动的中心是在深圳，但实际上乡村在小说中始终是"缺席的在场"。这一"缺席的在

① 吴君.关于深圳叙事.《亲爱的深圳》跋.广州：花城出版社，2009.

② 洪治纲.深圳：一个理想或隐喻的符号.中国作家网，2009-09-17；孟繁华.乡村文明的变异与"50后"的境遇.文艺研究，2012（6）；王永盛.吴君小说创作论.中国现代文学研究丛刊，2015（8）.

场"与深圳形成了鲜明的空间对比，在深圳的衬托和对比下，农村形象明显处于弱势地位。城市的巨大存在和乡村的弱势地位虽然在小说中的不同人物身上均有所体现，但较为集中的呈现仍然是三位主人公：张曼丽、程小桂和李水库。

（一）虚伪的都市白领张曼丽。与李水库等新进城的农民对于深圳怀疑和否定不同，张曼丽在城市立足后不久就明显表现出对乡村生活的排斥和不屑。有时这种排斥和不屑的情绪通过地域歧视表现出来，例如她在回忆自己的乡村生活时感叹"你们北方好冷啊！除了居住条件很差之外，吃的东西也和粗糙。不管什么东西，就这么一大锅一大锅去煮，还有，你们那边的人特别不讲卫生，一年到头也不洗澡。还有，还有……你们总是喜欢吃窝窝头……"又例如她在言语之间努力割断与仍然生活在乡村的家人的联系。在张曼丽看来乡村不仅代表着贫穷落后，也代表着疾病与死亡。张曼丽努力地让自己成为一个真正的深圳人，为此她建构起自我陶醉的虚假身世。当李水库质问她的家庭时，她谎称"当然住在他们的别墅里面啊，不过我的爹地是位高级领导，每天工作很忙，除了周末家中举办的宴会，我并不是总能见到我爹地。"对于乡村环境的嘲讽和出身背景的篡改说明张曼丽极力抹去烙印在自己身上的乡村痕迹。

（二）艳羡的农村务工者程小桂。除了张曼丽对于乡村生活和乡村身份着意回避外，程小桂也对农村生活表现出排斥的态度，不断表现出"新深圳人"的身份认同。程小桂以前由于家庭环境不佳，因此与李水库结婚后一直在家中抬不起头。在深圳找到工作后，她的收入明显提高。她不仅解决了自己的生计问题，而且还帮助李水库家里偿还了债务。这些让程小桂充满了自信，对于深圳充满了感激之情和情感认同。她在丈夫和同事面前并不掩饰自己对于深圳的喜爱，她希望有朝一日能够像张曼丽一样在深圳扎根立足。在认同"新深圳人"身份的同时，程小桂也努力寻求经济上的独立。程小桂在卖收来的报纸时，虽然内心纠结于价格上的细微差别，"她说，买就这个价，不买就拉倒！""直到数钱的时候，程小桂突然从半空中放出一句，零钱不要了！"看似强大的气势并不能奄盖她内心中的怯懦和虚弱，她努力地像城市有钱人一样表现对于财富的不屑和豪爽，但售卖报纸的行为本身和对价格的斤斤计较又无情地戳破了她的虚张声势。

（三）徘徊的进城者李水库。李水库刚来深圳时并不习惯这种快节奏的城市生活，但寻妻生子的冲动又让他不得不留在这种城市，不断忍受妻子的冷漠与奚落。他留恋安逸宁静的乡村生活，在情感上对于深圳这种巨无霸城市始终觉得隔绝和疏离。"深圳尽管很漂亮，却让他无所适从，总是找不到感觉。比如说李水库每天总是找不到太阳的方向。要是在老家，他一抬头就可以对着太阳，对着太阳他就知道自己在哪儿，无论在地头，还是在山上……这样的生活他一直认为非常幸福，直到程小桂离开家到深圳打工为止。"李水库与妻子之间不断产生矛盾和冲突，见识所谓"城市丽人"张曼丽的虚伪，这些都让他产生对于城市的怀疑和否定。他为了增加收入到洗脚店赚外快，但这些仍然无法满足深圳高昂的生活成本。生活习惯的差异、卑微的社会地位、微薄的收入都不断摧毁李水库作为男性的自信，否定他在深圳的存在价值。

与小说中被主人公贬斥和否定的乡村背景不同，以深圳为代表的都市生活得到了充分的展现和张扬。首先是深圳带给人物明显的精神变化，其中程小桂表现得最具有典型意义，"到了深圳的程小桂，整个人发生了很大的变化，再也不是过去的那个身体又矮又肥的程小桂。"除了着装上的变化外，程小桂精神上也悄然发生变化。无论什么时候，她都习惯带着一双白手套。这双手套既是工作需要，同时也是精神认同。

除了程小桂的变化外，对城市素无好感的李水库也不得不承认深圳的繁华和现代。李水库刚来深圳时晕头转向，"深圳尽管很漂亮，却让他无所适从，总是找不到感觉。"在担任大楼保安一段时间后，他觉得"深圳比他想象得要热上一百倍并好上一千倍。到处都是这样白光闪闪的高楼，到处都是让他无比羡慕的男人，到处都是让人心虚气短的女人。"深圳带给李水库的冲击是全方位的，他在这座城市学会了如何像城市人一样朝九晚五地上班，如何在局促的空间内寻找短暂的亲昵，如何利用手中的微小权力为自己谋取私利。李水库正在经历的一切是在这座城市已经立足的过来人都经历过的。深圳在提供繁华方便生活的同时，也意味更加激烈的冲突和复杂的竞争。

除了在文本中借助人物的语言传达出对于城市和乡村的认同差异外，小说也借用行为特别是性权力来喻指这种等级关系。这种性权力表现在两层人物关系上：一层是程小桂和李水库之间的性权力；另一层是张曼丽和李水库之间的性权力。

（一）程小桂与李水库夫妇之间的性权力。李水库来到深圳后一直希望与妻子亲热，赶紧让程小桂怀孕，这样不仅可以解决家人对于生儿育女的期盼，而且也让程小桂彻底安定下来。然而，李水库的如意算盘一次次遭到了程小桂的拒绝和嘲笑。李水库刚与程小桂见面时，"她先是用眼睛四下瞄了半天，然后像地下党接头，感觉的确没人，才对着李水库露出陌生的微笑，然后大大方方，用标准普通话说了一句：你好！"一句"你好"表现出的礼貌和拒绝让李水库初尝被拒之千里之外的冷漠。即使是为数不多的几次亲热，李水库也表现不佳，身体上的"颓势"正是来自妻子的强势与自信。程小桂之所以努力排斥与丈夫亲热，并不是真的不喜欢李水库，而是由于自身的文化优势和生存优势所带来的过度自信。

程小桂在少女时期就喜欢写诗，显示出她与一般农村女性与众不同的特质，为此还引起了李水库及家人的不满。二人结婚之前，程小桂还曾主动追求过李水库。这是因为李水库年轻力壮，是村里的劳动好手，而且还因为技能突出获得了县里的表彰。然而这一切在丈夫进城迅速逆转，李水库的一技之长在深圳并不能得到施展，充其量只能蹲在路边趴活。正是借助张曼丽的关系，他才得到了小区保安工作，解决了工作问题。乡村生活时的"男强女弱"的社会地位迅速被翻转为"女强男弱"的地位，这种生存权的变化使得程小桂不断拒绝李水库的讨好和求欢。程小桂只有在喝醉后才还原本相，表现出对于李水库的依恋态度，不难看出二人在性关系上的主从地位。

（二）张曼丽与李水库之间的性权力。作为小区里数一数二的漂亮白领，李水库对于张曼丽充满幻想。短暂的洗脚工经历让他真正接触到了张曼丽的身体，也让张曼丽了解到李水库对自己身体的渴望。然而，在两人的认知过程中，始终是张曼丽控制着局面，占据着主动。与李水库的单相思不同，张曼丽对于李水库始终表现出蔑视和不屑。即使在她孤独寂寞时，主动挑逗李水库时也是如此。在这层幻想型的性关系中，李水库仍然处于弱势地位。男女之间的性别等级在脱离了乡村文化的强力束缚后，更多地依靠文化权和生存权来重新界定时，李水库在性上的主导地位荡然无存。虽然张曼丽对李水库这个乡村小子表现出明显的蔑视和不屑，然而她对于比自己强势的男性仍然是顺从和谄媚的。她在电话中对于自己所交往的强势男性极尽谄媚，然而她自己也清醒地认识到这是在"做戏"。作为知性漂亮的女性，张曼丽乐于"做戏"的原因也不过是通过周旋于成功男性之间获得进入社会上层的阶梯。

在张曼丽、程小桂等新深圳人看来乡村与城市之间存在着巨大的经济差距和文化差异，这种横亘在两个世界之间的巨大鸿沟正是她们需要努力克服和跨越的。她们通过拒绝和嘲讽李水库这个农村男人来显示自己在城市的优势地位。作为社会资源并不丰富的社会群体，性成为她们有效地建立等级秩序、彰显生存权利的武器。通过拒绝和调戏李水库，她们在深圳这座冷漠城市中找到了微末的存在感和个体价值。在性权力的等级序列中，李水库无疑是弱势群体。李水库以及像李水库一样的进城务工者从农村辗转来到深圳，带着从乡村中学会的生存技能和思维定式，无疑在这场新的两性战争中处于劣势。

二、城市人群之间的阶层关系

《亲爱的深圳》虽然只描写了三位主要人物的命运，但实际上通过这三个人物的生活道路折射出千千万万个深圳务工人员的命运。小说通过这三个人物建构起五层权力关系，这五层权力关系既是小说主人公之间的权力等级，也代表着深圳的各个社会阶层。

这五个阶层分别是张曼丽的情人、张曼丽、程小桂、李水库、底层民工。这五个等级的人群进入深圳的时间先后有别，掌握的社会资源各不相同。正是这种资源上的差异，使得他们才能够相互沟通和频繁交换。

第一等级是以张曼丽的情人为代表的社会精英。张曼丽的情人数量众多，虽无名但有权势，即使在程小桂和李水库看来事业成功的张曼丽都需要极力讨好巴结这个群体。张曼丽对这些情人显然态度矛盾而复杂，一方面极力取悦讨好，"散发着妖气的声音多次撞到李水库耳膜上"，"有一次是午休时间，张曼丽竟然对着电话发出尖锐的喊叫，随后是深沉的呻吟。"另一方面张曼丽又坦言对他们是逢场作戏。正是通过张曼丽不愿应付又不得不应付的尴尬处境衬托出这些情人无处不在的威严与权势。张曼丽之所以与她的情人们不断地虚与委蛇，显然是因为他们有着张曼丽所需要的优质社会资源。这些社会资源不是张曼丽从农村进入深圳，通过卖弄几分姿色和长袖善舞的交际所能掌握的。因此，张曼丽为了获取更进一步的发展不得不周旋于各个情人之间，看似轻松和谐实则捉襟见肘。这些情人在小说中面目不清，我们只能通过张曼丽的只言片语侧面想象他们的情况。这群社会资源的成功占有者在取得事业上的辉煌后，通过对优势性资源的占有进一步确立和巩固自己的地位。

第二等级是以张曼丽为代表的处于上升状态的新深圳人。与她的众多情人相比，张曼丽显然没有那么丰富的经济实力和社会资源，但她仍处于相对优势的社会地位。较早在深圳定居为她提供了充足的时间，机敏灵活的性格使她能为了自己的发展充分谋划。她从底层员工一步步成长为一名出色的部门经理，俨然是城市白领的成功代表。这些资源的获得为她换取了优渥的生活条件，这一点在李水库进入张曼丽家里看到的富丽堂皇的装修中得到证实。"地板像镜子一样光亮""这个房子装修得非常堂皇""手腕上白金手表"，这些细节都显露出张曼丽经济上的初步成功。除此之外，张曼丽还拥有其他女性所渴望的另一优势资源——美貌的相貌和知性的气质。显然，张曼丽也很清楚这一点。她将这一优势尽力发挥，通过与成功男士交往将自己的身体优势发挥得淋漓尽致。然而，看似长袖善舞的张曼丽实则小心翼翼。贫困的家庭出身与成功男性交往过程中的弱势地位都不断鞭策着她更加努力地通过情感交换来占据资源。这种铤而走险的交换关系需要付出巨大的代价，张曼丽不断地被交往的成功男性所抛弃，成为人们议论的大龄剩女。然而，张曼丽并非心胸险恶之人，这从她主动帮助解决李水库的工作问题不难看出。张曼丽不过是一个试图融入深圳的进城者，有时为了实现自己的人生目标而选择不择手段。

第三等级是以程小桂为代表的努力工作的底层务工者。程小桂进入深圳工作后，由于自身的学历不足和家庭背景的劣势，使得她只能从最基本的体力劳动开始做起。她的身体资本也不突出，这使得她无法轻易地获得额外的青睐和帮助，她唯一能够依靠的是自己的辛勤劳动。她强烈地希望改变自己的命运，积极向往美好生活，这些都使得她能够忍受集体宿舍的嘈杂拥挤、清洁工作带来的身体伤害、独居异乡带来的寂寞难耐。她有一定的管理能力，担任清洁班长指挥姐妹们工作。在与丈夫的"较量"中，处处显示出的过人智慧和强势也证明她并不是一般的弱女子。这些特征不得不让人联想到《人生》中的高加林。程小桂仿佛是新世纪的女版高加林，对于现代化的生活充满向往，为此不惜抛弃乡土和爱人。然而，程小桂也有自身的局限。她希望与丈夫商量先离婚再分别结婚，然后共同抚养孩子的想法就显得不切实际。这说明她急切融入深圳的愿望，但同时暴露出思想上的不成熟。小说结尾意味深长地写到李水库决定离开深圳，义无反顾地返乡时，程小桂并没有按照约定登上驶向北方的长途汽车。她依然倔强地相信留在深圳将给她带来更多的希望，即使这会带来婚姻破裂也在所不惜。

第四等级是以李水库为代表的游移不定的务工者。与其他众多进城务工的农民一样，李水库的家庭环境并不好。在没有进城务工之前，李水库的父亲在生病期间因为心疼买水果的钱还向家人发了脾气。若不是为了进城寻找妻子，恐怕他很难与深圳之间建立联系。与乡村的自足生活相比，深圳的快节奏让他感到紧张和陌生，各种高科技的现代设施也让他无所适从。不仅如此，妻子程小桂的冷漠也让他感觉到来自身体深处巨大的压力。然而，李水库并不能抱怨什么。每每看到上合村路口趴活等工的务工者，李水库还是要感激妻子周到的安排。李水库在深圳彻底成为"被阉割者"，小说多次写到他在与程小桂亲热时软弱无力的表现。这种表现与其说是因为身体因素，倒不如说是心理上的巨大障碍。虽然初入深圳时他有过短暂的好奇，但这种好奇很快被自己微茫的存在感所替代。与张曼丽和程小桂不同，他的脑中时时浮现出安逸的乡村生活景象。正是通过这些情绪变化，我们发现李水库如何一步步将深圳的辉煌解构，发现这座城市荣光背后的虚伪和俗套，如同张曼丽华丽外衣下土气的内衣和程小桂白色手套下暗灰色的手指。从怀疑到羡慕，再从喜欢到痛恨，李水库完整走完了农村人进入城市后情绪反应的各个阶段。他对于深圳有着复杂的情感，这种情感促使他在城市和乡村之间游移摆荡。

第五阶层是以上合村的民工、向李水库求助的女工为代表的底层民工。李水库每次经过上合村路口，看到在马路上等活的民工时，总是感到一丝幸运，因为"这些民工浑身又脏又臭，经常被爱车的司机训骂，所以他们的身子不能靠近汽车。到了中午，拉不到活的农民就索性躺在上合路的两边，脸上盖一件破衣服睡大觉。"这群游走不定的务工者是这座城市真正的底层，由于没有其他生活技能和城市的社会资源，他们只能通过出卖廉价的劳力来谋取生活。如果说依靠出卖劳力来谋生的男性农民工谋生不易的话，进城的农村女性也并不容易。在排队候取暂住证的女工为了能够稍稍靠前一点，不得不向保安李水库贿赂三十元。在电梯中向李水库打听地王、深南大道地址的另一位年轻女孩显然是初入深圳，她对于深圳这座现代化城市充满好奇。然而问题是在经历了短暂的"文化震荡"过后，她仍然要面对的是与张曼丽和程小桂一样如何在这座城市栖居下来的生存压力。

虽然作者对于每一阶层的人群并不是平均着力，但各个阶层的生活状态和心理状态在小说中都留下了剪影和痕迹。深圳如同一个高速运行的机器，不停地挑选着合适的居留者，然后驱赶他们一步步挣扎着在这座城市中缓慢地前行。在这座城市巨无霸面前，没有人感到轻松，每一个人都在自己的能力范围内努力地改变着自己的阶层和命运。每个人都觉得分外艰难，但又觉得值得为理想去拼搏，这恐怕就是深圳让人着迷、为之奋斗的魅力所在。

深圳是中国现代城市发展史上一座奇迹之城。在短短三十年的时间里快速膨胀成与"北上广"等发展较早的城市同样级别的特大城市。这座城市的快速兴起离不开各种人群的努力，特别是如大量进城务工人员的贡献。小说《亲爱的深圳》将视角聚焦在深圳光鲜外表下不为人察觉的细部，记录下这群外来人群的情感纠结和生活痛感，让人更加深刻理解深圳发展到今天的种种不易。李水库最终因为个人原因离开了深圳，但其他人并没有选择离开，仍然为了留在深圳而拼尽全力。李水库离开这座城市时，对这座城市充满纠结的情绪，爱恨情仇皆融入其中。谁又能肯定在将来的某天他不会再次返回呢？

决绝而心怀悲悯的书写：吴君短篇小说《关外》研究①

陈华娟

　　在关于现代都市的写作中，有很多女作家让我们印象深刻，她们的写作以描述都市白领阶层著称，作品里充斥着大量的物质和身体的欲望，故事都发生在酒吧、咖啡馆，或酒店的房间——似乎这些就是都市小说的物质外壳和精神内涵。相比之下，深圳女作家吴君就显得低调得多。她始终坚守对"深圳"和"移民"的书写，摒弃酒吧、咖啡厅、高档酒店等都市符号，将目光匍匐在都市底层，关注底层群体的众生相。吴君笔下的深圳是一个符号，是一个欲望的对象、梦想的载体和精神的病源。在这里，所有的欲望和物质都有一层邪恶的外衣，不足为外人道。她以一种决绝的态度和冷静的口吻，叙说活在其间的底层农民工的故事，不遗余力描绘城市化进程给人的内心带来的冲击和精神挤压，价值观的分崩离析，呈现人性的贪婪、懦弱、道德欠缺、失去坚守和坚持。

　　《关外》是吴君的短篇新作。吴君在其作品中习惯提供两个地域、两种价值标准对照的二元结构模式，譬如异乡与原乡（《念奴娇》《亲爱的深圳》《二区到六区》），移民地与理想国（《十二条》）。活在此时此地的心灵总是被另外一个空间所牵扯，得不到的永远是最好的，已有的又难以彻底舍弃。人性大概就是如此。这种内心挣扎和内心风暴正是作者关注的重点。在《关外》这部作品中，作者依然把大背景放在深圳，继续延续二元结构模式，设置了关外这个蓝领阶层的活动背景，同时"关内"这个隐性背景如影随形，形成对照和角力；关内

---

　　① 该文原载于《山东农业工程学院学报》2016 年第 6 期。

关外的人和不同人的欲望也构成一种对立。构建对立，是因为作者意欲在新的情景下探讨欲望的无限膨胀、被物质挤压的可悲可叹的心灵图景。

一、关外（关内）：贫富的隐性表达

不同于吴君以往的"深圳叙事"和"移民书写"，短篇小说《关外》在情节上来了一个大反转，主角换成了一对一贫一富的年轻大学毕业生，他们代表的是两个阶层。故事里弱势的一方不再是追求深圳人身份、户口的新移民，而是一个有深圳户口、家里住在十二万元一平方米的大房子里、父亲是深圳富商的富二代千金小姐黄倍倍。因为父亲反对自己学表演当演员，黄倍倍便跟富商老爸黄海闹矛盾，为了赌气，黄倍倍故意到关外找了份工作，还跟穷小子陈泽谈起了恋爱。陈泽是江西吉安人，大学毕业生。父亲是煤矿工人，母亲是镇政府工勤人员。用黄倍倍的话说，"这个男孩子上进、勤俭、细心、懂得疼人，让她觉得贴心贴肺"。而且，他对黄倍倍的家境不了解，也不关心。这让从小生活在众星捧月当中的黄倍倍觉得轻松没有负担。然后，陈泽的母亲来了，她是来考查，更准确地说是来驱逐黄倍倍的，她的目的很简单，作为母亲，她希望陈泽成功——娶个深圳当地的有房子有分红的女子（不管美丑胖瘦），稳定下来，不用辛苦工作。陈泽母亲认定黄倍倍不是儿子结婚的理想人选，她痛心疾首地认为黄倍倍会害了她的儿子，恳请黄倍倍离开，让陈泽去找富婆。婚姻，在陈泽母亲眼里，是通往未来幸福生活的跳板，也是唯一的筹码。黄倍倍亲眼看着自己亲手构筑的乌托邦破灭，内心固然有失落，然而更多的是庆幸。庆幸自己终于识破了陈泽的自卑和自怜，识破了人性的扭曲和背叛。

二、关外（关内）：两种青春的代名词

所谓关外关内，首先是一个地理名词。深圳关内是指深圳经济特区，所谓"关内"，是指"二线关"内。"二线关"指深圳经济特区界。关内包括罗湖、福田、南山、盐田四区。"关外"则指二线关外，不属深圳经济特区，但属深圳市，包括龙岗宝安两区。

关外关内，各种生活条件和繁华程度当然是天壤之别，这也造成了关外

关内人的心理落差，所以才有了黄倍倍为了气老爸而去关外找工作的桥段。在黄倍倍父亲的眼里，"关外就是个县城，破旧、脏乱，跟国际大都市的深圳无关。"而在黄倍倍的眼里，关内是一个温室，为她提供了优渥的条件，同时又禁锢了她的发展。而关外呢，没有人认识她，她挽着裤脚，吃着冰激凌，或者买个豆沙饼坐在台阶上边吃边看风景……过一种底层人的生活。固然，这个对表演痴迷的女孩是以一种体验生活的心态生活在关外的。而她的男朋友陈泽呢，这个"清高"的大学生在关外勤恳工作，表面愤世嫉俗，内心对关内的生活心心念念；甚至，不惜让自己的母亲来试探女友，也毫不忌讳自己去相亲，为了找到更好的跳板。

关内关外，目标背道而驰的男女，让人想到了那句话"围城外的人想冲进来，围城里的人想要冲出去"。在文中，"关外"早已超越地理名词而成为一个心理意象，关外意味着工厂、工人、辛劳、不稳定、奔波劳碌；关内才是特区，繁华、现代化、金钱、身份、地位。只要在关外，身份永远矮人一截。而关内关外的冲突，永远如黄倍倍和陈泽，前者看似弱势，却高高在上，冷眼旁观陈泽以及陈泽们徒劳无益的挣扎。袖手旁观，却也无能为力。

男女主角的心理很值得玩味。黄倍倍从小长在蜜罐中，物质对她不是问题，更不是生活的目标，因此她可以追求理想，过随意的生活，追求自己想要的爱情；而陈泽来自普通家庭，他背负父辈（扭曲）的期望和生活的重担匍匐前行，想要追求自己的幸福而不得。作者故意让两个花样年华的男女相遇，让他们的青春绽放在同一时空，际遇却如此不同，令人唏嘘。在黄倍倍眼中，陈泽"比较清高，看不起那些富二代"，但他私下里又对其母亲说"黄倍倍有来头，可能是个富二代"，让其母亲再等等看。这是一个接受过高等教育，表面看不起富人，实则对财富有着极度渴望的年轻人。这种形象在吴君的小说里很罕见。以往的作品中，人物表现出来的是对金钱物质的赤裸裸不加掩饰的追求。正因如此，陈泽才得到富家小姐黄倍倍的青睐。作者的这种设置颇有深意，让人对陈泽有了更多的同情和思考。同样的青春，陈泽却承受了生命中不能承受之重，是个人的悲剧，还是家庭的悲剧？是时代之痛，也是家国之殇？在人的价值观已经被物质崇拜摧毁的当下，该拿什么来拯救年轻的一代？当年鲁迅在《狂人日记》里呼吁"救救孩子"，今天，吴君不也是在呼吁"救救青年"？

三、关外（关内）：两个阶层的狭路相逢

文中最出彩的情节，当数陈泽母亲和黄倍倍各自的一段戏码，陈泽母亲借着请黄倍倍吃莲子羹和骨头汤，逼着女孩离开自己的儿子。而黄倍倍呢，知道了陈泽母子的意图，失望之余，戏谑心起，遂装可怜状，假意承认自己已怀孕，恳请陈泽母亲让自己留下。陈泽母亲被逼无奈，最后气急败坏地说出了心底的想法"……人生每一步都要走好，包括婚姻，只要能帮到他，哪怕对方再老再丑我们也同意。只是不能回去。他需要成功，如果我们回老家，他的大学就白读了。"

不知道在深圳的关外，还有多少的年轻人，以及年轻人的母亲，怀揣着这样的"梦想"。有多少的母亲，用子女半生幸福作赌注，为他们找到所谓的"成功"。作者"很残酷"地用两出看似巧合确实注定的戏码，让他们擦肩而过，让他们各安天命、继续寻觅。这也许就是生活本来的逻辑，两人如真的结成正果，那才真叫贻笑大方了。因为双方的标准从一开始到结束都是不一致的，黄倍倍一开始要找的人就是不知道她是本地人、不在乎她有没有钱的真正爱她的人；而陈泽呢，他在乎的是所谓的"成功"，即对方有本地户口，有分红，而不管爱与不爱。所以，最后，他们只能错过。也许，他们曾经相爱过。

作者通过关外场景和情节的设计，让两个阶层直面彼此，以一种温和的、阴差阳错的方式。这在吴君以往的小说里表现得相当隐晦。但这一次，作者下定决心让他们"真心"相爱。他们超越关内关外的地域局限，第一次直面对方，温情相拥。但这种表象让人生疑，因为黄倍倍并不是自发来到关外，她只是因为父亲反对她学表演，要跟父亲赌气，父亲说关外不好，她偏要来，怀着一种演员体验生活的心情。陈泽则表现得心不在焉，"黄倍倍提了两次跟陈泽回家看看，都被陈泽找理由拒绝了，感觉伤自尊。这次陈泽的母亲要来，黄倍倍觉得有机会可以和陈泽的家人相处，很兴奋。倒是陈泽显得冷静，似乎稀松平常，没什么热情"。

《关外》很意外地呈现了有钱人成熟、理性的一面。黄海是一个富商，同时也是一个有钱了开始怀念苦日子的感性的潮汕男人，还是一个在女儿面前唯唯诺诺的可爱的慈父。而黄倍倍呢，尽管从小在蜜罐里长大，但她身上也没有太多富二代的不良习气，反而很善良，很有自己的想法和追求，也有

对平淡幸福生活的向往。她曾经想："要带陈泽的母亲到香港看手镯，服装随她选，否则无法表达自己的感情。"

黄海却说，"你为什么要让她知道你有钱呢，你干吗不考虑她的感受。"说是考虑对方的感受，实则是防备心。陈泽母亲则很坦荡地对黄倍倍说"陈泽总安慰我，还让我别急，说你有来头，是个富二代，他还提醒我，让我不要坏了他的大事。"

对金钱财富的窥探和反窥探是关外、关内人的两种姿态，这或许就是关内关外那道难以弥合的鸿沟，相互试探，相互防御，永远在杠杆的两端，中间的那个支点，叫"金钱"。当双方无法摆脱这个心魔，这道裂痕，永远不会愈合。作者在轻描淡写的述说中，其实有着对"贫富差距"这个重大社会问题的指涉和体认。

四、结语

十多年来，吴君如信徒一般，深情而不无痛惜地注视着在深圳打拼的这个群体，而不是把他们看作异类；冷静而决绝地述说他们的故事，讲述生存的现状，还探究生存现状的局限性，以及在这种局限性中人活着的意义所在。在这个层面上说，吴君是深刻的。

《关外》中似乎有那么一丝亮光，也是很快变成灰烬。故事重回灰色的基调。——背靠深圳，心怀悲悯地书写人性丑陋的一面，吴君一直走在这条道路上，似乎越走越窄，却让我看到了越来越深广的一面，就如吴君在一次访谈中所言"写作的时候，我更注重的是内部经验和内心风暴"。吴君的确看见深圳异乡人的内心风暴。

从生活宽处打开文学之门

——读吴君短篇小说《十二条》①

冉正万

　　这是到目前为止，我读到的吴君写得最好的短篇小说。这是一篇经过成熟作家的调教后炉火纯青的作品，捅开了一个作家进入文学圣殿的大门。作者用悲悯的、蚱蜢舟载不动的愁绪化出的文字，如秋风，如秋雨，使人怅惘，让人笑着难过。读到三分之二时，耳边响起在讲经堂听到的大师一再叮嘱的"放下、放下"。是啊，我们是应该放下，并且最终不管你是否愿意，都得放下。可只要明天还会醒来，我们就不得不纠缠于放下和放弃的界限到底在哪里。

　　这不是《十二条》的主旨，这是我读它时产生的联想。作者略带嘲讽地叙述着小说中的人物，作为读者，我却对她们深表同情。因为她们是我的姐妹，就是我自己，是我们自己。小说闪烁着阴柔的光芒，这光芒照见了我们不便说出的，却时刻背负着的可怜巴巴的进取心。无论是曹丹丹还是江艳萍，在作品中，她们都有着不屈的生命力，一方面，她们努力地活着，与此同时，却更深程度地希望活出属于自己的价值。

一、理想总是带着诗意

　　《十二条》让我重新审视人的嫉妒与虚荣。它们在我的字典里，从贬义

――――――――――――――

　　① 该文原载于《深圳特区报》2011 年 8 月 30 日。

词变成了中性词。是描述人处于某种状态的词，这种状态有时能让人获得新生，也能让人万念俱灰。享誉世界的波斯苏非大师贾拉尔丁·穆罕默德·穆拉维在他的鸿篇巨制《玛斯纳维》中吟唱道："受制于状态者，算不得完善／要待进入状态，心旦才安然。……受制于状态者，情绪反复无常／时而灰心丧气，时而心情舒畅。"他惊呼："完人之手，不啻状态的炼金药／挥手能教心生铜锈者神魂颠倒。"

可我们都不是完人，我们是普通人。正如作者借电话里的人点明的观点："谁也不忍心揭穿，毕竟她只有这个了。如果连这个也剥夺了，她基本没什么活路了。每个人心目中都有"十二条"，这是诗意的栖居。在这篇小说中，江艳萍同样有"十二条"，只不过太虚妄，太不现实。曹丹丹的"十二条"都不能实现，江艳萍更不可能实现，因此她的结局更惨。

二、用减法来结构作品

至于小说本身，作家对结构、语言、情节的调教确实让人欣喜。这种调教，主要体现在作者对加减法的运用。"远远地，曹丹丹见到了那双大手，那是一个种过地的手。尽管她从来不承认，只是说放假的时候，去叔叔家帮过忙。曹丹丹明白，那是一个苦孩子的手，毕竟自己也有一双。"这就是减法。作者用简单的几句话就把曹丹丹和江艳萍出生背景交代清楚了。并且是协调地、沿着小说发展的方向交代出来的。既构成了情节，又暗示了两人不同的性格。虚荣者永远虚荣，自卑者永远自卑。对江艳萍虚荣好胜的表演，则用了加法。但并不是一味地加下去，而是加减乘除四则混合。细细体味这段话吧："江艳萍披肩下面是一件紧身的旗袍，头发梳成民国时期那种，口红是深色的，甚至连举手投足也是那种范儿。如果在平时，曹丹丹根本不想听她说话，愿意看见她拿足了姿态去表演。她在心里冷笑。她觉得江艳萍没有任何进步。最初的时候，她穿的是纱，而这种纱，人们早用来做窗帘布了。"对江艳萍虚荣表演字面上是在加，其实真正加的是她的辛酸的奋斗史。但她的奋斗史不是作者"写"出来的，而是通过曹丹丹的嫉妒成倍地充满嫉妒地表达出来的。让人可怜，也让人害怕。我们穿着西装出现时，保不准某个人也会像曹丹丹一样对你来一番类似的"冷笑"。江艳萍穿的纱早就成了人们做窗帘的材料，也许作者并不想这样说，但曹丹丹一定会这样想。曹丹丹是真聪明，江艳萍

060
○○○

是自作聪明。她们的聪明和自作聪明一样糟糕。

三、浓缩世相，体现内在张力

小说的另一个特点，是在浓缩并剔除了大量的材料后实现了小说的内在张力。在诉诸生命直觉中，同时还能看到作者如何理性地看待生活，把曹丹丹和江艳萍的困境放到社会生活中去追问，而不仅仅限于她们的性格，这就实现了小说大于文本的意图。这是只有成熟作家才会去努力实现的意图。

六七年来，吴君的小说我编发了五六个，差不多一年一个。有中篇，有短篇。初期的作品，更多的是呈现，把她观察到的、了解过的东西诉诸情节。隐约感到，这些作品中的关键质料与其说是她观察到的，还不如说是被她抓到的。有着只有女作家才有的敏感。最近两年，她的写作渐渐向生活这个大而无当却又永不停歇的具体的概念深入，并且表现出让人钦佩的坚毅与自信。这些小说不再是对漂亮情节或细节的扩展，而是对整个世相的浓缩，进入了我思故我写的层面。这需要智慧。这也许是一道窄门。但文学之门，从来都是从窄门进入，从生活的宽处打开的。

在世俗和初心的博弈中成长[①]

周思明

吴君的中篇小说《师说》是一幅学校内景图，它的触角不仅伸入了校门前的小店，还伸到了学生的家庭内部。吴君是走进人物心灵深处的写作者，对人物灵魂的刻画可谓出神入化。

小说中的校工刘通旗一直对自我现状不满，渴望一种更理想的状态，比如让儿子学习成绩提高，比如能有一个美满幸福的婚姻等。要实现这些，她就要接受许多世俗的东西，就要使用一些世俗的智慧，只有这样，她才能做到自我实现与现实超越。其间，她的不甘、卑琐、纠结、困惑，悉数表现在那犹疑的眼神、自轻的谄笑、屈辱的"活动"当中。凡此种种，都让这个原本单纯、向上、好学、透明的女人，陷入不能自拔的世俗生活的旋涡。这种接受和改变，正是现实的强大和胜利。对于不满现状的刘通旗来说，也许只有"接受和改变"才能让自己摆脱痛苦，走向幸福。

于是，我们看到，刘通旗堕入了世俗的罗网。朋友阿欢会把孩子的老师叫到店里聊天，再拿出一堆店里的东西请老师随便选，选中包好塞给对方一张购物卡，然后开车载着老师到就近的酒店大餐，顺便给对方打包一份燕窝或鱼翅。阿欢几年不给自己买件新衣服，可对待老师却敢大把花钱，为的是"让她们乖乖听话，像你们家的用人一样，给你们家孩子补课，开小灶，关心孩子成长的每一步"。刘通旗为了改变自己和儿子的境遇，她宁愿自己"异化"，走阿欢为她指出的"阳关大道"。

---

① 该文原载于《文艺报》2017 年 5 月 12 日。

吴君在书写人物命运的同时，更侧重对人的心灵烛照和个性的刻画。比如，对李德伦的个性塑造得入木三分。为了改变自己的校工身份，刘通旗幻想李德伦会念及旧情而帮助她，于是她硬着头皮将自己的想法说出来。但城府极深的李德伦究竟是个理性的官员，早把什么狗屁旧情抛到九霄云外。

　　阿欢的身上具有两面性，一方面她很世俗，教会刘通旗各种"规矩"，另一方面她也乐于助人，体现人世间难得的真情。比如她把当年老村委的人悉数找到，求他们签名做证，还动用各种关系为刘通旗的身份找依据，而胡里老师善于在校长面前阿谀奉承，甚至不惜出卖人格换得学校门前店铺经营权的表现，也刻画出了一个世俗女人心灵世界的鄙俗和不堪。小说对于冯老师的刻画也值得注意，如果没有冯老师的出现，这篇小说也许就显得过于沉重了。冯老师的出现，给作品平添了辩证的、阳光的色彩和质地。冯老师对刘通旗说，其实你们本地人极其淳朴厚道，虽然读书不多，但对知识怀有敬畏之心。冯老师还说，我真心愿意和你们交朋友，如果有需要可以找我。

　　"绝望之为虚妄，正与希望相同"。小说中不断提到刘通旗对于从前的眷恋，以及对于现实的不满。我以为，这是一个重要的隐喻，是主人公对于价值人生、幸福生活的理解，也是她走向精神清明的开始。

"苟且者"与"苟且"的时代

——评吴君的《才子佳人》①

曹 霞

　　吴君似乎有意要取一个浓缩了"文化人"之地的片段，来一窥人性之苟且与猥琐。在《才子佳人》中，她以罗岗文化站为叙事背景，以文化站长之空缺为叙事点，以细致结实、黑色幽默和深及人性的笔触将文化站寥寥几人围绕着功名利禄的形态一一绘出。

　　表面上看，站长潘树荣和李东风的明里暗里的争斗最为明显和激烈。李东风散布传言说潘树荣是因为超生才被"贬"来文化站，又抖出潘树荣包二奶等猛料。潘树荣则骂由自己一手提拔的原广播站主持李东风"忘恩负义"，大约是礼送得不够，表面上更是处处与之为难，还让他推选镇政协委员落了空。两个人在有限的空间里无所不用其极，争取着自己的人脉、风光和利益。

　　一幅微缩的"官场现场记"，又是一幅"文化"与"权力"胶着缠斗的可鄙可笑图景！实际上，"文化站"久被遗忘，它曾在二十世纪八十年代风光一时，它的悠闲和代表"文化"阶层对世俗的傲视让不少"文学青年"艳羡不已，年轻的牙医余华当年最向往的就是文化站。只不过时至今日，文学的衰败和生活的多元化早已使文化站淡出了人们的视线，但敏锐的作家依然在那里看到了"权力"抑或"权力的想象"在带给人们心醉神迷时所包含的人性的阴暗和不堪，缠卷其中的人们注定要在布满疑难、旋涡、迷宫的空间里寻求立足之地和对他人的掌控。

---

　　① 该文原载于《文学教育》2015 年第 7 期。

如果说潘树荣和李东风的关系还是文化站无人不知的"权力之争"的话，那么，余下的两个"文化大妈"——跳舞的李艳娇和负责晚会台词的王海琳之间的互讽互斗则更为猥琐。李艳娇自恃是当年名角，粉丝无数，连为文化站去要钱她也理直气壮、无往不胜，因为财政局领导就是她以前的粉丝，她的"江湖地位"有目共睹。王海琳自认为是"才女"，将真正的书卷气带到了文化站。在她之后，晚会的台词才有了光彩，她有本事将两个风马牛不相及的节目扯在一起，并赋予精神和意义。如果不是为了假离婚和分房，"才女"断然不可能如此低调。相比起潘树荣和李东风目的鲜明的较量，李艳娇和王海琳之间仅仅为了八卦、争宠、家长里短、日常琐事的"你来我往"而获取的口头与心理上的快感则更见人性之隐秘，之无聊，之苟且。

然而，不管是跳舞名角还是文化才女，既失美貌又失风光的中年女人统统在"青春"面前一败涂地。文化站新来了一个年轻女孩苏小元，敢于不化妆而将自己呈露于阳光之下，仅这一点就是两个"文化大妈"望尘莫及的。李艳娇和王海琳这一对"天敌"终于结成了"同盟"，联手起来将苏小元非议得无一是处。更阴毒的是，王海琳还暗地向潘树荣建议在采风之前先让苏小元写写稿子，以探她的虚实和究竟。如果是"我们"的人，可用，可参加采风；如果不是，则排挤到剧院，"永不得翻身"。看起来，年轻、"不谙世事"的苏小元将深陷险境。

《才子佳人》的力量除了来自对各色人等内心的细绘外，还有它在叙事上不断"出奇不意"的"翻新"与"揭秘"：李东风上班时间去看电影偶遇苏小元，苏小元向他表达了崇拜和迷恋之情，让李东风惊喜不已，谁知苏小元只是怕他打小报告而略施小计迷惑他；李艳娇和王海琳想办法算计苏小元，没想苏小元在文化站"成长"得飞快，从初来时的文静青涩变得心机深厚；出外采风时，李东风买了摄像机安放在潘树荣房间，想抓他的"小辫子"，没想到出入房间的是王海琳；在推荐"准站长"时，李东风"热心"推选苏小元，因为她"年轻，资历浅，人缘一般，无任何威胁"，以为苏会"投桃报李"，没想到苏小元头头是道、准备充分地陈述站内"老龄化"问题和自己的优点，完成了自荐。每一次新的"揭秘"都让人性的苟且暴露得更为充分，这种"平庸之恶"比"大恶"更容易、更普遍性地侵蚀人的本性和底色。

在《组织部新来的青年人》中，那个充满理想主义、向官僚展开挑战的林震虽然失败了但依然让人心动，因为在他身上，如刘世吾般的"疲惫者"

都看到了自己充满朝气和勇气、让人怀念的"昨天"。然而，在《才子佳人》中，"文化站新来的青年人"苏小元却比前辈们都要老道、精于算计，成为最后的"胜利者"。究竟是我们这个苟且的时代成就了"苟且者"，还是无数的"苟且者"构成了这个时代，关于这一点，吴君也许并未想过，但无可置疑的是，在当下，"苟且"已然成为常态，不苟且者终将被淘汰。如此看来，"才子佳人"一语既是"戏仿"，更是"反讽"。

走出精神的尴尬

——《陈俊生大道》导读①

夏元明

　　读吴君的小说《陈俊生大道》，不期然想到了高晓声的著名小说《陈奂生上城》。陈俊生，陈奂生，一字之差，很容易使我们将二者联系起来思考。而且在思考比照的过程中，我们发现二者虽然有很大的不同，但也确实有某些相似之处。这个相似之处就是他们与自己所处的环境的不协调，以及他们所面临的精神尴尬。而且相比之下，陈俊生所引发的思考还要强过陈奂生。

　　陈奂生上城做生意，因为突然的变故，而令他置身于完全陌生的环境，在这种陌生环境中，陈奂生身上所隐藏的某种可笑的农民习性暴露无遗。一方面陈奂生勤劳善良，另一方面却又不乏农民式的小狡猾，令人哭笑不得而又忍俊不禁。显然，作者透过陈奂生这一艺术形象，不仅要表现转型期中国农民的精神面貌，同时也渗透了五四以来的启蒙文学传统。陈奂生与著名的阿Q有着深刻的血缘联系，只是作者无意将其写成民族劣根性的代表，但那种轻喜剧的风格，却仍然带着鲁迅先生的遗响。

　　但陈俊生却略有不同。陈俊生的尴尬更具精神的意义。陈俊生作为一个农村青年，他来到城市，不仅是为了谋生，更有对城市文明的向往。"没人知道，相对于自己的老家，他更喜欢这个城市，无论哪里他都觉得好，他讨厌网上那些歌颂农村或是怀念农村的诗，纯粹是饱汉不知饿汉饥的家伙。他和那些酸人不一样，他喜欢城市，喜欢这条小路。他写的那首诗，题目就是《陈

---

① 该文原载于《语文教学与研究》2010 年第 32 期。

俊生大道》。第一句是："小路两边的草地是多么柔软……'"在陈俊生眼里，城市不仅是现代文明的体现，同时也是他心中诗意的源泉。他不喜欢农村的愚昧落后，不喜欢他所熟知的农民式的生存方式，他的理想就是"今后发达了，要以自己的名字为这条路命名——陈俊生大道"。正是由于他的自命清高，所以他看不惯同宿舍的人那种猪狗不如的生活。他不又反感那种相互间的吃喝拉扯，更无法接受仅仅隔着一层蚊帐，就和自己的老婆或女友做那些男欢女爱之事。所以他的确是"鹤立鸡群"的，表现出特有的孤高和孤独。"这个宿舍没有人懂得他的价值，他们一天到晚就是说一些工厂里的事，或是说老家几头猪几亩庄稼之类，没有一个人像他这样，爱看书，爱思考，人也比较独立。"也就是说，同宿舍的伙伴只是在活着，而他是在生活，除了形而下的物质需求，他还有他的精神高度。

但是陈俊生却遭遇了有理想的人所常常遭遇的不幸，那就是现实与理想的对立。陈俊生可以自别于庸众，但却无法抗拒生理的需求。当老婆坚决来到自己身边时，陈俊生为难了。他讨厌像其他人一样"借庆"，或是通过搞好与众人的关系，让同宿舍的人在某种特殊的时间出去一个小时，腾出他和老婆所必需的空间，但他终究还是逃不脱身体的本能冲动，做出了与室友毫无二致的举动。虽然陈俊生可以和老婆在星空下享受浪漫的激情，但他也不可能总是和老婆逗留在户外。而镇上那些暧昧的旅馆，又是他所不能去的地方，环境迫使他作出了"妥协"："直到想起刘采英带来的那几大块家乡腊肉，陈俊生才放下心。他突然觉得事情其实一点也不难。"

从一个自命清高的理想青年，到最后向现实缴械投降，陈俊生无疑经历了精神上的巨大打击。陈俊生的精神尴尬是现实造成的，但作者却似乎并没有一反为陈俊生惋惜。有人评论吴君，说吴君的小说并不具备批判性，这种观点放在这篇小说中同样适用。按照一般小说的模式，像陈俊生这样的有为青年，最后不得不向现实妥协，这无疑是悲剧，作者完全可以透过这个悲剧来指责现实。但吴君却没有这样。在吴君的笔下，陈俊生怀揣着理想固然可爱，但他将自己凌驾于众人之上，表现出对世俗生活的不屑，却多少遭到了来自作者的揶揄。而小说的结尾，不仅没有让人读到悲剧性的质疑，相反给人一种回归俗世的温馨。这种处理很富意味。它让我们感到，陈俊生的精神尴尬的多重性，即他不仅具有理想与现实之间的矛盾和落差，同时也有对理想和现实的并非完全正确的理解。小说似乎在告诉我们这样一个道理，一个人在保持精神高贵的同时，也并不妨碍其对世俗的认可。高贵和世俗并非总是对立的，调和得当，完全可以进入到一个更加完美的境界。

苏轼咏红梅的诗，有这样的句子："故作小红桃杏色，尚留清瘦傲霜枝。"红梅可以在表面上混同于桃杏，但骨子里却是高贵的。一个人总是标榜自己脱尘和绝俗，未必值得景仰。

寻回在经济大潮中迷失的情感

——读吴君的小说《好百年》①

阎丽杰

小说《好百年》标题令人遐想联翩，它有着太多的寓意，"好百年"既是作品主人公历经情感挫折后寻回的爱情真谛，也是作品主人公支撑事业的婚庆公司的名字，还寄托了作者对于小说中的每个人物和人世间一切美好爱情的祝愿，同时又是作品主人公经过感情挫折后迎来的幸福结局。

在经济大潮的冲击下，人们的价值观、爱情观都发生了巨大的变化，人们原有的生活秩序也被打乱了，如何面对这样的生活，小说《好百年》给了我们答案。人的情感只有经过挫折和历练，才能找到爱情的真谛。

一、金钱至上观不会有人生的幸福

在经济大潮的冲击下，金钱至上的拜金主义观念严重地影响了人们的思想观念，男婚女嫁成为吸金的绝好机会，买车买房似乎已经成为年轻人结婚的先决条件。

好百年婚庆策划公司老总刘金平作为小说的主人公，其名字本身就是有寓意的，似乎只有金钱能摆平一切，金钱能够带来内心的平衡。刘金平正是在金钱至上观的驱使下，经营着公司，支配着行为，疏离了女儿，冷落了丈夫，失去了家庭。挣钱成为刘金平的唯一目标。刘金平的一切都向钱看齐，客户对她

---

① 该文原载于《芒种》2016 年第 15 期。

的亲疏冷暖都无所谓，只要给钱就行。金钱可以成为刘金平表情的晴雨表，有了生意，她的表情可以瞬间发生变化，她可以把感情婚姻当作生意来交易。

奇怪的是，刘金平注册了婚庆公司之后，有钱了，也没有感到幸福。她不仅离了婚，女儿和她的关系还成了死结，从此再不能对话，甚至还脱离了她的视线，借读书之机到大上海离她远远的。自此，一家三口分住三个地方。刘金平时常感叹，自己的苦白受了，强白逞了，一个单身女人开婚庆公司倒成了笑料。有段时间，老板娘刘金平似乎为了女儿罗小娜抑郁过，整日以泪洗面，神情恍惚。可见，金钱至上的价值观并没有给刘金平带来预想的幸福，反而是众叛亲离。

刘金平遇到事也会用金钱去摆平。为了阻挠女儿的恋爱，她花钱雇用快递小哥打劫女儿。为了给女儿找工作，她又花钱做交易搞关系，以便把女儿介绍到大公司工作。在小说中，秦姐姐也是把金钱当作婚姻的筹码的人，她竟然把儿子当成了赚钱工具。难怪罗小娜痛心疾首地质问母亲刘金平："你眼里只有钱，钱是万能的对吗？我什么处境你知道吗？"

二、家庭的和谐永远需要伦理关怀

伦理关怀就是以人为本，尊重生命，注重情感交流，处理好家庭伦理关系。小说中的另两位主人公罗润生和罗小娜的名字也意味深长。丈夫罗润生似乎只有情感的滋润交流，才能有生气，才能救活他的爱情，所以他叫润生。女儿罗小娜似乎只要母亲对她有小小的接纳，她就会倍感幸福。

刘金平下海经商，本意是为了家庭的幸福和谐，刘金平的理想是要把这个好百年招牌发扬光大，做成百年老店，最后交给女儿罗小娜打理。由于经商忙碌，刘金平不再是长发飘飘气质婉约的美女，而是变成了再无半点儿女性气息的女汉子，以至于一家三口人在一起都没有了共同的话题，不知道讲些什么好。情感的缺失和伦理关怀的欠缺使得刘金平的一家三口分崩离析。

刘金平的行为形成了一种悖论，她越为家庭打拼，离家庭就越疏远。她越为家庭挣钱，女儿和丈夫就离她越远。她做事的初衷和她做事的结果是矛盾的。究其原因就在于，她忽略了与家人的情感沟通和伦理关怀。刘金平对女儿没有承担起母亲的责任，她甚至认为女儿成心气她。刘金平是一个失败的母亲。刘金平连给罗小娜开家长会的时间都没有，罗小娜得自己参加家长会，连节假日都是罗小娜一个人过的。罗小娜找不到家庭的温暖，为了和母亲对抗，《那小子真帅》《空等一夜》之类都是罗小娜的枕边书。那时候，罗小娜放学后不仅出入网吧，还会和学校的小混混结集在一起逃课打架闹事。和母亲久别相见时，罗小娜特意理了一个男仔头，耳朵上还有几枚闪钉。其实，罗小娜是个懂事的孩子，她叛逆，是想引起父母的注意和关爱，这都是刘金平疏于关怀女儿的后果。

刘金平与丈夫罗润生没有情感交流，是一个失败的妻子。而当刘金平与女儿和前夫有了情感交流、伦理关怀时，她又重新找到了失去的爱情、亲情、家庭。

三、经济的富足不等于爱情的完美

爱情、婚姻本应是以感情为基础的，在经济大潮的冲击下，很多人把金钱看得至高无上，金钱成为爱情、婚姻的筹码，可想而知，如果有一天失去了金钱，这种爱情和婚姻也就不复存在了。被经济利益束缚的爱情婚姻不会有心灵的自由、情感的愉悦、关系的和谐融洽，人们会处处算计金钱的盈亏，真情自然被功利目的所取代，即使有了再多的金钱，也不会有幸福感。

刘金平的事业做得风生水起，她的好百年婚庆公司赚下了口碑。在深圳红荔路红桂路一带，谁都知道刘金平的店面地处黄金地带，还有比金子还值钱的不小的草坪。但她却因为女儿而以泪洗面，抑郁恍惚。刘金平事业成功了，经济富足了，但她却失去了爱情，罗润生受不了刘金平的颐指气使，离开了这个家。她有时流着无名的眼泪，特别怀念当年一家人挤在罗润生歌剧团小屋子里的甜蜜，那时，尽管贫穷，但爱情很甜蜜，精神很快乐。

经济的富足若以爱情为幌子，作为交易的手段，其结果肯定还是爱情的缺失。其他人如秦姐姐把儿子作为赚取金钱的筹码。为了金钱，长相白净的小伙子充当身患绝症姑娘的爱人，把爱情当作一出戏来演，这些人都不会有完美的爱情。

总体来看，这篇小说一开始就把矛盾冲突迅速推向高潮，情节紧凑，矛盾冲突集中，故事性强，起伏跌宕。小说非常注重心理描写，人物的心路历程清晰。何加本对罗小娜爱得有些突兀，如果把何加本对罗小娜的爱加一些必要的铺垫，会更加真实可信。小说叙事视角采用了无焦点叙述，有利于多侧面、多角度地塑造人物形象，揭示人物的内心世界。

辑二　○○○

深圳移民的心灵秘史

冷峻地看，温暖地写 [1]

刘 颋

　　如果用一句话来描述吴君的小说，我想说，吴君的小说是辛辣的。就像她的小说名《复方穿心莲》《牛黄解毒》，辛辣苦涩，却是治病医人的良药。吴君写小说，没有什么稀奇古怪的情节和故事，也没有哗众取宠的人物和桥段，说白了，就是一些社会底层卑微的小人物的挣扎、奋斗、向往和失败。吴君敏于捕捉生活和心理的微澜，这个只要看她小说里层层递进的心理刻画就可知一二，再小的心理起伏，也休想逃过她的眼睛。这样的素材再加上她温水煮青蛙的写法，读完吴君的小说，是需要静气和定力的。

　　文学阅读里，有大餐，有快餐，也有甜点，这些都不适合吴君。适合她的，还是她的小说名：复方穿心莲，苦涩却有益健康。

一、移民叙事与深圳叙事

　　虽然吴君早年创作过表现白领生活和都市情感的小说，但显然，移民叙事和深圳叙事，是吴君创作至今的两个重要主题。两个主题虽具体呈现方式不同，但都是抒写个体生命在迁移过程中与外界的摩擦，以及这种摩擦对个体的影响。吴君说，"我不是个全面的作家，却曾经做过当全面作家的努力，我个人对自己的定位是有特点的作家。这个特点来自我由开阔主动走向狭窄，这是经历了许多个探索后的最终选择。"至于为什么会定位在"移民"尤其

---

[1] 该文原载于《文艺报》2013 年 9 月 16 日。

是深圳的"移民"上，吴君说，"一个真诚的写作者避开生活的真实去建立文学的空中楼阁，是要有对社会熟视无睹的勇气的"。吴君做不到熟视无睹，所以，她掉转了方向，从白领生活、市民情感勇敢地转向那些数以万计的相似的愁苦的面容。

移民是一种身份，更是一种生命体验。任何一个移民的个体，都先在地成为两种文明交战的战场。吴君说，一旦移民，终身移民。在吴君移民主题的书写中，移民个体经历带来的蜕变过程中的内心挣扎和内心风暴是她关注的重点。在一米阳光或一米黑暗的方寸之地里，人物的内心风暴展现得集中而纯粹。物质诉求低端，心理身理诉求简单，但却正是这种简单和低端的诉求掀起了心底的惊涛骇浪。在低端与极端之间，个体的悲哀因为具有普遍性意义而上升到了悲剧的层面，有了叙事的意义。

吴君小说里，移民的心态有这么几层变化：一种是来了后待不住，在向往、不适应等复杂的情绪中最后走上了回乡路，以《亲爱的深圳》为例。程小桂和李水库夫妻俩，一个是出来打工挣了一点钱后改变了自己在家乡、家庭的卑微的身份地位；一个是只想到深圳找到自己的老婆带回家生娃过日子，虽然欣羡深圳的文明和现代化，但在两种文明冲突的失落里最终独自走上了回乡路。白手套这个意向虽着墨不多，却是小说里最为精彩的一笔，它拉开了程小桂和李水库的心理距离，白手套成为职业化和现代文明的象征。在李水库看来，程小桂只不过是个清洁班班长，用不着一天到晚白手套不离手，程小桂的白手套对李水库而言，是无法逾越的现实及心理的优越感，白手套让他难堪，让他愤怒，阻挡他接近程小桂，阻挡他走进深圳的现代文明。在用白手套做足了心理铺垫之后，程小桂终于在李水库面前脱下了那双刺眼的白手套。李水库惊住了，"他看见程小桂其中的一只手已经变成了暗灰色，指甲差不多没了，剩下五个光秃秃的指头，有一只还在溃烂。另一只手套褪不下来，因为已被流出来的脓血粘住。"李水库看到了白手套里那双被化学用品烧坏真皮的手。"这个地方没好人！"李水库愤怒了。然而，小说没有滑向夫妻和好如初的大团圆结局，在一白遮百丑的白手套褪下之后，裸露出的，是更多光鲜亮丽的现实存在后面的难堪、无奈和丑陋。被李水库视为仙人的职场白领张曼丽，有一段不堪回首的女工经历，至今仍然在躲避家里那些不断向她要钱的人。但正是这个有点冷漠的张曼丽，让程小桂戴上白手套离开工厂，成为气派的写字楼里的清洁班班长。至此，白手套摇身一变，成为同情、理解的化身，从刺眼的冷漠里生出了相怜相惜的温暖。然而，程小桂和李水库最终也没能一起踏上回乡路，李水库孤独地走了，程小桂孤独地留下来了。张曼丽的"冷漠"，李水库和程小桂的一走一留，成为吴君小说里外来者境遇的寓言。《深圳西北角》里的四舅和刘先锋带着物质的梦想来了又走了，《念奴娇》里的父亲回东北了，把从老家带来的旧东西都带走了，只留下了嫂子杨亚梅用身体挣来的手表。有意味的是，吴君小说里走上回乡路的几乎都是男性，留下来的都是女性。在深圳这个男女比例1：7的都市里，更多的女性留下来了。男与女的走与留，是现实一种，更是吴君解读现实后微茫的期许。

有更多的外来者留下来了。他们以血泪的代价惨痛的经历，不顾一切地要在这块陌生的土地上扎下根来，而原本温软的土地一旦面对着外来者时，都露出了坚硬的面目。《二区到六区》里的"我"、郭小改和徐森林，带着美好的艺术梦想来到深圳，但现实并不以艺术才华为标准，徐森林、郭小改锒铛入狱，郭小改从监狱里写给"我"的信上说："你才是真正的骗子，与深圳合谋，骗我们来了。我们曾经豪情万丈，可是至今为止，也还不知那里的文化到底是什么。"郭小改并不知道，"我"失业以后，已经沦为了妓女。《恋上你的床》里，苏卫红是个失意的年老色衰的粤剧演员，阿焕是和苏卫红远房表亲阿娣一起打工的"北妹"。阿焕有主见有追求，也有年轻女孩的虚荣，当然在深圳获得一张属于自己的床是她最终的梦想，但她却受到了苏卫红打心眼里的轻视、猜忌、攻击和排挤，阿焕的阳光和青春在苏卫红眼里都是有目的的阴谋，在苏卫红潜移默化的影响下，关键时刻阿娣嫁祸于阿焕，阿焕重伤住院。《复方穿心莲》的故事，围绕两个用尽心机留下来获得深圳蓝印户口的"北妹"展开。"姐妹心计"这种叙事结构在吴君的小说里出现得比较多。如《小桃》里的方小红和程小桃，《樟木头》里的陈娟娟和方小红。《复方穿心莲》是其中的代表性文本。"北妹"方小红嫁给了本地人，阿丹是酒店负责拉客的经理，外表亮丽的她和方小红的婆家人非常熟，然而阿丹和方小红婆家的亲密往来却与感情无关。阿丹希望方小红婆家能带她介绍一个本地人结婚从而获得深圳户口，婆家也非常需要阿丹这样一个陪衬人，来衬出他们每一个人身份和道德上的优越感。阿丹见证了方小红在婆家低人一等的委屈生活，方小红则亲耳听到了公婆、姑姐等人对阿丹肆无忌惮的轻贱。阿丹和方小红构成了互补性的叙事复调和生存复调，"姐妹心计"让吴君的文本突破了长度的限制，在复调的叙事中刻画出尽可能完整的移民生态。《复方穿心莲》通过方小红沉重的婚姻打开了深圳本地人的家门，让人得以洞见那扇挂满艳羡目光的大门后沉重、灰暗甚至扭曲变态的生活。扎根的过程沉重而艰难，扎根后的生活依然沉重甚至惨烈，那么，千千万万的移民们为什么要想方设法不惜一切代价地扎下根来？这是我们的疑问，也是吴君在移民、外来者系列写作中的疑问。

在移民部落里，游走在扎根落户的奋斗挣扎过程中的人是主力军。以2006年数据统计显示，广东省2600万的流动人群有90%聚集在珠三角地区。这中间的绝大多数就和王菊花一样，希望用自己的青春换取安身立命的资格。《菊花香》里，王菊花在29岁时很认真地评估了自己待嫁的资本，于是降低要求在两个老男人老李和老傅间做着选择，然而这种选择却只是王菊花的一厢情愿，老李和老傅都只是功利性的逢场作戏，谁也没有把王菊花当成婚姻对象认真看待。在29岁生日的当天，王菊花把自己交给了60多岁的工厂看门人老王，当老王看到床单上那片细弱的血印，拖着哭腔跪求王菊花不要说出去："天啊，这都什么年代了，你留着个身子做什么呢，我看你是成心害我啊！"王菊花梦碎。现实的冷酷和无情粉碎了王菊花们的身体，也粉碎了她们的道德观和价值观。王菊花是吴君外来移民叙事中一个非常有代表性的形象。她不聪明，长相平平，有着所有年轻女孩都有的天真梦想和小虚荣，虽不是乐于助人却也不善于拒绝他人的要求，多年工厂打工生活教会了她一些小聪明和小心机。王菊花无疑是千千万万外来打工妹的缩影。可以想见的是，当王菊花梦碎后，她会做什么？她会变成什么样？是《樟木头》里的陈娟娟，《地下铁》里的朱喜燕，还是《小桃》里的陈小红？现实给王菊花们选择的余地并不大，要扎下根来除了用身体说话，攒足钱买房子，吴君的作品并没有给我们提供太多的可能性。

读吴君小说，我们经常能看到东北—深圳、关外—深南大道、北京—深圳、香港—深圳、异乡—原乡这样的二元对立架构，其中一方往往代表了更高的生活理想和现代文明，芸芸众生在时间的长河里努力游动，每一次划动都只为更接近目标一点。所以，吴君的小说是流动着的，流动着的人，流动着的无穷无尽的欲望，永远从一个地方流向另一个目的地。因为人流与欲望的流动，以及在这个流动的过程中人及人的欲望与陌生环境之间的紧张关系，让人性人心欲望有了更充分展示和生长的角度和舞台。

二、冷峻的真实与微茫的期许

吴君小说里，有一双冷峻甚至冷酷的大眼睛在盯着每个人。

吴君大多小说都没有特别复杂的叙事结构和技巧，如果一定要概括一下，我以为是一种剥洋葱的写法，一层层剥开心灵的遮障，直达最深处，照见每一个灵魂的底里。在这个过程中，她不容你躲闪，不容你支吾。在人物的每一层语气、每一个小动作、每一个眼神和表情的后面，吴君都可以毫不留情地揭开伪装，暴露内心真实的阴暗。所以，吴君小说里的人物，都是生活的斗士，小说里时常有着隐形的刀光剑影、血肉横飞，每一个外来者面对的残酷扎根过程就这样真实地烘托了出来。《樟木头》里陈小红对陈娟娟的步步紧逼，《幸福地图》里阿吉家人争夺抚恤金的混战，《复方穿心莲》里阿丹向陈小红展示婆家男性写给她的暧昧"书法"作品，这种时候，吴君是冷峻甚至冷酷地剥着洋葱，辣辣地刺得人睁不开眼，却又不得不面对一个惨烈而真实的丑陋着的灵魂。

一般而言，女性作家长于细腻的观察和描写，女性作家叙事语言的质地多偏于柔和温软。尽管每一处细微的起伏都难逃吴君的眼睛，然而她的语言是冷峻的，坚硬的，冷峻到甚至有刻薄之嫌。阿焕和阿娣一起到苏卫红家做客，苏卫红看不惯阿焕的青春自在，她对阿娣说："她凭什么带你出去唱歌，你唱过没有？对呀，你肯定一首也没唱过。为什么不选择别人而单单选择你，她为什么要这么残忍地对待一个善良的女孩呢？不就是认为你长得不如她，可以使她显得更漂亮吗？"（《恋上你的床》）一连串的反问活脱脱地勾画出了苏卫红复杂阴暗的内心。

吴君擅长心理描写，或者说心理的微雕，比如李水库刚到深圳时眼中的程小桂：也许是总戴着一副白手套的原因，她的手指显得细长，说话也日渐有条理，很难再看出乡下人的样子。这是他到城里来的第一个感受，这种感受让他心里没着没落。（《亲爱的深圳》）李水库的第一次心理亮相，就奠定了他和程小桂故事的走向和结局。王菊花29岁生日和家人通电话，家里人没再催她结婚，而是用蹩脚的文明用语和她说话，而后急急忙忙挂断了电话。家里人生怕金融风暴后她说出不再打工想回家之类。"被扔在这头的王菊花待了半天，才有了心酸。她感觉家里不要她了。把她当作嫁出去的女儿。只是嫁的不是男人，而是深圳。"（《菊花香》）王菊花的心酸孤独和悲凉跃然纸上，王菊花的悲剧就这样被阻断了退路，她只得一路悲凉地走下去。有多少个王菊花都有着这种相似的经历和悲凉？这就是吴君的功力，只几句话，就刻印出了王菊花们无从逃避的悲剧性。

吴君的文字常常在方寸之间照见人心天地，让读者在她的文字里感受生命的疼痛，感受每一个个体生命或卑微或丑陋的真实。面对人物的卑微、猥琐甚至丑陋吴君从不留情面，但她更在意真实地呈现卑微猥琐丑陋的原因，避免夸张变形。让每一个卑微猥琐者说出自己为什么卑微猥琐，这种写作姿态是值得称道的。曾有论者将吴君的写作定义为底层叙事，吴君并不认可这个归类。她认为生命没有底层和高层、低级和高级之分，每一个真实地认真地生活的个体都是值得作家认真对待认真书写的。所以，我们可以从小说里读出她对卑微个体的尊重和理解，哪怕是用身体说话的方小红、陈娟娟们，而且吴君从来不吝啬赋予笔下人物以微茫的希望和亮色。程小桃第一次面对诈骗犯时单纯地相信了他是个官员，这样一份天真到有点傻的信任对于一个诈骗犯而言依然非常宝贵，所以诈骗犯不仅没有诈取程小桃的钱财，反而给了她不少钱（《小桃》），陈水英看到阿慧"友谊水饺"的小卡片时流泪了，相信过去满布心结的那一篇终于翻过去了（《皇后大道》），《樟木头》里的陈小红和《复方穿心莲》里的阿丹，最后都坦白了自己的告密行为……虽然字里行间都是吴君的"哀其不幸，怒其不争"，但她并没有放弃对这些挣扎在生活底层里的人们的善意的期许。据此可以说，吴君的小说是冷酷的，也是暗含暖意的。吴君极力赋予每一个生命应有的尊严和尊重，不简单地批判或同情，而是简洁地呈现。

不论郭敬明的电影《小时代》成败功过，单就片名而言，"小时代"三个字却是对这个时代最合适的概括。大时代里，发出光芒的是大写的英雄，那个时代里的人们期待大英雄，大时代是属于英雄的时代。在小时代里，每一个人都在努力地发出自己的光芒来照亮这个小时代，每一个人都在认真地成为自己的英雄。与小时代相对立的，自然是应运而生的小叙事。这也是为什么很多活跃在文坛的"70后""80后"作家，很自然地规避了长河写作，选择了小叙事。吴君很认真地做着她的小叙事，让每一个个体的痛苦不幸和挣扎汇集起来，成就这个时代的大叙事。

三、价值标准与小说深度

状写社会底层小人物命运的作品，作家所取的姿态至关重要。吴君的深圳叙事或移民叙事区别于一般底层叙事的原因，正在于她的立场。她是批判的，冷峻的，不留情面的，她也是客观的，理解的，包容的。早期的作品里还时不时能看到那个叫吴君的作家忍不住跳出来评价一两句，表达自己的立场和态度，比如 2004 年出版的长篇小说《我们不是一个人类》。吴君在这部作品里非常想让读者了解移民对一代人甚至两代人的情感、心理带来的碰撞、疼痛和改变，所以小说里时不时可以听到作家吴君在说话。近几年的作品里，吴君更在意于向读者呈现一种生命和生活的真实，哪怕这个真实并不美好。作者后撤，人物前移，吴君为千千万万卑微的小人物搭好了舞台，让他们真实地活着，不被贴上任何廉价的标签。这是吴君的贡献，她让笔下的各个小人物有了性格，有了力量，有了生长，而不仅仅只有被命名的共同命运。

吴君的作品里，有一个显在的价值结构，即二元结构模式所暗含的价值标准。离开原乡，到异乡打拼并艰难地扎根，在离乡者心目中，要抵达的异乡显然意味着更高的经济利益或个人需求，诸如获得社会地位、提升个人及家庭在本乡本土的声望。"我"、郭小改和徐森林抱着文艺的梦想来到深圳，深圳在他们的心目中，就是个更大的更为自由更为现代的舞台（《二区到六区》），曹丹丹和江艳萍离开深圳北上北京，江艳萍的理由是，北京胡同里的老人、孩子和的士司机，都那么有文化。（《十二条》）文化需求成为小说人物对两座城市的价值判断和取舍标准。而在以深圳为移民目的地的叙事里，促使移民流动的主要原因，是丰富的物质生活和更多的钱，比如从东北到深圳，从关外到深南大道，从深圳到香港……这些作品呈现出对富有、地位和身份的向往往往伴随着人的价值和尊严的扭曲甚至毁灭。然而，作为一个对吴君有着更高期许的读者，我更期待在物质层面的毁灭后，看到作家对精神扭曲异变的艺术塑造，以及在迁出地和迁入地两种文化的夹缝中左右求生的数量庞大的人群精神生长的可能性，看到一个关注世俗但不纠缠于世俗的有深广人文情怀的吴君。

在价值参照系的二元结构里，每一元的价值维度都应该是清晰可辨的，否则就容易造成阅读中价值指向的模糊。在吴君较早时期创作的作品中，有的价值参照系的维度是比较表层的，对内涵深度挖掘不够，比如在以原始的物与欲为标准时，无论是深圳、北京还是香港，仅仅只有物与欲无疑会让标准载体本身变得浅薄，由此导致小说家所建立起的价值谱系的模糊，意旨不明。这样的价值坐标，有可能会影响小说的纵深开掘和力度。正像作品中几处出现的不同的陈小红一样，她们的形象和叙事意义有可能因为价值标准的表面化而趋同，从而失去人物的辨识度，这样势必会削弱小说人物艺术形象塑造上的影响力和力量。

突破原有的叙事与价值的二元模式，是吴君越来越清晰的努力，也应该是她接下来可预期的突破。进入这样的写作时，吴君更注重深入到每一种生活的内里，呈现每一种生活的局促和波澜，在艺术质地上也显得更为纯粹。《陈俊生大道》写陈俊生不愿随流俗却无法安放自我的打工生活；《十七英里》里，落魄的一家到曾经接受他们馈赠如今已发达的方老板家做客，经历失落、羡慕、不平衡后他们选择了有尊严的撤退，选择做回自己……犀利与温暖，不再只聚焦于移民过程中的种种摩擦，作家的关注点开始转向生命和日子的肌理。

近两年发表的《岗厦14号》《皇后大道》《十二条》《富兰克恩》《华强北》这些小说，显示吴君已经突破了原有写作模式，掘向现实和生活的纵深。毕竟，有缺陷的生活和人生是常态，在常态中描摹出独特的人心底里和生活质地，让每一个小人物摆脱共名并独具异彩，对小说家而言，是挑战，更是诱惑。

深圳：一个理想或隐喻的符号[①]

洪治纲

  很少有人像吴君那样不遗余力地书写深圳，也很少有小说中的人物像吴君笔下的人物那样对深圳爱恨交加、悲欣交集。深圳，这个带着某种抽象意味的特区符号，已成为吴君审视中国乡村平民寻找现代梦想的核心载体，也成为她揭示现代都市内在沉疴与拷问潜在人性的重要符号。

  在那里，吴君以女性作家特有的细腻和敏感，打开了一扇扇充满欲望与焦灼的人性之门，自私、贪婪、虚伪、狡诈，纯朴、执着、率性、怀想，这些或卑微或单纯的人性状态，总是以这样或那样的方式交织在一起，上演着无数的人生悲喜剧。在那里，各种丰富的精神镜像四处翻飞，一切美好的友情、亲情和爱情，被无情的肢解，一个又一个的利益陷阱张网以待，然而，却没有一个人愿望逃离，即使是那些身无分文的打工者。

  这就是深圳的魅力，也是物质的魅力。它像潘多拉的魔盒，吸引着全国无数的乡村平民，为之挥汗，为之洒泪，为之泣血，为之献上青春和命运。吴君的绝大多数小说，都是在不顾一切地探寻和演绎深圳的这种魅力，展示浮华的物质背后欲望的疯狂增殖和人性的荒凉。她不断地择取一些外来者的视角，以一个文化移民者的身份，将命运作为赌注，让人物穿行于深圳的角角落落，忍受着这个城市的诱惑，承受着这个城市的挤压，为现代欲望提供一个个鲜活的注释。

---

  ① 该文原载于中国作家网：http://www.chinawriter.com.cn/2009/2009-09-17/76964.html。

于是，我们看到，在《亲爱的深圳》里，曾经温顺的妻子程小桂经过深圳生活的淘洗，开始变得冷漠和刻薄；无所适从的李水库被深圳碾压了几个月之后，也有些如鱼得水；农家出生的女子张曼丽，虚荣地掩饰着自己的真实身世。在《深圳西北角》里，王海鸥历尽屈辱，才勉强成功；而老实巴交的刘先锋，却变得厚颜无耻；只有忠厚木讷的四舅，永远饱受各种冷眼和屈辱。《念奴娇》里，皮艳娟与嫂子杨亚梅一起，穿梭于各种夜总会里，卖笑求荣。她们虽然畏惧伦理，渴望尊严，但欲望的都市早已将这些剥夺殆尽。《地铁五号线》里的朱喜燕为了筹办自己的婚事，不仅花言巧语地骗走了施雨的信任，还勾引了施雨的丈夫。《亲爱的》里，郑歌儿在超市中所经受了屈辱和无助，使我们看到，在这个都市里，一些最基本的人道与信任都已丧失殆尽……在这些人物的心中，深圳就是金钱、财富和梦想，就是肉体的在场。它与道德伦理无关，与情感无关。

面对深圳，外乡人不仅要忍受异质文化的冲突，还要承受因户籍制度而带来的身份冲突。本地居民所拥有的优越的保障制度和经济利益，使所有的外乡人成了二等公民。于是，围绕着"深圳人"这一理想的角色，无数"北妹"殚精竭虑，耗尽心血。在《当我转身时》里，率真而不拘小节的阿焕，即使为阿娣付出了惨重的代价，但在本地人苏卫红的眼里，依然不过是一个不值得信任和同情的"北妹"。《小桃》里的程小桃和《菊花香》里的王菊花，为了能够成为本地人，不惜出卖身体，穿行于一个个极不相称的本地男人之间，但最终还是鸡飞蛋打。《樟木头》里的陈娟娟为了户口，在没有情感的婚姻里，承受着漫长的屈辱，结果也仍然是功亏一篑。即使是像《复方穿心莲》里的方立秋，虽然成了本地人的媳妇，也同样过着毫无尊严的生活。在《二区到六区》里，吴君将人们非常熟悉的那些欲望化场景全部控制在话语的背后，而让叙述的表层保持着一种亢奋、激情、充满梦想的审美基调，使郭小改和徐森林在进入特区之后的命运变化充满了难以言说的戏剧性，也让爱情、友情等人类赖以生存的最基本的情感关系被无声无息地肢解。

或许是对深圳怀有既爱又恨的复杂意绪，吴君的叙述并不显得坚硬、锐利和冷漠，相反，还常常拥裹着一层温暖的底色。她所展示的，都是特区生存中许多令人伤痛和无奈的底层生活，但又时时闪耀着一些诗性的梦想。像《陈俊生大道》里的陈俊生，虽然是个住无定所的打工仔，但他还是梦想着有一天将眼前的那条大道变成"陈俊生大道"，以个人的激情征服这个欲望的都市。在《海上世界》里，诗坛精英张爱国虽然沦为欲望之徒，曾经写过诗的胡英利如今也"只爱美元和人民币"，但是，当他们在上演利益和欲望的双人舞时，还时时不忘当年那首浪漫的歌词。

我想，这正是特区之"特"，它可以轻松地点燃你的梦想，也可以漫不经心地毁灭你的一切。置身其中，你处处受辱，而一旦远离，却朝思暮想。就像吴君在《出租屋》中所叙述的那样，即使是在遥远的内地山村，"深圳"依然在每个人的心头闪烁着神秘而又炫目的光环——因为深圳，已经不是一个单纯的现代都市，而是一个巨大的隐喻，一个关于中国人寻找财富、成功、荣耀和理想的符号。

专注于描写底层的心灵病相

——论吴君小说中的"深圳叙事"①

孙春旻

    吴君是一个有特色的作家,"深圳叙事"就是她的突出特色之一。她说:"除了一部长篇,我所有的小说都以深圳为背景。通过深圳叙事,我有了成长,学会了宽容。"②评论家洪治纲说:"很少有人像吴君那样不遗余力地书写深圳,也很少有小说中的人物像吴君笔下的人物那样对深圳爱恨交加、悲欣交集。深圳,这个带着某种抽象意味的特区符号,已成为吴君审视中国乡村平民寻找现代梦想的核心载体,也成为她揭示现代都市内在沉疴与拷问潜在人性的重要符号。"③

    在当代中国的政治和经济生活中,作为改革开放标志城市的深圳,无论形象还是意义都有相当清晰的一面。但是,在当代文学中,深圳还没有建立起自己的"城市意象",或者用时髦的词语来说,没有自己清晰的文学"镜像"。虽然吴君"不遗余力地书写深圳",可是,深圳作为一个新兴国际大都市的"城市意象",在她的笔下并不完整鲜明。吴君自己也说:"时间过得特别的快,好像为了拖住时间,我总想写点什么。于是写了一批反映特区生活的作品。有的人看了认为这不是深圳的生活。而我知道这不是深圳的全部生

---

① 该文原载于《海南师范大学学报(社会科学版)》2013 年第 6 期。

② 吴君.关于深圳叙事.《亲爱的深圳》跋.广州:花城出版社,2009:239.

③ 洪治纲.深圳:一个理想或隐喻的符号.中国作家网,2009-09-17.

活，但却是我眼里的生活。"①她书写的深圳，不是一个现代的、国际的、新兴的大都市，而是一个欲望的对象，一个梦想的载体，一个精神的病源。吴君笔下那些以深圳为背景的人物，几乎全部身处底层，且都有着残缺的、病态的心灵。可以说，在有意无意之中，吴君就是在描写他们的心灵病相。

一、身份迷失精神焦虑

吴君所刻画的大多是底层人物，且都有着"移民"的身份，被人歧视地称为"乡下人"。他们因此而自卑，渴求深圳的一纸户籍从而在法律的意义上成为深圳人，可是这一愿望总是难以实现，导致他们的精神总是处于焦虑和痛苦之中。封建时期，统治者为了政权的长期稳定，曾制定严厉的法律限制百姓的流动及身份的改变，朱元璋及其子孙们将这一政策做到了极致。然而，空间的流动性应是人类生存的常态，人为的限制是不可能长久的。近现代，中国的人群就有若干次较大的迁徙行为。例如，旧社会以"闯关东"为代表的求生迁徙，20世纪80年代开始至今仍然热度不减的"出国潮"，以及当下还在持续进展的乡下人"进城打工"潮等。城与乡，是当代中国区别人群的最基本的分界线。"移民"，表面上只是生活空间的转移，从深处看则是身份的置换。吴君在她并非"深圳叙事"的长篇小说《我们不是一个人类》中，对此也曾有过相当深刻到位的描述：那些生活在东北某城市"灰泥街"的人们，是从河北、山东逃荒来的移民，被当地人视为"关里人或农村人"，是被人看不起的"异类"，生活范围被限制在"灰泥街"这样类似于贫民窟的狭小空间里，大多无业，从事着低贱的营生，他们梦寐以求的就是与当地人通婚，或者搬出灰泥街居住。说到底，无非就是取得与人平等的地位。在强烈的自卑之中，他们无法认同自己的身份，这是他们精神痛苦的根源。

中国是一个封建时期特别漫长的国度，封建社会的特征就是"等级制度"，人们被分为贵贱不同的若干等级，上等人可以作威作福，下等人只能逆来顺受。因此，中国人自古以来就有着强烈的"身份"意识。在当代，"身份"一词成为学界用来表达人类的精神困境的关键词，无法说出究竟有多少人因"身份认同"问题在心灵的旋涡中挣扎。所谓"身份认同"，无非是对"我是谁？

---

① 深圳商报.深圳的写作和生活.中国作家网.2009-09-09.

我是什么人？我拥有什么样的权力和社会地位？"等等人生基本问题的追问和确认。孔夫子提倡的"君君臣臣父父子子"是一种身份伦理，"安分守己"被视为基本的道德规范。一个人如果认可自己当下的身份，他的精神就处于相对平衡、健康的状态，否则就是身份的迷失、精神的失衡。然而，当代人并不认可"安分守己"的道德准则，他们渴望身份的提升，心灵为此骚动不安，天长日久，渐成疾患。吴君的小说，包括她的"深圳叙事"系列，都是从这一角度切入当代社会生活，揭示当下人生病相的。

"深圳叙事"系列的所有作品都在演绎一个母题：追寻。所有的人物，离乡背井来到深圳，无一例外都是为了追寻一种新的生活。其追求的具体目标，又可分为两种类型。第一种类型是"寻爱"，此类人物集中于中篇小说集《不要爱我》之中。有评论家说，女人写小说，绕来绕去，总是绕不过"爱情"二字，这话有些绝对了，但爱情确是女性作家最关注的话题。《爱情的方程》《爱比冰更冷》《不要爱我》《与爱无关》，单看这些标题，就可以感受到"爱情"在其中的分量。《不要爱我》中的作品，基本都是以年轻女性为主角，女主角的来路多少有些含混，但她们的追求都很明确：爱情和婚姻。但是，越是渴望的东西越是难以得到，爱对于她们，称得上可想而不可得的奢侈品。在《阿米小姐》中，因为停电，阿米与"我"的"爱情鸟"突然飞临。但是，这"爱情"却没有结出任何正果，因为对于"我"来说，爱情远没有深圳户口更有价值，为了户口，"我"留神的都是当地的丑女人。阿米曾经是优秀的女大学生，最终堕落到向老外卖色相的地步。"如果有人爱我，我就爱他"，这是《爱情方程式》中李媚的爱情标准。可是即使按照这个完全没有高度的标准，也仍然得不到爱情。李媚的丈夫钟培元暗中与人偷情，李媚也在偶然的机遇中邂逅了同自己一样有婚姻没爱情的梁显。"钟培元不把我放在眼里，但总有人把我放在心上了。"就在李媚的爱情生活即将重现光明的时候，梁显却脱身而去，为了保住自己的身份回到老婆身边去大秀恩爱。《爱比冰更冷》中的孙南，真诚地追求自己的爱情，她所爱的人却只把她视为一个晋升的阶梯。这本书中的女子们，要么堕落，要么轻生，结局都很灰暗。她们所追求的，说到底也不是真正的爱情，还是一种身份的认同。她们就在这样的漂泊之中失去了灵魂，其命运结局，也只能随风而去，归入堕落或虚无。

第二种类型是"寻梦"。吴君的主角们所寻之"梦"各有不同。有一些很实在，譬如追寻职位，如《亲爱的深圳》中的张曼丽；追求户口，如《福尔马林汤》中的程小桃,《复方穿心莲》中的方立秋,《樟木头》中的陈娟娟。也有一些不太具体,比较抽象,譬如追寻尊严,如《陈俊生大道》中的陈俊生;寻找一方能够放置理想的彼岸世界,如《出租屋》中的孙采莲和《十二条》中的曹丹丹。追寻本身并没有错,从某种意义上说,人生也就是一个寻梦的过程。问题在于,这些人物的追寻,大多处于一种偏执、病态的状况之中。例如《亲爱的深圳》中的张曼丽,基本算得上一个病入膏肓的人。为了地位和虚荣,她不承认自己农民的出身,不惜与亲人割断联系,时时向人虚构自己的"高贵"出身,她不是在生活,而是在表演,虽然演得并不高明。《福尔马林汤》中的程小桃为了摆脱自己"打工者"的身份,直言自己的理想"就是想找一个当地人结婚过日子",有爱无爱是无所谓的,对方是离婚的还是分居的也无所谓,她甚至认为"暂时做个二奶也不算委屈"。程小桃的理想没能实现,她遇到的都是一些骗子。即使实现了,又能怎么样?《复方穿心莲》中的方立秋和《樟木头》中的陈娟娟,都是嫁了当地人的,依然没有任何幸福可言。公婆歧视,丈夫偷腥,梦寐以求的户口还是得不到,她们在家中的地位还不如奴仆。《出租屋》中的孙采莲,只是在深圳关外戒中村的歌舞厅里做过清洁工,染上脏病后被迫回到老家,却整日在做深圳梦,把深圳作为圣地一样膜拜,灵魂已极度扭曲、畸形。相比而言,《十二条》中的曹丹丹和她的梦想,还没有那么变态,只是有些浪漫情调。她厌倦了在深圳的没有爱情没有活力的生活,记忆中总是浮现北京一个平平凡凡的胡同"十二条",那是她在读大学时曾经短暂去过的地方,在潜意识的作用下,那里居然升华为一个能够放置理想和趣味的心灵栖息地。好在她最后明白了,那只是自己心造的一片家园而已,人还是只能在当下的"此在"中生存。如果说在追梦的旅程中,还有人的精神基本处于健康状态的话,那就只有陈俊生了。这是个孤傲的人,卓尔不群,虽然只是个打工仔,并不悲观厌世,甚至有些精神胜利式的乐观情怀,表现在他在心中把自己常走的一条小路命名为"陈俊生大道"。他其实也是一个白日梦者,只不过多些达观而已,也就没有上述那些薄命女子身上令人绝望的悲剧气息。

是的,"令人绝望",吴君笔下的人物,就是处于这种身份迷失精神焦虑的绝境之中,她们在命运的旋涡中挣扎,无法自救,也没有救世主拯救她们,只能在挣扎中不断沉沦。读吴君的作品,很难有一个明净的好心情。弗莱认为,文学在经历了以神为主角的神话、以英雄为主角的传奇、以领袖为主角的高模仿、以凡人为主角的低模仿之后，会以智力和能力都低于凡人的人物为主角，我们会以俯视的姿态审视他们。吴君的不少人物，当可归属此类。只是，他们的病态，乃是全人类之病，只不过他们的症状比普通人更严重而已。身份对他们的扭曲，是他们不可抗拒的命运悲剧。吴君对他们的态度，决不能简单地归之为批判和讽刺。吴君同时也以慈悲的情怀，表达着对他们的同情和关怀。

二、理想下移原欲膨胀

然而，批判是不可缺失的，否则，文学就失去了现代性。吴君笔下的人物，还有一个共同之处，那就是只有欲望，没有理想。理想与欲望，都是需求，都是向往和憧憬，但二者有着本质的不同。理想属于精神层面，是超我性的精神升华；欲望则更多隶属于肉体，是本我式的动物本能。伴随着理想的，总会有光明的前景、英雄的行为、崇高的责任、奉献的乐趣、诗意的氛围、健康的情趣。穿上这些外衣，理想才是健康的美丽的，脱下这些外衣，理想就蜕变为赤裸裸的欲望。某些当代人的精神空间日益萎缩，物欲则日益暴涨。或者说，理想不断下移，不断祛除崇高的色彩，也不断强化本能的成分，终于，理想彻底被欲望所取代。

吴君笔下人物虽然有时也畏惧伦理，渴望尊严，但强大的欲望还是占据了主位，他们追求的对象无非是户口、股票、房子、财富。为了获得这些对象，他们不惜利用婚姻、性、谎言、引诱、欺骗、告密等种种手段。按照弗洛伊德的理论，被原欲驱使的"本我"是被压抑在无意识深处的，原欲必须通过伪装才能在意识中浮现，否则会受到超我严厉的道德谴责。可是在当代，一些人的人格中已没有了'超我'的位置，只剩下赤裸裸的"本我"，欲望已无须升华，可以在光天化日之下狂奔，道德标准已在相当程度上失去了约束力。

《海上世界》不能算是吴君的代表性作品，评论界和吴君本人都较少提及。在这里，却有必要把这篇作品作为一个案例分析一番。这个故事发生在师生之间。老师与学生的关系，大概应是世界上最纯情的、最具有记忆珍藏价值的关系之一。尊师，也是文学常见的主题。吴君创造的这个老师的形象，却是颠覆性的，它揭示了一个老师的人格中如果丧失了理想的成分，将会怎样失去尊严、失去人性、失去起码的道德意识。主角依然是一个从北方来深圳的年轻女性，这个名叫胡英利的女孩子，曾在一家公司做广告员，日日为工作发愁，生活很不得意。现在，她正在赶往"海洋世界"，去见自己10年前读大专时的老师，那个曾经年轻潇洒、风度翩翩，曾经写过朦胧诗和自由诗的老师张爱国。张老师也到深圳来了，并且因为写了一首歌颂"海洋世界"的"特别美"的歌曲，成了这个地区的名人。张老师是胡英利的暗恋对象，他写给胡英利的励志信，影响着胡英利的成长岁月。在胡英利的心目中，张老师仍然是优雅的、高尚的、乐于助人的。胡英利甚至想着，见到才华横溢又有社会地位的张老师，必能获得他的帮助，自己就不用再为工作发愁了。可是，凭借着早年留下的电话联系到张老师并且约定相见的时候，胡英利就感到张老师已经变了。"想不到，他们在异地见面，最后也要上床。""这个问题差不多在电话里就已经谈好了。"尽管张爱国用的不是"上床"，而是"休息"这个较为文雅的字眼，但是，他在电话里已经"把话说得很直接了"。胡英利"不怕与人上床。不去跟人暧昧，哪有饭吃？"但是师生这种关系，让胡英利觉得"这件事要比强奸来得更痛苦"。见面之后，张爱国在迫不及待的行为中露出庸俗、猥琐甚至卑鄙的一面。他完全没有了当年的洒脱，一面行着苟且之事，一面像失去金钱的守财奴一样向胡英利哭诉：欣赏他的老板因贪污已经倒台了，他失去了靠山。他失去的岂止是靠山，连男人的阳刚之性也荡然无存了。虽然他还能做出当年朗诵自由诗时的潇洒手势，但胡英利再也不会被这个动作迷到了。这是一个为师不尊的故事，同时也是一则理想在人格中消失、原欲赤裸裸地现身的故事。在此消彼长的过程中，张爱国由一个风度翩翩的少女偶像，堕落为一个肮脏猥琐的丑恶男人。

在程小桃、方立秋、陈娟娟等人的头脑里，只有"深圳户口"，其他一无所有，精神世界已彻底成为一片荒漠。记得一位作家曾说过一句精辟的话："什么是城市？城市就是让乡下人自卑的地方。"无论是物质还是精神，城市都是进城的乡下人可望而不可即的高地。城市因程小桃们的身份背景对她们采取拒斥与漠视的态度，程小桃们则为自己的身份背景而自卑。她们在怀疑、悲观、焦灼、痛苦的精神状态中不断地寻找自己的家园，"我要做城里人，我要做深圳人！"这种欲望在压抑中越来越强烈，在黑暗中疯长，一直到决堤泛滥淹没一切的程度。在《亲爱的深圳》中李水库和程小桂这对还算恩爱的夫妻之间，也在半真半假地讨论相互分手各找性伴以图留在这座城里的可能性。除户口外，还有股票，这种东西曾经让许多到深圳淘金的人一夜暴富。《红尘中》的离异女人泊其，之所以被许多男人想着，一个重要原因是股票。从澳洲回来的前夫阿林想着泊其的股票。邂逅相识的大学生李鸿问泊其"你有多少股票"时，"很响地咽了一口唾液"，还"低头看泊其半透明的衣袋里的纸张，极力想辨认它的分量"。前夫的朋友阿轩，似乎很关心泊其的生活，总是以借书为借口来看望她，还称赞她的美丽。这个家伙最后终于露出了底牌，他问泊其，"你不是有很多股票吗？"然后搓着粗糙的手掌狡黠地笑了："我知道你有的。不要以为自己老了就自卑。"《岗厦14号》中石春雨的父亲，一门心思是想找回岗厦人的身份，无非是看到了岗厦村拆迁的巨额赔偿金。而石春雨，则又因此成为中年弃妇胡玉则的性欲发泄工具。所有这些人生乱象，用"人欲横流"四字来形容绝不为过。

在理想原则的支配下，我们生存的世界曾被想象得十分美丽。到如今，仍有人相信人们可以在天地之间"诗意地生存"。现代艺术执着地终结着这种"诗意"，用一个时尚的词语来说就是"去魅"。有学者说，"去魅"是指"那些充满迷幻力的思想和实践从世上的消失"。在"去魅"的过程中，与非诗意相伴的，还有非英雄、非崇高、非爱情、非理性的态度，表达着对终极意义、人类理性的质疑。再也没有英雄来拯救，而且，正如克尔凯郭尔所说："为真理做判断的公众集体已不复存在""个人已从群众中回了家，变成了单独的个人"。周思明认为，对孤独的克制，对世界的憎恨和使个性丧失都是消极的逃避方式，结果就成为弗洛姆所说的"失去自我"。人一旦处于极端孤独的状态，无法获得崇高的光照，自身也只能隐藏在猥琐的阴影里，甚至连自救也变得不可能。从这个意义上说，吴君的小说表达着一种具有现代感的文化态度因而显出了特有的深刻。

三、伦理缺失情感破碎

当代人的心灵病相除身份的迷失、原欲的亢进之外，还有一个重要方面是伦理的缺失和人性的泯灭。当"一切美好的友情、亲情和爱情，被无情的肢解"[①]的时候，人类的情感世界已支离破碎，在人与人之间维系和谐关系的

---

① 洪治纲.深圳：一个理想或隐喻的符号.中国作家网，2009-09-17.

纲常伦理日渐疏松。对此，吴君也有着相当悲观的描述。

在吴君的小说中，亲情是极度匮乏的，在"深圳叙事"之外，也是这样。如果你随着她走进东北某城市的那条"灰泥街"，你会明显感觉到，最令你窒息的不是物质的贫乏、身份的低贱，而是亲情的缺失。无论走进灰泥街的哪一家，你都找不到亲人之间的温馨和关怀，而只能看到相互厌恶相互仇视的目光。也许你忘不掉那段描写：小英被一个变态的露阴癖调戏，她哥哥二宝正巧撞上，赶走了变态佬之后，二宝竟骂妹妹是"骚货"。小英也用最恶毒的话语回骂："他妈的，你为什么不死了，谁让你来坏老娘的好事""你他妈的才是骚货呢，你的祖宗八代都是骚货！"二宝居然接着骂出"你这种人，天生就是给人强奸的"这样的话来，兄妹俩的对骂实在令人瞠目结舌。还有小利骂爹娘的那一段，也同样令人崩溃："他考上考不上关你个屁事，你有什么权力对我的事说长道短？""你先管好你自家的门，不要一天到晚往家里招野汉子还装着看不见，不就是想让人家帮你养老婆孩子吗！"亲人之间，恶语相伤，居然到了这般礼义廉耻全然不顾的地步，仇恨完全压倒了亲情，这灰泥街哪里还是人待的地方？真如小利自己所言，这是个"狗屎街，痞子街，窑子洞"。

在深圳叙事之中，亲情缺失这一点仍然被吴君一再强调。《亲爱的深圳》中的张曼丽，对乡间父亲的重病入院、无钱交医药费，完全无动于衷，却向人表白自己的"爹地"住在别墅里，"是位高级领导，每天工作忙得很，除了周末家里举办的宴会，我并不是总能见到我爹地"。在《深圳的西北角》中，四舅的两个女儿之间，姐妹相妒；母亲与四舅之间，姐弟互骗；老家亲人传言王海鸥是"干那事儿的"，恶意诋毁。最终，表妹夫刘先锋强奸王海鸥，还要强占她的美容后，将王海鸥逼上绝路。《念奴娇》的主角皮艳娟，靠在风月场卖笑来养活一家人，包括父母和哥嫂，却又不断地承受着母亲和哥哥的指责和辱骂。最终，为了报复，皮艳娟把自恃清高有所谓"知识分子"身份的嫂子杨亚梅也拉入风月场中，让她也失身堕落，直到离家出走。值得注意的是，皮艳娟的母亲，堪称一个"恶母"，这种母亲形象在文学史上并不多见，但在吴君笔下，却不罕见，如灰泥街上的那些母亲，还有《出租屋》中那个没有给过女儿燕苿哪怕一丝母爱的孙采莲。《樟木头》中的陈娟娟，倒是对女儿百般关爱，可是女儿却对她十分冷淡，亲情依然缺席。这个名叫江南的还在读初中的小女孩，为自己没有当地户口、险些被遣送回老家的母亲感到耻辱，她当面对母亲恶语相向："你们北方人除了脏、老土，还有什么，如果还有那就是穷。"陈娟娟偷着攒钱买了间单身公寓，为的是能够通过购房获得"蓝印户口"，她女儿竟然说："如果你真爱我，就应该换上我的名字。"最终，单身公寓被兑换成美金，成为女儿到异国读完初中的学费，"她已经和六约街上那些小流氓混在一起，如果不出去，可以预见接下来的事情，吸毒、打架……"家庭，数千年来都是人们遮风避雨的港湾，一旦失去亲情，家庭就只剩一个躯壳，没有关爱，只剩孤独。

　　爱情曾是文学的基本母题。可是吴君显然不再相信爱情，或者说，不再相信以往文学中那种纯洁的、浪漫的、忠贞的爱情。她所塑造的男男女女，并不缺少性，但基本没有爱。阿米14岁就勾引语文老师，"从容地向一个女人的道路上提前迈进了"，她"是一个无情的女子"，却又"太喜欢制造一些邂逅的事"。她勾引一个有妇之夫，仅仅是因为那男子对女人从不正视，有神秘感。可是，"只用了两招就抓到手了，你说我还认为他神秘吗？"在小说的结尾处，阿米"和一个冒充美国人的阿拉伯人在酒店里被抓住"，她已经跟暗娼没什么区别了（《阿米小姐》）。曼云可以在网上与男人做爱，可以向公司老板投怀送抱，可是恐怕连她自己也说不清，这里面有没有爱情的成分（《不要爱我》）。离异女人泊其的性生活相当淫乱，她可以和保安、搭客的摩托仔、卖水果的丑男人苟且，只有和阿轩的那一次可以依稀看到爱的影子："阿轩伏在床上眼里流着爱慕说'阿其，我要娶你，我发誓。'"可是泊其的反应却是："她一面穿睡衣一面拉窗帘：'好吧，那你讲一讲你有什么本事养活我。'"爱就这么轻易地灰飞烟灭了（《红尘中》《有为年代》）。阿媚的情史乱到了难以理清的地步，但她最终什么也没有得到，她没有向别人付出真情，别人同样没有向她付出真情（《伤心之城》）。情人之间没有爱，夫妻之间同样也没有。杨亚梅靠色相在酒楼当上了经理，有了靠山，立刻离于丈夫，连一句告别的话都不肯留下（《念奴娇》）。方立秋的丈夫歧视外地来深圳的妻子，在外面偷鸡摸狗，还恬不知耻地向方立秋兑："其实，男人堆里，我算是好的了。"（《复方穿心莲》）陈娟娟的丈夫江正良，没文化，腿脚还有残疾，陈娟娟嫁给他，纯粹是为了一张深圳户口。而江正良却迟迟不肯办理妻子的户口随迁，逼得陈娟娟只好走购房入户的路子（《樟木头》）。孙采莲指着身上的疤痕告诉女儿："这颗是你爸那死鬼烫的……他始终是个没用的男人，窝囊，没钱，还没骨气。"（《出租屋》）有一个当代女作家也写过无爱的性史，却用了一个很有震撼性的说法："有爱无爱都刻骨铭心。"而吴君的作品与之相比，却完全不同，不过是随意苟且，利益互换，可谓之"一地鸡毛"，连一点刻骨铭心的记忆都不可能留下。

被吴君颠覆的还有友情。《福尔马林汤》中的程小桃与方小红，曾在共同的打工生活中结下了深厚的友情，无话不谈，相互倾诉着共同的欲望：找一个本地人结婚过日子。也正是这个共同的欲望，驱使方小红背地里做手脚、耍伎俩，最终把那个一起吃过田螺的司机搞到手。《樟木头》中的陈娟娟，遇到的是另一个方小红。她们曾在不同时间、不同地点被带过那个"关押过一些三无人员和特殊职业的女性"的小镇"樟木头"。是陈娟娟用800元钱将方小红赎出来的，但陈娟娟同样的经历也瞒不过方小红。两人曾经是患难与共的好友，同病相怜的姐妹，但终因相互妒忌形同陌路。陈娟娟怎么也想不到，方小红为了报复，竟将陈娟娟不光彩的经历讲给陈娟娟的女儿江南听，导致江南从三好学生堕落为问题少女，还将母亲视为仇敌。总之，吴君笔下的人物，朋友同时又是敌手，她们之间那些琐屑庸俗的明争暗斗，惊心动魄。谁都没有真正的朋友，因而都处于孤独无助的境地。看看《有为年代》中的那个泊其吧，谁也不知道她是"死在中秋节的晚上""至于她为什么死，在小镇没有多少人问过，因为她实在太普通了"。是的，世界是荒诞的，人生是痛苦的，他人即地狱，找不到家园，无处安放自身，在情感的世界里，除了孤独，一无所有。吴君说："在我看来，现在是价值观最多元，人心最孤独又最浮躁的一个时期。"[1]她把这种孤独和浮躁表现到极致，深刻中带着残酷。

四、结语

"人有病，天知否？"揭露当代人的精神世界的病相，并不是一个新鲜的话题。连上帝都已死去，人的心灵早已无处皈依。鲁迅先生曾经说过，他揭露国民的病况，是为了引出治疗的希望。吴君是否也有这样的愿望呢？恐怕没有。否则她不会采取这种令人绝望的笔触来书写，不会采用非理性、非崇高、非诗意、非爱情、非英雄的写作立场。曹征路说："吴君看到的现实实在太粗粝太原始太不优雅了，当然也就谈不上'纯'。我相信吴君并不想启蒙谁同情谁，她只是捧出了这碗'汤'（小说《福尔马林汤》），不管你能不能接

---

① 傅小平、吴君.由开阔走向"狭窄".文学报，2009-11-20.

受——让它在每一个细节里都散发着令人不忍卒读的真实和作家的主观批判精神。"① 在阅读吴君的过程中，我曾想，为什么固执地不肯给一点暖色调、给一点安慰？但我马上又质疑自己：难道还回到理想原则上去吗？没有提供医治的办法，说明作家没有那种乐观和自信。如果吴君也像过往时代宏大叙事中的那些作家一样，向你指点一个光明的前景，你肯相信吗？

通过文化的冲突、人与城市的冲突，吴君刻画了当代人的生存困境，这毫无疑问是深刻的。深刻归深刻，吴君创作的不足之处还是有的。她的视域不够宽，看到的都是底层的、日常的生活和卑微的人群。吴君说，她之所以主要刻画这一群体，是因为"对他们的痛苦体会得更深切"。作家写自己熟悉的生活和人物，当然没错，可是底层生活如果不能与现代生活的其他重要领域（譬如官界、商界、知识界的生活）相互渗透，作品的意味就比较单一，人物的多样性也不够。许多人物出身相同，欲望类似，性格也难以区分开来，看得多了，不同作品中的人物容易串到一起去，真正留在记忆中挥之不去的，不多。还有，次要人物和枝节事件过多，导致有些作品有漫漶芜杂之嫌。这些情况在早期的深圳叙事中比较明显，在近期的《十二条》和《十七英里》中，已经有了不小的改善。此外，作为"深圳叙事"，深圳这座城市的都市面貌、独特风情及现代品性，都没有得到应有的展示，以至于深圳只是作为一个揭示"现代都市内在沉疴与拷问潜在人性"的符号，缺乏城市应有的质感，也令人遗憾。不过，我对吴君的创作前景充满期待，相信吴君这种对写作有着敬畏之心的作家，作品只会越来越好。

---

① 曹征路. 另类的城市想象. 中国作家网，2009-09-09.

"零距离"书写当下生活，如何可能？

——对吴君深圳叙事的一种观察 [1]

傅小平

　　吴君以深圳为叙事背景的小说，概而言之写的是深圳移民的心灵秘史。她的绝大多数小说，不仅写的是她眼里"亲爱的深圳"，她似乎也以自己极具实感的书写强化与深圳的关联。单看她取的书名，如《深圳西北角》《皇后大道》《十七英里》《岗厦14号》《蔡屋围》《甲岸》《巴登街》等，我们就多少能看出她与深圳有着怎样不离不弃的深情。我没仔细考证过她写的地名是否都真实存在，但她在小说叙事上展现出的强大气场，让我先入为主地认为这些都是真实的地名。用吴君自己的话说，她总是为取书名犯难，往往是因为想不出合适的书名，或是别的特殊原因，就直接以地名做书名了。但以我看，她这般"偷懒"也多少透露了一点她的雄心壮志，她是以最直接、最明了的方式告诉我们，她要为这座城市立传。

　　这可以说为我们从社会学层面解读吴君的小说提供了某种依据，但以我的阅读，吴君从来都不是只写深圳，她也从来都不是为写深圳而写深圳。虽然她自毕业后就去了深圳，便再也没离开过这座城市，写深圳是自然而然的事，但我们也知道，有太多的作家长年生活在某个大城市，却一直在写哺育他们成长的那片故土。吴君选择专心致志写深圳，多半是因为她坚信深圳有不可替代的书写价值。在她看来，这一块交合了改革开放以来中国之美、之痒、之痛的土地，无时无刻不牵动着全中国的神经。也因此，她说了这么一

---

① 该文原载于《文艺报》2020 年 11 月 6 日。

句话：深圳的面积不大，产生的化学反应却是巨大的。与全国各地的特殊关系，任何一个城市都不能相提并论。

深圳作为一个新兴移民城市，它的价值无论在事实层面，还是在文学层面，都确实如吴君所说，更多存在于和其他地域产生的化学反应上，她也从来都不曾在孤立的意义上写深圳。她的长篇新作《万福》简言之写的是潘家三代人在深圳、香港两地联合上演的一出"双城记"。当然，在这部小说里，吴君虽然写的是双城故事，她的叙事重心却是放在深圳。而在复杂的历史背景衬托下，香港作为参照系或对应地的存在，也使得她的深圳故事，有了更为丰富多元的生动面貌。

体现在吴君的小说里，这个所谓的参照系或对应地，更多时候是内地某个偏远的地方。她笔下的人物，大多从外地来到深圳，多少年后又从深圳回到老家，来时充满了渴望和期盼，回时有着难以割舍的复杂情感。他们即使身体回到了家里，而心却是留在了深圳。以她最近写的《齐天大圣》里工友对已回到老家的女主人公刘谷雨的话说："你不如回来，深圳可是我们的第二个故乡。"对于刘谷雨们来说，因为常年在深圳谋生活，故土成了回不去的故乡，当他们不得不选择回去时，深圳又成了他们离不开的"故乡"。吴君的"深圳叙事"居多写的就是像刘谷雨那样的移民去留两难的人生困境，而她的非同寻常之处在于，她通过对人物多角度、多侧面的书写与开掘，把他们相似的困境写出了不同的气象。

事实上，吴君也会写到一类移民，他们只是把深圳当作"暂时落脚的游乐园"。但她倾力书写的，无疑是那些努力挣扎以求在深圳安身立命的移民。在《复方穿心莲》里，她写了两个为梦想来到深圳的女孩，付出一切只为兑换一张深圳永久的居住证。与此相仿的《福尔马林汤》，也是写的两个女孩子为嫁给深圳本地人明争暗斗的故事。相比而言，《陈俊生大道》里的陈俊生更像是一个梦想家，他来到深圳想的是靠自己的努力，干成一番事业，以自己的名字命名一条街，但他的梦想之翼还未展开，就被残酷的现实折断了。吴君写了不少像陈俊生这样在社会中处于弱势地位，内心却很难安定下来的小人物，从他们挣扎奋斗的结果看，他们居多都失败了。即使有极小部分人成功了，在他们的内心深处也留有很深的创痕。在《百花二路》里，一个看似平静的家庭，一对堪为邻里和社会婚姻典范的夫妻，只因为被一个年轻女孩轻轻一撞，险些土崩瓦解。吴君写这个故事想透露的是那些不断积累财富的深圳人心中的隐秘，他们即便已经致富，也仍然无法解决内心的不安和恐慌。她聚焦的就是社会快速发展过程中人物的内心风暴。

在写深圳移民的心灵秘史这一点上，吴君无疑是成功的。她写活跃在深圳各个地域空间里的各式人物，上至官员、富商、白领，下至农民工、小职员、性工作者，都像是能写透他们的内心世界。与此同时，她又确乎如导演贾樟柯那样对表现当代有不吐不快的内驱力，她的写作与正在进行中的当下生活有着某种近乎零距离的同步性。作为"闯关东"那一代移民的后代，吴君见证了深圳各个时期的变迁，时日一长，她不仅把深圳人的各种况味收了满眼满心，以至于已经开始喜欢怀旧，"过去怀的是故乡，而现在怀的是深圳的当年"。吴君的深圳叙事无疑有着坚实的质地，我们会觉得她写到的每一个处所都是可靠的，也是有据可循的。所以，当我翻开《万福》，看到附在小说内页里的那张地图，就有一种莫名的踏实感，它似乎也豁然间让小说里复杂的人物关系有了方位感。而方位感在当下很多小说里是欠缺的，作家们专注于虚构一个叙事空间，以便容纳自己越来越蓬勃的叙述野心，结果无非是把某一个虚拟的村庄越写越大，把某一条虚拟的大街越写越长，把某一个虚拟的城市地带越写越宽阔，但人物在其中活动的方向却是模糊不清的，我们阅读时也常常不辨东西南北。对于一般的阅读来说，这并不重要，吴君却力求让自己的书写有明确的空间标识和地理标尺，并于此蓄积不同一般的心理厚度。在《前方一百米》里，陈俊生的临时住所距离罗阿芳的酒店相距百米，这段不长的物理空间，却让我读出了咫尺天涯之感。

应该说，吴君通过这种类似地理志的书写，几近全方位地写出了深圳乃至中国近半个世纪以来沧海桑田的巨变，以及由此带来的人世的变迁、人性的裂变以及人心的幽暗。我曾想，如果吴君生活在北京、上海，或其他有很深历史渊源和文化积淀的城市，她的叙述抱负或许会收敛一些，更不会轻易给小说题目安上具体的地名，因为那里的每个地名后面都包含了太过丰富的内容，并经过了太多的书写和发掘，使得作家们不由得望而却步，或是明智地转换写作方向。但深圳在某种意义上是一座新生的城市，它却是召唤像吴君这样有雄心和抱负的作家赋予其丰富、厚重的内涵。从这个角度看，吴君进行的可谓是以文学的方式对这座城市加以命名的创造性工作。假以时日，吴君深圳叙事的意义，或许会更多地呈现出来。

深圳移民的心灵史①

王晓娜

一、"漂泊者",寻梦途中的变形记

提起吴君,不得不说她的"深圳叙事"。吴君的小说大部分都是以深圳为背景展开,人物也都是在这个背景下生活和存在。著名评论家洪治纲说:"深圳,这个带着某种抽象意味的特区符号,已成为吴君审视中国乡村平民寻找现代梦想的核心载体,也成为她揭示现代都市内在沉疴与拷问潜在人性的重要符号。"作为改革开放以来经济迅猛发展的标志性城市,深圳这个南方都市对于外界想要圆梦和捞金的千万打工者来说,绝对是一个致命的诱惑。吴君笔下刻画的便大多是这样一类人,他们打拼在深圳,生活在这个城市的最底层,被城里人歧视为"乡下人"或"乡巴佬"。他们的家乡多在贫瘠的农村,为了梦想来到这个灯红酒绿的大城市,可是由于文化程度低和学历的限制,只能在城里靠出卖劳动力维生,沦为都市里的"漂泊者"。其实,"乡下人进城"的文学母题并不罕见,但是吴君的着眼点并不在于故事的翻新出奇,而更关注这些"乡下人"也即"漂泊者"进城后的生存状态,关注他们性情上的变形与异化。卡夫卡的小说《变形记》向我们讲述了一个现代人在生存压力之下变为甲虫的故事。格里高尔的悲剧发人深思令人心酸,吴君的小说又何尝不是一部部类似格里高尔的变形记呢?

---

① 该文原载于《时代文学》2019 年第 4 期。

情感之变形。都说当代人伦理匮乏，道德缺失，陷于一种极度的精神危机之中，这在吴君的小说中表现得淋漓尽致。面对都市的诱惑，面对漂泊多舛的命运，面对寻梦路上的艰辛坎坷，即使是在深圳找不到基本的身份认同（落户），漂泊者已毅然决然地选择留下。留下，便意味着与都市生活激烈的摩擦和碰撞，意味着注定走一条无情无爱、伤痕累累的路。

处处见性，但无关爱情。爱情本是中国文学史上歌唱芳香恒久的母题，但在吴君的笔下，却显得颇为写实和无奈。她颠覆了以往文学家对爱情纯洁、浪漫的神圣抒写，而用一种极为冷酷的笔调刻画了漂泊者们的性与爱。《亲爱的深圳》中的程小桂的婚姻本就没有感情基础，他们从乡下先后到深圳打工，为了工作隐瞒着夫妻身份，但是出于生理需要，又经常偷偷摸摸地进行肉体结合。程小桂甚至曾对丈夫说："如果你找了这个大楼里的女的去相好，我又和深圳的一个男人结婚，你说我们还会这么穷吗？家里的老人还会一天天叹气吗？"由此可见，生存的压力已经逼得他们顾不得去想爱情是怎么一回事，只要能有稍微'光明'的选择，他们谁又会在乎睡在自己头边的是哪一个呢？这样的叙事是残酷的，是疼痛的，吴君给我们展示的正是这样一种不忍卒读的痛楚。《地铁五号线》里的美容师朱喜燕费尽心机，与客人施雨的工程师老公上床后，一边毫不羞耻地承认"跟他睡只是为了他口袋里的钱"，一边还在计划着和男朋友的未来，还要让"儿子好好读书，大了也做工程师"，过"体面的生活"。《不要爱我》中的曼云在网上和任意一个男人做爱，主动向公司老板投怀送抱，这里面哪些是性，哪些是爱，又岂是她自己能够说得清的？《红尘中》的汪其是一个离异的女人，性生活更是混乱不堪。和她做爱的对象有保安，有卖水果的丑男人，还有搭客的摩托仔，直到她遇见阿轩。但是当阿轩在一次温存中说要娶她时，汪其却反问他有什么本事养活她。汪其的心态已经与《金锁记》中的曹七巧如出一辙，心灵被繁重的枷锁压得毫无生机，当爱情降临，只用一个苍凉的手势便让它灰飞烟灭了。《伤心之城》中的阿媚，经历过的男人和情史混乱得连自己都难以理清，但她从来不曾付出过真情，自然，也从未有男人对她真心过，他们之间只有性，连爱的影子都没有。《念奴娇》里的杨亚梅为了在酒楼当上经理，主动对老板出卖色相，当愿望达成之后立刻离开了自己的丈夫，连一句告别的话都没有。杨亚梅肯定是不爱丈夫的，但是她又何尝爱她的情人呢，情人只不过是她用来博取名利的垫脚石而已！在这一部部无爱的性史中，吴君始终客观冷静，那些如同"一地鸡毛"般的性事，在她的笔下，或是生理苟且，或是利益互换，甚或空虚苦闷，没有任何刻骨铭心的价值和意义。不难发现，以上列举的吴君的作品，都是以女性为主，大量女性在其作品里集中，男性往往处于一种次要甚或缺席的位置，这在某种意义上不能不说是作家对于女性的偏见。我在此不是要臧否吴君，而且她这样的书写恰恰暴露了一个普遍的社会问题：在当今都市生活中，性的需要和生存的需要，是导致多数女工堕落和情感变形的深层文化原因。在女性眼中，尤其是生活在底层的女性，爱情已不再美好圣洁，甚至在某种层面上，感情对于她们而言，已然沦为最为廉价的东西。女性已经不会向往爱情的圣殿，不再有关于爱情的迷惘，她们关注的只是现实和利益，这利益很具体，具体到生活中某个不可或缺的物品。吴君的叙事往往是不动声色的，却在不动声色的叙事中向读者传达了一种刻骨的痛感和隐隐的悲悯。

亲情和伦理的沦丧。吴君的长篇小说《我们不是一个人类》中，刻画了东北某城市一个叫"灰泥街"的地方，这条肮脏贫瘠的街道上，居住着二十世纪五十年代末从河北、山东一带逃荒而来的人们，这里"满街的烂泥，黑黄色的、黑褐色的，下雨的时候粘在脚上非常像屎，不下雨的时候就变成了灰尘沾到脸上、衣领上、袖口上、耳根后，而另外一些灰泥却在太阳的照射下开始散发一种难闻的味道，路过的人，远远地就捂住了鼻子"。因此灰泥街给这里居民的永远是一种难以逃脱的自卑感。环境的肮脏和恶劣，使得居住者们不但被别人鄙视和看不起，被称为乡下人、外地人、盲流子，而且在自己的家庭内部，也少有温情可言。无论写到灰泥街的哪一家，都看不到亲人之间应有的温馨和关怀，永远都只是令人窒息的相互厌恶和仇视。小说中小丽骂自己的娘"一天到晚往家里招野汉子"，说灰泥街实际就是个"狗屎街、婊子街、窑子洞"。当人脱下了廉耻的外衣，当亲情和伦理沦丧至此，灰泥街的人自己又不知自重，纵使将街道改名为"菩提街"，也只是外界的一个笑话而已。可以说，灰泥街不是烂在外表的肮脏和物质的贫乏，而是打根里就烂掉了。《亲爱的深圳》中的张曼丽，明明来自农村，却一直在隐瞒自己的身份，将自己装成高官的女儿，说起自己父亲时，口口声声说的是"爹地"。而当她的"爹地"患重病住院，需要交医药费向她求助时，她的表现完全是漠然的。《深圳西北角》里，姐妹相互妒忌，姐弟彼此欺骗，王海鸥被亲人造谣是"干那事儿的"，倍受诋毁，后又被表妹夫挖苦、占有肉体和不断勒索，最终走上绝路。《念奴娇》中的主人公皮艳娟靠在风月场卖笑支撑着一家人的生活，可是靠她养活的父母和哥嫂却丝毫不领情，时常责骂和取笑她。后来出于报复，她终于将平日自视清高的嫂子也拉进了风月场，令她也失身堕落，承受着和自己一样的痛苦。皮艳娟的母亲俨然一个恶母，是对以往文学题材中母亲的伟大神圣形象的一个颠覆。在这一个个冷酷的故事中，亲情始终是缺席的，家庭这个本是遮风避雨的港湾，在吴君的笔下化为一个个孤独的空壳。

友情的缺失。如果说亲情和伦理是在日复一日年复一年的艰难生活中慢慢沦丧了的话，那么在吴君的笔下，友情却是从来不曾存在的。《樟木头》中的陈娟娟和方小红曾是患难与共的姐妹，她们因为有过共同的经历——被关押在一个叫"樟木头"的小镇上，那里都是"一些三无人员和特殊职业的女性"——而同病相怜，结下了深厚的友谊。在方小红最落魄的时候，是陈娟娟用800元钱将她赎了出来。她们相互交了心，都知道对方那段不光彩的经历。可是也正因为如此，方小红最终出于报复，竟将陈娟娟的过去告诉了陈娟娟的女儿江南，导致江南堕落为问题少女，不但不再尊重自己的母亲，还将她视为仇敌。原本可贵的友情在利益的驱使下土崩瓦解，个人重新坠入孤立的境地。《福尔马林汤》中的程小桃，遇到的则是另一个方小红。她们在一起打工的生涯中结下深厚的友谊，同病相怜，无话不谈，并且有着共同的一个梦想：找个本地人结婚，踏踏实实地过日子。可也正是这个共同的愿望，迫使方小红暗地里耍手段，把本该属于程小桃的男人，争夺到了自己手中。诚如萨特的《禁闭》中所表现的那样，世界荒诞，人生痛苦，他人即地狱，吴君将这个残酷的现实再次表现得淋漓尽致。

人性之变形。打工者本是怀揣梦想，带着乡村的淳朴和天真踏进城市的，人之初性本善，可是都市的生活就仿佛是一个大染缸，这些人被扔进去之后，就完全失去了当初的那份懵懂与本真，寻梦就必须付出代价，这代价就是人性的变形。

吴君笔下的人物，大多是生活在都市最底层的普通人，他们所谓的寻梦无非是对于金钱和身份认同感的追逐。可是由于现实的残酷，漂泊多年的他们意识到这个梦想根本不可能实现，于是倍受打击的心灵便开始扭曲和异化。当理想无法实现，当生活褪下光彩的外衣，当诗意完全被残酷的生存现实所取代的时候，人便逐渐失去了自我，这些都市里的漂泊者更是如此。他们不谈爱情，无视亲情，缺失伦理，自私自卑，畏惧没有尊严的生活，可是人性中的原欲和本我却是赤裸裸地显露着，无比强大。

《红尘中》的女人泊其私生活极度混乱，但是之所以还有很多男人围着她转，最重要的一个原因就是她手中有股票。刚相识的大学生李鸿，从澳洲回来的前夫阿林，甚至那个自称深爱泊其的阿轩，在和泊其谈话时都有意无意地把话题引到股票上。《亲爱的深圳》中的李水库和程小桂，只把彼此当作泄欲的工具，甚至在做爱的过程中还不知廉耻地讨论着各找性伴的事情。《海上世界》这部小说讲的是发生在师生之间的故事，在这里，老师的形象同样被吴君颠覆了。师生之间的特别关系，令胡英利感觉"这件事要比强奸来得更痛苦"，为师不尊的悲哀现实刺痛了胡英利的心，也震撼着读者的神经。欲望在这些故事中赤裸裸地流露着，无论读者是否做好了准备，吴君就是这么毫无掩饰地将人性最后一层遮羞布掀开，读者看到的景象真可谓是"人欲横流"。

饥而欲食、渴而欲饮、交而欲说、冷而思暖本是人之所以为人的同一性，人的这些基本生理需求也都应该得到尊重。欲望与人性本不冲突，但当一个人连基本的生存的欲望都得不到满足时，他便不会再去考虑欲望之外，其他的诸如道义诸如伦理的东西。而当这欲望长期压抑，便可导致人性的变形与扭曲，异化为"非人"。吴君作品中的人物群，便是由这一个个可怜可悲的"非人"构成的。

二、"城堡"式寓言的再现

《城堡》是卡夫卡最具特色、意蕴最丰富的一部小说。主人公 K. 是一个土地测量员，投宿在一家城堡管辖下的乡村旅店里，被店家要求出示城堡许可证。城堡就位于眼前的一座小山上，可对于 K. 来说却可望而不可即。整个小说写的便是 K. 千方百计想进入城堡却又屡次失败的故事，而最终 K. 也没有能够进入城堡，更没见到传说中的城堡当局者。这个故事的解读是多样化的，它也在反复地印证一个亘古不变的哲学道理：K. 一次次进入城堡而受阻如同西绪弗斯的石头一次次从山腰上滚下来一样，最终不过是一场徒劳。同样，吴君笔下的深圳，对于漂泊者而言，也等同于 K. 之于城堡一样，可望而不可即。吴君的"深圳叙事"系列，更堪称是一个个现代化的城堡式寓言。《亲爱的深圳》和《十二条》这两部作品分别在"追寻"和"背离"深圳这两个方向截然相反的维度上，向读者再次揭示了诸如城堡式寓言般意蕴丰富的深圳叙事。

《亲爱的深圳》：追寻"深圳"的执着与疯狂。被改编为电视剧的中篇小说《亲爱的深圳》堪称一个典型的现代化城堡式寓言。故事中的主要人物有三个：张曼丽、程小桂和李水库，三个性格迥异的人物，他们与深圳的故事却有着和《城堡》中的 K.同样的宿命，俨然这个寓言的再现。

小说的主人公是李水库，他是为了寻妻来到深圳的。确切地说，一开始他无法喜欢和接受深圳，因为妻子程小桂就是中了深圳文化的毒而不愿意跟他回到农村过日子。相比故事中的其他两个主要人物，李水库身上散发着难能可贵的本真和淳朴，也是最能引起读者同情的一个人。但是他又是极度矛盾的一个人，他身上同样有着一些难以改掉的恶习，比如借工作的便利，私拆别人的信件，还私自接受一些小贿赂，甚至为了让程小桂怀孕，偷偷地用针刺破避孕套，更甚至在性欲无法得到满足的时候，对认识的其他女孩子又怀了关于性的幻想等。他的这些恶习逐渐在新开始的都市生活和工作中一一显露出来，迫使他在内心极力地进行着回到家乡还是留在城市的斗争。留下，他与这个城市根本格格不入，加上能力有限，可能这辈子就只能永远地做保安了；离开，又对妻子程小桂难以割舍，而且一段时间的打工经历已经让他对深圳有了难以言说的感情。所以小说在最后依然没有让李水库实现他回乡下的夙愿，是他自己选择了留下，他在经历了内心的挣扎后，也终于收回了回望的目光，坚定地朝着深圳这座"城堡"前进了。

程小桂是李水库在乡下娶的老婆，却比李水库提早来到深圳，也比李水库在城里更能干，更通达人事。可以说，程小桂是一个坚定的都市文化认同者，她也清楚地知道自己想要什么。为了不影响工作，她隐瞒了自己已婚的事实，见到丈夫李水库的时候，一本正经地用普通话说："你好！"程小桂在农村读完了高中，算是一个有点文化的人，她不像自己的丈夫那样只想一辈子留在农村，曾经热爱过诗歌的她对生活是深怀理想和憧憬的，她要凭着自己的能力在深圳落户并且生活下去。她在深圳一家商厦做清洁班长，任劳任怨，省吃俭用，赚到的钱不舍得花，全部攒起来，还寄回家一部分帮李水库还债，甚至一双手都磨破了，只好整天戴一双白手套。程小桂遇到的坎坷不少，辛酸也多，她梦寐以求想要嫁给本地人的愿望也总是难以实现，但她丝毫不灰心，而是更勇敢地朝着梦想努力，为成为真正的深圳人而努力！

张曼丽是小说中另外一个主要人物，也是最虚伪和虚荣的一个人。她对于深圳的追逐，可谓口毒最深。张曼丽和李水库一样来自河南农村，她家里甚至比李水库还要穷。但是她不但有能力，而且长相出色，还是他们工作的商务大厦里的一名部门经理。张曼丽是一个极其自卑的人，她为了不被人看不起，故意掩饰自己的家庭出身，竟然逢人就说自己的父母都是北京的高官。张曼丽是这个大楼里最光鲜亮丽和引人注目的女人，对下属和其他诸如李水库这样的下层员工极为鄙视。但是她的一封来自老家的信件却被李水库私拆了，紧接着她的真实身份也被披露出来。李书库还注意到了她"结过老茧的大脚"和"关节异常粗大的手"，更加肯定了信件的真实可信。但是张曼丽却依然不承认自己的出身，甚至操着一口广东腔辱骂老乡李水库不讲卫生，常年不洗澡。读到这里，我们不能不为这个女子感到可悲。她时时刻刻要掩饰的都是自己卑微的出身，生怕被别人发现，因而只能日复一日地演戏给人看，用一个又一个的谎言来弥补自己撒下的弥天大谎。可以说，她不是在生活，而是在作茧自缚，用一个巨大的茧将自己裹在里面，却仍然被人狠心地捅破了。张曼丽在深圳自卑地生活，不再年轻却婚姻无着，内心的焦灼和性的苦闷也在时时刻刻地折磨着她，可她并没有丝毫放弃留在深圳的念头。她更是活脱脱的一个 K. 先生，愈挫愈勇地奔波在去城堡的路上。

　　故事是发生在深圳的故事，深圳就在故事里，就在他们每天行走的脚下，就在茶余饭后的谈资里，就在时时包围着他们的空气中，但是深圳，它又似乎总在梦幻中。深圳很发达，与你无关；深圳很前沿，与你无关；深圳很漂亮，似乎也与你无关。亲爱的深圳，它就在那里，你却永远无法接近和抵达。吴君在题目中的深圳前加了个温暖的定语，却令读者读出了又爱又恨的味道。

　　《十二条》：背离深圳、难觅我城的凄惶。如果说《亲爱的深圳》等一系列"深圳叙事"的小说写的是对深圳的追逐和寻觅的话，短篇小说《十二条》则恰好相反，它写的是一个主人公时刻想要逃离深圳的故事。

　　"十二条"在这个小说中是一个象征性的意象，它是北京的一个平民区，是主人公曹丹丹心心念念想要回到的一个地方。曹丹丹读大学的时候，曾经陪班上一个生病的同学到北京做检查，她们当时就住在北京一个叫作"十二条"的地方，根据小说中的描述，我们不难想到那其实就是北京的某个地下室，简陋、寒酸。但是，它却是曹丹丹心底的精神家园，她平日里累的时候，总是会想起这里，想回到这里生活。曹丹丹是个离过婚的单身母亲，独自带着女儿在深圳生活，靠着一份做代课老师的微薄薪水度日。她的生活是辛苦而单调的，没有浪漫也没有任何邂逅男人的可能性。因此，"十二条"在她心里也有着她对于性的若干幻想，因为北京的地下室总是混居着各色人等。她的幻想中总是出现一些半裸着上身的男人的画面，还有走在胡同中被小流氓调戏的情景，这与她长期的性压抑有关，"十二条"显然已经成了曹丹丹精神上的乌托邦。对于曹丹丹来说，"十二条"有着如此巨大的诱惑力，但是她也始终没有离开深圳，奔向北京。曹丹丹的朋友江艳萍曾离开深圳去了北京生活，一位自称当年追求过她的罗老师也承诺要在北京给她买房子，但是曹丹丹毕竟是一个冷静的女子。她机智地打听到江艳萍在北京过的其实是流浪生活，罗老师也只是一个骗子。她没有被自己的"十二条"情结蒙蔽双眼，而是从此结束了自己不切实际的幻想，开始踏踏实实地在深圳生活。曹丹丹对于深圳的情感也是复杂的，她曾经极度想要逃离，可以说，她最早在心底是否定了深圳文化的，但是经过了一次又一次的否定和肯定之后，最终还是和上述小说中的人物一样，选择了留下。因为，深圳作为他乡，即使能够逃离，那么心中的"我城"又在哪里呢？

　　吴君的小说，除却《亲爱的深圳》和《十二条》之外，具有"城堡式"寓言和哲理观照的作品，比比皆是。短篇小说《皇后大道》是一篇写深圳和香港"双城记"的作品，陈水英因为在年轻时草草与当地人结了婚而只能一辈子留在深圳的渔村里，加之好姐妹阿慧成功嫁到香港的刺激，备受来自阿妈和村民的压力。离婚后，她更是对阿妈时刻念叨的香港的"金链子，老婆饼，靓衫和皇后大道"以及阿慧的贵族生活充满了无尽的想象与好奇，甚至恨透了阿慧。而当她终于到了香港，见到了阿慧潦倒悲苦的生活后，最后流泪释然。在作品中，我们很难看到作家对于两姐妹的态度和立场，但坚厚的生存质地却在文字间熠熠闪光，"皇后大道"便是一个城堡，阿慧的进入实际是一种堕入，并非理想中的真正的"皇后大道"，而是一种牢狱般的生活，陈水英终其一生更是无法抵达，但这或许也是她的幸运所在。中篇小说《复方穿心莲》则写了外来妹方小红嫁入深圳，在婆家所受的种种委屈和侮辱，以及她的老乡阿丹同样被婆婆一家利用和歧视的故事，文中的深圳依然是作为"城堡"的象征存在的，方小红与阿丹在跋涉的路途上伤痕累累，身心的苦痛是连"复方穿心莲"都无法根治的。

三、存在主义视野下的人性化创作

深圳梦、深圳情结是吴君作品的重要母题，在作家旁观琐碎、冷静写作、揭出生存之痛以外，细品作品，还有另一层更为深刻的主题，即存在主义的哲学思想。存在主义是法国著名哲学家萨特提出的，他在其作品《禁闭》中提出了"他人即地狱"的著名观点。《禁闭》是一部深刻揭示人际关系的话剧，最初被作者取名为《他人》，可见其用意。话剧的大意是讲被禁闭于地狱中的三个鬼魂，分别象征处于"人间地狱关系"中的你、我、他，他们代表并且表现了现实生活中一种极为扭曲和畸形的关系，即相对于任何人来说，他人都是一种地狱的存在。每个人的活动和思想都受到他人的影响和左右，反之亦然。这个哲学观点客观冷静，打破了以往作家笔下对于人际关系的传统思考，更尊崇人性和对于人性的深入揭示，吴君在此也做了努力。

吴君的作品很多，但无论是表现漂泊者的生存状态，还是城堡化的寓言式叙事，存在主义的哲学思想一直没有远离作家的视野，贯穿于每部作品的始终。如《地铁五号线》里，美容师朱喜燕和客人施雨的交谈中，朱喜燕的谦卑贫穷和外来妹的身份给施雨带来的优越感，而在朱喜燕交了挺拔斯文的工程师男朋友之后，施雨又有一种不可思议的失落感，也突然不再有兴致和她谈论爱情婚姻的话题了。而当她有一天发现朱喜燕在哭的时候，她竟然"惊喜"了，两人的关系也再度缓和，小说的最后才道出其实一切都是朱喜燕的设计，只为了和施雨的老公上床，当然上床也只是为了钱，而刺激朱喜燕如此做的原因，则在于施雨的投诉导致朱喜燕丢了几笔大单提成。《皇后大道》中，陈水英和阿慧本是好姐妹，终因为阿慧的嫁入香港，而导致友情决裂。陈水英离婚后，便将再嫁的目标锁定为香港男人，这其中便多数受了他人目光和行动的左右，尤其是对于阿慧的嫉妒心理。题材均为"姐妹心计"的《复方穿心莲》《十二条》《深圳西北角》等也都如此。

《菊花香》中，王菊花如果不是受了同事老傅和老李话语与目光的左右，就不会迷失在一种畸形的情感纠结中不可自拔，也不会失身于一个卑鄙怕事的守更老男人。小说中这样写："王菊花这次到六约街首先是想买双丝袜。这是王菊花的秘密，因为，老傅曾经在某个黄昏，对着正无精打采的王菊花说：'王菊花，看不出你的腿长得很漂亮呢。'当时她仅仅穿了件普通的肉色短袜。"王菊花正是在这种备受他人干扰的言语左右下，加之对婚姻的迫切渴求，孤寂的心灵日益焦虑和扭曲。

《当我转身时》写过气演员苏卫红因为恼恨表妹阿娣带来的外来妹阿焕用了自己的东西，用言语挑拨和撺掇阿娣与阿焕的友情，导致阿娣在一次险被轮奸的突发事件中，将歹徒引向阿焕，使阿焕替自己遭受了恶果。三个女人的动作、话语以及苏卫红的心理变化，在作家笔下均有细微的刻画和表现。短篇小说《痛》写了一个做"那种"工作的女人，想当然地把关心她的邻居当作仇恨的对象，以勾引她的丈夫作为报复。《十七英里》写教师江蓝英一家，多年来帮助一对贫困的卖菜夫妇以及他们的孩子，十多年后，这对夫妇已是暴发户，而当江蓝英一家来到他们位于十七英里的住宅，渴望一叙旧情时，世态的炎凉悲喜跃然纸上，知识分子在财富面前的困窘也令读者感同身受。小说中有不少对于彼此目光左右下的人际关系的揭示，以及微妙的心理活动刻画，于一种诙谐和酸楚的基调中再现了存在主义的命题。

评论家孟繁华说，吴君笔下"'底层'所传达和延续的民族劣根性、狭隘性、功利性和对欲望的想象等，是普遍人性的一部分。不是因为他们身在'底层'就先天地获得了免疫力，也不是因为他们身在'底层'就获得了被批判的豁免权。"作家不动声色地叙述，任人物自己活动，不追随主流去歌颂真善美，更不规避现实中的假恶丑，甚至肮脏，甚至丑陋。她始终围绕着"他人即地狱"的存在主义哲学精神，这种精神遵循了人性的本质，是作家对人性的致敬。从《阿米小姐》到《复方穿心莲》，从《十二条》到《皇后大道》，从《亲爱的深圳》到《当我转身时》，吴君的小说将目光聚焦于深圳，笔触直抵人性深处，如"慢火煲汤"般，将深圳人和深圳移民者的心灵世界，一点一点化为文学。这样的题材和主旨无疑是残忍和疼痛的，但笔者相信作家的心是比读者苦痛十倍乃至百倍的，她从不在作品中表白自己的立场，而是任由读者去感受、去评说。作家无言的背后是一颗忧郁敏感的心灵。这忧郁和敏感在吴君这里，化为她在小说创作上的累累硕果以及对文学使命的执着坚守，日积月累终于凝结为一部深圳移民的心灵史。

吴君的深圳想象和移民书写①

谭 杰

改革开放尤其是 20 世纪 80 年代以来，市场经济带动城市建设迅速崛起，都市物质和文明迅猛发展，逐渐打破了中国乡村文明和乡土情怀占主流的文学格局，同时也赋予了当下文学作品更广阔的耕作疆域和天马行空的想象可能性。由此，以书写都市风貌、生活形态以及生活在其中的个体形象的城市文学逐渐代言当下的文学叙事，如王安忆和她的上海书写。而作为中国最早的经济特区和改革开放的最前沿，深圳不仅仅造就着时代的弄潮儿，更是中国最典型的移民城市，拥有独特多样、复杂丰腴的文化。然而，不同于北京、上海、广州这类有着较为厚重的历史和文化积淀的城市，深圳仅仅是一座有着 30 多年现代都市文化脉络的新城市，首先，城市面貌本身处于日新月异的变化之中，其次，生活在其中的人来自天南海北，鱼龙混杂，具有一种孤独漂泊的无根感。这些特点使得深圳具有很强的包容性，也有着最变幻莫测的世俗人情和城市属性，同时，也造就了深圳文学的独特的"新"。中国新时期文学中，深圳文学在某些领域表现出超前的觉醒，比如彰显打工问题、劳资冲突、城市青少年独立意识等作品。客居在此十余年的作家吴君，独树一帜地将写作视野聚焦在都市深圳移民的浮沉境遇，她将自身的内部经验——虚化莫测的都市生活交织杂糅东北农村生活的记忆——付诸笔端，揭示深圳都市移民的身份认同和艰难求生，以及现代化进程和文明冲突中的复杂扭曲的人性。

---

① 该文原载于《文艺报》2014 年 11 月 17 日。

一、都市移民的叙事伦理：关于内部经验和内心风暴

不难发现，吴君的小说题目带有一定的规律性，或带有明显的经纬位置和地域特质，如《皇后大道》《深圳西北角》《岗厦14号》《二区到六区》《地铁五号线》《十二条》等；或充满着我们所熟知的生活中常见的气味，如《樟木头》《菊花香》《黄花飞》等；或是以病症、药品命名，以对症下药，直指要害，如《扑热息痛》《复方穿心莲》《福尔马林汤》《牛黄解毒》等。综观吴君的创作，她的小说无不从生活的细枝末节中来，文本中的日常片段、言语对白、饮食男女等鲜活、逼真又带有些许的陌生化和新鲜感，充满了烟火气息和生命野性。

吴君的移民叙事不探究生命感觉的一般法则和人应遵循的基本道德观念，而是作家将自身的内部经验和内心风暴，灌注在移民个体身上，通过他们的生活片段和故事，提出关于生存和生命的问题，营构具体的道德意识和伦理诉求。作家用一种冷静、客观的叙述口吻和情绪，将某种价值观念的生命感觉在叙事中呈现为独特的个人命运

吴君曾在访谈中提道："一次移民，终生移民，后代也多是移民的命运，他们的内心很难安定下来，精神是躁动的。"移民生活在一定程度上激发人性中原本沉睡的东西，比如欲望、恶癖，当然也有顿悟和觉醒，它所带来的对人性格和命运的影响是终生无法消除的。吴君的小说多聚焦城市一隅，窥探整个都市移民混杂多变的生存状态，然而，在对这些现象进行层层盘剥时，作家又如一个冷静老练的外科医生，不带入多余的个人情感，而是通过文字，让读者感知其隐忍的痛感和柔软体恤的温情。

在吴君的小说中，我们还可以轻易发现，她习惯提供两个地域、两种价值标准对照这样一种二元结构模式。比如从东北到深圳，从关外到深南大道，从深圳到北京，从香港到深圳等等，小说中的人从一个地方流动到另一个地方，看起来是为了更高的生活理想和人生追求，实际上，这每一次生命轨迹的迁徙都是欲望和利益的迁徙，没有定性的生活赋予了人无限的可能，也给人性和人心的张力展现提供了可能。《十二条》中的曹丹丹，对爱情、生活有自己的理解和把握，心底的愿望是能够在北京住上一段时间，像北京人一样过最日常的生活，使得在深圳失衡的内心得到短暂麻醉。小说的最后，江艳萍离开深圳回到北京——她从小就拼命远离的地方，她觉得北京人都是那么

的有文化。《念奴娇》中从东北搬到深圳的慈祥的母亲，完全变了个样，撺掇哥哥跟有文化的嫂子离婚，找个富婆，好过上衣食无忧的富足生活。城市生活以其滴水穿石的功力，渐渐扭曲了为了各种目的奔赴而来的人心，理想和现实的双重挤压，更烘托出城市移民精神世界的荒芜。

吴君的叙述并没有单纯地停留在底层生活的简单描绘上，而是直面人心和世情，用犀利精准的文字，剖开看似浮华体面的都市生活，直指症结所在。《亲爱的深圳》中，都市白领张曼丽举手投足之间俨然忘记了自己也是农村出身，"倒霉呗，差点撞上一个农民""你们这些农村人……我看你们简直就是一个残酷"。还有带有作者旁白性质的："在深圳人眼里，谁都没想过这些农村人也会结婚、生孩子，似乎他们压根儿就是一些没有性别的人""上班的时候，就像一个个只有眼珠会动的机器人。似乎只有下了班……他们才变成活物"。这些描写无不透射出城市农村劳动者的存在感全无和卑贱地位，没有温度的都市生活让生活在其间的人也变得冰冷无情。"身份""户口"是她小说中出现率最高的词汇，这两个词常挂在城市移民的嘴边，是他们最在意、最迫切的愿望，形形色色的中下层劳动者——保安、农民、女性，来到都市，他们踏上的不只是求生之路，更是确立身份的艰辛之路。

二、市移民的众生相："我们不是一个人类"

在吴君的作品中，着墨最多的，也是最触动读者的，不在都市建设和生产的现场，而是蝼蚁一般求生的移民群体。在此，吴君着力捕捉的并非是酒吧、咖啡厅等高档娱乐场所这样浮光掠影的现代都市符号，而是徘徊在都市高楼间、蜷身偏仄空间里的身份卑微的底层劳动者的尴尬都市生活。吴君很少采用批判现实主义的写法，并不平铺或者直斥都市劳作者的苦难和悲痛，而是温情冷峻地指向人心深处，通过他们在都市的生存困境来凸显城市现代性过程中人的复杂性和矛盾性。"对深圳抱有理想的不仅仅是知识分子、白领，还有农民。深圳把太多人变成了外省人。移民到此的每个人，无一例外，命运都在不同程度发生了变化。背井离乡的人、心怀梦想的人、不甘寂寞的人汇聚在一起，产生了新的能量。这些能量有的转换为创新的原动力，有的转换成尔虞我诈的利益之争，有的则化为旋转在城市上空的漫天风沙。"

过客型移民。这类移民带着梦想来到城市，在一番挣扎之后又离开。这类移民以男性为主。他们的内心经历了一个对城市向往、期待向矛盾、焦虑、无所适从的复杂转变。《念奴娇》中的父亲，投奔女儿来到深圳，却从此变得不再喜欢说话了，总是安静地发呆。最终，他留下杨亚梅用身体交易换来的名牌手表，带着从东北老家带来的东西回东北去了。《亲爱的深圳》中的泥水工李水库，来到深圳的初衷是带在此打工两年的妻子程小桂回乡下老家生孩子、过日子，这让他并没有像其他城市移民一样沉醉淘金梦而迷恋大都市。初到城市的他并没有表现出对这座城市的兴趣，他眼里的大楼冒着寒光，让他不踏实，楼里的电梯"更是可怕，只一秒就让人没了根"。他说话都是小声小气的，像没着没落的城市孤儿。尽管他也有偷窥别人信件，把女白领当作性幻想对象这样人性阴暗面，也努力想引起这座高级写字楼里其他女性的注意，以期获得认同……他也发现了深圳的一点好处——随处可见让他无比羡慕的男人和漂亮的女人，他们说话得体，穿着整齐，这里是"神仙住的地方"。然而，看到路边等活儿的劳力，他也对这些人的愁苦感同身受。他鼓足勇气去跟张曼丽坦白自己所犯的不可弥补的错——他为自己失手撕信而致使父亲没钱医治最终死亡的事情度日如年——在张曼丽看来，这错却恰好帮她甩掉了沉重的负担……城市的浮华并没有让李水库丧失乡下人单纯质朴的品性，他内心深处对自己的身份和处境有着十分清醒的认识。

艰难扎根型移民。《复方穿心莲》中北妹方小红看起来似乎是移民大军中幸运的一员——她通过婚姻进入到深圳本地人的家庭，但这令人羡慕的扎根是充满荆棘的扭曲变态的生活。她们为了扎根，尝遍艰辛，扎根后的生活没有带给她们多少抚慰，未来的生活依旧是灰暗无望的。

挣扎求生型移民。深圳的移民群体中，女性表现出了特有的韧劲儿，她们不惜代价，甚至舍弃亲情、尊严、贞洁，目的就是要在都市立足、扎根。《亲爱的深圳》中的光鲜白领张曼丽保持高冷的姿态游走在都市。她眼里似乎只有两种人，对她有帮助的和不相关的。她可以对帮她搬东西的保安笑语燕燕，却对家中病重的老父亲避之不及，甚至他的死让她觉得解脱——她为自己捏造了一个处于中上层社会的家庭，因为这让她能够在都市中光鲜立足，受人高看。她努力与自己贫苦艰难的过往人生划清界限，但是她抹不掉那段岁月在她身体上留下的痕迹，"外表光鲜，苦在里面"。离家出走到深圳打工的程小桂，努力学习都市人的口吻、生活方式，并以自己越来越像城里人为傲。为了保住得来不易的写字楼保洁工作，她回避与丈夫李水库的关系，甚至言行中充满了对他的鄙夷；她教丈夫如何放弃夫妻关系，以获取深圳人的身份，成为名正言顺的城里人……都市中女性绝情、自私的一面展露无遗，然而，小说的最后，作者转用饱含柔情的笔触，剥掉程小桂坚硬的外壳，露出她被城市割裂的伤痕累累的身体和心灵，以此又唤醒读者重新认识到这个人物作为女性弱势的一面，使得小说前面耗费大篇幅塑造出的那个坚硬的女性形象变得有血有肉，生动起来——都市不给任何人喘息和脆弱的机会，适者生存是唯一的法则。《念奴娇》中，为了供哥哥读书，皮艳娟只身一人来到南方打工。打工生活的辛苦，小说用了一句话带过，"想家的时候，她会哭。直到哥哥没了工作，全家人也来到这座城市，她才不哭了。"被包养的日子让她获得了短暂的轻松和幸福，也很快就让她失去了所有。在这个冷酷的都市，她想尽办法给哥哥安排工作，得到的依然是全家充满势利的埋怨。带有报复性的，她拉嫂子杨亚梅走上了从陪酒陪唱歌到被包养的路。小说的最后，留下的是一声怅叹，为看不到未来、靠那一点不光彩却又是仅有的温情的回忆度日的皮艳娟，也为这个都市中艰难反抗又不得不屈从的那些女性。

作为女性作家，吴君长于细腻的观察，精微的描写，但她的叙述并不软绵，而是偏于冷静雕琢，尤其是对人物心理的描述，每一处细微的波澜都暴露无遗。她从不规避人性的卑微和丑陋，甚至有些刻意解剖，但是她写作的目的，比起批判现实，更重于寻根究底，试图寻找都市个体生存的途径和慰藉的方式。她的小说，如同在喧嚣中静心屏息，打开蒙上纤尘的抽屉，取出的尚带有记忆温度的物件，引人深省，又不胜唏嘘。吴君是一位非常真诚而又执着的作者，我们读她的文本，能感受到生命个体的每一丝细微的疼痛和颤抖，以及她对于时代和文明过程的深沉思考。

灰泥街的文化困境 ①

牛玉秋

　　吴君的长篇小说有一个非常好的名字：《我们不是一个人类》。一看这个名字我们马上就会想到当今社会生活中一个普遍的精神现象：沟通困难。当社会生活发展变迁相对缓慢的时候，社会价值观念也处于相对稳定状态，不同社会阶层、不同年龄阶段的社会成员的价值认同没有太大的区别，固然，列宁曾经说过，"每一个现代民族中，都有两个民族。每一种民族文化中，都有两种民族文化。"不过，他同时也指出，统治阶级的思想就是社会的统治思想。所以，在当今社会生活中，五六十岁的人们与他们的父辈基本不存在代沟。然而，在社会生活飞速发展变迁时，社会价值观念也进入了剧烈变化的不稳定状态，社会价值认同发生了巨大的差异，相差十岁就存在代沟已经成为普遍现象，沟通困难已经成为普遍感受，"我们不是一个人类"非常形象地概括了这种社会精神现象。

　　打开小说我们却发现，它讲的是一条移民街——灰泥街的故事。移民也是当今社会生活的一大主题。在全球化的背景下，主动与被动的迁徙比比皆是。对于移民来讲，文化冲突与融合是他们必须面对的精神课题。不过，这部小说也不是关于文化冲突与融合的故事。它直指人本，直指灰泥街人最基本的生存条件、生存环境、生存方式与生存技能，以及在这一切所形成的物质基础上的精神心理状态，揭示了一种底层移民的文化困境。底层移民的文

　　① 该文原载于中国作家网：http://www.chinawriter.com.cn/2009/2009-09-09/76649.html。

化困境首先来自本土文化的排斥。移民，特别是以城市为目的地的移民是要在别人的生存空间里挤出一块自己的生存空间。在本土文化看来，这无疑是一种入侵，是一种掠夺，如果生存资源不够丰富，生存环境不够宽裕，这种入侵和掠夺就更加令本土文化所不能容忍。再加上底层移民是在自己原来的本土无法生存才移民至此的，这就更令本土文化产生了天然的心理优势，而心理优势虽然无影无形，却是一种无时无地不在的巨大压力，永远压迫着每一个移民。底层移民的文化困境还来自自身文化的性质。离开了本土，离开了家园、亲友，底层移民的文化是无根的文化。对故乡家园的眷恋永远是他们心底最隐秘的梦，既支撑着他们，也撕扯着他们。因为无根，所以总有一种漂泊感；因为无根，所以总无法彻底融入迁入地的文化。从一无所有开始创造生活，底层移民的文化也是挣扎的文化。他们必须为争取最基本的生存条件而奋斗，他们首先要解决的问题是不让自己和家人饿死。挣扎的文化没有优雅。优雅的先决条件一是有钱，二是有闲，而这两者底层移民都没有。所以灰泥街上的人都很粗俗，都很会骂人。

任何一个人都不会甘心永远在巨大的精神心理压力下过着贫困粗俗的生活，所以底层移民的共同梦想就是离开。对于移民来说，离开有两种形式，一是扎根，二是真正离开。扎根就是融入本土文化，融入本土文化也就意味着离开了底层移民文化。娶一个本地老婆，嫁一个本地男人，都是融入本土文化最明显的外部标志。然而，灰泥街人这样做的结果是把文化歧视从街上带进了家庭。那么就离开，远远地离开灰泥街，小英他们就这样做了。然而，灰泥街的一切依然纠缠着她。灰泥街已经不仅仅是一条街，它是一种文化，人作为文化的生成物，一经生成，就成为宿命，终生难以摆脱，也无从摆脱。灰泥街是一种状态，是一种精神，是一种味道，复制到灰泥街每个人的身上，走到哪里带到哪里。这才是底层移民文化最深刻最可悲的困境。《我们不是一个人类》尽管还有些幼稚，有些粗糙，但它表述了底层移民文化的困境，这就是它的价值。

关于边缘的书写与阅读

——读长篇小说《我们不是一个人类》①

宫瑞华

2002 年初，吴君说在写长篇。大约过了半年，我看到了初稿。令我感慨的是，在灯红酒绿艳情肉欲成为写作时尚、作家们恨不得把小说变成萝卜白菜来卖的当下，吴君却去写"盲流"。这部"盲流"长篇就是上个月刚刚出版的《我们不是一个人类》。

"盲流"这个词不知起源于何时。五六十年代，"盲流"是东北生活中的主要词汇之一，无论在城市还是农村，你都经常可以听到。"盲流"不是"流氓"。但语音相谐，免不了总是让人将二者联系在一起。我和吴君同是东北人。至今我还能想起，当说到谁谁谁是"盲流"时，主述人总是带着些许不屑和轻蔑，那意味就更让人觉得"盲流"与"流氓"同属一类了。其实"盲流"是"盲目流动人口"的简称，是指那些没有当地户口的人。

关里人"闯关东"，始自清乾隆年间，据说，当年乾隆帝北巡，带了一批工匠和农耕技术人员去东北，这批人称之为"随龙"，也是最早的闯关东的人。此后，由于关旦，特别是山东一带人多地少和灾荒不断，形成了颇具规模的向东北的单向迁徙。二十世纪五六十年代，特别是 1958 年之后，"闯关东"形成了一个新的高潮。《我们不是一个人类》中的宁姨、老何、老王们，就是这个"闯关东"高潮的成员，而小英、小莲、大宝、二宝们，则是吴君

---

① 该文原载于中国作家网：http://www.chinawriter.com.cn/2009/2009-09-09/76648.html。

所说的"第二代移民"。《我们不是一个人类》所书写的，是一个十分巨大的群体，甚至可以这样说：绝大部分东北人不可能与这个群体没有直接或间接的接触，或是不生活在其中。但在吴君之前，我却从未见有文学作品大规模地呈现这种生活经验。

20世纪80年代，文学曾一度认为"写什么不重要，重要的是怎么写"，而现在"写什么"却成为一个大问题。当下大量"时尚作品"则构成了一种超强趋势，这些作品的作者告别了文学的不朽而跨入了文化快餐生产的厨房。这种趋势正培养着一个时代的审美风尚和文学取向。因此，《我们不是一个人类》最打动我的首先是在"写什么"的选择上的勇气。

世界十九世纪以来，中国五四以来，"愚昧和苦难"一直是文学的主题之一，但当代有些作家乐道于"愚昧原生态"，有些则是以"愚昧的启蒙者"的姿态来书写。令人高兴的是，作者在《我们不是一个人类》中没有认同当下流行的书写模式，而是坚持了独立的思考和叙述。在灰泥街，污水横流，泥泞遍地，邻里之间甚至父母、兄妹之间互相敌视，低俗的谩骂不绝于耳；物资极度匮乏，偷盗成风……虽然外乡人之于本地人矮了三分，但本地人也并不比这些外乡人有着多么高尚行为。顺便说一句，我们也注意到：在灰泥街所谓偷盗，并不是邻里之间的偷盗，而是将"公家"的生产资料转化成私人的生活资料。在那个特殊的时期和环境，这是大部分人的一种必要的生存方式，算不得什么犯罪，但无论如何，在这幅图景中，人们找不到任何浪漫和崇高。在灰泥街，人们绝望地活着，没有丝毫理想主义情怀。《我们不是一个人类》就这样将这个一直被文学忽略的人群的生存状态以文学的方式真切地呈现给我们，让我们直面"另一个人类"的高度的生存真实，感受灵魂的震撼。

揭示灰泥街人的愚昧和苦难，并不是《我们不是一个人类》的终点。作者不是一个长于讲故事的人，但她素描般的叙述却营造了一个魔场，将读者吸引至对灰泥街的思索。在灰泥街，任何人的任何一点改变现状的努力都会成为被讥讽的对象；灰泥街人有如一篓螃蟹。任何一只想逃出蟹篓的螃蟹都会被同伴的挣扎无情地拉下。《我们不是一个人类》中的二宝、小英、李北志都是曾有希望爬出灰泥街这只蟹篓的蟹，但最终他们也还只能是灰泥街的蟹。如果我们把二宝们爬出蟹篓的努力理解为对命运的抗争，那我们也可以把二宝们对灰泥街的厌恶看成是对文明的渴望。尽管二宝们对灰泥街深恶痛绝，但他们本身也是灰泥街的一部分。这也是人类的共同绝望的境地。据说，科学家们发现：世界并不是如我们通常理解的是四维的，而是十一维，物质可以在同一时间在不同空间存在，也就是所谓的"平行世界"。也许我们一时还难以理解科学家们的假说，但意象的多维度指涉却一直是文学的特长。因此，我们从二宝们的灰泥街情境中可以读出超越灰泥街的指涉。作为深圳的"外乡人"，作者在《我们不是一个人类》的结尾处，自然而然地将灰泥街的人物和情境伸到了这个南方的漂泊人群的另一个栖居地，从而隐性地呈现了作者关于深圳的生活经验。当我掩卷的时候，我想到了流沙一样散落在世界各地的华人，甚至那些不分种族背井离乡的人们，他们是否都有灰泥街人的某些苦闷？

　　回到社会学的角度。灰泥街最终还是改变了，但灰泥街的改变是基于社会的进步。但永远无法改变的，是灰泥街的情境，无论作为单个的灰泥街人是贫穷还是富有，是冗沦还是显赫。

他们将走向何方

——论吴君《亲爱的深圳》的底层叙事①

周叶兰

底层叙事是当下写作的热门主题。所谓"底层",是指受教育程度、物质条件、政治地位相对较低的阶层,相当于"弱势群体"的含义。"底层叙事"通过描述下层民众的艰难生存与抗争,反映出当代作家对社会转型时期中国社会的忧患意识,是他们通过作品对弱势群体倾注人文关怀的独特方式。

吴君的中篇小说集《亲爱的深圳》以深圳为背景,以进城务工者为主要描述对象,展示了不同类型的务工者的生活状况。这群来自异乡的建设者们怀揣着梦想来到大都市,以辛勤劳动造就了都市的繁华。然而,繁华都市在向他们散布种种诱惑的同时,也给他们带来了梦魇。面对不断变化的物质世界与内心世界,他们将何去何从?他们无法确认自己的身份,他们在城与乡之间流浪徘徊。

一、探析婚姻危机背后的身份困境

吴君说:"我本身也是一个移民。每个移民,无论是由哪儿到哪,何时动身,要完成的精神历程其实大致差不多"。②外来务工者与她所说的移民是有差别的,有人将这群人称之为"过民"。移民有"移来定居"之意,尽管移民

---

① 该文截选自《广东技术师范学院学报(社会科学)》2010年第4期孙春旻等著的《南方文学崛起的希望——"岭南文学新实力"作家创作现状笔谈》。

② 傅小平、吴君. 由开阔走向"狭窄". 文学报, 2009-11-20.

与其乔迁之地一开始难免会有一个适应磨合过程，但最终会对自己栖身的城市产生家园感和归属感。过民则不一样，学识、身份、地位等注定他们难以把深圳这样的大都市变成自己的"终焉之地"。虽然他们已经认同了城市，疯狂地追逐着城市的物质生活，但是他们无法成为这座城市中的合法公民，他们的身份呈现一种分裂的状态。作为生存的个体，他们被现实撕扯得支离破碎，残破不堪。

在中篇小说《亲爱的深圳》中，妻子程小桂先到深圳打工，并在短时间内发生了很大的变化，处处模仿本地人，时时以白领身份自居。丈夫李水库抱着传宗接代的念头来到深圳寻找妻子，却陷入生存危机之中，幸而有妻子的介绍才找到一份工作，却不得暴露自己的身份，失去了自己作为丈夫的尊严，二人形同陌路，夫妻关系名存实亡。李水库来到深圳时，程小桂的一句完全城市化的问候"你好"，已显示出了程小桂不再是昔日的农村妇女。城市人的言谈举止已深深影响了她，她开始处处排斥昔日农村生活中长期养成的行为方式。程小桂的变化直接影响了李水库，李水库失去了作为丈夫的地位，导致了他心理的变异，也给他们的婚姻蒙上了阴影，夫妻俩甚至考虑各找一个有钱的本地人结婚以摆脱贫困和身份困扰。城市给他们带来一定的物质利益，也带来了精神的压抑和伤害。

城市对来自农村的夫妻俩都是陌生的，李水库刚到深圳时对这里的一切都感到陌生，甚至对新的事物感到恐惧。程小桂生怕因自己的农村人身份遭受歧视，逐渐变得虚伪、势利，也成了李水库眼中的陌生人。陌生的城市，陌生的亲人，这背后折射出底层人封闭自卑等复杂情绪。人与人活在同一块土地上，活在同一片蓝天下，竟然会有如此大的差别。这些异乡人一砖一瓦地建设着城市，把城市推向更加繁华的同时，城市对他们却视而不见，视他们为异物。这可怕而令人惊恐的事实，深刻地启发了人们对当代社会的反思。

二、展示命运抗争与精神危机

"焦虑，命运感和内心的动荡每个生命都会有，而绝非没有饭吃的人才需要面对。"[①]作为漂泊的群体，面对陌生的城市，繁多的诱惑，进城的乡下

---

① 吴君．关于深圳叙事．《亲爱的深圳》跋．广州：花城出版社，2009：239.

人的情感与道德观念都接受着前所未有的挑战。友情在私欲面前可能变得很渺小，昔日的好友可能像《小桃》中小红和小桃那样变得彼此陌生，甚至成为仇人，人们不禁怀疑在这座物欲化的都市里是否还存在纯真的情感。克尔凯郭尔说："当一个人对生命产生'怀疑'的时候，他就会对思想产生'绝望'。[①]于是从这'怀疑'出发，生命迫使人寻找一个崭新的、能够引领我们通达至绝对的出发点，它就是'绝望'。"绝望发展到一定程度也许就是以付出生命的方式解脱自身，而更多的人是在绝望中坠入堕落的深渊。中国人历来注重亲情人伦，恪守道德底线是每个接受传统教育的中国人坚持的做人原则。《念奴娇》中的皮艳娟生活于水深火热之中，家庭已无亲情的温暖，身心憔悴无处倾诉，她能选择的也许只能是继续堕落之路。皮艳娟走到这步田地，并非自己所愿，来自父母和家庭的重担逼得她不得不强颜欢笑，甚至以付出肉体作为代价来改变自己和家人的处境，然而她为家人做出的巨大牺牲换来的却是嘲讽与鄙视。心灵备受摧残的她想到了以亲嫂子杨亚梅作为报复对象，最终导致杨亚梅抛弃了家庭。这则有关亲情人伦的故事让人不得不关注这些特殊人群的精神危机，精神支柱倒塌的那刻，便是他们绝望的时刻。

《樟木头》中陈娟娟具有大专学历和令人羡慕的工作，可她也有一段不堪回首的往事。为了摆脱过去，她拼命工作，试图凭借自己的优势获得栖息深圳的永久权利——一张深圳户口，最终却只能像大多数外来人口那样选择以婚姻作为手段达到目的。然而，陈娟娟依然没有安全感。为了摆脱漂泊和焦虑感，她为自己买了房子，却又为筹集女儿的学费而被迫卖掉。这套房子是以她的青春和尊严为代价换来的，是她精神世界的一个支柱，如今这支柱轰然倒塌，陈娟娟的精神世界几近崩溃。偌大的深圳为什么容不下这个女人小小的生存空间？作品道出了陈娟娟这类女性的悲哀，也寄予了深深的同情。虽然陈娟娟最终靠婚姻获得了深圳户口，然而，她内心的创伤想要愈合绝非易事。

"返乡"也是每一个漂泊深圳的人心中的痛。进入深圳的打工者，其前程无非是两种可能：继续漂泊抑或返回家乡。继续漂泊意味着

---

① 王齐.走向绝望的深渊——克尔凯郭尔的美学生活境界.北京：中国社会科学出版社，2000：124.

延续无根的生活不知终点在何处，返回家乡则意味着改变身份的理想破灭。对于打工者来说，关键是他们在接触了现代化的生活方式、接受现代性的洗礼后，还会心甘情愿地回归自己的家乡吗？而那些少数最终获得城市的永久居住权的人，是否真的找到灵魂的家园呢？这显然是一个值得深思的问题。

　　吴君的小说，面对底层开辟了一个思想的空间。

关于吴君的底层写作 [①]

刘红雅

  将"苦难"作为写作的对象是否就意味着在写作中占据了道德制高点？一切人道主义的意识形态全都求助于道德，而道德对于解决真实问题只能起到自欺欺人的作用。显然，我们无法通过伦理道德的优先性来确立"苦难书写"的正当性；更无法确立"苦难书写"理论话语的合法性。关于"苦难书写"，关键并不在于其写作的主体和对象究竟是否具有苦难经验，也不在于是否具有悲天悯人的人道主义关怀。因为从漫长的文学史来看，从来就不缺少关心民生疾苦，关注社会人生的文学创作，问题的关键在于如何理解"苦难书写"之所以能够出现的语境。在"苦难书写"中，底层人物并非仅仅是作家居高临下同情的对象，而是一个平等的、作为审美关照对象而存在的艺术形象，在苦难中生存的人们是一个复杂、暧昧、缠绕和纠葛的生活集群。只有写出他们的脆弱与倔强，写出他们丰富而复杂的内心世界，才能挖掘出他们作为一种完整的现实存在的审美特质。

  吴君说她一直很喜欢读陀思妥耶夫斯基、海明威以及日本作家芥川龙之介的作品，而这些男性作家的作品让她的写作一开始就具有比较开阔的文学视野。在小说创作中，吴君并不回避苦难，她的苦难叙述，虽然都是一些底层的小人物，她却没有去渲染苦难的残酷性。当然，吴君的"苦难书写"同样向我们明确传达了作者自己的审美价值观，她以一种女性的细腻去捕捉生活中的苦难细节，由此带给读者一种新的审美场景。吴君也承认，她的小说

[①] 该文原载于《珠海特区报》2009 年 12 月 27 日。

也曾经过"从空到空，从月朦胧鸟朦胧到晦涩难懂，从一半是文学一半是新闻，直到离文学渐行渐远"的阶段。但是她却能自觉地，以独特的美学理念将自己与一般的"苦难书写"进行了痛苦的切割，并由此而让自己的文学创作获得了凤凰涅槃式的飞升。

吴君《亲爱的深圳》中的人物、生活以及情感方式，与时下流行的"苦难书写"既有联系又有区别。有联系的是这些人物都来自底层并且仍然在底层，他们的生存方式、精神状况与其他底层人没有本质区别；不同的是，吴君在呈现、表达、塑造这些人物的时候，已经超越了"苦难书写"初期的模型和经验，已经不再是苦难悲情痛不欲生，悲天悯人仰天长叹。在她的作品中，或者说她经历了深圳十余年的生活历练之后，对底层生活在现代性过程中出现的问题的全部复杂性有了更加深刻的理解，而且也在她的小说创作中也得到了明确的表达。

《亲爱的深圳》小说集中，在繁华都市被遗弃的角落，在城市璀璨的霓虹灯背后，是寻找着梦想的漂泊着的千万打工者。每个人都有自己的情感和心灵，都市物质的丰盛和繁华却在挤压着打工者的灵魂，然而都市的自大和傲慢反衬的却是身处最底层的打工者那虽然卑微但是却高傲的梦想。《樟木头》中，陈娟娟、方小红、沈小姐生活在粗鄙、窘迫甚至不堪的境域中，她们都有初进城市时，以身体养生命的原始生存经历，而要真正求得更高层次的生活，她们又不得不为当初的经历付出沉重的代价。在《亲爱的深圳》中，程小桂和李水库为了生存，既不能公开自己的夫妻关系，也不能有正当的夫妻生活。李水库和程小桂夫妇为生存所付出的巨大代价，实际上远远超出了普通人性承载的最大负荷。由此我们看到了中国农民跨进城市门槛、走向现代的艰难。李水库的隐忍和对欲望的想象，实际上也是人性最深层次的原始欲望和农民文化心理与现代工业文明之间顽固对抗的真实表达。

在吴君的"苦难书写"中，其内在的理路和表述策略就是以人性和审美来重新书写文学史，因此，"审美性"和"文学性"构成了其中的主题和关键词。在中国社会现代性的过程中，在农民一步跨越"现代"突如其来的转型中，吴君发现了这一转变的悖论。吴君的"苦难书写"有她自己鲜明的审美风格，她的审美风格体现了她的世界观，她的世界观是以一种严峻的态度看透人的心灵。吴君说，她也是在绕了一大圈之后，才开始关注自己的城市和周边生活的："每天我都穿行在数以万计的女工中间。我看见过到了年根还守在路边等活，不能回家的民工。真实的生活终于开始教育我，说服我。痛和快乐就这样扑面而来。我又有了知觉。我和他们有何不同呢？其实，我们的感情又有什么高低之分。我终于愿意承认这一点。"正是由于吴君的自我省悟，使她近些年的"苦难书写"远远不只是一种让人感动的书写。更重要的是，她写出了与大多数"苦难书写"不同的，具有独特审美价值的很多优秀作品，她的作品不仅能够唤起读者的道德良知，更能启发人们对社会不公的深层次思考；她的"苦难书写"不仅仅是批判现实的武器，而且是一种更深远的精神追问，因为更深远的精神追问将使得文学的批判性更为恒久。也许吴君"苦难书写"的精神追问会把我们带到一个精神乌托邦中，让我们感受到一种宗教般的虚幻。但重要的是，吴君的追问姿态一定会激发读者继续追问，它会让人们的精神追问像大雾一样弥漫开去，并使我们的精神空间随之无限扩张。

"北妹叙事"中的姐妹镜像

——以吴君的小说为例[①]

杨钰璇

2012年深圳作家吴君作品研讨会在京举行。与会者认为，吴君的小说展现了来深圳"淘金"的外省人的生存命运、生活状态和心理情感，塑造了真实、鲜活的城市新移民群像。作家以悲悯的情怀聚焦城市化进程中被忽略的人群，直面社会之痛、人生之艰、人性之暗，揭示出一系列发人深省的问题。[②]吴君以平和、细腻、温婉的笔触塑造了诸多"北妹"形象，聚焦女性打工者这一弱势群体，力图破解南方女性打工者的心灵密码，探寻女性精神被遮蔽的重要层面，丰富了"五四"以来以女性为写作对象的内涵。

一、"北妹"——难以摆脱的身份枷锁

"70后"作家盛可以于2004年出版《北妹》一书，一经面世，"北妹"一词就立即引起了大众的关注。读者们发现漂泊一族中除了"北漂""沪漂"外，还存在一个鲜为人知的群体叫作"北妹"。在《北妹》里盛可以对"北妹"的理解是：广东人认为广东以北都是北方，那些地方来到广东打工的女孩被广东人称为"北妹"。吴君延续了"北妹叙事"的题材，并且在她手中"北妹"群体的概念被扩大。在《复方穿心莲》一文中她将所有说普通话的外省妹都

---

① 该文原载于《安康学院学报》2019年2月。

② 李晓晨．深圳作家吴君作品研讨会在京举行．中国作家网，2012-03-25.

叫作"北妹","北妹"一词颠覆了教科书上以秦岭淮河以北为北方的概念，这一具有歧视性的称谓背后隐藏着诸多耐人寻思的意味。

吴君笔下来到深圳的"北妹"，大多都是来自穷苦的家庭，她们的长相、打扮、语言、习俗等都有着鲜明的"乡下人"特征。如何摆脱"北妹"身份的枷锁是所有"北妹"都需要面临的人生难题。尽管她们竭尽心思融入这个城市，大费周章地藏好"乡下人"的尾巴，但是真正的城里人一眼就看破了她们这些小把戏，让她们感受到无法言说的屈辱。在寻求身份认同过程中，"北妹"个性被湮没，人格被扭曲，尊严被丢掉，成为都市文明中没有自我特色的"符号"群体。

吴君习惯从现实的、发生在身边的日常生活中选取具有典型意义的社会主题，从平常人的生活琐事中描写和刻画人物。平常中见真章，在生活的琐碎中更能凸显"北妹"身上沉重的身份桎梏，让读者深刻地感受到"北妹"在城市中生存的艰辛与无奈。《复方穿心莲》中方小红说"荷兰豆"在她们北方也有，叫作"扁豆"，但是遭到全家人的质疑，"这种东西北方绝对不可能有，你们北方怎么可能有这么好的菜呢"，[①]同为"北妹"的阿丹为了迎合方小红的婆家，昧着良心说了谎。以为嫁给本地人就能摆脱"北妹"身份的方小红，连亲吻自己孩子脸颊的权利都没有，因为婆婆认为她的脸脏。虽说方小红在众多"北妹"眼中是已经"上岸"的人生赢家，但是事实上方小红仍然处于"食物链"最底端，身份得不到认可，地位无法提高，甚至连保姆都可以瞧不起这个外省妹。文中的另一个"北妹"阿丹用尽所有的手段去争取一个深圳户口，对所有有点权势的人都谄媚巴结，不惜献上自己的身体，在自甘堕落中又清醒地知道，在众人眼里自己只不过是一条任人踩躏的母狗。她的懂事能干得到方小红婆家的称赞，但在她走后全家人都换上了丑陋的嘴脸，甚至用恶毒的语言去诅咒这个讨好他们家的"北妹"，甚至对整个"北妹"群体都不屑，丝毫不顾忌同样来自北方的媳妇方小红。《富兰克恩》中潘彩虹为了工作，隐瞒了自己已婚并育有一子的身份，她陪酒、陪睡拼业绩，对老板庄汉文忠心耿耿，一路血泪爬到了酒店经理这个位置。潘彩虹倾尽一切去讨好庄汉文，为的是深圳的户口、儿子的学费和房子的首付。卖力过度出现了副作用——连和丈夫亲热时冒出来的都是庄汉文的脸，夫妻关系逐渐破裂。老板庄汉文对潘彩虹

---

① 吴君.亲爱的深圳.广州：花城出版社，2009.

的忠心和能力大加赞赏，可是仅仅是因为潘彩红有利用的价值，用"深圳户口"诱惑潘彩红为他卖命，事实上他绝不会为潘彩红去争取一个户籍的名额。最后潘彩红惨遭毁容，老板庄汉文弃之如敝屣，潘彩红梦醒之后无路可走。

道格·桑德斯的《落脚城市》中《迁徙的终点：从土壤地板到中产阶级》提道："对于乡下移民而言，晋升中产阶级并非不切实际的期望，而是历史上的常态。在 19 世纪末至 20 世纪期间，这种现象在欧洲和北美的城市历历可见。"[①]北妹们怀着这样的"深圳梦"，希望跻身成为深圳的中产阶级，她们为此付出血泪、承受社会方面的压迫，她们成了被城市攫取、掠夺的对象。在吴君的小说中这些"北妹"大多没有美好的结局，时代的洪流将这些弱势群体冲上岸边，却没有人记得她们也曾为这个城市的崛起贡献过力量。

"户籍问题"是许多"北妹"越不过去的一个坎。盛可以的小说《北妹》中村长只为处女办暂住证，李思江献出了处女之身才换来了薄薄的一张暂住证。随着时代的进步，"北妹"们面临的户籍问题没有那么严苛了，但是得到深圳户口对于她们来说仍然是个棘手的难题。解决户口最便捷的方法就是嫁给本地人，方小红即是通过这样的方式摇身一变成为本地人的。方小红也许是沾着些运气的成分，因为她之前是个教师，婆家基于优生学的考虑才会让一个外省人嫁入他们家。然而成功移民的方小红不过是从一个牢笼掉进了另一个牢笼，生育是她最大的价值，她在这个家只是作为一个生育机器而存在。阿丹为了得到一个深圳户口，在吃尽一切苦头后求仁得仁，最后借着怀孕嫁给了一个深圳人。潘彩红因为有家室的缘故，只能靠自我打拼，在她做出了全方位的牺牲、价值被完全压榨后，被老板无情地抛弃。"北妹"在"吃人"的城市中，姐妹之间的关系也被极度地扭曲，"利己主义"风行，世道崩坏了人心。她们像是卓进蜘蛛网的虫子，越挣扎越喘不过气。

为了融入城市，"北妹"做出了太多的牺牲，城市却没留给她们一席之地。在这样的时代背景下"北妹"失去了自己的话语权，在城市中处于失语无根的位置。吴君用剥洋葱的手法，揭开人物的每一句话、每个动作、每个神情背后的伪装，暴露内心真实的阴暗，一层一层往里剥，直到灵魂最深处。虽然没有剑拔弩张、刀光剑影。但是"北妹"的生活在作者犀利的笔触下无处可遁。

---

① 道格·桑德斯.落脚城市.陈信宏译.上海：上海译文出版社，2012：332.

二、镜中姐妹——两个女性的对立

香港浸会大学文学院林幸谦教授认为："女性得以在同性关系之间，找到远比异性关系更多的影响力。这显示出，女性视彼此为她们被男性抹杀／压抑的替身。在此状况下，女性充分利用男性中心论中女性遭受父权法则贬压的机会，进一步贬压那些比她们更为弱势的女性。更何况，在同行的竞争背景下，女性在压抑的生活中，常把身边的女性视为与其争夺权位和男人的对象。"① 吴君在"北妹叙事"的作品中基本都会设立两个女性角色之间的对立。两个出身相同、经历相似的女性在冷冰冰的城市中惺惺相惜成为姐妹，但又是同在深圳这个独特的环境下，两个女性都把对方当作威胁的天敌，不惜用阴损的手段去陷害对方，最终两败俱伤。

"五四"以来女性作家对于女性形象的刻画大多是正面积极的形象，如凌叔华《绣枕》中的大小姐、丁玲《梦珂》中的梦珂与《莎菲女士的日记》中的莎菲、苏雪林《棘毛》中的醒秋等女性形象。许多女性作家不敢面对传统社会中女性的阴暗意识，但吴君在她的作品中刻画姐妹情谊时没有落入乌托邦式的情结中。她展现的不再是诚信、勤俭、仁和的传统中国女性特征。对爱情坚贞、对命运坚韧、对信念坚持，这些都面临种种挑战。她们也不一定是社会美德的坚守者、践行者，但她们仍然是女性自我价值探索的先驱者、实践者，也是社会进步的参与者、推动者。吴君的作品透过这些有特殊烙印的人物，反映了在新世界、新环境、新生活中女性成长的不寻常经历和思想轨迹。从这个意义上讲，其破解了身处南方物质社会中的女性打工者的一段段心灵密码，探寻了女性精神被遮蔽的重要层面，丰富了"五四"以来女性写作的内涵。

《复方穿心莲》中设置了双线女性人物：一个是嫁给了本地人的方小红，一个是还在苦海中沉浮的阿丹。方小红对阿丹有一种油然而生的优越感，她过上了阿丹梦寐以求的生活：嫁入了深圳人的家里，做起了本地人的媳妇，再也不用每天叫外卖，不断地更换出租屋，还有保姆伺候。然而，方小红的生存状况和卖淫女阿丹并没有实质性区别，她们在这个社会同样没有被当作一个"人"来看待。方小红活在一个外壁富丽堂皇，内则阴暗逼仄的"牢笼"

---

① 林幸谦.《半生缘》再解读：姐妹情谊的反动与女性冲突主题. 海南师范学院学报（人文社会科学版），2000（1）.

里，但她不愿意离开这个姐妹们钦羡的"牢笼"。方小红不是没有试图反抗，她发现丈夫出轨后尝试过一次出走，可是带着孩子试探性出走的方小红最后又不得不返回。没有一个人关心她的出走，全家人皆是为她的丈夫开脱。阿丹清楚地知道方小红生活在水深火热之中，可她还是追求过上这种看似富足安稳的生活。她对方小红怀有一种羡慕和仇怨的心理，多次在现实中委曲求全却求而不得后，阿丹把怒气撒在了方小红身上。她故意陷害方小红，告知方小红婆家方小红寄钱回家，把方小红寄给同学的信也交给他们，以此让方小红在婆家备受屈辱。她向方小红揭开婆家温情脉脉的面纱，逼着方小红去看清自己嫁入了一个腐朽已久的家庭。

《念奴娇》中两个对立的女性是皮艳娟和嫂子杨亚梅。同样基于优生学的考虑，皮艳娟一家几乎倾家荡产娶回了师专毕业的杨亚梅，而娶杨亚梅的钱是皮艳娟用青春甚至是鲜血换来的。皮艳娟一家的主要收入是来源于被赶到南方打工的皮艳娟，出卖皮肉挣的钱为的是把钱寄回家让哥哥出人头地或者找个好老婆。全家人一边用着皮艳娟用身体换来的钱，一边又对她不耻，连家都让她少回。风风光光嫁进门的杨亚梅和皮艳娟形成鲜明的对比，小镇里知识分子稀有，嫂子成了他们一家的荣耀，杨亚梅没有为这个家庭做过什么贡献，全家人却把她当成"女神"供着。皮亚娟痛恨自以为有文化的嫂子站在道德制高点上对她的鄙夷，讨厌她一副指手画脚、指点江山的神情，她无奈地发出呐喊："你们用的可都是我的钱啊！"在这样畸形的关系下，皮艳娟选择了对全家人进行报复。她一步步按着自己的计划把嫂子杨亚梅拉下污潭当陪酒女，可真的把嫂子拉去陪酒的时候，皮艳娟内心充满了挣扎，站在夏天的房间里打了冷颤，害怕带自己嫂子出来跟别人鬼混会遭天谴，但是很快报复的快感湮没了她的良知，她享受杨亚梅在她面前唯唯诺诺的样子，为能够拿捏杨亚梅的情绪而洋洋得意。皮艳娟设计了这一切，终于轮到她看着杨亚梅堕落的样子，轮到她站在道德制高点上提醒："杨亚梅，你不要乱七八糟好不好？""真是好笑，你这样乱七八糟，也配做别人的老婆、母亲、嫂子""别忘了你是家里的形象"[1]。

还有《樟木头》里的陈娟娟和方晓红、《十二条》里的曹丹丹和江艳萍、《皇后大道》中的陈水莫和阿慧、《富兰克恩》的潘彩红和阿齐等都属于二元对立的女性叙事。吴君与以往作家描写的底层人物不同，不是着重刻画底层人物的

---

① 吴君.亲爱的深圳.广州：花城出版社，2009.

苦大仇深、水深火热的生活，而是更注重人物在精神层面的复杂性。她注意到了同为底层人物之间精神的龃龉、狭隘之处，这种复杂性主要从生活中的平常小事和两位女性细腻的情感中表现出来，情感的不断累积，两位女性之间势必会有一场爆发。在爆发中她们将生活中的不满和怒气都撒向对方，在激烈的撕战后是两位女性的言和。她们压抑了太久，无处发泄，最后只能从同类身上找到发泄口。像杨亚梅最后和皮艳娟说："其实我已经和你一样，你全看到了，有没有知识能怎么样，谁也不要看不起谁。有了这些事嘛，你我就平等了。"阿丹嫁给本地人后打电话给方小红的道歉："方小红，我其实有个事情对不起你……这两件事，一直压在心里，现在，说出来，我终于可以好受了。"阿齐对潘彩红说："还以为会开心呢，呵，没想到我这种人也会失眠。"

　　"两个为梦想来到深圳的女孩，在各自的轨迹中行走。在某一刻相遇，成为心灵相通的朋友也成为彼此生命中的天敌。她们牺牲爱情、尊严、青春和梦想，只为兑换一张深圳永久的居住证。"两个女性承受着同样的苦痛，不拔刀冲向伤己之人，而反身向同类插刀。"底层的陷落"凸显的是城市对世道人心的崩坏，深圳宛若潘多拉的盒子，释放出了人性之恶。

三、姐妹殊途同归——幻灭

　　吴君在访谈中说道："心力角逐后，不过是殊途同归。""北妹"们的共同结局指向——幻灭，"深圳梦"被现实无情地碾碎。深圳是一个男女失调的城市，男女比例一比七，不断会有年轻貌美的"北妹"涌进这个城市，"北妹"间竞争不断增大，城市给老"北妹"的机会也愈来愈少。没有"上岸"的"北妹"，也许这辈子都无法成为梦想中的城里人。摆在她们面前只有两条路：一是离开深圳，回到农村；二是继续在深圳过着"边缘人"的生活。所有的结局在故事开头就已经写好，无论她们选择哪一条路，结局都是"幻灭"。

　　在吴君的笔下，都市是病态的，都市里的人也都有病，他们都不快乐，不幸福。"北妹"们不惜代价，甚至舍弃亲情、尊严、贞洁，目的就是要在都市立足、扎根。《亲爱的深圳》中的光鲜白领张曼丽，保持高冷的姿态游走在都市。她眼里似乎只有两种人，对她有帮助的和不相关的。她可以对帮她搬东西的保安笑语盈盈，却对家中病重的老父亲避之不及，甚至他的死让她觉得解脱。她为自己捏造了一个处于中上层社会的家庭，因为这让她能够在都市中光鲜立足，受人高看。她努力与自己贫苦艰难的过往人生划清界限，但是抹不掉那段岁月在她身体上留下的痕迹，"外表光鲜，苦在里面"。离家出走到深圳打工的程小桂，努力学习都市人的口吻、生活方式，并以自己越来越像城里人为傲。为了保住得来不易的写字楼保洁工作，她回避与丈夫李水库的关系，甚至言行中充满了对他的鄙夷；她教丈夫如何放弃夫妻关系，以获取深圳人的身份，成为名正言顺的城里人……然而，小说的最后，作者转用饱含柔情的笔触，剥掉程小桂坚硬的外壳，露出她被城市割裂的伤痕累累的身体和心灵。作者以此唤醒读者重新认识这个人物作为女性弱势的一面，使得小说前面耗费大量篇幅塑造出的那个坚硬的女性形象变得有血有肉，生动起来———都市不给任何人喘息和脆弱的机会，适者生存是唯一的法则。《念奴娇》中，为了供哥哥读书，皮艳娟只身一人来到南方打工，"想家的时候，她会哭。直到哥哥没了工作，全家人也来到这座城市，她才不哭了"。被包养的日子让她获得了短暂的轻松和幸福，也很快就让她失去了所有。在这个冷酷的都市，她想尽办法给哥哥安排工作，得到的依然是全家充满势利的埋怨，于是带有报复性的唆使嫂子杨亚梅走上了从陪酒陪唱到被包养的路。小说的最后，留下的是一声怅然的叹息，为这个都市中艰难反抗又不得不屈从的那些女性。

四、结语

吴君认为作家应该具备更敏锐的社会神经，对于底层问题的关注不应只停留在物质层面，而应关注更深的精神层面。她的"北妹"形象展现了现实主义写作的高度，通过日常琐碎诉说"北妹"们无法摆脱身份枷锁的无奈、对金钱和名利的渴望、被社会机器压榨的伤痛……吴君以现实主义题材勇敢地呼应了急剧变化的都市社会，"北妹"群像深化了都市女性写作的文化内涵，开辟了一条独特的女性写作之路。

"幸福"的虚妄与执念

——读吴君中短篇小说集《远大前程》①

刘凤阳

　　吴君的小说语言朴实简洁、质地绵密结实，有一种金属般锐利、执拗的力量。她的小说倾力摹写新兴城市"网格化生存"之下的众生相，其中对新鲜事物的捕捉与发现，对现代社会人心、人情的打量和揭示，对复杂经验的独到处理，都显示出作家的敏锐和洞察力——那些被各种数值和演算所设定的人生，依然有着滋味莫辨、隐而不宣的心灵秘史。这部最新小说集《远大前程》集中反映了作家的创作成果和艺术特色。

　　其中，《这世界》以平静温和的笔调，叙述了一个令人震惊的故事：德远老人把失去双亲的侄子王泉从乡下接到城里，并把他一手养大。回乡后的王泉从泥瓦工做起，终于当上包工头、成了"老板"，令德远老人由衷自豪。他在千里之外的城里享受着退休生活，也坦然享受着"恩人"的美誉，"每次耳热心跳，他都相信是家里人，围在一起念叨着他，当然是念他的好"。王泉知恩图报，打来电话请叔叔回去体验一下"有车有房"的荣华富贵。这是德远老人一直在等待着的事情，接到电话，他兴奋、憧憬，然而，"施恩者"和"报恩者"之间的故事，暗礁密布，发生过什么只有他们自己清楚。德远老人归乡"赴约"，先是在醉酒后感觉自己像"被抛上了天，在天上看着所有人笑"，醒来却躺在一张破床上，衣服被水淋透，鞋子里灌了小孩的尿——王泉要用这样的方式让他体会一下饥饿、寒冷、求人施舍的感觉，

---

① 该文原载于《珠江商报》2019 年 11 月 10 日。

并彻底揭开了当年"因为我，你得了单位多少钱呀"的老底，还有"四处混吃混喝"的资本、众人的尊重和赞美……在表面的"善事""好事"背后，究竟藏了多少不为人知的动机和利益？残忍的"报恩"方式，又有多少合情合理之处？善因结出恶果，我们只能感叹"这世界"人心不古，乱了，变了。

《富兰克恩》的主人公潘彩虹在一家大酒店里打工，从端盘子传菜开始，一路升迁，终于做上了经理，似乎可以脱离"底层"、获得她所憧憬的幸福生活了。而她所要的"如意、成功"实在平常甚至有点卑微——不过就是"接丈夫和儿子来深圳生活，过着全家人在一起的日子"。为此，潘彩虹付出了肉体、智慧和忠诚。谁都知道"酒店一半的生意"是由她的各种牺牲换来的，老板庄汉文除了坦然、欣然地利用她的能力和忠诚之外，并非不觊觎她的肉体，只因她眼睛下面长了一颗不吉利的黑痣——俗称"滴泪痣"才却步。然而，当她不再年轻、失去了被利用的价值之后，她千辛万苦得来的一切在瞬间失去。为了得到老板承诺过的户口指标，她下决心动手术摘除黑痣，结果非但于事无补，还几乎令她毁容。在此，"户口"看起来是为了方便孩子上学，其实是一个"身份认同"的隐喻：她永远只是个"富兰克恩"——穿制服的狗。

潘彩虹、陈祥、阿齐，三个人其实同属一个阶级，他们都是善良、敬业、有情有义的员工，然而为了巴结讨好献媚主子，关系破裂了，被老板庄汉文玩于鼓掌间，作为身世卑微的他们，要得其实很少很少，哪怕是一个已经不再被人稀罕的户口。在她追求属于自己的"幸福"的过程中，为了保护主子的财产，她曾经置客人性命不顾，跪地请求：不要毁坏老板的东西；老板被审查放回来，她竟说，就是打工，也不能让你们饿着；为了老板寻欢，她站岗放哨，被老板娘扇了耳光；为了酒店生意，酒后与客人发生了关系……她失去了自我，完整地交出了自己的灵魂，每次与丈夫同床，脑子都会闪出老板的面孔。被盘剥后已一无所有的潘彩虹，到最后，竟然害怕召唤，因为老板的一个电话，她还会身不由己……吴君在小说里展开了对这个时代的追问：导致人性泯灭的"原罪"究竟是什么？

在同一片天空之下，人们奔赴而来，带着对"新生活"的憧憬，带着对幸福的执念，付出热情与努力，收获的却未必是理想中的成功。也许，他们尚未实现宏伟抱负、无法抵达"远大前程"，但无一例外，吴君笔下的人物都收获了心智的成熟，收获了成长。世界丰饶如斯，由是，世界美如斯。

辑三 ○○○

都市文明的皈依之路

在都市文明的崛起中寻找皈依之路 [①]

孟繁华

一、一个矛盾重重的作家

都市文明的崛起是当下中国最重要的文化现象，也可以将其称为正在崛起的"新文明"。但是，这个"新文明"的全部复杂性，显然还没有被我们所认识。我们可以笼统地、暧昧地概括它的多面性，可以简单地做出承诺或批判。但是，这没有意义。任何一种新文明，都是一个不断建构和修正的过程，因此，它的不确定性是最主要的特征。这种不确定性和复杂性对生活其间的人们来说，带来了生存和心理的动荡，熟悉的生活被打破，一种"不安全"感传染般地在弥漫；另一方面，不熟悉的生活也带来了新的机会，一种跃跃欲试、以求一逞的欲望也四处滋生。这种状况，深圳最有代表性。这当然也为深圳的小说家提供了机会和可能性。吴君，就是在这样的环境和背景下出现的小说家。

吴君的深圳叙述与我们常见的方式有所不同或者非常不同。在不长的时间里，她先后创作了《我们不是一个人类》《城市小道上的农村女人》《海上世界》《福尔马林汤》《亲爱的深圳》《念奴娇》《陈俊生大道》《复方穿心莲》《菊花香》《幸福地图》《皇后大道》等长篇和中短篇小说。这些作品引起了读者和评论界的关注。说"好评如潮"可能有些夸张，但对一个出道不久的青年作家来说，能做到这一点绝非易事。读过吴君的作品后，我强烈地感到她是

[①] 该文原载于《文艺报》2012 年 3 月 23 日。

一个对深圳生活——这个"新文明"的生活有真切感受、也矛盾重重的作家。在一篇创作谈里吴君说：

> 十二岁之前我一直生活在农村……回到城市，仍会经常梦见那里。即使现在，每每想家，满脑子仍是东北农村那种景象，如安静的土地和满天的繁星，还有他们想事、做事的方法。当然想不到，我会在深圳这个大都市与农民相遇。他们有的徘徊在工厂的门口，有的到了年根还守在路边等活，他们或者正值年少，或者满头白发，或者再也找不到回家的路。那种愁苦的表情有着惊人的相似。

吴君在农村的生活经历并不长，但一个人的"童年记忆"对文学创作实在是太重要了，它甚至会决定一个作家一生的文学视角和情感方式。回到城市的吴君和移居到深圳的吴君，无论走到哪里，这个记忆对她来说都如影随形、挥之难去，这当然也是吴君从事小说创作最重要的参照。于是，我们在吴君的作品中看到最多的，是不同的移民群体、流散人群的生活写照。在北方他们被称为"盲流"，在深圳他们被称为"打工者"。无论是"盲流"还是"打工者"，他们大多数的原居生活已经破碎，就如当年的"闯关东""走西口"一样，除了个别"淘金者""青春梦幻者"之外，背井离乡是生活所迫，与罗曼蒂克没有关系。吴君笔下大多是这个阶层的人物。

二、呈现底层生活的复杂性

值得注意的是，吴君这些作品中的人物、生活以及情感方式，与时下流行的"底层写作"既有联系又有区别。有关系的，是这些人物都来自底层并且仍然在底层，他们的生存方式、精神状况与其他底层人没有本质区别；不同的是，吴君在呈现、表达、塑造她的人物的时候，已经超越了左翼时期或"底层写作"初期模型和经验，已经不再是苦难悲情痛不欲生，悲天悯人仰天长啸。在她的作品中，底层生活在现代性过程中出现的问题的全部复杂性，也日渐呈现出来。这种状态在吴君的中篇小说中表达尤为充分。《亲爱的深圳》是吴君的名篇，在这篇小说中，程小桂和李水库为了生存，既不能公开自己的夫妻关系，也不能有正当的夫妻生活。在现代性的过程中，在农民一步跨越"现代"突如其来的转型中，吴君发现了这一转变的悖论或不可能性。李水库和程小桂夫妇所付出的巨大代价，是一个意味深长的隐喻。但在这个隐喻中，吴君却发现了中国农民偶然遭遇或走向现代的艰难。李水库的隐忍和对欲望的想象，从一个方面传达了民族劣根性和农民文化及心理的顽固和强大。在《念奴娇》中，贫困的生活处境使姑嫂二人先后做了陪酒女，然后是妻离子散家庭破碎。这本是一个大众文学常见的故事框架，那些场景也是大众文学必备的元素。但这篇小说的与众不同，就在于吴君将这个故事处理为姑嫂之间的心理和行动较量：先是有大学文化的嫂子轻蔑小姑的作为，但嫂子一家，包括父母、哥哥都是小姑供养的，小姑在不平之气的唆使下，将无所事事的嫂子也拉下了水。不习惯陪酒的嫂子几天之后便熟能生巧，一招一式从容不迫。它揭示的不仅是"底层"生活的状态，更揭示了底层人的思想状况——报复和仇怨。更值得注意的是嫂子杨亚梅的形象，这个貌似知识分子的人，堕落起来几乎无师自通，而且更加彻底。

《复方穿心莲》与我们常见的都市小说不同。嫁给深圳本地人是所有外来女性的梦想，这不仅意味着她们结束了居无定所的漂泊生活，有了稳定的日子，而且还意味着她们外来人身份的变化。但是，值得注意的是，女主人公方立秋自嫁到婆家始，就没有过上一天开心的日子。婆家就像一个旧式家族，无论公婆、妯姐甚至保姆，对媳妇这个"外人"都充满仇怨甚至仇视。于是，在深圳的一角，方立秋就这样过着暗无天日的生活。小说更有意味的是阿回这个人物。这个同是外地人的30岁女性有自己的生存手段，她是特殊职业从业者，与婆家亦有特殊关系。你永远不知道她在想什么，她对人与事的态度也变幻莫测。你不能用好或坏来评价她，深圳这个独特的所在就这样塑造了这个多面人。这个人物的发现是吴君的一个贡献。但无论好与坏，方立秋的处境与她有关。在小说的最后，当方立秋祝贺她新婚并怀孕时，她将电话打过来说：

　　方立秋，其实我也有个事情对不起你。如果不是我多嘴，他们不会知道你在邮局寄了钱回老家，包括那封信也是我说给他们的，也害得你受了不少苦。这两件事，一直压在心里，现在，说出来，我终于可以好受了。

　　在这里，吴君书写了"底层的陷落"。她们虽然同是外地人，同是女性，但每个人的全部复杂性并不是用"阶层""阶级"以及某个群体所能概括的。他们可能有某些共性，但又有着道德以及人性的差异性。《菊花香》中的主人公仍是一个外来的打工者，王菊花年近 30 岁还是单身一人。这时王菊花的焦虑和苦痛主要集中了情感和婚姻上。工厂里不断拥入"80 后"或"90 后"的新来打工妹，这些更年轻的面孔加剧了王菊花的危机或焦虑。这时的王菊花开始梦想有间属于自己的宿舍，有一个属于自己的独立的空间。王菊花不是城里的有女性意识的"主义者"，也不会读过伍尔夫。因此她要的"自己的房间"不是象征或隐喻，她是为了用以恋爱并最后解决自己的"终身大事"。为此她主动提出到公司的饭堂只有一个女工的地方上班，这样她便可以有间单人房间了。尽管是曾经的仓车，但被王菊花粉刷一新后，仍然让她感到温馨满意。就是这样简单的空间，让一个身处异乡女孩如此满足。读到这里我仿佛感到读《万卡》时的某种情感在心里流淌。

这个完全属于王菊花个人的空间，不断有人过来打扰或是利用，甚至女工的偶像——年轻老板也要利用这个简陋的地方进行特殊的体验。值得注意的是，人们只对房间感兴趣，而对单身女工王菊花视而不见。但王菊花对个人情感和婚姻有自己的看法。她最值得骄傲的是："我还是个黄花闺女呢。"她尽管"嘴上不说，可在心里她看不起那些随便就跟男人过夜的女工。过了夜如果还没结果，有什么意思呢。她有自己的算盘。别的优势没有，却有个清白的身体。作为女人，这是最重要的东西。也就是说，她拥有的是无价之宝。有了这个，谈恋爱，结婚，什么程序都不少"。但是，可怜的王菊花就是找不到如意郎君，尽管老傅他们都说"谁也没你好"，这又怎样呢？寂寞而无奈的王菊花就这样身不由己地与老王走进了房间：

不知过了多久，老王一张脸色变得惨白，酒也醒了，因为他见到了床单上那片细弱的血印。

面对王菊花曾经的处女之身，守更人老王居然表达了莫名的厌恶。这个时代到底发生了什么呢？《菊花香》已经超越了我们谈论许久的"底层写作"。她写的是底层，是普通人，但关注的视角发生了根本性的变化。过去的这一题材大多注重生存困境，而难以走进这一群体的精神世界。《菊花香》对女工情感世界的关注，使这一作品在文学品格上焕然一新。

三、在场的批判

多年来，吴君一直关注普通人的日常生活，并在普通人的寻常日子里发现世道人心，或者说在日常生活中，是什么样的价值观支配着这个时代，支配了普通人的行为方式和情感方式。《幸福地图》中，水田村阿吉的父亲在外打工工伤亡故，为了一笔赔偿金，王家老少鸡飞狗跳，从阿公到三弟兄、三妯娌明争暗斗、飞短流长。小说的叙事从一个一直被忽略的留守儿童阿吉的视角展开，这个不被关注的孩子所看到的世间冷暖，是如此的丑恶，伯伯、伯母们猥琐的生活和交往情景不堪入目。县长、村长和村民，一起构成了王家生活情景的整体背景：

"是啊，村里人不知多羡慕王屋呢。这回看明白了，工伤还是没有死人合算，没拖累，几十万。还了债，盖房子，讨老婆，供孩子上学全齐了。"

另个说："也不是全都这样，是王屋人有头脑，大事情不乱阵脚。假使有一个不配合都骗不来这么多赔偿费，也不会这样圆满啊，现在王屋每个人都有份，那女人也无话可说，还把名声洗干净了。换了别人家你试试，除了犯傻，啥事也搞不清。"

这些对话将"时代病"表达得不能再充分，这就是水田村人的日常生活、内心向往和精神归属。那个憎恨"俗气"的阿叔曾是阿吉的全部寄托所在，她甚至爱上了自己的阿叔。但就是这个"憎恨"俗气的阿叔，同样是为了钱，变成了阿吉的新爸爸。当新婚的母亲和阿叔回到水田村并给她买回了"一件粉红色的小风衣"，另只袖子还没等穿上的"阿吉便流了泪，下雨般，止不住"。吴君愤懑地抨击了当下的价值观，"拜金教"无处不在深入人心，难道这就是这个时代"幸福的地图"吗？不屑的恰恰是一个冷眼旁观的孩子，世道的险处只有她一目了然。那个自命不凡的阿叔的虚假面纱，在阿吉的泪水中现出了原形。

在这些作品中，吴君不是以想象的方式书写"底层"生活，在她看来，底层人也有自己的快乐，思想空间、处理日常生活的智慧、观照问题的方式方法等。这些情景是想象不出来的，特别是那些具体的生活细节，没有切身的体悟或经验，是无法编织的。这些作品所关注的人群和具体场景，表达了吴君以文学的方式观照世界的起点。无可否认，吴君接续了现代文学史上"左翼"的文学传统，但她发展了这个传统。她的"底层"不仅是书写的对象，同时也是批判的对象。在"左翼"文学那里，站在民众的立场上甚至比表达他们更重要，但在吴君这里不是这样。"底层"所传达和延续的民族劣根性、狭隘性、功利性和对欲望的想象等，是普遍人性的一部分，不因为他们身处"底层"就先天地获得了免疫力，也不因为他们处在"底层"就有了被批判的豁免权。在这个意义上，吴君的创作就是我所说的"新人民性"的文学。吴君曾自述说：

　　一个写作者避开这一切去建立自己的文学空中楼阁，显然是需要勇气的。他要有对生活熟视无睹的勇气，对生活掩耳盗铃的勇气。这样讲，并不是说我喜欢完全的写实，喜欢对生活照搬，对自己以往的写作完全否定。

　　只能说，我走到这里了，我再也不能回避——用我的一孔之见来诠释生活，用我的偏执或者分解重整眼前的生活图形，是我此时此刻的想法。

　　吴君的这些说法好像是信誓旦旦，但是，在她的具体作品中，那些进入新文明的人们，其皈依的道路几乎没有尽头。进入了都市，他们仿佛都有一脚踏空的感觉，在云里雾里不知所终。吴君的身份应该说不在这个群体之中，但她的目光、她关注的事务一刻也没有离开过这个群体。不是说吴君对底层兴致盎然居高临下，而是说，在都市新文明崛起的过程中，吴君显然也遇到了内心真实的困惑和矛盾，她同样需要寻找心灵的皈依之地。与其说吴君从外部描摹了新文明中寻找生存和心灵皈依的人群，毋宁说那也是她内心惶惑的真实写照，而我们何尝不是如此呢！这也正是吴君小说打动我们的要害所在。

　　吴君的故乡曾经产生过萧红这样伟大的作家。萧红后来也离开了那里，但在她的《生死场》《呼兰河传》等作品中，故乡原生的场景一刻也没有离她远去。那也是萧红寻找心灵皈依的一种方式。于是才有了鲁迅所说的"北方人民对于生的坚强，对于死的挣扎却往往已经力透纸背；女性作品的细致的观察和越轨的笔致，又增加了不少明丽和新鲜"。吴君是萧红的同乡，在她的作品中，我似乎也总能隐约读到萧红曾经书写过的情感和人物，我也相信她的创作具有广阔的前景。

耐人寻味的相亲记 ①

贺绍俊

皇后大道是香港的一条著名道路，据说是香港开埠后修筑的第一条道路，它或许也可以作为香港的标志，这大概是吴君以它作为小说标题的用意吧，小说中的主人公陈水英第一次去香港，就记住了这条"耀眼的大街"，她给女儿和侄女讲她香港的经历时，也会"特意提到皇后大道"。对于深圳人来说，香港是他们心中一个挥之不去的影子，吴君在《皇后大道》这个短篇里，把深圳人的香港心结刻画得淋漓尽致，吴君想探究的是，深圳人踏上皇后大道之后会走向哪里。

深圳是在改革开放中迅速崛起的新移民城市，吴君也是十多年前从东北移居到深圳的。她的小说写作既与移民身份有关，也与深圳有关，她用移民的眼睛观察"亲爱的深圳"（吴君的一篇成名小说的标题），因此她的小说主人公多半都是外来的打工者，或是新移民一族。她写新移民的拼搏、艰辛，写他们的漂泊、乡愁、无根性，也写他们的梦想以及梦想的破灭。或许在这些小说中我们能够发现吴君多少带有新移民的立场，也可以肯定地说，她将自己的切身体验融入小说叙述之中，那些漂泊感、乡愁，那些无根性的焦虑，说不定就涌动在吴君自己的精神世界里。但是《皇后大道》这篇小说不是以新移民为主人公的，她径自走进了深圳人的内心世界里。这种叙述对象的改变，也许可以看成是吴君更加成熟和稳健的标志。

《皇后大道》选取了一个最具深圳特色的事件进入人物内心。所谓最

---

① 该文原载于《小说选刊》2012 年第 2 期。

具深圳特色的事件，是指 20 世纪 80 年代初深圳发生的逃港潮事件。几乎反映深圳改革开放生活的小说或报告文学都绕不开这一事件。因为在人们眼里，逃港事件最有力地证明了改革开放的必要性和迫切性。当年，香港的优裕物质生活成为一个巨大的诱惑，让那些在贫困中挣扎的深圳人纷纷冒着生命危险泅河逃向香港。深圳人也丝毫不避讳这一应该让他们感到羞愧的事件，因为后来深圳迅速崛起，也可以傲视香港了，如今深圳人甚至会很自豪地对别人说，许多香港人现在也愿意到深圳来落户了。这种风水的转移也使得逃港事件的历史叙述变得更有现实意义，这大概就是深圳人从不避讳谈论这段历史的重要原因。但支撑这一谈资的基本上是对于物质的追求。吴君作为一名外来者，也看到了逃港事件对深圳人的深远影响，小说的一开头就点出了这一点：陈水英因为没有成为香港人的老婆，竟成为她母亲的一块心病。如果对照吴君以前的小说来读，就会发现这个开头很有意思。她以前的小说多次写到了女孩的出嫁，但那是一个外地的女孩如何想方设法地要嫁给一个深圳人，而在这篇小说里，吴君要告诉人们的是，深圳的本地女孩则是如何想方设法地要嫁给一个香港人。但无论是写外地女孩的出嫁，还是写深圳女孩的出嫁，吴君的叙述立场始终是一致的，这就是她对人的尊严和人的心理健康的关心。事实上，陈水英一家人今天的生活并不困顿，但香港人已经成为一种身份的象征，仿佛没有香港的亲戚就"脸上无光"。陈水英终于在离婚后也想到香港去找一个对象，也并非她的日子过得多寒酸，实在是因为她当年没有跟着自己的好朋友阿慧一起嫁到香港去，内心受到了极大的伤害。《皇后大道》可以说是一篇耐人寻味的相亲记。陈水英毅然地跑到香港去相亲，最终她没有找到自己的婚姻，却找回了自己的友谊。她发现，自己的好友阿慧嫁到香港，并非嫁到了天堂，香港人这个看似让人艳羡的身份不仅没有给阿慧带来幸福，反而让她背负着屈辱。

吴君是一位紧贴现实的作家，但同样可贵的是，她又并不屈从于现实。对精神的渴望使得她的现实叙述能够在蓝天中飞翔。深圳的魅力首先来自物质，欲望也变得更加理直气壮。吴君的小说叙述从来也不绕开物质与欲望，但她始终关注着物质、欲望与精神、灵魂的纠结。《皇后大道》同样是这样一篇小说。阿慧成为香港人，却陷入了另一种生活困顿之中。她只能掩饰自己的真相，并因此也牺牲了她与陈水英的友情。

是的，友情同样会受到物质和欲望的干扰，陷入困顿中的阿慧不想让自己的好友遭遇同样的厄运，也不想让自己的好友知道真相，她只能把这份友情深藏在心底。但是，陈水英却从物质和欲望的层面去理解自己的好友，所以她错怪了阿慧。吴君以一个局外人的身份，对陈水英的理解方式作了温柔的批评。她在结尾说："那一页可以翻过去了"，她是真正期待，我们的友情都能够超越物质和欲望的干扰。

深圳社会生活的一面镜子

——漫谈吴君的中短篇小说①

张　陵

一

十三年前，作家吴君的中篇小说《亲爱的深圳》引起了广大读者的强烈关注。这部反映深圳农民工生存状态和精神追求的作品，当时被认为是描写深圳现实生活最真实深刻的小说，也代表着一个奋斗的"深圳精神"。

在这一个时期，作家吴君已经写了一大批深圳题材的小说，其中不乏优秀之作。如《深圳西北角》《樟木头》《小桃》《菊花香》《出租屋》《陈俊生大道》等。只是《亲爱的深圳》这个看上去很温暖的小说题目与要描写的内容形成了强烈的反差，而触动了社会现实敏感的神经，才格外引人注目。

后来，我们陆续读到吴君的小说集《二区到六区》《皇后大道》《远大前程》以及近期散见在国内重要文学刊物的作品《北环》《甲岸》《芭比娃娃》《皇后大道》《华强北》《关外》《十七英里》《好百年》《离地三千尺》《前方一百米》《蔡屋围》《巴登街》《远大前程》《师说》《结婚记》《前方一百米》《小户人家》《联通》等。显然，我们很容易就发现，这些作品，全部都是深圳的故事，都是以深圳为中心的故事。吴君二十年来的小说创作，始终坚定地以深圳人为写作对象。在深圳生活的许许多多的小说家已经不再局限于"深圳"。或者

---

① 该文原载于《小说评论》2020 年第 4 期。

说，"深圳"这块文学的版图，已经无法锁住深圳作家们的野心。有理想有抱负的小说家更愿意让自己站在深圳而小说放眼全国，放眼世界。而吴君在题材思考上看来还缺少这样的转型"智慧"和思想"深度"。她的眼光总是局限在"深圳"。有时会让作品主人公牵着去看看香港，有时会去看看东北，有时会去看看深圳以外的乡村，但最后还是要停留在深圳，落在深圳。作家就算写任何一个地方，总是有"深圳"这个影子跟着。这座城市不知有什么魅力让她总是离不开，总是牵肠挂肚，梦牵魂绕。也许她也说不清楚。她只是知道，用小说中的故事可以在这里找到她要的东西。她一次次在这里逗留寻找，找到了很多东西。她感觉还可以找到更多的东西。于是，就有了她那么多的比任何一个小说家还专注的深圳故事。

改革开放四十年，深圳经济社会高速发展。由一个贫穷的小渔村变成一座现代化的国际大都市，是世界财富聚集力最强，资产最集中的现代城市之一，是中国改革开放时代的象征，也是中国挺立世界的形象。这个历史进程，一定产生着无数波澜壮阔、可歌可泣的故事，特别值得中国作家去热情讴歌，去积极表现。事实上，全国和深圳的作家也不断抒写，出现了许许多多好作品。吴君是这些众多作家当中的一个。不过，她比别人更倾心于"深圳"这口深不可测的生活之井，更投入于"深圳"这座文学金矿。她相信，深挖下去，一定能得到和别人不一样，比别人更多的属于自己独有文学财富。她的用心得到这座城市的回报。

守望"深圳"这个题材，只说明小说家认识生活的执着，并不体现题材本身的意义。吴君在她的执着里，让题材产生了特殊的意义和魅力。如果把吴君的中短篇小说读下去，不用特别的判断力，就能发现，吴君笔下的深圳故事，即是这座城市普通人的故事。她可以写精英故事，写富人的故事，写时尚流行的故事。但她还是写了老百姓油盐酱醋、家长里短。在相当长的时期里，她特别注重写农民工和内地城市来深圳闯荡创业淘金的人们的故事。她写许许多多的外来人，也写许许多多当地人，都是这座城市基层平民和普通人。用批判现实主义的概念说就是城市的边缘人、小人物。写他们以艰辛的人生伴随着这座城市走向现代化，写他们坎坷的命运与这座不断创造奇迹和辉煌的城市之间的鲜明对比。这座城市走过它一个个的艰难时期，建立起一座座现代高楼大厦，出现了许许多多新故事新人物，但吴君笔下还是那些"小人物"；一些作家已经厌倦了写痛苦，厌倦了写小人物。小说家吴君的笔下还是那些"小人物"。仿佛生活还和深圳"关内关外"混乱无序同时期一样，没有多大变化。就是在最近的一篇非常出色的中篇小说《离地三千尺》里，写的还是病重将要离世的第一代农民工李成库的故事。只不过故事出现了新的人物——工二代——即李成库的儿子李回。李回面对的困境还和上一辈人一样。

是的，深圳那些艰难时期，是一座城市的苦痛，也是一座城市的光荣。今天，人们享受着城市的光荣，忘记了城市的苦痛。人们更乐意讴歌城市的光荣，也更希望淡化城市的苦痛。人们更乐意作家们表现城市的光荣而不愿揭开这么荣光城市的伤疤。小说家吴君一根筋，不解风情似的，老是写这种带着沉重历史带着苦痛的故事，老爱重提这些充满苦痛感的故事，老是在触城市的老伤和揭城市的旧疤。

吴君也许只是从悲天悯人的层面上去同情那些城市"底层"和"小人物"，一直还没有意识到，这座城市之所以是一座文学的富矿，正是因为有这些普普通通实实在在讨生活的人们并不是后来堆积起来的耀眼的名誉光环和诱人欲望的财富。这些一向被看作弱势群体的人们，其实才是这座城市根基和底座。这座城市说到底就是从他们手中建成的。他们是这座城市的劳动者和建设者。这座城市真正的痛苦体现在他们身上，而这座城市的光荣也应该属于他们。他们的故事才是这座城市真实的故事。今天，很少人意识到这一点，总是误以为这座城市是那些坐在摩天大楼里，藏在城市豪华酒店和高档会所里掌握支配资本财富的强势群体建造的，误以为这些人的故事能代表城市的本质。吴君本能地不信邪，不信编造出来的城市"神话"。一个小说家的社会良知和责任驱使她要把自己的关注力都投放到这些沦为弱势群体的创造者，要写出他们的生存状态和精神状态，写出他们现实斗争中的矛盾与冲突，写出他们的人生与一座城市命运的关系，写出普通老百姓艰难奋斗的意义，写出他们的"人性"和"人的价值"。

仅这一点，我们可以说，吴君守望的不只是一个题材，一个群体，而更重要的是守望着她的良知、道德和价值。而这种守望在小说创作思想里就凝聚决定主题思想倾向的历史观。深圳虽然才走过四十年，但怎样认识深圳，用什么历史观去认识深圳同样困扰着小说家们。而吴君有意无意地使自己的创作思想站到了"人民创造历史"的历史观高地上，从而使她悲天悯人的情感有了一种理性的内涵。

虽然，吴君笔下的深圳故事不那么时尚光鲜，却因为历史观的正确而坚持了人民的精神。从而和以新时代以人民为中心的文学思想一脉相承。中国故事说到底就是中国人民的故事，也就是"民生"的故事。吴君这些深圳故事，都带着实实在在的"民生"内容。也因此具有了人民精神的意义。深圳应该庆幸有这么一个作家，不离不弃地写着城市普通人的故事，寻找着一座城市文化和精神之魂。

二

　　因为中篇小说《亲爱的深圳》给吴君带来创作上的声誉，所以一般人会误以为吴君是一个写农民工生活的行家里手。实际上，吴君多数小说，并不直接写工厂工地的工人生活。或者说，她小说的主人公常常已经不再是工厂的工人或原来意义上的农民工。她当然有不少写农民工的作品。除了《亲爱的深圳》外，还有《陈俊生大道》《菊花香》《前方一百米》《离地三千尺》等，而更多的是写那些曾经的工厂工人或城市的各种农民工的生活。她故事中的主人公，有很多都有着务工的经历，都带着深圳艰难时期留下的伤痛，而这些肉体和精神的伤痛，将伴随着他们的一生。

　　《亲爱的深圳》这部小说集里，我们可以读到许多。中篇小说《亲爱的深圳》中，男主人公李水库就是一个从农村过来的农民工。他不知道深圳是人们梦想发财的地方，并不想在这里生活。他只是想把妻子带回老家生孩子，过小日子。但妻子程小桂已经是大饭店的清洁班长，坚决不回去。他于是被动地留下来，加入了深圳农民工的大军，当了建筑工人。而程小桂和另一个看上去已经高度深圳化的饭店部门经理张曼丽其实也是工厂女工出身。她们都被化学产品伤害了身体，无法继续找工，才谋求其他职业。他们三个人之间的纠葛，突现了深圳艰难时期农民工现实生活与境遇。更多的时候，像《樟木头》这样的故事，更能代表吴君小说的特点。女主人公陈娟娟已经嫁给了当地人，女儿也上了学。而多年前她在工厂里的那些事，却时时在她脑海里浮现，挥之不去。她和另一个女主人公方小红之间的仇恨关系，都是因为当年工厂里发生的事情引发的。来深圳的农民工们都有着需要忘记的经历。而方小红就一直拿着陈娟娟不堪的过往敲诈陈娟娟，就不让她过安生的日子。《芭比娃娃》中的卢平平当年也是工厂的女工，她在按摩店里认识了技师阿芒。两人因办卡问题产生分歧，发展到剧烈冲突。小说最后让我们知道，阿芒也曾是工厂女工。她们俩得了同一种病：甲苯中毒。《富兰克恩》中的潘彩虹在酒店当陪酒的小妹，常常为了让客人更多消费不得不从陪酒到陪床，就因为老板答应她，只要好好干，就可以帮她拿到深圳户口。《离地三千尺》里的癌症病人李成库就是曾经的工人。他因见义勇为受政府表扬，获得迁入户口成为真正的深圳人的机会，但直到得了绝症死了，也没有等到落实这一天。然而后果的严重性他死也想不到：网上认定他是骗取户口骗取深圳宝贵资源的罪犯。

《花开富贵》里，王研霞曾在玩具厂当了十年女工，好不容易才熬上了公司高管，以为很有钱，很有地位。回到久别家乡后，才发现当年没有和她一起到深圳打工的女朋友杨秋影开着豪车与她见面。于是，所有的优越感荡然全无。她开始怀疑自己背井离乡的意义。深圳真的是遍地是黄金吗？《结婚记》中的表姐，想让儿子娶一个深圳媳妇都想疯了。运用所有的关系，使出了各种手段逼着没有任何才能的儿子与深圳的一个问题女青年相亲。这种想在深圳站住脚的故事有很多带着阴谋论的色彩。《蔡屋围》中的安大山，居然以"苦难"当着手段，博得善良的涉世不深当地大龄女青年陈思年的同情，骗对方和自己结婚。《岗厦》中有石雨春，为了拿到父亲当年曾经是深圳土著的证明，不得不去当一个有点权势的女人的性伙伴。

吴君用这些后农民工的故事，显然是在折射深圳城市创业时代那些艰难岁月，反映劳务工和普通人在这个时代所承受的生活重压。找到这些普通的百姓生活与一个城市一个时代的深刻关系。一个民族国家全面复兴的梦想在突如其来一纵即逝的历史机遇在这片贫穷的土地上碰撞出这么一座现代化城市，需要的就是一种后来称之为"深圳速度"的强大动力。无数涌进这片土地的人们兴奋地看到自己以超常高速创造的奇迹和辉煌，而完全忽略了这种神奇的速度也正在悄悄地不知不觉地转化为人们的生活压力。实际上，这种速度压力最后都传导给了农民工和平民。他们正是承载着这种压力，才使他们开辟自己的生活变得比别的城市更为艰辛。这个城市永远给他们一个美好的梦想，所以他们心甘情愿地为这座城市付出艰辛，甚至生命。他们的命运注定要和这座城市融在一起了，超越了贫困，超越了痛苦。

普通老百姓世俗生活与深圳日新月异的发展之间的关系，其实就是时代矛盾与冲突在现实生活的体现。只有深圳这个城市，才把时代矛盾演绎得这样独特，这样深刻，这样典型，这样深入普通人的生活里。其他城市，因有深厚的传统文化的调节，发展速度也不需要那么快速，老百姓生活的压力因此也就没那么直接。从这种关系里，我们更是能够认识到那些农村农民工、普通劳动者在这座城市的压力。

我们读吴君更多的小说，就会注意到，时代的压力通过城市快速发展的节奏不仅传导给了农民工，实际上也传递给了深圳的本地人。如果说外地女人们拼命想着嫁给深圳当地人的话，那么深圳的女孩子们则想着要嫁到香港去。《皇后大道》就是讲述一个嫁到香港去的女孩子阿慧的故事。小说从一个没能嫁成的女孩陈水英的眼里，展示出嫁到香港去的阿慧生活的真相。村里人开始非常羡慕阿慧，嫁了个香港人，过上了好日子。后来，人们又有批评，认为阿慧嫁到香港后好像忘记了自己的家。从来不回，也不和朋友来往。直到陈水英去了香港，找到了阿慧，才知道，阿慧的日子过得并不好，整个人都呆滞麻木了。她嫁给了香港的平民，而且是个有腿疾的男人。而在《樟木头》里，主人公陈娟娟就是嫁给深圳的当地人，也是有腿疾。两篇小说相似细节，非常有意味。小说还写了许多城中村当地深圳老百姓的故事。《华强北》《蔡屋围》等。从中可以看出，尽管深圳人好像有一种优越感，但他们面临的生活困境和外地人是一样的，他们对生活的想法与追求是一样的。他们都承载着时代节奏的压力，都处于不安定的紧张生存状态，也因此与外地人有着同样的命运。

这样的紧张感一直贯穿在吴君的小说故事中。她的每一个故事，我们都能读到只有深圳生活才独有的那种紧张感。哪怕是在讲述一个两性故事，这种紧张感仍然时隐时现，如幽灵一样挥之不去。也许，这能更真实地反映深圳普通人生活的节奏。进入吴君的小说，就变成了一种时代的忧伤。这样的忧伤情调一直弥漫在她的小说中。

三

读吴君带着"时代的忧伤"的小说，与其说让我们想到深圳这座城市，不如说让我们首先想到的是这座城市边上的香港。要在这片贫穷的土地上高速超常规地建造一座开放的城市，很大原因就是深圳毗邻着世界上最现代化最富裕繁华的香港。可以这么说，深圳最初就是参照香港来建造的并且对香港这样资本主义市场化地区实行相当广度和深度的开放。不管我们今天怎样评价这样的开放，事实是大量的国外资本和企业通过香港向深圳聚集，推动着"深圳速度"的形成，也推动着深圳这座具有中国改革开放试验田性质的现代城市的高速繁荣发展。这座城市在接受来自资本主义社会的速度与效率的同时，也不得不面对资本主义社会的价值观、道德观、世界观以同等速度和效率对这座社会主义城市社会生活的影响和挑战。在深圳发展最艰难的时期，这种影响会非常深刻，挑战会非常有力。

吴君讲述的深圳故事，多数发生在这样一个艰难的时期。这些作品一方面真实反映从内地涌入的农民工的艰辛生活，另一方面真实反映他们精神上的迷惘困惑和挣扎。这个层面，是吴君小说批判现实意识最鲜明的部分。在《亲爱的深圳》《陈俊生大道》《关外》《岗厦》等作品的描写里，艰难创业时期的深圳到处是混乱不堪的工地、等待拆迁的破旧街道和生活条件极其恶劣的出租房。那些站在尘土飞扬路边的工人们望眼欲穿等待着工头卡车的出现。如果能让工头点上名，他们这一天就有工作，就能吃上炊饭。如果没赶上，那就得流浪在街上。可以想象，在这样的生存状态下，人们的精神状态会是怎样，人们摆脱这种状态的欲望和冲动会是多么强烈。而这个时期，普通百姓的意识和意志是最薄弱最脆弱，最容易接受那些来自花花世界的理念影响与观念控制，香港的财富神话最容易深入人心。

这种矛盾冲突关系在吴君的小说里，被敏感捕捉到并得以深刻表现。我们肯定注意到。吴君小说有许多讲述男女情感两性关系的故事。任何一个小说家都会有兴趣写男女之间的故事。吴君的小说描写普通深圳人的生活，两性内容是重点。然而，她的这些故事似乎一点也不浪漫多情，花前月下。没有田园诗意，没有白马王子和公主。吴君小说没有传统意义的爱情故事，只有深圳式的两性关系。基本模式就是外来的打工妹想办法要嫁给当地男人，而当地的女人却想着办法要嫁到香港去。这样和传统文化严重相悖的生活理念不断扩散不断流行，在深圳艰难时期，成为老百姓基本的生活追求和典型的思维方式。也许，在一些作家作品中会被看作是深圳新观念新思想新关系的萌芽，而在吴君这里，被看作是社会心理的扭曲和时代精神的困顿。深圳社会生活那些稀奇古怪不可思议的事情，多来源于被扭曲而显得复杂的两性关系，或这个基本模式派生出来。

《樟木头》的中心情节就是两个女工同时看上一个品行恶劣的深圳当地

男人而发生的相互伤害。这个男人因为有一个深圳户口而让女工们投怀送抱。《深圳西北角》中的女主人公王海鸥多年前也是工厂女工，有过辛酸的人生经历，好不容易用积攒多年的财富开了一家美容店，自己还要亲自当美容师。年纪大了，嫁给深圳人的希望已经渺茫。她明知道一个四处打工的男人刘先锋是自己四舅的女婿，还是和他上了床。有一天，四舅从东北过来投靠女婿，而且要把女婿带回东北去，于是，事情变得复杂而凶险了。《念奴娇》的女主人公皮艳娟当过有钱人的二奶，名声很不好，后又在夜总会工作。可是她全家都来深圳。哥哥的工作机会也是她用当人家二奶的代价换来的。可哥哥一旦失业，就指责妹妹不好的名声害得他得不到好资源。全家人吃着她的，却心理上瞧不起她。为了解决哥哥全家的生活问题，她不得不让大学毕业的嫂子出来陪客人喝酒，挣些钱贴补家用。良家妇女的嫂子走进灯红酒绿的夜总会以后发生的事情，已经不是一般的家庭可以控制的了。《富兰克恩》中的外来"北妹"潘彩虹当上酒店经理，有能力把她的老公和孩子接到深圳来住。结果她发现，每次和自己老公做爱，满脑子里都是老板的影子。她发现自己变了，她老公也变了。由此，自然的夫妻关系变得非常不自然了。《小桃》则写了外来妹们总想找个有钱人的老公，结果发现她们往往遇人不淑。而那些终于如愿以偿，嫁给当地男人的女人们后果却如《复方穿心莲》中的方立秋一样，日子看上去稳定了，心里却多了不少积郁。深圳人那种无时不在的优越感让她永远找不到平衡，永远低人一等。《夜空晴朗》中的男主人公虽然娶到了深圳的女人，但仍然克服不了内心的自卑，不得不选择离婚。《好百年》中的婚庆公司女老板刘金平事业做得很大，却骨子里瞧不上从外地来深圳发展的老公。两人关系一直不好。他们的女儿长期处于父母不良的关系而成了古怪的另类。扭曲的两性关系，延伸到了家庭关系的方方面面。《远大前程》里，家在外地的老公在小孩教育上总是不得不屈服于本地人妻子的任性。让传统的精英教育服从于深圳人财富为王的教育理念。而在《蔡屋围》《结婚记》里，两性更显得畸形，不知不觉就发展成对财产占有的阴谋诡计。两性关系如同一个个人性的陷阱，深不可测。

男女之间的情感如此险峻，折射出这座城市的精神危机。其实这一切背后就是经济关系，财富关系，利益关系在作祟。小说冷静而客观地书写着城市两性关系，就是要无情地揭示背后关系的本质。这个时期的深圳，资本的冲撞，财富的聚集，物质的丰富，欲望的膨胀，完全异化了人际关系，使人的情感关系不可避免地飘着浓重的铜臭味而有了悲剧性意味。当然，吴君也把笔触伸到了那些嫁到香港去的女人们的生活中。这些按年坐收集体分红，或按月坐收租金整天在城中村打麻将喝大酒的深圳人的优越感来自他们可以不劳动就有饭吃，就能发财的优越的经济关系，好像他们天生就命好一样。所以，他们的女人可以嫁到比他们更有优越感的香港去，他们的男人可以像挑牲口一样挑选外地的女人。不过，在小说《皇后大道》里，通过没能嫁到香港而落下一辈子心病的陈水英在香港寻找当年小姐妹后嫁到香港的阿慧的过程，发现香港平民真实生活与香港经济神话严重脱节，并不是人们想象的那么好，从而发现了所有的优越感其实都是虚构出来忽悠人的。这部作品更深刻的地方在于发现深圳人的优越感根子来源于香港人的优越感。香港人把这种虚幻的优越感传给了深圳人，并由此传递了香港的价值观金钱观财富观和人际关系。今天，香港社会出了严重的问题，而当年传递过来的优越感仍然还是深圳人无法治愈的"情结"。从这个层面看，这篇不经意写就的小说倒是非常具有前瞻性和预示性。

四

　　吴君写小说的天分很高，是讲故事的高手。她总是能够在世俗生活里，找到故事的影子，组织出别人想不到的情节，写出与众不同的故事。看上去漫不经心，不动声色，结果却能把一个家长里短写得风生水起，危机四伏。《亲爱的深圳》直击农民工不幸的命运而动人心魄，其实，这种直面严峻现实的写法，在吴君作品里，并不多见。她多数作品并没有一上来就营造一种紧张氛围，提醒我们故事的严峻性。而是从很细小的很世俗化的口子里切入，不疾不徐地展开，不经意地把人带入一个富有思想容量的故事里，让人读出现实生活的紧张感，严峻性，从而展现出批判现实主义的主题旨向。例如《晃动天使》。一个贫困农村的女孩小河，接受深圳一个好心人的捐助，来到深圳一个职业学院读书。顺着这个思路，本以为可以发展成一个励志的故事，但当一个传说中的富二代的女孩出现后，故事走向开始发生变化。小女孩小河那看上去谦卑的外表裹着一颗仇视城里人的心，深圳有钱人的资助反而加重了她仇视的恶劣心态，由此折射出外来人群的心态扭曲和精神失落。小说的主题完全不是励志的，而是批判的。《结婚记》一开头看这个架势，我们会以为刘耀东与两个前妻方小江、"表姐"之间的关系会作为故事的主要线索，组织矛盾冲突。实际上，我们发现，小说有更为深刻的思想内涵把故事引向更为丰富的社会内容。这三个复杂的人际关系纠结者居然成了同谋，帮助刘耀东的儿子小雷与深圳一位有钱人的姑娘约会，以尽快促成他们结婚。"表姐"是小雷的母亲，所有的策划都由她发动，这个很有心计的女人这个时候已经不怎么动用计谋了，而是赤裸地宣称，必须让儿子进有钱人的门，才能在深圳站住脚生活得像上等人。由此，我们发现，这个畸形的财富道德观，对金钱资本的追求占用，完全不加掩饰。

吴君更是一位塑造人物的高手。小说以人物为中心，就必须努力塑造人物形象，来聚焦小说的主题思想，反映社会现实。这些有血有肉的人物，常常就是现实生活的一面镜子。这方面，吴君的努力是卓有成效的。读她的中短篇，其实，最吸引人的还是她笔下的人物。她会把一个普通的世俗故事叙述得扑朔迷离，为的就是托出人物个性内涵的丰富。《亲爱的深圳》几个外来农民工的形象反映出一代农民的命运和改变命运的代价。《宣兰克恩》中潘彩虹的形象，交织着来自农村的女性在深圳讨生活的艰辛与一个传统女性责任担当的矛盾冲突。这个形象内涵的丰富性深刻性超过深圳任何一部流行小说中的陪酒女。吴君笔下的人物形象身上普遍带着"时代的忧伤"，不过，她仍然努力在寻找人物身上的那种的亮点，使她悲天悯人的情怀透露出时代的暖意。早一点的作品如《陈俊生大道》写一个挤在工棚里生活的农民工内心给他正在修建的一条道路的自我命名。深刻反映出深圳建设者们内心深处对这座城市的热爱。在这个艰难时期，农民工悲观情绪是真实的，但他们内心创造生活的渴望与乐观使他们与这座创造的城市有了共同的命运，有了分享的快乐。后来的小说《华强北》里，生活在城中村的老师欧阳雪非常看不起庸俗不堪的陈水老婆。这个靠做小生意发财的陈水老婆有一种让人讨厌的优越感，怎么看都不讨人喜欢。但有一天，欧阳雪搬离了华强北，却若有所失，原来，她还会老想着陈水女人。陈水老婆的形象变得可爱了。这种人物关系反映出人与人之间沟通其实正在不知不觉改变着生活的可能性。《蔡屋围》也是写的是城中村的故事。女主人公陈思年的形象可以说就是《华强北》中陈水老婆形象的延续，更为完整，更有血肉。她虽然是一个收租婆，却是一个厚道的善良女子。她还是一个深圳的剩女，一直想把自己嫁出去，过一个正常平民日子。由此，她才被外地人钻了空子，身心受到损害。《师说》故事里，主人公刘通旗的处境很尴尬。她是当年村子出让土地建学校时派到学校工作的。可几十年下来，她还是个编外人员。没有学历，没有文化，有好事也没有人想到她。这个当年的业主代表现在成了弱势人士。正当她不知怎么办，希望老师伸出援助之手时，老师却打起了官腔，有意疏远自己这个落魄的学生，这是最令人痛心的一笔。如果说，这些有亮点的人物给吴君小说带来思想的厚重感的话，那么真正给吴君小说人物带来创新意义的则是《离地三千尺》中的李回。小说表面上是写一代外来人那种成为深圳人的执着的等待，但骨子里却是对这种等待的怀疑与超越。黄娟娟默默无闻，兢兢业业在药房工作了几十年，仍然还没拿到深圳户口。好不容易机会来了，却因自己过于刻意把事情搞砸。实际上，她后来发现，即使事情没搞砸，她也无法拿到深圳户口。而环卫工人李成库只是一心想让儿子好好读书，考上大学，就能当成深圳人。一个机会使他成为英雄，得到奖励就是可以有一个深圳户口。可是直到他生病去世，这个户口还只是墙上的一块饼。这样的户口情结，在新一代农民工李回身上，完全不存在。他干脆不读书，早早出来工作，当快递小哥。他很快就明白，所谓的深圳户口不能控制人的生活。他能在这座城市，努力工作，细心服务，成为社会需要的有用的人，比什么都重要。没有户口也是深圳人。他给自己命名，就是深圳人，从而超越了父辈的局限。这样的新一代，扔掉了上一辈人身上的负重，乐观地开辟着自己的新生活。这个形象身上那种力量，代表着新一代深圳人的时代风貌和精神。这个形象的挺立，预示着吴君小说正在不断拓展自己，正在提炼更深的思想主题，从而登上时代精神的高地。

五

从《亲爱的深圳》到《离地三千尺》确实可以理出吴君小说主题思想发展的脉络。显然她同时见证了深圳的成长。其实，吴君小说在认识深圳这座城市也有过困惑和迷惘的时候。《十七英里》写了教师家庭在一个深圳暴发户家里做客的过程。十几年了，老师还是老师，但当年开小饭馆的深圳人却发了大财，住到深圳最豪华高档的社区——十七英里。老师还在为自己孩子能不能上个好学校操心，但暴发户的孩子们却都从国外留学回来，继承发展家族的产业。老师的无奈与老板的自豪形成了鲜明的对比，透出作品一种心理不平衡的失落消极情绪。通过《租客孙采莲》的故事，我们发现，有一些讲深圳故事的人，自己并没有到过深圳。像孙采莲这样在深圳歌厅做过清洁工的女人，对深圳的印象当然也只是盲人摸象。一千个人的眼里，有一千个深圳。其实也表现出作家思想的迷惘和困惑。到了《蔡屋围》《结婚记》《前方一百米》《离地三千尺》等作品阶段，作家看这座城市就已经变得开阔和阳光。这种思想认识和写作能力的进步，应该值得肯定。

她写出了中国向现代化的发展进程中人间"景观"①

李一鸣

吴君是一位对时代环境中的现实世界具有深刻穿透力、省察力，具有鲜明审美特征和艺术品位的人道主义现实主义优秀作家。

吴君的作品的主人公多是从异地乡村到深圳打拼的小人物。他们厌倦和逃出贫瘠的土地，作为外来的闯入者侧身于一个热气腾腾、市声嘈杂的都市，他们原本以为可以由此彻底改变自己的命运，但是如原罪一样身份的烙印，常常使他们难以立足城市、融入城市，为此他们开启了在异乡艰难的命运跋涉，其中既有不懈的自强，艰苦的蜕变，奋力的抗争，也有狡黠的算计、同类的争斗，尝尽生活苦涩的滋味和命运挣扎的况味。一条连接乡村与都市，故乡与他乡的挤带，滋养了吴君的文学世界。

吴君的笔触不仅在景观层面上揭开大都市中底层人民生活的处境，而且在情感人性和心理层面展示主人公的精神困境，在乡村与城市、故乡与他乡、个人与他人、个体意识与集体无意识、人与自我的交会、融合、碰撞、矛盾中，在生活的波折和命运的捉弄中，描绘人与人之间的冷漠与热切，亲近和隔膜、依靠与逃离诸种样态，写尽主人公心绪的迷乱与枉然、心理的焦虑与折磨、精神的撕裂和痛苦以及灵魂向高贵的摆渡。

吴君的作品传导出的不是对主人公奋斗生活的庸颂，她的作品既寄寓深沉的同情，又含蓄温和的批评。有多少恩泽，就有多少苦难；有多少碾压，就有多少慈悲。面对都市小人物的存在境遇，吴君赋予人物以深切的人性关

---

① 该文为李一鸣 2020 年 12 月 12 日在吴君作品研讨会上的发言。

爱和人道关怀。有痛彻的泪光，有温情的抚慰，有自觉的代言。写出他们的处境，不是文学创作的另辟蹊径，不是同质化题材中的突围，而是良知，是使命。小说果然是人心的牧场，文学作为人学，文学的大道就在于它表达生命关怀、人生关怀、人心关怀、现实关怀，对弱小的态度，对苦难众生的态度，体现了作家的价值指向。鲁迅说，取下假面，真诚地，深入地，大胆地看待人生，并写出他的血和肉来。是否做到这一点，这是作家大气与促狭的试金石，也是作品价值正逆、意义大小的分水岭。

然而，吴君并没有止于同情，隐藏作品深处的还有批评，对主人公虚伪、算计、丧失自我甚至勾心斗角等等劣根的批评。吴君的批评是站在受苦人命运立场和基点上满含同情泪水的批评，温情脉脉的批评，怒其不争的批评。她对人生问题严肃的思考，对世道人心细腻而犀利的剖析，提升了作品的深度和层次。

吴君的小说卓异之处还体现在她的作品的结局最终往往是和解，是人与人的和解，人与自己的和解。法国诺贝尔奖获得者杜伽尔说：生活就是一种绵延不绝的渴望，渴望灵魂的不断上升，渴望生命变得伟大而高贵。最终的主人公精神上向纯净人性的回归或拔升，正寄托了作家的愿望。在生活中挣扎，体悟幸运与不幸、磨难与抗争、价值与意义、阴暗与光明，通过自己的力量，依靠对自己命运、遭遇的反省，为自己寻找生活、精神和灵魂的出路。这就超越了许多作家眼睁睁看着民众在尘世间奔走，遭际一遍一遍劫难而无能为力的情景。写实性、讽喻性、批判性和共情性的共存，呈现了吴君对苍茫世间普罗大众的同情和祈愿，是作家美与善的光影，是作品真与贵的佐证。

不仅如此，吴君写出了时代真实的样态，以形象绘出了社会主义初级阶段缤纷的中国。在她的笔下是中国的城与乡的变迁，是中国向现代化的发展进程中出现的人间"景观"。她将"人"与""世道""世界"勾连起来，从"人心""人情""处境"反映了"世道"和"时代"。

身份焦虑带来的疼痛与创伤

——读吴君小说 [1]

李朝全

　　这个时代正在急剧的变动之中，反映现实题材的小说应该勇敢地呼应时代，描写和反映我们千疮百孔的生活，揭示和表现人们纠结不清、遍体鳞伤的情感、心灵和精神。

　　吴君，作为深圳这座新兴都市的一名外来者，通过对大量外来务工者的深入采访，她感同身受并借助小说叙事表达出了一个个身份无名者在面对庞大都市主体时所感受到的如客体般严重的压迫、巨大的困惑与焦灼，她真切感受到并写出了每一位外来者在主体身份危机下试图融入都市，与都市成功者和谐共处，获取平等地位和社会尊严时所付出的惨痛代价，以及身、心、灵所遭受的疮痍满目的伤害。匡此，吴君的小说首先表现出的是一种深切的疼痛之感。

　　在吴君的笔下，都市是病态的，都市里的人也都有病，他们都不快乐，不幸福。她的这些小说也可以看作是对社会问题的一种反映和描写，可以被视为新"问题小说"。在《亲爱的深圳》中，保安李水库和清洁工组长程小桂是合法夫妻，但在都市中，他们不仅不敢夫妻相认，公开过夫妻生活，甚至都不敢相互说话。因为缺乏一个属于私人的空间，他们只能躲在狭窄污浊的清洁工具间里做爱，而且不敢弄出声响。正常的生活被极度扭曲了，身心也都遭受了重创。程小桂的手被化学药品泡烂了，为了掩饰，她不得不整天戴

---

① 该文原载于《文艺报》2012 年 4 月 25 日。

着一副白手套，艰难地努力地去维持个人的尊严与虚荣，在自己的丈夫面前还竭力以盛气相凌来维持自己进城成功者的形象。而李水库因为私拆了"白领"张曼丽的信件而整日惶惶不安，提心吊胆。张曼丽和程小桂都曾经付出过女性身体的代价来赢取自己目前依旧卑微的生活，她们都不敢也不愿直面自己的过去和真实的身份，并且已经无法回到乡下回到自身了。小说结尾，李水库辞工回家，因为这座美好的大都市终究不属于他，也容纳不下他小小的家和对生活最简单的欲望，于是他选择了离去。

《菊花香》里的王菊花已经在深圳工作了 13 年，成为大龄女青年，坚守着自己的贞洁，一直在寻找可以结婚的对象。她踏实肯干，任劳任怨，而且对在工厂的食堂里工作很知足。她同样爱美，希望把自己打扮得漂亮些。她希望同事老傅能够看上她，甚至愿意屈从于惯于偷奸耍滑、已有妻子的老李。小说突出运用肉色丝袜、耳环等象征女性之美的道具，而就连这些属于自己的美的装饰王菊花也没能占有，还要被老傅的女人强行地借走。最终，王菊花竟落入了一个 60 多岁丑陋的守更人手里，惨遭蹂躏，丧失了自己宝贵的贞操。故事告诉读者，强悍的都市对女性除了进行身体的压榨之外，还进行性的洗劫与掠夺。在都市中，女性连自己的青春、自己的身体、自己的贞操都守不住。

在吴君笔下，在深圳，遭受歧视的外来妹总是千方百计地想要挤进这座都市，赢得一个堂皇的身份。在《复方穿心莲》里，外来妹方立秋通过嫁给当地人而获得了"正名"，名正言顺地进入了"深圳人"的行列。但因她生的是女儿，备受公公婆婆的冷遇，丈夫也有了外遇。她每天都得忍气吞声地过日子，甚至连自己的孩子都不能哺乳，因为婆婆嫌她脏。家里的常客、外来妹阿回仅仅被全家人当作了生活的笑料和佐料。然而，阿回内心很要强，也很自尊。她依靠自己的顽强融入了当地社会，但是途径却同样是嫁给一个老资格的深圳人家庭，从而改变自己的身份。在进入都市的女性身上，可谓是浑身漏筛子一般的千疮百孔，创伤尤剧。

在小说《樟木头》中，樟木头这个地名成为诸多外来妹都市梦魇的代名词，那是他们身上一道永久的伤口与恐惧，是"红字"一样耻辱的烙印。陈娟娟，因为身份无名，因为没有合法的边防证或居住证，曾被抛进那样一个收容场所，经历了一场脱胎换骨的"改造"之后再疮痍满身地"逃"出来。沈小姐的敲诈、勒索和挑拨，让原本为好友的陈娟娟与方小红之间的反目成仇，方小红对陈娟娟残忍无情的报复，都显得惊心动魄。女儿江南也在陈娟娟的窘迫处境面前开始堕落，最终将妈妈的救命稻草——婚前买的一处住房卖掉，逃到国外去试图改变自己的生活。为了"正名""洗白"自己，给自己一个深圳户口，她委曲求全地嫁给了离异男人江正良。小说的结尾却极具反讽意味，当陈娟娟终于如愿以偿地拿到了深圳户口这一合法的居住证明时，深圳市解除了居住禁令，谁都可以自行申请户口，并且废除边防证等证件要求，不再限制出入。原先曾给无数人带去梦魇的樟木头一去不复返，然而，那些深刻的伤口，却依旧鲜明而疼痛。樟木头，已然成为一个庞大的象征，一个巨大的符号和代码，记录了外来者各式各样的辛酸、苦难和疼痛。

《陈俊生大道》的故事情节并不复杂：一个有梦想和追求的打工者陈俊生不愿与其他的打工者"同流合污"，因此关系搞得很僵。当他的妻子刘采英到工棚来探望他时，工友们都不合作不给他腾出地方可以同妻子亲热。夫妻俩只好游走在都市的黑夜里，设法寻找属于自己的小小空间。正常的生活变得可望而不可即，促使陈俊生不得不转向同现实妥协，想着将来应该设法搞好同工友的关系。他的梦想，他用诗歌建构的"陈俊生大道"亦已渐渐离他远去。在巨大的都市里，竟然容不下一个外来者小小的梦想和愿望。他们的生活就是如此的真实，如此的紧张，逼迫着每个人都必须放弃自我，作出妥协和改变。这就是都市，就是都市对于外来者的全部意味，——压榨他们，挤干他们，重创他们，让他们遍体鳞伤，身心俱疲，精神委顿。

吴君的小说，切近现实，揭开每个人身上的创伤，表现他们心灵的疼痛。这是现代都市带来的，也是都市中的人正在直面的。现实题材小说固然应该反映激动人心的社会变革与发展，但作为文学而言，更应关注情感、心灵和精神的事。吴君为我们打开了都市文学创作的一个重要的方面。但是，在她的作品中，人物，情节，冲突，矛盾纠结等小说的基本元素常常有类似之憾。作者似乎还可以更加开阔自己的视野，更加深入地思考社会和人，可以塑造更丰富生动的人物，讲述更加多姿多彩的深圳故事。

论吴君的"文学深圳"及当代意义 [①]

张元珂

　　吴君是一位标识度较高的小说家。除长篇小说《我们不是一个人类》外，她创作的所有小说都与深圳有关。这首先是其自我期许和自我塑造的必然结果。"我个人对自己的定位是有特点的作家。" [②] "让我如同一棵不好看，却又倔强的仙人掌，虽偏居一隅，却鲜明地存在着。"到目前为止，她的这种角色定位应该说已终如其所愿。"深圳叙事""深圳想象""深圳系列小说"，以及与之相关的"北妹叙事""移民叙事""底层书写""城市书写"等关键词屡屡成为学者们解读吴君小说时所常用的诠释符码。它们就像一枚枚标签，不仅将吴君及其小说加以框定、命名，还将之声名远播，并初步确定其在新世纪文学现场中心地带的有效身份和地位。这种发展趋向是显而易见的 [③]，经由孟繁华、洪治纲、谢有顺、傅小平等众多文学评论家的集中阐释与推介，对其的关注既而逐

[①] 该文原载于《中国当代文学研究》2021 年第 5 期。

[②] 吴君、舒晋瑜.吴君：我要绘一个文学的深圳版图.中国作家，2015（7）.

[③] 2012 年 3 月，由人民文学杂志社、广东省作协、深圳市文联和深圳市宝安区委宣传部联合主办的吴君作品研讨会在京举行。在这次会议上，吴君与深圳、吴君与城市文学、吴君与文学史、吴君与"底层写作"等诸多关联性命题得到充分研讨，"深圳叙事"的艺术特质更成为大家关注的焦点。此前，孟繁华、施战军、洪治纲、谢有顺、傅小平等评论家都陆续写文章探讨了吴君及其小说的特质。而在学术界，王永盛的《吴君小说创作论》（《中国现代文学研究丛刊》2015 年第 8 期）、孙春旻的《专注于描写底层的心灵病相——论吴君小说中的"深圳叙事"》（《海南师范大学学报（社会科学版）》2013 年第 6 期）、刘洪霞的《城市书写视域——论吴君深圳系列小说》（《特区实践与理论》2019 年第 2 期）是其中三篇重要的学术论文。

步上升为学术意义上的研究。特别是在王永胜、孙春旻、刘洪霞、谭杰、杨钰璇、叶澜涛等几位中青年学者撰文深入论析后，其在广东乃至全国领域内的标识度和小说特质也就愈发凸显出来。如今，作为小说家的吴君将倾其一生书写深圳，其在当下的价值与意义已无须赘言。然而，与其创作实绩相比，特别是当《甲岸》《万福》等新作发表后，单凭上述几位学者的研究成果，尚不能充分展现其小说的艺术特质和内在于其中且关联甚深的若干文学史问题。

一、吴君与深圳：因熟悉、爱而写

一位作家与一座城市的因缘际遇、生死相依，虽也有偶发或被迫的成分使然（比如苏东坡与黄州、惠州），但在当代社会中大都是先天注定的。无论是在出生城市日复一日生活，还是在移居城市（第二故乡）终老一生，其中被迫的、命定的或主动的因由，都可能将一位作家与一座城市结成命运共同体。比如，老舍与北京、陆文夫与苏州、王安忆与上海、方方与武汉。吴君与深圳的关系，类似方方与武汉，即她们都是从外地迁入，然后长时间定居，既而因熟悉而产生特殊情感。具体到吴君，12岁前在东北农村度过，12岁后在大城市生活并完成学业。再后来南下深圳先后做过记者、公务员，吴君从乡村到城市、从底层到上层的人生历程，本身也足可作为城市传奇的一部分而被予以记载。当然，在深圳城市史中来谈论吴君的非文学意义为时尚早，且作为一个社会学意义上的样本也并不能显示其无可取代性，但在深圳文学史中来谈论吴君及其意义，则一定是"独特的这一个"。考察她的这种"前史"特别是其中的关键环节，对于我们追溯与研究其与深圳的文学渊源、文学情结，以及由此而生成的小说样态，都是一个必要的前提和重要的参考。书写"底层"，聚焦"移民"，成为吴君小说挥之不去的志趣、意绪，其根因何在？古人论及作家、作品，大都遵循"知人论世""以意逆志"的批评原则，若以此来探析吴君与其小说的"间性关系"，也同样适用。可以肯定的是，她这种对"底层"的亲和力，对"移民"的观照，与其在北方农村的生活和后来居住城市后所形成的城乡二元对立的感性认知密切相关。再后来，她由北方南下深圳，这不仅是地理空间上的大跃进，也是精神空间上的再突围。事实上，早年乡村生活经历、初入城市后的茫然失措、青年时代对底层社会及其社群关系所抱有的亲和力，它们作为精神之根，即便在其移居深圳后也未曾被消解多少。长篇小说《我们不是一个人类》是吴君的乡愁,是精神上的寻根,是心理上的代偿。在深圳,作为记者常年在工厂与社区间的采访、调查,作为公务员对城市功能及其内部复杂关系的熟稔、体悟,以及此后不间断地下沉基层经历(比如经常到工厂采访、调查,到社区街道挂职),都使得她很难蜕变为一个"小布尔乔亚"式的内倾型作家。或者说,她不是那种能把自己的卧室写成一部长篇,把一个花瓶、一个苹果、一杯咖啡整成长篇大论的唯我独尊的都市小资作家。无论"我要绘一个文学的深圳版图",还是声言"把深圳所有的地方全部涉及是我的一个理想",似都在表明,吴君与深圳的亲密关系不是老舍那种基因型的,也不是王安忆那种气质型的,而是类似方方那种熟悉型的,即"我喜欢它的理由只源于我自己的熟悉。因为,把全世界的城市都放到我的面前,我却只熟悉它。就仿佛许多的人向你走来,在无数陌生的面孔中,只有一张脸笑盈盈地对着你,向你露出你熟悉的笑意。这张脸就是武汉"①。我觉得,若将引文中的"武汉"改成"深圳",并将之用来表述吴君与深圳的关系,大概也不会有多大出入吧。是的,吴君之于深圳,因熟悉而爱,并因之而写。

二、"文学深圳"的初步生成与空间再造

吴君的"文学深圳"正式"动工"于 21 世纪第一个一年间,而在"动工"伊始,既无完整的规划方案,也无现成的建设经验,一切都边摸索边建设。这是吴君一人的浩瀚工程,直到今天依然在建设中,即从内部肌理到外部形态都尚未定格或定型。在 2010 年前后几年发表的中短篇小说中,讲述农民工、刚毕业的大学生、都市白领等各类"外省人"在深圳有关生活与生存的种种困境以及非常态命运故事,侧重展现其在现代化境遇中如何走向身份迷失、身心变异或自我沉沦的"非我"历程,自是吴君"深圳叙事"中最引人瞩目的部分,而揭示城市问题,针砭心理病相②,自也是题中应有之义,由此,作为"问题小说"之一种,其价值与意义亦应予充分肯定。其中,《复方

① 方方 . 行云流水的武汉 . 文化月刊,2003(5).

② 孙春旻 . 专注于描写底层的心灵病相——论吴君小说中的"深圳叙事". 海南师范大学学报(社会科学版),2013(6).

穿心莲》《安宫牛黄丸》《福尔马林汤》等以某种药名称作为标题的小说更是意味深远。另外，对形形色色"北妹"形象的塑造①——比如，嫁给当地人，但遭受歧视、毫无尊严可言的方立秋（《复方穿心莲》），遮蔽乡下人身份、极其虚伪的都市白领张曼丽（《亲爱的深圳》）——以及从中所寄予的或悲悯或批判的女性情怀，则更突显了一个秉承底层现实主义精神的作家所拥有的关怀弱者、呵护生命的人文精神。而在《皇后大道》《万福》等小说中，其笔触向香港更广阔的空间拓展，讲述更曲折复杂的深圳故事，描绘更立体丰盈的人生图谱，追问更尖锐多元的人性命题，从而显示了吴君及其小说趋向纵深发展的态势。上述种种，都使得吴君及其"文学深圳"在 2000 年以来的城市文学写作和"底层写作"中脱颖而出，一度成为读者和评论界关注的焦点之一。吴君在十多年间快速建构起了"文学深圳"的初始样貌，并为同行所熟知，这在文学领域内上演了另一个版本的"深圳传奇"。

吴君的"文学深圳"在时间维度上纵向延展很有限。在其小说实践中，不仅作为虚拟空间的城市与乡村自始至终成为统摄性的存在，而且作为实体存在的某一区域、某一社区、某一街道、某一楼宇等地理坐标常被引入小说。其不仅善于以某一具体地理坐标作为小说的题目，比如《二区到六区》《皇后大道》《十二条》《生于东门》《十七英里》《地下 5 号线》《岗厦 14 号》《蔡屋围》《甲岸》，还动辄以小说人物命名某一地理坐标（比如《陈俊生大道》），而至于商场、街区、咖啡馆、厂区等虚拟空间或坐标则更是随处可见。这固然是她要建构"文学深圳"所有意做出的修辞实践，但虚实相生的空间想象与建构也不期然触及到这样一个深层命题，即任何一位有志于城市文学书写的作家都不能回避都市空间想象与再造问题。其实，在"深圳"这一现代都市空间中，感觉、体验、心理、精神等人学层面上的现代性发展，被工具、技术、制度、器物等物质层面的现代性狂飙突进所彻底打乱、压制和改写。更多时候，前者跟着后者疲于奔命，找不着归宿。作为后发的现代大都市，深圳的每一条街、每一个标志性的地理坐标，都有待作家们去开掘、描绘，并在已有认知经验基础上展开艺术创造。吴君从都市空间切入，不仅将都市中具体的地理坐标或方位纳入考察、审视的对象，更将此空间中的人、事、

---

① 杨钰璇."北妹叙事"中的姐妹镜像——以吴君的小说为例.安康学院学报，2019（1）.

物及其关系作为素材收集、灵感生发和文学建构的基本依托，实际上也就将人与现代都市（深圳）最内在、最深层的纠葛以及由此而生成的隐秘景观传达了出来。也可以说，地下5号线、岗厦14号、12条、陈俊生大道、甲岸、万福等一系列无论实然还是虚拟的地理坐标被作为小说意象或主要角色融入小说，不仅使得单个文本的空间架构和意蕴生成空间得以生成，而且串联在一起即是对"文学深圳"风貌的整体呈现。当然，实际存在的地理坐标一旦进入小说，就有了虚构的成分，它们和小说中的人物、故事一样，成为建构"文学深圳"不可或缺的小说要素。

三、"文学深圳"：一座小人物的城

吴君的"文学深圳"专为"那些失败的、落魄的、无人问津的小人物"[①]而建。加缪说，"要熟悉一座城市，也许最简单的途径是了解生活在其中的人们如何工作，如何相爱和死"[②]。同样，要熟悉吴君的"文学深圳"，最便捷的途径就是要看这座城里的人物如何生活，如何工作，如何爱恨。这些小人物大体可分为两类：一类是被称为"北妹""北人""外省人"的外来人群。他们来深圳寻梦，梦想之一即"我要做城里人，我要做深圳人"，然而他们没有根基，没有户口，所谓"寻梦"大都是虚妄或无果。成功者毕竟占少数，而所谓成功不过是各类利益交换的代名词。比如，在《亲爱的深圳》《复方穿心莲》《福尔马林汤》《陈俊生大道》等小说中，为了获得合法身份（拥有深圳户口），为了过上体面生活（要掩饰作为乡下人的身份），为了走向成功（通过身体交换），他们就必须付出常人难以想象的惨痛代价，所谓个体尊严、身心自由，所谓亲情、友情、爱情，在深圳这座大都市内，都被击打得面目全非。吴君的很多小说就是要把这"被击打得面目全非"的人际关系和内面世界予以重组、深描、呈现。《甲岸》[③]所折射出的氛围、情调、意旨更触动人心。不深描都市光影及其置身于其中的有关都市人的负审美、负情感世界，而是聚焦都市漂泊者的职业困境和心灵归宿，侧重表达超越现实的有关生命

---

① 吴君、舒晋瑜.吴君：我要绘一个文学的深圳版图.中国作家，2015（7）.

② 〔法〕加缪.鼠疫.丁剑译.北京：新星出版社，2013：3.

③ 吴君.甲岸.时代文学，2019（4）.

和灵魂的温暖、感伤、悲壮和悖论。无论是对"我"、高侠、薛子淮等昔日同事间和谐场景的描述，对高侠发自心底地怜悯他人而遭受对方欺骗和毒打事件的讲述，以及公司倒闭后对其现实处境和精神状况的展现，还是在"我"与薛子淮交往故事中对"同是天涯沦落人""无论如何投缘，我们都不会相亲也永远不能相爱""为了在这个城市扎下根，我们要忍痛互相成全"等主题向度的表达，都展现了作者对人、人性、人情的建构性认知与现代性表达。另一类人是深圳人或从深圳到香港谋生的"偷渡客"。在很长一段时期内，对深圳人而言，香港即代表着物质富足和现代化，于是通过各种方式离深赴港，曾成为许多人的梦想。而对乡下人而言，"偷渡"或联姻即为其中最常见的两种方式，然而，无论"偷渡"还是联姻都并不意味着成功，即使成功也并不意味着生活美好。深圳人的离深赴港，不只有光鲜和荣耀，还有辛酸和沉重。《皇后大道》和《万福》对这种人生遭际进行了集中书写。其中，《皇后大道》作为前文本被作者部分移到《万福》中，并以阿惠为视点，对作为素材的前文本再作艺术整合，从而再次承担了离深赴港第三代的叙述职能。在《万福》中，陈水英和阿惠自小便是情同手足的一对玩伴，且都以出嫁香港为最大荣耀。成年后，阿惠率先出嫁香港，陈水英与当地人结婚。彼此间友谊破裂，十几年间不往来。再后来，陈水英心有不甘，离婚赴港，在不期然与阿惠的相逢中，真相终被揭开——阿惠的男人是个癫痫病人，公婆也是当年的"偷渡客"，一家人的生活也要靠阿惠来养活。这是一个涉及人之虚伪、欺骗、韧性、荒诞等多重主旨的文本。作者毫不保留地将那幅表面华丽光艳的幕布戳破，赤裸裸地呈现出背后的诸多不堪或丑陋，读来，让人惊心动魄。然而，这些深陷困境的小人物又不屈从于命运安排，表现出了惊人的"反抗绝望"的勇气。阿惠的遭遇是令人同情的，前期命运是被他人所摆布的，但一旦决定留港后，她又有了委曲求全、"安营扎寨"的求生动机。靠着打零工，虽也度日艰难，但总算在陌生的异域生存下来。小说开掘出小人物身上这种在苦难来袭时执着于生活与生存的韧性精神，也于灰暗低沉的格调中透出一点光亮，从而给予迷途中的人们一点心灵上的安慰。这种"光明的尾巴"是否也正反映了作者在面对底层小人物命运遭际时的复杂心境？投射进一束光，给一点希望，哪怕带着削平主题深度的危险。

四、《万福》: "文学深圳" 的新坐标

　　吴君的深圳系列小说是一个既各自独立又彼此关联的大体系。在"文学深圳"的开放式版图上,每一篇(部)小说都有其特定位置。一篇篇小说,就如同夜空中的星辰,既单独存在,各自发光,又连成一体,光耀天宇。其中,《万福》[①]无疑是一颗最耀眼的星。相比于其他文本,其重要性或突破性主要表现在以下几个方面。

　　小说格调、格局初显大气象。吴君的小说多以独特的故事、沉重的主题、相对明细的人物关系和小剖面表达深刻而富有张力的意旨,是以小切面进入深刻的主题,整本上看有特点,有个性,但厚重不足,有现实关切,有历史反思,但纵深感不足。待《万福》一出,此种境况已大有改观。小说设置深圳(万福村)与香港两个空间并分别赋予其象征意义,讲述了40多年间三代人离深赴港的故事,由此展现大时代变迁,表现十几个人物的爱恨情仇、生离死别并就此深入探讨人性之谜。把如此宏大的背景和多元主题综合调制在一个文本中并彰显一种新气象——时间长,空间广,人物多,主题多元,无论向外拓展还是句内指涉都充分体现出一个"长篇"所应有的气度与格调——这在吴君小说创作历程中尚属首次。

　　书写心灵秘史,重构"文学深圳"。"文学深圳"是吴君着力建设的宏大工程。那些从深圳特区"土壤"生长出来的形形色色的故事和人物,被吴君以小说方式记载下来,并陆续安放进这座城市中。具体到《万福》,主要表现在,其一,"爱情"作为表现的对象和主题在其此前的小说中很少正面涉及,而在《万福》中则有多层面的探究和深入表现。这主要表现在两个向度,首先是真爱无果,比如,陈炳根与阿珠彼此情投意合,潘寿娥、潘寿仪都爱华哥,但最终都无缘相守;其次是单恋或无爱反而有果,比如,潘寿良与阿珠、陈炳根与阿珍、陈水英与阿多都非因爱而结婚。如此表现倒不是重在探求爱情与婚姻的瓜葛或单纯揭示爱情发生过程,而是在对爱情心理、爱情行为、爱情结果的探寻中呈现一种莫可名状、触目惊心的内在真实。比如,因爱而宽容,因爱而生恨,因爱而自赎,分别在潘寿良(也包括陈炳根)、潘寿娥、潘寿仪的爱情实践中得到充分展现。因此,围绕爱情而生发的对于"可

　　[①] 吴君.万福.中国作家,2019 (11);广州:花城出版社,2020.1.

能性"的把握或讲述，是这部长篇小说最引人关注的主题表达向度。其二，关于亲情、友情以及深层次人性话题的探讨。小说将这些话题放置于特定时空中或极端条件下（遭遇险境，面临羁押，深陷困境，等等）予以考察或表现，无论是对人性变异景观的描写——比如，潘寿娥对母亲潘宝顺的恨意，对女儿阿惠的狠心放逐（以狸猫换太子方式将她骗到香港，与癫痫病人马智慧结婚），阿珍对陈炳根没完没了的怨责，还是对包容、成全、自赎等非常态人情、人性的揭示——比如，潘寿仪对二哥潘寿成孩子的抚养，陈炳根对潘寿良、阿珠等人的宽恕与无私帮助，潘寿良对二弟、二妹以及阿惠的呵护等等，都将人的复杂性和生命内涵的丰富性予以充分展现。总之，《万福》是一部集大成式记录深圳人心灵变迁的秘史。它将深圳、香港城市发展史作为小说背景，讲述万福村两个家族三代人在港深两地的生活演变史和心灵（或精神）变迁史，并侧重从小人物一幕幕生离死别的历史场景和具体的生活细节中探寻与人、人性密切相关的深层次命题，这种向内深度开掘的艺术实践在其此前的小说创作中也是不多见的。

艺术探索与实践有突破。长篇小说是一种大型文体，一般情况，小说家一旦从事长篇写作，即意味着他已在素材、方法、精力等各方面做好了充分准备。每位小说家感知和建构新世界的方式、方法都不一样。《万福》在艺术上的突破主要有几点。其一，聚焦"关系"，并将"关系"自立为本体。作为小说基本要素的"人物"被以艺术方式组合为一种"关系"，即把小说中的十几个人物编织成一张网，网内各"点"交相呼应，彼此关联，从其任意一一相对的人物关系中皆可显示出丰富内蕴。这和以前聚焦某个具体人物和单一故事模式的实践效果不一样。每个人物都是其中一个点，任何一个点的变动，都会引发"关系网"的变化；"关系"让讲述节奏放缓，即意味着让小说时间放慢甚至停止，让空间放大或定格，而这一切不过是为一个目的服务——让人、事、物及其关系在这种慢节奏中呈现原相。以"关系"为本体的意蕴生成模式将小说讲述的难度空前提升，为确保主题表达向度上的有效展开，在小说内部织一张大网的"行动"成为压倒性的艺术诉求。为此，除若干主要人物外，一些次要人物也被屡屡纳入"中心地带"，而作为某一"点"的单个人物极少被静态描写或被集中观照。这也就是我们在初读《万福》时总会被其人物关系所"阻拒"的根源所在。"关系"自立为主体，承担"独白"或交流的话语功能，不妨也可看作是吴君对当代汉语小说讲述语式所做的一次极富探索性的实验。其二，重构"出走——回归"模式，并赋予形而上内涵。这一模式本是中国现代小说的传统艺术形式，自被鲁迅创造性实践后，就被后世小说家们以不同形式反复运用。那么，《万福》是如何重构的呢？一是构建具体的"出走"与"回归"。潘寿良一家人从万福出走，移居香港，并在此后40年间，不断重复这种出走、回归，再出走、再回归的不定期迁移。这是具体时间、具体地理意义上的"出走——回归"模式。另一种是虚拟出有象征意义的"出走"与"回归"。香港与万福紧密相连，在物理意义上两地距离几乎为零，然而在精神意义上，它是那么遥远。对潘寿良们而言，40年往来，40年身心分离，竟始终没有跨越那道坎。其精神上的回归何日才能尘埃落定？万福自然是潘寿良们（包括阿惠）精神皈依的原乡。不是外在的环境制造了不可跨越的距离，而是异化的"自我"一手架设了一道天堑，使迷途的人们无家可归。同理，香港也是万福人期待进入的异乡，然而，横亘在故乡与异乡之间的距离让陈水英跋涉了十几年，这又是怎样的一种人生境遇？物理距离再远也能克服，精神距离一旦形成，若想跨越，那就难了。总之，从具体到虚拟，"出走——回归"模式寄托了吴君有关"家园""寻找""反抗困境""人生窄命""生命悖论"等众多形而上命题的深度思考。为辅助于这种模式的有效展开，小说采用倒装讲述法，即在首尾分别讲述结果（"风波"与"团圆"），继而依次讲述两家三代人的爱恨情仇、生离死别的故事（"往昔""积怨""纠葛"），小说结构（形式）与内容高度合一，也很有意味。其三，大量融入粤语方言，并使其承担部分叙述功能。这种实践应予充分肯定。如何运用方言，如何处理"官话"与方言关系，从来都是一个难题。从吴君的实践来看，抛弃方言语法，而以普通话语法统之；引入方言语汇，辅之以必要的注释；引入语气词，保留方言腔调。这种既顾及到可理解、可接受，又尽可能把常用或有表现力的方言、地方腔悉数引入的做法是合乎实际的。其实，像吹水（吹牛）、打交（打架）、头先（刚才）、细佬（弟弟）这类方言词都不难被理解，而"回来是应该的呀，你做咩""阴公（可怜）啊，你看看自己都在讲咩嘢"这类融方言、地方腔于一体的口语，其表现力自是普通话所不能比拟的。

综上，《万福》不仅涉及此前小说曾经表达过的所有主题，比如，变异的爱情、亲情、友情，人性中的虚伪、欺骗、荒诞，生活困境，心理病相，等等，还特别表现了温暖、宽容、韧性等常态主题，以及寻找、宿命等形而上命题；其不仅在小说格调、气象上呈现新风貌，还在表达向度、讲述方式、语言运用上有突破。因此，《万福》不仅在吴君小说创作历程中具有里程碑意义，即使在当代城市文学发展史上也是一个典型文本。

五、作为"独特的这一个"的"文学深圳"

深圳是一个深受外来文化影响的现代化大都市，文化多元、混搭，并不像北京、上海、武汉这类有其核心文化的城市，故深圳文学趋向多元化发展，也是大趋势。对此，深圳当地的评论家感触最深："作为一座奇迹一样产生并天天上演奇迹故事的现代都市，其移民性带来全国各区域文化，包括不同地域族群的地方性知识，不同阶层的价值、信仰和生活方式，在此汇集碰撞；其地域性导致政治文化与工商业文化的奇妙融合、香港文化引力和中原文化规训的相消相长；其青春性造成了青年亚文化特有的不安分、敢创造，以及流行、时尚、活力和激情。因此，深圳这座城市就具有了不同于过去城市、不同于其他城市的新的质素、新的特征，经由创作主体心灵的感受和投射，赋予了深圳城市文学文本新文化气质和品性。"[1]城市与乡村、中心与边缘二元模式并没有从城市内部消失，作为现代性修辞的身体、阶级、阶层依然在焕发生命力，而作为城市文学的主导范式、方法却始终未取得实质性的突破，在此背景下，期待出现《长恨歌》《繁花》这类较为纯粹的城市文学作品似也不现实。

作为城市形态的深圳已然迈入国际化大都市行列，其繁华表象与现代化逻辑业已作为中国传奇而永载史册，而作为文学形态的深圳却非如此，它依然处于萌芽后漫长生长期内的初生阶段。而对于每一位有志于书写深圳的作家而言，其对深圳的认知、想象或描绘各有不同，故从宽泛意义上来说，有多少位持之以恒书写深圳的作家，也就意味着诞生多少个"文学深圳"。文学批评家于爱成的不同于小说家邓一光的，诗人赵目珍的不同于小说家盛可以的，小说家曹征路的不同于诗人蒋志武的……那么，吴君的呢？吴君的"文

---

① 于爱成.我们在什么意义上谈城市新文学——以深圳文学为例.文艺争鸣，2013（10）.

学深圳"①依然在建构中，至于最终将呈现何种风貌尚未可知，但就目前而论，"打工文学""移民文学""底层写作"等一度被用来界定或阐释其小说特质的术语只能在表层或表象上有一定合理性，但从整体和长远来看都是不合适的。《万福》就是很好的例证。

吴君以小说方式描写了这座新城市，确切地说，是其中一个有限的层面。她有意回避社会的中上层，而单单把"底层"独立出来，并作为一种立场、方法、主题而在文本中予以特别实践——视点下沉，多表现，少批判，以"底层＋现实主义"方式讲述那些或沉痛或荒诞的深圳故事，从而在题材和主题上形成了一个有鲜明特点的作家形象。然而，"文学深圳"作为新城市文学样态之一种成就了吴君，似也限制了吴君。吴君的"文学深圳"如若想在未来的城市文学发展格局中显得更加卓尔不群，需要以更宽广的创作视野、更强烈的主体性、更具前瞻性的城市意识、更具艺术表现力的方式、方法探究城市本质，表现城市精神，昭示城市未来。

吴君及其小说从未远离文学史传统。从1930年代的左翼文学、新世纪第一个十年的"底层写作"到当前的"新城市文学"，她都可被纳入其中并阐释出新意来，但这些不足以显示她是"独特的这一个"。在笔者看来，秉承底层现实主义立场、精神，以系列小说方式描绘世道人心与深圳发展之间的错位景观，聚焦对城市小人物命运或心灵秘史的书写，并在这种描绘与书写中将"深圳"这座城市的某些特质——比如，它对乡村和乡土伦理惊人的颠覆力，资本和多元文化合力造就的高吸附力（超大磁力场），以及空间再造与自我更新力，等等——做了独到、充分的展现。然而，这依然不是对吴君及其小说的定评，因为她以深圳为"革命根据地"的写作依然在路上，题材、主题、风格、方法、理念等等其中任一要素或向度上的变化，都可能引发新变，产生新质。深圳在变，文学在变，吴君在变，她的"文学深圳"也必将会变。

---

①"文学深圳"这一概念最早出自赵改燕的论文：《"文学深圳"的呼唤》（《广东女子职业技术学院学刊》2010年第2期）。后来，谢有顺在一篇文章中也用过：《认识一个文学深圳》（腾讯网"谢有顺说小说"栏目2018年6月28日）。赵、谢两位的"文学深圳"都是泛指，与"深圳文学""文学中的深圳"等概念有较大的相似性。笔者所用为特指，即仅指向吴君一人。

吴君小说创作论[①]

王永盛

一

吴君小说创作形成自己的体系和特色，始于《福尔马林汤》，尽管之前她已写出了表现东北移民群体众生相的长篇小说《我们不是一个人类》，以及有关都市情感和白领生活的《红尘》《有为年代》等中短篇。但吴君最终还是转向了近15年的深圳移民叙写，因为"一个真诚的写作者避开生活的真实去建立文学的空中楼阁，是需要勇气的，他要有对生活熟视无睹的勇气，对生活掩耳盗铃的勇气。就这样，真实的生活开始教育我，说服我。痛和快乐扑面而来"[②]。她的小说从此再未离开"深圳"和"移民"两个清晰指代。《福尔马林汤》以深圳人家庭日常饮食的"汤"为隐喻——从形式到内容都是诱人的靓汤，对于向往深圳人的生活，企图成为"汤"的主人的"工厂妹"，它却是致命的福尔马林汤。小说设置了程小桃和方小红两个女人，开始了吴君之后许多小说人物的人性开掘模式。吴君的笔触描绘那些身处社会底层的，被命运的车轮碾压得死去活来的，在城市寄存的人特别是女人的人生现状。作者没有对主人公行为的是与非，妄下伦理道德界定的对与错；也没有因为自己的笔触及众生的疾苦而自豪，而是客观冷峻地对生活进行了还原。她锲而

---

① 该文原载于《中国现代文学研究丛刊》2015年第8期。

② 吴君、林雯.用文字触摸两难的人生.晶报，2011-3-13.

不舍地跟着深圳发展的节拍，写深圳和生活在其中的人及其困境：改革开放伊始，深圳本地人完全控制话语权，他们呼风唤雨，为难外省人、排斥外省人，凭借得天独厚优势和固有的优越感，为所欲为，《亲爱的》《牛黄解毒》等表达的是外省人到深圳求生之痛之苦；90年代后，外来移民逐渐融入深圳生活，他们八仙过海，有了各自的立锥之地，《亲爱的深圳》《念奴娇》《樟木头》和《复方穿心莲》等作品着重关注工厂女工的命运走向；21世纪初，外省移民完全"占据"了深圳，"深圳是我家"的感觉越来越明显，甚至大有"鸠占鹊巢"之势，许多本地人因为多年的故步自封，已经被"赶出"市区向城郊迁移（《恋上你的床》）。同时，外来务工的"底层人"仍然在苦苦挣扎，他们或者因为生存压力而破罐破摔（《扑热息痛》《十二条》《亲爱的深圳》等）；或者因为希望破灭而孤注一掷、自暴自弃（《幸福地图》《菊花香》《出租屋》《陈俊生大道》《深圳西北角》）。近年来，吴君又将笔触伸向另一种现实和情绪的变化——曾经的辉煌落幕，优越感丧失转为对原本被同情人的羡慕嫉妒，无端生出"三十年河东、三十年河西"复杂的心理变化（《十七英里》《岗厦14号》《皇后大道》《幸福地图》《富兰克恩》《华强北》）。

许多作家，尤其是女作家多愿意在作品中刻意装饰自己的经历相貌，对作品中女主角呵护有加，甚至美化和同情。而吴君一开始便敢对自己下"毒手"，始终让自己的写作与城市进程同步，不像其他作家那样怀恋故乡，歌颂美好，她总是将温情脉脉的面纱划开，让亲情、友情、爱情中最残酷的一面展现出来。普鲁斯特曾说"真正的生活，最终得以揭露和重现天日的生活，因而是我们唯一确实经历的生活，就是文学"。在吴君眼中，"每个深圳人，心里都藏着难以愈合的伤口。爱恨交织、欲罢不能"[①]。她无法置之度外，总是将个体的被动性和易感性，融入历史的整体，她的作品因而具有强烈的在场感。

二

吴君把新时代的移民与移民地的紧张关系，持续嵌入到她的文学书写中，这成为其小说创作的贯穿性主题。从她的第一部长篇《我们不是一个人类》直到2013年获奖的《皇后大道》，可谓一脉相承。"一次移民便是终身

---

① 吴君.我的深圳叙事.文艺报，2013-3-23.

移民，其心理甚至身体本身再也回不去了"。吴君的小说将移民地对应为"深圳"，写出了深圳对农村的破坏、对世道人心的破坏，深圳本地人和外省人的故事、深圳和香港的双城故事，以及深圳作为地域符号自身被流放的事实。移民叙事和深圳叙事，成了吴君创作中最重要的两个主题。

《福尔马林汤》是标志吴君小说创作走向成熟的重要作品，尽管她后来作品的人物更加丰满、更加厚重、更加成熟，但自《福尔马林汤》，她的创作找到了方向，并自觉地开始了她的深圳叙事和文学远行。吴君小说的底层人物身份形态各异，精神困境和生活窘迫一样，都是她关注和"触摸"的对象。进城后的农民工，他们与城市发生了怎样的"化学反应"——一方面他们改变了城市的面貌；另一方面，城市对他们的肉体和心理进行了双重改造。为了表现出这两难的境地，吴君的小说试图尽可能多地刻画形形色色的移民，写出他们不同的生活状态和精神世界。在小说里，移民无论是程小桃、方小红，还是程小桂、张曼丽，每个人身上带着相同或者不同的创伤——有肉体的疼痛，也有心灵的折磨。方立秋和阿回（《复方穿心莲》），"两个为梦想来到深圳的女孩，在各自的轨迹中行走。在某一刻相遇，成为心灵相通的朋友也成为彼此生命中的天敌。她们牺牲爱情、尊严、青春和梦想，只为兑换一张深圳永久的居住证，以安放漂泊的心灵和困顿的身体"。陈娟娟和方晓红（《樟木头》），皮艳娟和杨亚梅（《念奴娇》），朱喜燕和施雨（《地铁五号线》），程小桂和张曼丽（《亲爱的深圳》），曹丹丹和江艳萍（《十二条》），陈水英与阿慧（《皇后大道》）……她们身份相同或者相近，她们从知心朋友最后走向互相"撕咬"的仇敌——面对身份、权力和金钱的追逐，女人间的战争永远是两败俱伤的哭泣与无法释怀的哀痛。

《福尔马林汤》中的那碗"汤"，可看作她们追逐的身份、名分的象征或隐喻。底层人的角逐和博弈一直盘踞在《复方穿心莲》《地铁五号线》《十二条》等小说中，直至《亲爱的深圳》将它推向顶峰。《亲爱的深圳》是吴君小说阶段性成名之作，通过不同层面的打工者李水库、程小桂、张曼丽的命运，和他们与这座城市爱恨交加纠缠所致的结局，彻底粉碎了偶然性支配下的人生错位得以正常生长的可能。

如果说以《福尔马林汤》《亲爱的深圳》为代表的小说，表达的是城市对农村釜底抽薪般的破坏，对人心，如潘多拉盒子一旦打开便有了回不去的结果，那么《皇后大道》《十七英里》等作品的出现，则以深圳和香港双城故事以及纠结其中的人生际遇、世态炎凉彰显了吴君小说的另一种意义——人性的复杂和生活的戏剧化。土生土长于深圳沙一村的陈水英和阿慧，她们曾经形影不离，情同手足，但是，在阿慧风光嫁到香港之后，陈水英的生活开始彻底失衡。这是当年深圳人渴望香港富裕生活的真切缩影。虽然时代变了，然而陈水英等人并没有走出来，她被困在了那个年代。阿慧对陈水英的破坏之大、香港的财富对深圳的影响之深远可见一斑。小说的发生地由深圳扩展到香港，故事是两个女主人公——她（陈水英）带着怨气和怀疑，"随便找了一个男人结了婚。日子过得不咸不淡，很平静"。好友间的裂缝从此开始，深圳农村浓厚的嫁港情绪让陈水英的怨恨有了更坚实的注脚。随着陈水英下狠心准备将自己嫁到香港，以完成若干年前的夙愿时，谜底渐次揭开：自己想嫁的马智贤，"一家也是当年逃过去的，为了领到救济，马智贤和父亲还住在贫民区"。心目中的天堂消失殆尽；看似风光的阿慧不仅嫁给了一个患有癫痫病的逃港者，同时，"每天一早都要把包好的饺子，一家一家送到茶楼去。有时还会接一些大陆客，把她们带到假货市场挨宰"。在香港，阿慧没有令人艳羡的美好生活，而是靠苦力成了家里唯一的经济支柱……明白了这一切之后，陈水英的香港梦彻底幻灭。

　　吴君小说的人物大多地位卑下，经历曲折——导致了肉体和物质的不尽人意，最终演变为理想的失落。《二区到六区》里的三个艺术系大学生——"我"、郭小改和徐森林，带着美好的艺术梦想到深圳求职，却被现实改写了命运，徐森林、郭小改锒铛入狱，"我"失业沦为妓女。他们曾经豪情万丈，却在"不知文化到底是什么"的深圳彻底迷失，最终断送了自己的一切。《恋上你的床》里，粤剧演员苏卫红虽然年老色衰，但在地感、土著感优越，容不得"北妹"轻易入侵。偏偏阿焕是个有远大抱负的"北妹"，虽然她的远大抱负也只想"在深圳获得一张属于自己的床"，依然避免不了受到苏卫红的轻视和排挤，换来重伤住院的结局。

　　着力于深圳叙事的系列小说，是吴君潜心追求成为"有特点的作家"而进行的有意识的"收与放"，期间既有幡然醒悟的欣喜，也有上下求索的艰辛。吴君小说在题材的多样性和创作手法的多样化方面的"放"与拓展，饱含了作家苦心孤诣的追求。她的小说塑造了割断血脉与渊源后漂在深圳的外乡人，暴露的不仅有不顾尊严、满是欲望的肉体，还有焦虑而不知所踪的灵魂；不仅有始于本性的友善、温顺以及人与人之间的美好开局，还有自私、贪婪、虚伪导致的悲哀和悲剧……对友谊亲情爱情的犹豫和怀疑，或多或少来自作家的潜意识，这使她在文本中无时不存、无处不在地存在着这种深刻的冲撞。对底层的遭遇，吴君表露出的是近乎冷峻逼视之态和巨大的悲悯与不安。在吴君看来，底层不是概念化、抽象化、脸谱化的底层，而是没有尊严、被忽视、精神受到挤压的感性的丰富的存在。对社会现实的不公、怀疑和忧虑，赋予吴君的小说坚定的批判意识，以及对道德和欲望、命运和机遇、爱情与友情的深切鞭打与拷问。在她朴素而深刻的叙述中，在深圳叙事大框架下，其小说中的故事及人物形象乃至面对的困境和选择，绝不相同。

三

吴君的创作不同于福楼拜或左拉的自然主义，她对现实主义也有着自己自觉的思考，在深圳叙事和移民叙事大前提下，其小说的母题、结构、语言和腔调，也独具风格。她强调"回到角落中才是回到现实里"。正是通过对不同人性角落的探究，从不同侧面折射出时代境况的整体性，她的小说才突显了大时代朴素的人间情怀和人道精神。

角落描写使吴君小说指向底层，指向物质困苦和精神挤压。吴君以带有批判精神的现实主义笔墨清晰地描写和抒发着城市给农民、物欲社会给市民带来的肉体痛苦和心灵异化，真切体会到了社会发展与特区的"进步"所带来的道德和精神的失落和退化。

吴君的小说"切近现实，揭开每个人身上的创伤，表现他们心灵的疼痛"[①]。《十七英里》写知识分子在财富面前的窘境；《皇后大道》写深港两地前后对比产生的内心失衡；《夜空晴朗》写离异多年的夫妻为了挽留恐婚症女儿的男友，一起假扮幸福夫妻，男友没有留住，却在交流中和解；《菊花香》写大龄打工妹留有的处女之身被嘲笑的故事；《复方穿心莲》写嫁入本地人家的女人悲惨的命运……小说几乎涉及深圳发展历程中所有的矛盾和问题，包括主流意识形态有意无意间忽略和漠视的，那些原罪和代价，那些隐疾和疮疖，比如说欠薪、收容制度、新劳动法的实施、关内外的行政阻隔、男女比例失调、深港双城生活及逃港、移民的后遗症等等。吴君不是凭想象来书写

---

① 李朝全.身份焦虑带来的疼痛与创伤.文艺报，2012-4-25.

这些事实，而是通过对主人公思想空间、日常生活智慧、观照问题的方式方法等的逼真展示，表达对作品人物切身的体悟或经验，"以现代性价值尺度，悲剧性叙事和悲剧性美学，完成深圳叙事的时间整体性和后视视角的批评性。把吴君书写深圳的小说连缀起来，是一部厚重、立体而尖锐的深圳城市史，也是一部锥心刺骨的移民心灵史。"[①]

在地域和人物设置上，吴君的小说通常采取两个女性主角和双城的模式。通过双城设置——移民前的故乡和深圳、深圳和香港这样对应的二元结构，"以城乡二元结构冲突，深化的现代都市文学底层写作的文化内涵，它涉及政治、人权、道德、伦理、性权利、生活方式、人生理想、犯罪、欲望等一系列问题"[②]。小说具有了内在的逻辑冲突与人性张力。小说中许多农民经历了城市现代文明，逐渐迷失，已找不到来时的道路。在双城生活中，是城市用一种神奇的力量搅动并改变着中国农村。通过两个女性主角，吴君在小说中找到了观察人性和欲望的独特窗口。陈娟娟和方晓红（《樟木头》）、皮艳娟和杨亚梅（《念双娇》）、程小桂和张曼丽（《亲爱的深圳》）、曹丹丹和江艳萍（《十二条》）、陈水英与阿慧（《皇后大道》），她们关系的发展、分合、爱恨，像被一只无形的手牵扯着，她们无不陷入最近的物理距离，最远的心理距离，最亲近的关系，最疏远的距离，这么一个奇怪的悖论中。"'姐妹心计'让吴君的文本突破了长度的限制，在复调的叙事中刻画出尽可能完整的移民生态"。[③]

在语言方面，吴君的小说没有浓艳张狂，没有声嘶力竭，没有语言狂欢，有的只是对来自生活感受和内心经历的在场感的转化。她用朴实的语言苦心经营着深圳阳光照耀下那些并不寂静的小世界，构造繁华都市中随处可见的灰色地带。"是啊，村里人不知多羡慕王屋呢。这回看明白了，工伤还是没有死人合算，没拖累，几十万。还了债，盖房子，讨老婆，供孩子上学全齐了"。这样生活化、口语化的语言，在吴君作品中随处可见，既贴着人物性格，又有着很强的烟火味。

吴君的小说叙事绵密，情感真挚内敛。她擅长人物内部经验和内心风暴

---

① 吴君.我的深圳叙事.文艺报，2013-3-23.

② 雷达.新世纪以来长篇小说概观.文艺报，2006-10-25.

③ 刘颋.冷峻地看，温暖地写.文艺报，2013-9-16.

的挖掘与呈现，以细腻的心理描写，虚实相间、开阖有度地捕捉生活中的微妙细小，并用对话和行动书写人物之间的对抗与变化。她的行文中常常有大段大段的人物心理活动——"去北京是自己的梦想啊，想了半辈子，却被别人实现了，这个人不是别人，而是江艳萍。曹丹丹的心里空空落落，充满了挫败感。毕竟江艳萍的条件一直不如自己，哪个时期都不如，曹丹丹在心里掂量过很多次，只这一次，人家便赢了。如果没有江艳萍垫底，曹丹丹觉得自己的生活已经沉到了谷底"——复杂的心理在内心翻滚纠结，嫉妒失衡之态暴露无遗。深入挖掘主人公的内心活动，《皇后大道》可谓发挥到了极致。整篇小说强调细节的逼真以及情节、气氛和情绪的营造，将"阿慧""陈水英""阿妈""阿爸""马智贤"等人物的内心风暴，生动可感地呈现了出来，其中希望与失望、美好与丑陋、荣耀与耻辱形成的对比与反差，犹如瀑布的正截面，直观而醒目地横亘在读者面前。

吴君的小说努力结构自己独到的画面和意境，以新发现来展示深圳人的不同精神历程，透过那些有特殊烙印的人物反映了在新世界、新环境、新生活中生存的男女的不寻常经历和思想轨迹。更为可贵的是，她的小说还力图破解身处南方物质社会中女性打工者的心灵密码，探寻女性精神被遮蔽的重要层面，从而丰富了"五四"以来女性写作的内涵。从这个意义上说，吴君小说的意义和价值是值得充分肯定的。但文学是可能性的艺术，作家始终关注同一地域、同一生活层面的人和事，也可能造成作品人物形象的模式感，从而削弱小说的丰富可能性。应该承认，吴君的小说表现了丰满的生活细节和内心世界，呈现了精彩而立体的人物形象，但在对生活现象的思索与追问方面，在对小说蕴含的超越性和复杂性的营构方面，吴君还有更长的路要走。

吴君的现实主义 [1]

张颐武

　　吴君的小说很有意思，你会发现现在有一种写实主义，怎么称呼它？叫琐碎现实主义，它是一些零散、琐碎的细节。写的是一种小人物，然后在日常生活里非常琐碎。在生活中见到了张三李四，偶发性、琐碎性的写实主义，有点像新小说似的，很细的描述，它有一些琐碎的细节来勾勒状况。

　　琐碎写实主义有一个好处，写的都是小人物，技巧很成熟，当然毛病也有，让人一看这个东西不扎眼，像我们专业的人看着行，技巧很成熟，技巧很好，但是这个毛病就是它不打眼，这是个局限。

　　吴君的独特性在于，你发现她写的这些边缘人很有特点，其实并不是真的边缘，他们是生产领域中的劳动者，或者说这些生产线上的工人，如果我们考虑到资本领域，在全球生产领域，这些人又是主流和内在支撑。看起来琐碎，但有整体性。全球资本主义生产运作里，这些人其实很关键，他们是劳动者。他们是全球资本主义生产关键环节。吴君作品里的主人公就是这个生产线上的，有点像早期卓别林的作品，资本主义没有全球，工人在国内，非常贫困，那套资本主义运行是在一个国家里，现在这个运行空间是全球性的，这些人物是乔布斯后面的社会背景。

　　吴君小说好就好在它不隔，有物质的渴望，有现实的焦虑性。全球资本主义有一种脱轨的力量。亲情关系在资本主义，在劳动力量里面，也是靠不

---

　　① 该文原载于中国作家网：http://www.chinawriter.com.cn/2012/2012-04-25/125242.html。

住的，不要认为底层人都在守望相助。吴君把大历史结合得非常好，吴君写的是大历史下的小工人，今天全球化之所以能成立，正是因为吴君写的这些人，正是由于乔布斯的支撑，乔布斯拿着 iPhone 展示来展示去，可这个 iPhone 从哪儿来的？就是从深圳来的。

这些小说对深圳很有意义，因为深圳是全球制造业的核心，她写得就是跟制造业相关，跟建筑工业，跟中国城市化、全球化相联系的那些部分里面的那些人，这个角度很好。写出了困扰和焦虑，这个幸福感不是社会能解决的，纯文学有好处，他写出了人梦醒之后无路可走。这是中国特定历史阶段特定的环节，这个环节是历史见证，有点像当年的狄更斯、当年巴尔扎克写的东西，那个东西是碎片式的，不是大历史，现在中国作家都没有能力去掌握大整体，那就掌握大碎片，所以我命名叫碎片写实主义，过去我们叫横断面，现在都是碎片，把碎片拉出来拼合起来都是现实主义。

你看《二区到六区》，就是用一些莫名其妙的空间感，什么《十七英里》《地下铁》《十二条》《皇后大道》标注这些东西是一些碎片的位置，这些位置就像一个 GPS 的图，我们会发现这是一个 GPS 里面片段的采集，这是碎片写实主义里最重要的一部分。

她讲的是民工维权，那个东西好玩在哪儿？它是一个 GPS 定位，在空间上给一个位置，在空间上要有一个 GPS 里给人定位的状况，全球资本主义里面一个人怎么定位？这个定位你会发现他居然超出了地方政府、社区、社会力量，他漂来漂去，却直接和全球接上了。

吴君的定位就是中国工人的命运，所以这个碎片是现实主义。吴君的作品是我们的纯文学很有活力的力证。她的小说给我们提供的范例，值得我们高度关注。

深圳叙事与底层叙事的合流

——从吴君《亲爱的深圳》《复方穿心莲》《檀木头》切入 [①]

于爱成

在深圳作家中，吴君是勤奋而低调的一位。她刻苦、扎实、从容、耐心，在写作的道路上不骄不躁，耐得住寂寞和清苦，有着坚定的文学理想、对社会人生的爱恨关切，不俗的语言功力、叙事能力，以及更加重要的人道关怀和悲悯情怀。

吴君1990年代初就到了深圳，在深圳工作、生活、创业、创作已有20个年头，人生中最重要的时光都是在深圳。因此，吴君可以说是从深圳成长起来的深圳本土作家。她的创作道路、成长历程、文学特色，都打上了鲜明的深圳烙印。尤其是近10年来，吴君写出大量反映深圳城市化进程中小人物生存命运的佳作，形成了她独有的"深圳叙事"。

吴君的小说题材大多集中于深圳的打工者，让我们看到了在飞速发展的现代化过程中那些被忽略的人，让我们在繁荣的背后看到了打工者所付出的血汗与泪水，看到了这些年轻人的命运与生活状态。吴君关注更多的是女性打工者的命运，她将赤裸裸的真实与残酷展现在人们面前，写出了她们的情感与内心纠结。

总体而言，吴君作品呈现了社会急剧变动、城市化裹挟之下底层主人公的经验与内心，直面社会之痛，人生之艰，人性之暗，悲天悯人，揭示出来的问题发人深省，令人叹息深思。

---

① 原载《品读春秋》2016年10月12日。

下面结合她的三个作品，进行解读。

一、《亲爱的深圳》：为了深圳迷失自己

作品上来写女主人公程小桂带几个清洁工卖报纸，她学着使用深圳人说话方式，跟收报纸的男人砍价。作品中这样写道：

她说，买就这个价，不买就拉倒！深圳人特别喜欢用这样的方式砍价，如果你会了，你不仅懂得这个城市，而且开始像个深圳人了。说完这一句，程小桂感觉自己有点那个意思了。

买就这个价，不买就拉倒！最后一句是江西口音，声音明显劈了。是程小桂旁边那个高个的女清洁工鹦鹉学舌，用还没有改良好的家乡话重复程小桂这句气话。明显看得出来，她用这个方式讨好正气势汹汹的程小桂。她一会儿让脸变成讨好，一会又变成气急败坏，好像谁真的惹了她。

对方从始至终都很平静，听完程小桂几个人的咋呼之后，对着程小桂问，你是不是也是这个意思？

当然！虽然只有两个字，可是程小桂觉得这句话很像城里人了。其实她正欣赏着自己的一招一式，她很是得意自己今晚的表现。

如何做一个深圳人？是吴君多部小说主人公为之费神琢磨、学习模仿并一直奋斗的事情，为比不惜忍受巨大的煎熬，做出巨大牺牲。程小桂们都是这样做的，天天在练习怎样消灭自己的乡下痕迹，服饰，到方言。文中写到，程小桂丈夫李水库从老家来到深圳跟老婆会合，两年不见，站在面前的程小桂俨然变成了城里人，穿着高跟鞋和银灰色职业套装，在准备认李水库之前，先要四下里瞄半天，像地下党接头，确定四周没人，才对自己的丈夫"露出陌生的微笑""然后大大方方，用标准普通话说了一句：你好！"

这"标准普通话"，这"你好"，一下子表明了程小桂的脱胎换骨，俨然高高在上，尊贵非凡，拉开了与李水库——她的丈夫的距离，难怪李水库"脑袋瞬间出现了空白"，自己的老婆，一下子让他感到了遥远、陌生、似乎再也不属于自己，看得到摸不着了。老婆已经乌鸡变成了凤凰，见多识广，身份不同，看他的眼光，也不像是面对熟悉得不能再熟悉的丈夫，她投向丈夫的

是"落落大方的眼神"，这也难怪李水库面对这样的眼神，竟"惊慌得眼睛无处躲藏"了。

这样的见面场景，上来就引出了工业对人的深刻改造，写出了城市对人的巨大压迫，表征了内地乡村，如何在深圳所代表的现代都市面前感到自卑、无力，乃至自轻自贱。

城市对程小桂的改变，对李水库及其所代表的乡村的巨大压力，还体现在李水库所感受到的城市带给他的"震惊"效果。造成这种"震惊"的，首先是楼房，"每次他想去望那些大楼的楼顶，都会被大楼的白光弄得头昏脑涨。他一直想找一个形容词，描绘一下这里楼房的高度和漂亮程度，却总也找不到，尽管他脑子里也装了不少形容词。"在这里，大楼，对李水库，对乡下人的神秘和高不可及，简直就是奇迹，是西洋景，是奇幻新世界，也是他者，是乡土经验所无法描绘的。城市中的物事，在李水库眼中，还有"到处都是让他无比羡慕的男人，到处都是让人心虚气短的女人"，这里如同"神仙住的地方""是他父母和兄弟姐妹累死也想不到的好地方"。城市的震惊性、奇观性、梦幻性就写出来了。作品写到李水库感受到的因城市灯光而产生的心醉神驰或者说吃了迷幻药一般的不真实感，"街上灯火辉煌，让李水库的身体随着灯光飘了起来。从这个灯飞到另一个灯，他不能再看了，头脑感觉到了晕，心里乱成一片。也只是看了几眼，李水库的眼球似乎就被粘在了上面，整个人被吸在屏幕上，身体随着画面旋转，翻了十几个跟头，直到要把他胃里那点东西都折腾出来。"这种不真实感、迷幻感，造成了李水库的失重，所以，作品中写到他"不知过了多久才明白自己落到了地面上，只是脚仍是站不稳"。

这一场景，颇可跟茅盾在《子夜》对吴老太爷初到上海被惊得魂飞魄散的描叙一比。在《子夜》，为避土匪和红军而被吴荪甫接到大上海的吴老太爷，坐在开得飞奔的汽车里，所看到景观给他造成的"震惊"，跟李水库所感到的"晕眩"何其相似乃尔。吴老太爷终于因"憎恨，忿怒，以及过度刺激"，群魔乱舞、邪魔世界如同"千万斤压在他胸口，觉得脑袋里有什么东西爆裂了，碎断了"①，一命归西了。而李水库却在现代化的城市物质和生活方式中，慢慢适应，在新奇与刺激中，感受到"兴奋"，感受到闯进"新世界"的跃跃欲试。

作品中还传神地描写了其他城市物质之于乡下人带来的强烈的身体觉受

---

① 茅盾 . 子夜 . 北京：人民文学出版社，2003.

上的冲击。像电梯。坐电梯的李水库，感受到的是一种"可怕"，因为"只一秒钟就让人没了根。人向上走，而心和胃突然间分开，心飞向了嗓子眼儿那里，胃则拼命坠落，最后粘住了大肠，身上的血也往下跑，挤在裤裆处，冷也从脚下涌上来。不知为什么，每次坐在上面，他连老家的模样也想不起来。想不起老家的时候他就会慌了手脚也慌了神。在一阵阵空调的冷风里他只是想吐，却又吐不出来。一般情况下，他都选择走楼梯，一步一个台阶，每一次脚落下都有说不出的舒服。当然这也是相对的，他最喜欢的还是家里那种崎岖的山路。"

由电梯所带来的时间的压缩、空间的移动、速度的改变，像是浓缩了的现代城市生活，可以最短的时间内，让人失去重量，失去方向，失去时间，造成一种身不由己、魂不守舍的状态。失重、失衡、失序、失态，完全的乡土身体和乡土生活方式的丧失。所以李水库在进退失据、无可措手、抓不到救命稻草，"连老家的模样也想不起来"，对电梯的恐惧，让他宁愿选择走楼梯，这个时候，他心里涌出的念想，是"家里那种崎岖的山路"。

这种对城市器物性的落笔，是吴君深刻的洞见所在，是她透过城市生活、工业生活的平凡物事，发现了城市和工业怎样残酷而凛冽地改变着乡土的男儿女儿。这是吴君的尖锐之处。

这种改变，是一种从头到脚、从里到外、从肉体到灵魂的脱胎换骨的企图。我们看到程小桂从语言到服饰，从生活方式到行为方式，如何向城市靠拢，向城里人趋同。为此，程小桂为了保持疑似一个城里人的高贵，可以对丈夫也拒绝说家乡话，"偶尔在嘴里还冒出一两句城里人说的话和广东普通话"，向别人介绍自己的丈夫说是"新来的同事"，满嘴"动不动就是人生、事业、社会之类的大道理"，用"城里人方式"回答李水库的话等等。

她的鹦鹉学舌、她的亦步亦趋、她的东施效颦，也许显得有点笨拙，有点可笑，但却是处处显出一种可怜可叹，甚至悲壮。程小桂如此，李水库后来也如此，貌似成功的上岸者张曼丽何尝不是如此？这是，这个张曼丽在表面的荣华背后，有着更加伤痛的心理罢了。这个来自河南乡下穷苦家庭的女孩，在从打工妹，历经不足为外人道的经历，成为工厂的经理之后，为了抹去过去的历史，过去的成长经历，而伪装成、打扮成一个城里人，通过对外声张，让员工们"听说"她的"父母都是北京的高官，一个哥哥在外交部，一个姐姐还在日本做生意"。这让她的身上罩上了一层光环，炫目闪亮，以"官二代"的形象引起众人的"羡慕"。在私拆张曼丽家信窥探得张曼丽身世底细的李水库打她主意,企图上位,聪明如她,试图阻止李水库的口无遮拦,避免他进一步拆穿她的伪装,不惜采取怀柔措施,约他过来,动之以情,还赠送礼品。但仍然挡不住李水库的失控时,她仍坚持说自己"祖籍还是在深圳这边儿""我的母亲是深圳人",为此,她还为体现"深圳人""广东人"的优越感,不惜对北方大加鞭挞,装模作样地评判北方"除了居住条件很差之外,吃的东西也很粗糙,不管什么东西,就这么一大锅一大锅去煮。还有,你们那边的人特别不讲卫生,一年到头也不洗澡。还有,还有……你们总是喜欢吃窝窝头……"云云,这就跟她跟男人打电话故作娇喘状如出一辙。无非是要跟过去那个打工妹的张曼丽撇清。在李水库通过私拆张曼丽二妹的信,进一步试图打击并揭穿张曼丽的假面时,张曼丽在短时间的"神情不正常""脸色惨白"之后,过了一会儿,情绪就稳定下来,仍然镇定地回答李水库关于"你爹爹和妈妈现在在哪儿呢"的质问说,"我的爹地是位高级领导,每天工作很忙,除了周末家里举办的宴会,我并不是总能见到我爹地"。对李水库摊牌说知道她的二妹有给她的信,张曼丽则说她"是家中的独女""我现在也不少,现在我有的是钱"。当意识到她的秘密可能会被李水库揭穿时,她给李水库发出的是严厉威下,"记住,从现在开始,你要给我闭上嘴!否则我会让你们家连你的全尸都找不到。"

作品里的两个女主人公形象,成功者张曼丽,清洁班长程小桂,就这样分别其实又是殊途同归地展开了自己的伪装之旅。张曼丽丼着面具,企图改写历史,但历史是改写不了的,总是会有蛛丝马迹,因为她无法割断跟家乡的关联。两封信泄露了她的出身和穷苦的家庭,她的父亲所在乡村的凋敝、农家人生活的窘困和张曼丽为了做一个真正城市人,心理的寡情和决绝——正如第一封信中反映出来的,为了不拖累她,她的家庭已经做出不再联系她的打算,要不是她的父亲身患重病,交不起住院费面临等死,不会再来信要钱救命。但第二封信,转述了因无钱救治已经死亡的父亲,生前说给张曼丽听的最后的话,要她在外面好好工作,不要被家里拖累,也不要因家里的事让别人看不起影响了前途。这位善良伟大的父亲,最后还忍痛编造了关于张曼丽并非亲生而是城里人丢下的孤儿的故事,为的是给张曼丽以纯正的城市血统,远离乡土的原罪。从两封信的虚笔,其实真面触及的是张曼丽的虚荣,为了虚荣可以不要故乡,不要亲人父亲,可以活在谎言之中,活在极度压抑扭曲的精神变态之中，可以选择做城市男人二奶，可以没有做人底线。

程小桂是另外一个张曼丽，小巫见大巫，骨子里的逻辑并无不同。作品让她从一开始上场，就带着一个雪白的手套，"一双耀眼的白手在胸前没有规则地上下左右舞动"。这"白手套"如同职业装，看起来威风得很，俨然脱离了低级趣味和底层人群。李水库也对老婆无论什么时候都带着这手套，很不习惯，在最后一个章节，当两人关系发生了逆转，程小桂主动对李水库示弱亲热时，李水库仍对这白手套耿耿于怀，"看着一双白色的手""冷冷地"放出如此狠话："快松开吧，还是不要搞脏了你的手套。"

但真实的情况是怎样呢？当程小桂摘下手套时，李水库看到的是这样的手掌："他看见程小桂其中的一只手已经完全变成了暗灰色，指甲差不多没了，剩下五个光秃秃的指头，有一只还在溃烂，另一只手套褪不下来，因为已被流出来的脓血粘住。"

手套，在此就具有了强烈的象征和寓意。也许我们可以将手套，视作莫泊桑《项链》之类起到特殊象征意义结构全篇的穿缀物的作用。是的，手套掩盖了血淋淋的真相，遮蔽了赤裸裸的真理。表面的光鲜，其实底下确实惨不忍睹的血泪斑斑。正如千千万万的农民工，打工者，他们也许可以成功上岸，成为有体面工作者、有城市户籍者，甚至发家致富、成就巨大财富梦想者，但其过程、其遭遇、其经历的苦痛，又有多少的艰辛和苦痛，多少被刻意掩饰起来的惨痛和酸辛？因此，将这个《亲爱的深圳》改称《手套》似也有合理性。

当然，作者吴君显然意识到手套之小，无法涵盖张曼丽形象之大。我们在文中，看到不需要手套掩盖的张曼丽，却在袜子底下，泄露了她的同样的底下和深处的惨痛遭际。在工人们眼中的张曼丽，有着"光洁饱满的额头""洁白的牙齿"，怎么"都不像从农村出来的人"，但兼职洗脚工李水库褪下张曼丽袜子，看到的却是"一双结过老茧的粗实大脚，而且还患有严重的脚气，大脚趾一侧已腐烂变形"，再配上她"异常粗大"的关节，"几颗发黄的老茧"，一个从事过繁重农活的乡村女子的形象马上可以浮现。这种根子上、骨子里的农村人的底子，并不是一夜之间可以变成不事稼穑细皮嫩肉的城市女子的，也不是割断历史就能轻松成为城市贵族的。

乡下人总归有乡下人的痕迹和习惯，有着为苦难和粗粝生活所磨练出来的粗大骨骼和手脚，总是无法完全隐瞒其出身。吴君的小说中，除了如何成为一个真正的深圳人的主题，还有就是如何成为一个城市人的焦虑。乡下人，北方人，在城里人、深圳人眼中，俨然异类，似乎竟是原罪。为了摆脱这样的身份认同危机，摆脱乡下人、北方人的原罪，主人公们为此殚精竭虑，费尽心机，一切的努力，都是成功实现身份转型，不惜采取异常手段。

这种焦虑和努力，小里说，是农村人如何实现城市化；大里说，是乡土文明如何向城市文明模仿学习转变。我们从各种各样的理论书中，看到种种学派、种种学说对于城市的适应的论述，对于城市化现代化进程的描述，对于文明的转型的田野调查和学理推演，但是，我们从吴君的作品中，活生生、血淋淋、惨兮兮地看到了、见证了这种转型、转变、转化的真切的生命过程，让我们格外痛切，格外悲悯，格外感同身受。这也正是见证了文学的力量，小说的力量，虚构的力量，以虚击实的力量。

作品写出了一种狠劲，一种凌厉。如果说程小桂的形象和行为举止有其合情合理性的话，那么对于张曼丽的塑造，则显得有一定的逾越性，就是说逾越了常情常理，显出了偏执。这样的打工妹形象不能说完全没有，但如此虚荣造作压抑扭曲变态对待老父亲冷血冷漠的打工妹，应该凤毛麟角。作品中写到这个人物受过中专教育，算是乡村的精英，家中为支持她上学负债累累，直到前几年才算还清，其时她在深圳已混出眉目，无法判断还清欠款的是否是她本人。这种极端性的人物择取，有偶然性，但也有其爆破力，当是吴君剑走偏锋、不妥协的风格所致。

二、《复方穿心莲》：嫁到深圳又如何？

按照吴君的自白，这个作品的写作初衷是"两个为梦想来到深圳的女孩，在各自的轨迹中行走。在某一刻相遇，成为心灵相通的朋友也成为彼此生命中的天敌。她们牺牲爱情、尊严、青春和梦想，只为兑换一张深圳永久的居住证，以安放漂泊的心灵和困顿的身体[1]。在这样的立意之下，《复方穿心莲》从地域/语言－权大关系加以观照，写出了为换取深圳通行证，外来者在深圳社会语境和家庭伦理关系中的困境。

作品以一个嫁入当地人家的外来女人方立秋为中心，细致描绘她因为外

---

[1] 李云雷. 吴君小人物的生活写不完. 北京青年报, 2011-9-28.

来者身份而在夫家中所受的种种屈辱，作品将微探头深入人心幽暗面的微小角落，清晰生动地放大其中的风吹草动。这篇小说是吴君"深圳叙事"题材中多次出现的"如何嫁给一个深圳人"类型的升级，即成功嫁入深圳家庭后，外来妹所遭遇的处境。作品中的故事，围绕两个用尽心机留下来做真正深圳人的"外来妹"展开。方立秋嫁给了本地人，实现了万千打工妹的梦想，但她仍然生活在诸多压力与纠葛之中，丈夫的出轨，公婆的压制，在家中毫无地位，甚至连孩子都无法亲近，她仍然置身于梦魇一样、低人一等的生活中。另一个女孩阿回负责酒店拉客业务，曲意奉承百般取悦当地富有人家，竭力与本地有钱人保持关系，表面看阿回和方立秋的婆家人非常熟络，为他们处理各种事情，但这种亲密往来与感情并无关系。阿回希望能从方立秋婆家这种本地人网络中获取自己发展的更多资源与机会，也希望能帮她介绍一个本地人结婚。而婆家也需要阿回这样一个陪衬，烘托他们本地人身份和道德上的优越感。阿回见证了方立秋在婆家低人一等的委屈生活，方立秋则亲耳听到了公婆、姑姐等人对阿回肆无忌惮的糟践诋毁。这部小说中，阿回和方立秋的故事，构成了互补性的叙事复调和生存复调，让作品文本突破了长度的限制，在复调叙事中尽可能呈现了移民生态的完整性和丰富性。

刘颋分析说，"《复方穿心莲》通过方立秋沉重的婚姻打开了深圳本地人的家门，让人得以洞见那扇挂满艳羡目光的大门后沉重、灰暗甚至扭曲变态的生活。"① 作品上来第一句，"再见到阿回的时候，方立秋还住在婆家。"从这样一个横截面切入，直接带入两位外来妹主人公互有交集的深圳故事，而且交代了方立秋的已嫁的身份，以及在她之上，还有一个婆婆的凌驾。这是很精妙的一个开头，甚至暗示了一个家庭剧的即将开场。

方立秋与阿回本来各有各的轨道，你做你的酒店经理，我做我的深圳人少奶奶。但因为阿回跟婆家关系相熟原因，而产生了交集，发生了心理喜好爱憎感觉的发酵，这是有了几次接触后的事。作品开头写到方立秋在孩子满月酒宴上第一次见到阿回，马上本能产生的讨厌，对阿回的蔑视。"方立秋心里冷笑，还以为什么了不起的人呢，不过一俗物。阿回这个名字在她心里一直盘旋着。"这样的厌烦和较劲，作品省略掉了过程，但读者可以猜测还原阿回如何在方立秋的耳朵了磨出了茧子，阿回的名字已经成为方立秋家庭生活

---

① 刘颋 . 冷峻地看 温暖地写 . 文艺报，2013-9-16.

中挥之不去的存在。

同为外来妹（地域角度着眼的称谓，包含范围广泛，而非狭义的流水线打工妹之谓，可以是南下大学生，可以是白领阶层）出身，方立秋嫁入深圳本地家族，"住进深圳人的家里，做起本地人的媳妇""内心异常踏实"，她为自己的成功和好命沾沾自喜，所以也喜欢对自己的老乡、同学时不时"显摆"一下，炫耀一下自己的成就感和幸福感，主要是身份上的优越。但因为插入了阿回这样一个姐眼皮底下、对她生活处境了如指掌的窥探者、知情者，阿回更像是一面镜子，一种对照，让方立秋看清自己的背景、自己的现在，无法显出底气，所以方立秋对阿回到底是存在了无名火在先的。在作品后面的叙述中，我们看到方立秋一直都对阿回是冷眼以对，没有好感的。而且，对于她的做派不屑，对于她的言谈举止挑剔，处处透着厌烦。

阿回讨好方立秋公婆家，也明白她在他们家人心目中的形同"婊子"一样的地位和被取笑、调侃、发泄、诅咒的使用价值，如她最后跟方立秋明确表明的，"让我在酒桌上取悦他的上司，还让我把一帮姐妹介绍给他的对手们，这就是我的利用价值。还有一个重要作用，就是为这家人在饭桌上取乐子，做下酒菜，说我嫁不出去，做了太多那种事，将来肯定不能生育。你知不知道，为了一个户口，为了可以嫁给本地人，哪怕是个瘸子我也愿意嫁。我们这些外来妹要命的就是这一点，总是想找一个本地人，总以为这样就把什么都解决了，可到头来呢，到头来，就连你堂叔那种残疾人，他们都认为我不配。"

为什么外来妹不配嫁给本地人？在本地人眼中，外来创业者、淘金者、打工者，在他们嘴里都是捞仔、捞逼，都是来抢夺他们的金钱、他们的机会的，本地女人则认为外来妹是抢夺他们的丈夫、破坏他们的家庭的。所以不惮以最坏的恶意来揣测外地人，来提防外地人，来咒骂外地人。而深圳本地人的客家区和广府区，大都保留了较保守的宗法文化，当地在改革开放之前的贫瘠和穷困，并没有多少人受到较好的教育，所以普遍容易盲目排外、目光短浅，一旦忽然暴发，便乱了章法，传统文化顷刻失效，成年男性疯狂猎艳追逐北妹，年轻少年辍学吸毒飙车乱性，极尽醉生梦死；尤其在宗法社会男性笼罩下的本土女性，既无法经济自立于社会，又对男性的出轨无能为力，只有以怨恨之心守住家庭，又以恶毒之舌，对外来者一并咒骂。

作品写出了本地人的鄙陋、恶俗、肤浅，做了不留情地批判和挖苦。对方立秋和阿回等外来妹，尽管也有批判，但更多的是同情。但作者没有做简单的价值评判，没有道德制高点的归罪。吴君最终指向的，是对金钱力量的揭示。深圳人为何成了宝？为何如此自视甚高优越得很？深圳中老年女性，为何如此敌视外来女性？全是钱作怪。因为金钱改变了社会结构，人伦秩序。本地人因城市发展收益，成了暴发户；外地人为分得一杯羹，成为受益者，纷纷谋求嫁入当地人家或娶得本地女子。更多的女性在深圳从事着皮肉生涯，或者一门心思成为二奶三奶，形成了男性社会一个食物链，也威胁着深圳家庭妇女的婚姻安全。所以作品中的家婆和姑姐，代表着已婚深圳女性（主要是本地人），发出的对外来女性的控诉、声讨，极尽贬低诋毁之能事。阿回像是她们用以发泄并趁机对自己男人进行管教、敲打的活学活用的道具。也因为有把柄在家婆手里，基层小官吏的公公尽管相对明白事理，但在家里事事顺承家婆意愿；因为有继承家产并入户深圳的梦想，所以姐夫愿意娶有身体残缺的姑姐，并且在家里大气不敢出。

这个家庭中的女性似乎很强势，但这强势其实是外强中干。她们的杀手锏是耍赖撒泼，哭闹上吊，为的都是拉回男人的心，维持家庭的貌似稳定。而"外面彩旗飘飘"的男人，也乐得"家里红旗不倒"，不会跟女人较真，甚至懒得跟女人正面冲突，由得她们发泄去，以不危及婚姻为限。所以，我们看到，方立秋的家婆，如何蛮横乖戾变态，在自己的丈夫面前，似乎占据强势，实则她根本无法管住自己男人怎样拈花惹草，甚至她还怂恿自己的亲儿子出轨，找另外女人，愿意因此让儿子多个儿子，她来抚养。对于外来女人，家婆这类本地人持有深刻的偏见和仇恨，专门就要为难女人，为难同类，包括自己的儿媳，如果不是基层干部的公公以优生为理由坚持收留方立秋，这个家婆哪里可能同意？她的仇视只能通过刻薄言语、鄙夷心理加以体现。无论本地男人还是本地女人，其道德伦理，仍然停留在封建家庭时代，并没有因城市化的到来而有现代性转变。反而因为突然暴富，而激活了恶的欲望，无限膨胀，无法无天。

何苦嫁给本地人？宁愿形同进入地狱，上刀山火海，哪怕本地人身患残疾，也愿意将大好青春托付。到底还是金钱的力量，安稳生活的诱惑，在深圳留下来的企图作怪。更进一步来说，正如中国女人宁愿嫁给非洲什么酋长，嫁给欧美什么流浪汉、爷爷辈、花花公子，也拼死要离开这个国家同样的道理。因为，社会过于无情，安全过于没有保障，生存过于艰辛，好日子过于遥远，有个有力的依托好一点活下去，是无数闯深圳的男儿女儿的梦想。也许，这也正是曾经的那个时代，深圳外来者的最大的中国梦了。

怎样嫁给深圳人，怎样成为深圳人，是吴君喜欢的主题设计。为此，在几个作品中重复出现。我们无法挑剔作者的展示，而不能让主人公做出反思。因为这是底层的悲哀，注定是无解的。就像终于嫁给了本地人的阿回，最后得意的炫耀："跟你说吧，我老公祖祖辈辈可都是深圳本地人，而不像他们，全是假冒。你知不知道，其实他们客家人都是从河南迁来的，只不过比我们早上几百年。"这话听着跟方立秋家婆的水平不相上下，思维逻辑并无二致。谁才是真正的深圳人？有从来如此、从来在此的深圳人吗？有本质意义上的深圳人吗？深圳是金山还是银山，是耶路撒冷还是香格里拉？无论家婆姑姐还是阿回方立秋，其实谈不上谁更有自省能力和道德上的高度，在金钱社会，面对物质和欲望，都是一丘之貉。

家庭剧的故事是好看的，女人家的斗法是精彩的，呈现出来的深圳生活是鲜活的。这都是一个好故事的底子，但尚不足以成为一部好小说的必要条件。但作品的最后，忽然奇峰突起，以方立秋在月光下看见的"那几颗绿色的豆子"，觉得"像极了她吃过的那种苦药"作结，全篇打住，意味就一下子出来了。那绿色的豆子——荷兰豆，文中出现四次，每次出现都有作用。

第一次见到方立秋是叫做小扁豆，并说家乡也有，为此遭到姑姐的讥笑，受到家婆的驳斥，挖苦说这种东西北方绝对不可能有，是南方的特产，"北方怎么可能有这么好的菜呢。"家婆并引出阿回的话，作为证据，说这种菜只能在广东生长，北方根本不能存活。这里的荷兰豆，显然是一种身份的象征了，这种菜，因为唯有广东出产，因此具有了高贵的血统，是北方土包子所不能认识的，也是贫穷的北方省份所不配生长的。

第二次出现荷兰豆，是方立秋做了本地人媳妇后，在跟老乡、同学显摆完后，会"来到客厅或阳台上面晒太阳""顺便在阳台上摆弄几下那种可爱的小扁豆。阳光下，那些豆子渗出细润的水珠，闪着银光，总是吸引方立秋本是游移的视线。"方立秋想到的是怎样享受这种小扁豆暴腌后与广东腊肉炒在一起的美味。可见方立秋已然以广东人深圳人自居，并认同家婆对这种豆子高贵身份的认知。

第三次写到荷兰豆，是方立秋回请阿回吃饭，饭后回家前跟阿回去市场买菜，她们两人"同时看见了那种扁扁的豆子，其中一些还没有完全剥开"。

方立秋为了证实阿回是否真的认识这种豆子，故意问阿回"那是什么？"阿回的回答出乎意料，她把这当做了扁豆，还讪笑方立秋连这种菜都不认识，"我们在北方的老家不是天天都吃吗，有时候太多了，还会摘回来剁烂了喂猪。"可见阿回在家婆面前说的关于这种小扁豆的话，全是见人说人话见鬼说鬼话的顺杆爬。

文章的最后，再次重复方立秋对这种豆子的观感——形状很像一种药——复方穿心莲，"像极了她吃过的那种苦药"。

由此，荷兰豆以三番五次的适时出现，充当起了小说核心意象和贯穿始终的穿缀物的功能，也因此具有了整体性的象征寓意。荷兰豆就是荷兰豆，穿心莲就是穿心莲，只是观看者的心态不同，而分别赋予了它们不同的意义。荷兰豆不再是荷兰豆，而是身份象征，是高人一等的深圳本地人的意淫。穿心莲不再是穿心莲，而是企图消解深圳优越感的外地人，试图在家乡与深圳之间搭建某种勾连通道以树立信心的媒介。或者说，穿心莲也许真的跟荷兰豆共有一个祖先，但这并不重要，即使如此，也无力弥合横在深圳和内地之间的巨大鸿沟——所谓现代的深圳与传统的北方，富裕的深圳与贫穷的北方，原居民的深圳人与南下淘金者的北方人。这鸿沟是以金钱的有无多寡划界的，是时代、环境、资本、金钱、物质合谋的结果。

围绕一颗豆子，引发出如此多的纠结，是多么的可笑！作品写出了一种对金钱迷思的批判，更多是一种反讽。人不是多么自不量力，无事生非，小题大做，无聊无趣，不知餍足，毫无畏惧，缺乏节制，鲜廉寡耻。人生在世，无论是南方还是北方，都市还是僻壤，活着莫非就是为了这微屑的小虚荣、小满足、小利益吗？人就只能活在物质渴望和低俗欲望中吗？为此可以粉身碎骨、没有任何道德约束和底线吗？

荷兰豆是美味蔬菜，穿心莲是苦口良药。吴君复方穿心莲设喻，并作为文眼，想说明的，是否还有试图开出一剂药方，让夜郎自大、鼠目寸光、无知无畏的本地人和挖空心思、一心上位、道德失陷的外来者，都能够败败火、清清毒，得到精神的救治呢？

三、《樟木头》：底层沦陷的真相

就写作脉络而言，《樟木头》可以称之为《复方穿心莲》的姐妹篇。作品塑造了陈娟娟和方小红两个外来妹，因缺乏证件，被抓到樟木头收容所，历经"改造"回到深圳后，因个人私密的被揭穿，而反目成仇，曾经自视方小红保护人的陈娟娟，更被心灵扭曲的方小红抓住陈娟娟被抓进樟木头的把柄和曾经不堪的经历，为此要挟，步步紧逼，讹诈勒索，几近家破人亡的故事。作品同样采取的两个打工妹的对手戏的类型模式，同样关注的是如何在深圳留下来成为一个深圳人的时代主题。而与《复方穿心莲》像衔接的是，《复方穿心莲》中的阿回，百般巴结方立秋婆家，试图嫁给方立秋家公身患残疾的堂弟阿忠而不得。《樟木头》中的陈娟娟，则成功实现了嫁给脚有残疾的"本地佬"江正良。如果我们将陈娟娟视为阿回的后传，也是有部分道理的。打工妹的苦难总是如此相同。

　　关于该篇的创作背景，吴君说："《樟木头》的年代，我刚刚来到深圳，那是一个到处都是眼睛遍寻可疑女人的街景——我所在大楼里的一个女孩就被一辆汽车拉走，再也没有回来。那个无法言说的午后，她的命运成了一个谜。在我的眼里，她仅仅是一个优秀的舞蹈演员，其他角色谁也无从得知。那时候的我们，身上必须带有一个证件或证明，否则分分钟都有被带进看守所的可能。沿海地区的温热迷离浸透着每一个人的血汗和体温，所谓梦想，变得那么做作和矫情。何去何从，我们迷茫、无助。那样的情景，让我想起了台湾作家吴浊流的小说《亚细亚的孤儿》。"[①]

　　《樟木头》就出于这样的悲悯，写出了若干无名者的迷茫、无助和伤痛。吴君还说，"在一些人眼里，深圳是个欲望之城、出租之城、无根之城，来过的人，离开或者回去都无法消除掉深圳对他们一生的影响。许多农民经历了现代文明或许已经找不到回家的路。每个人用盲人摸象的方式，把对城市的记忆或想象带回乡村。城市正用一种神奇的力量搅动并改变着中国农村。这是我创作《出租屋》这部小说的初衷。《樟木头》写的是两个女工为了获得深圳户口，享受本地人一样的生活，历尽各种艰难和屈辱。'樟木头'看守所是她们绕不过去的黑洞，使她们结下一生的孽缘。"[②]

　　是的，了解深圳历史的人都知道，樟木头，这一二十世纪八九十年代在深圳打拼的人都耳熟能详，外来打工者都闻之色变的距离深圳不足一百华里

---

① 吴君．我的深圳地理．深圳商报，2013–10–22.

② 李云雷．吴君小人物的生活写不完．北京青年报，2011–9–28.

的地点，是承载了怎样的暗魅涵义和恐怖密码！作为无所不在的游荡在深圳上空的可怕幽灵，宿命般缠住篇中人物，噩梦般笼罩全篇，把底层小人物的人性之复杂隐秘和生存之卑微无力一面，非常细致地写出来了。吴君体察人性的眼光竟有这么毒辣！开创了底层写作的新深度，也开掘了洞悉人性的新尺度。

在篇中，樟木头是陈娟娟、方小红她们身上一道永久的伤口与恐惧，是"红字"一样耻辱的烙印。陈娟娟，因为身份无名，职业"特殊"，曾被抛进这个收容所，被"改造"之后疮痍满身地被沈小姐保出来。沈小姐的敲诈、勒索和挑拨，原本为好姐妹的方小红的心理失衡，扭曲变态，为了所谓虚荣，对陈娟娟残忍无情的报复，都显得极其惊悚。女儿江南也在陈娟娟的困境面前开始堕落，最终将妈妈的救命稻草——婚前买的一处住房卖掉，逃到国外去试图改变自己的生活。为了"正名""洗白"自己，证明自己，获取一个深圳户口，陈娟娟嫁给了江正良。小说的结尾极具反讽意味，当陈娟娟终于如愿以偿地拿到了深圳户口这一合法的居住证明时，深圳市解除了居住禁令，谁都可以自行申请户口，并且废除边防证等证件要求，不再限制出入。原先曾给无数人带去梦魇的樟木头收容制度也一去不复返。如吴君在《我的深圳地理》感叹的，"属于深圳的 30 年过去了。如今，这座城市不再招摇速度和金钱，它的价值取向开始出现了多元，它不再漂着，与内地和脚下的土地发生了真正的关联。咋咋呼呼、财大气粗的标识开始消退，内在精神出现了变异。而另一种气质的鱼，正优雅地浮出水面。"

但，历史是可以遗忘的吗？一代人的伤痛和血泪是可以忽略不计的吗？那些深刻的伤口，将留在深圳的肌体上，难以复合，因为历史也许有历史的吊诡，可以以数字或者以空白，将人类的苦难作为炮灰。但人类每一个个体都是不可取代的，人来到世界上都是唯一一次的。个体的痛苦，也必须要成为人类整体性的痛苦。所以，樟木头，必然要成为了一个巨大的象征，一个鲜血淋漓的符号和代码，记下外来者的苦难和疼痛。吴君的这个作品的意义，正在于此。

这个作品的微言大义如上所言，社会批判性之强烈在吴君的系列深圳题材创作中，几乎无出其右者。但这还只是一个方面。吴君关注的焦点，其实更在于血淋淋讲底层的陷落这一真相、普遍性的现实刀砍斧劈般呈现出来。

"底层的陷落"，是孟繁华先生评价吴君《念奴娇》《复方穿心莲》等小说时候提出的概念，也指出，"在《念奴娇》中，贫困的生活处境使姑嫂二人先后做了陪酒女，然后是妻离子散家庭破碎……它揭示的不仅是'底层'生活的状态，更揭示了底层人的思想状况——报复和仇怨。更值得注意的是嫂子杨亚梅的形象，这个貌似知识分子的人，堕落起来几乎无师自通，而且更加彻底。"[1]"《复方穿心莲》与我们常见的都市小说不同……在这里，吴君书写了'底层的陷落'。她们虽然同是外地人，同是女性，但每个人的全部复杂性并不是用'阶层''阶级'以及某个群体所能概括的。他们可能有某些共性，但又有着道德以及人性的差异性。"

怎样写底层？底层真实的状态如何？底层话语如何被表述？底层是否可以被代言？这是21世纪之初在学界引起较多争论的一个话题。

其实，"底层"问题并不仅仅是一个关于底层如何被文学表达、被理论阐述的"学术问题"，也不仅仅是关于知识分子如何公共化进而为底层代言的"道德问题"，它也是一个关于当代中国知识分子如何处理自身在道德与政治的夹缝中的困境的问题。在20世纪的中国历史中，底层或者说民间与知识分子的关系始终是一个关键问题。近代以来，知识分子发生了分化。一些知识分子认为仍然需要坚守启蒙者的精英主义立场，为"无声的中国"的底层代言，试图通过重建社会中心来凝聚知识分子群体，建构新的社会认同。另一些知识分子则觉得"底层"或者说"民间"蕴涵着巨大的文化、政治与道德资源。他们自觉地与自身所归属的阶层划清界线，发出了"我为什么不是一个工人？"的浩叹，积极地投身于社会底层的改造运动，一些边缘知识分子急剧凝聚起来，在左翼知识分子领袖的领导下，自下而上地完成了革命。这种革命的成功在新中国成立后进一步地强化了一种民粹主义和反智主义的社会思潮，到了后来甚至发展到"知识越多越反动"。知识文化成为道德邪恶的来源，这种对知识分子的指控同时又与对底层的"悲悯和讴歌"有机地结合了起来，把民国积聚的仅有的文化尊严感彻底拔除了，整个社会在一种虚假的平等主义遮掩下，充斥着一种粗鄙化的匮乏自由质素的公共文化。

1990年代以后，国家迅速推进的市场化改革，导致整个社会被一种片面的"发展主义"的现代化思路笼罩，与此同时政治体制的改革与社会配套机

---

[1] 孟繁华.这就是我们的文学生活——2009年中篇小说现场片段.当代文坛,2010(1).

制迟迟未能跟进，尤其是最近 10 年来的医疗卫生、住房、教育改革的"不得人心"更是遭遇了普遍的责难。在这样一个历史背景下，一个庞大的人群迅速地边缘化和贫困化，他们在社会的利益分配格局中基本上处于被遗忘的状态。这个群体最终被政府工作报告认定为"弱势群体"。正是在这样一个艰难的历史进程中，学院内的知识分子开始以各种方式介入对社会公正问题的思考，"底层"话语就是在这个历史背景下成为内地知识分子的一个敏感的"神经末梢"，牵引着诸多知识分子的参与和争论。

21 世纪之初开启的对于底层的讨论，也折射出道德在历史与政治中的扭曲与变形，甚至成为某些知识分子打压、攻击另一些知识分子的武器，无论是赞成还是反对者，都几乎无一例外地认可道德在底层问题中的重要性。这种泛道德化的思维方式与言说方式对于中国知识分子来说是根深蒂固的，最后往往容易导致本来可能有效的对话成为无意义的"诛心之论"，变成一场知识分子内部上演却无关乎底层的"道德戏剧"。真正从社会问题的角度关心"底层"的知识分子只有对自身的道德悲悯怀有这种警惕的时候，才可能在争论和实践中不因为意气之争而忽略了"真正的底层"，才可能超越"行动无能"的"学院陷阱"，使底层的被表述和自我表述成为一个可期待的愿景，才可能构造一种知识分子内部开放性的真诚的对话氛围，而不是现在这种还没有诉诸行动就开始内部分裂的境况。

吴君的系列小说，正如曹征路的《那儿》《霓虹》《问苍茫》一样，并非有意而是不经意间，被新左派征召入伍，成了夺取某种话语权的枪械和武库。吴君和曹征路，因此也被视作底层写作的旗帜性作家。但吴君显然不认可这种归类，这种收编。她有她的怀抱、尺度和意见。

吴君的意见就是她眼中的底层，并非一个本质主义的共同体，并非一个理想化的乌托邦，并非铁板一块的阶级或者阶层。而是呈现出极端碎片化的乌合之众，蝇营狗苟，不乏猥琐下作、穷凶极恶、无耻下流之徒，比之鲁迅先生笔下的麻木不仁，做奴隶的时代和做奴隶而不得的时代，现代的底层文化的荒漠化、底层道德的沉沦化、底层群体的陷落化、底层空间的空心化已经怵目惊心。

《樟木头》中，我们在陈娟娟、方小红两位底层打工妹身上，看不到太多人性的光芒，有的尽是算计、利用、扭曲、仇视、攀比、较劲、较真，冤家对头、不识好歹、不识抬举，底层专门作践同类，女人专门为难女人，完全应了那句古话：可怜之人，必有可恨之处。

陈娟娟和方小红的关系，一开始形同姐妹，是在女性之间比较常见的类型，都很孤独寂寞，都感到无助，都希望有个伴，互相说话慰藉安抚温暖。只是，这二人之间的关系，一开始是不平等的，存在控制与被控制、保护与被保护关系，形成了一种各取所需的相对稳定结构，陈娟娟有学历、有见识、有白领职位、有一定资源可以帮助方小红改变生存状态，但她因此也就显得高人一等，自我感觉良好，对方小红颐指气使，使唤起来像对待心腹下人。方小红也乐于躲在陈娟娟的翅膀底下，乐于尾随其后，享受被保护的安全感和因此带来的物质和工作上的好处。可惜，一旦通过沈小姐之口，方小红得知了陈娟娟被收容"樟木头"的历史，并不比她体面的经历，而且从事过的更加不堪、不光彩的职业，她的心理马上失衡，两人之间的关系共同体，马上倾塌。

到此，如果说，陈娟娟与方小红之间的交往，如一般意义上人们常说的，女人与女人之间的感情，如同一层薄幕，用力一扯，即断掉两人之间的关联的话，以疏远、冷淡，再无联系收场，那就不会发生后面的故事，也并非吴君愿意到此为止戛然打住的。吴君看透了底层一个群体、一个人群中普遍性的一种心理，或者说看透了他们所谓善良、淳朴、软弱这些大而无当的修辞之后的真面目。陈娟娟不是吴君批判的对象，是吴君理解与同情的对象。方小红承载了吴君对底层较真、对假象直面、对弱者精神分析和批判的媒介功能。所以吴君将二人相好及决裂的心理原因、反目及决裂过程的惨烈、决裂后方小红仍然对陈娟娟不依不饶非要将陈娟娟榨干逼疯的疯狂、以及陈娟娟的无奈无力无助并始终对对方存有幻想的心理，以一种看上去极其逼真、残酷的笔触，一刀刀刻画出来，逼人透不过气，有照相现实主义的展示，有批判现实主义的立场，有超级现实主义的视角，有肮脏现实主义的剪裁，吴君笔下的"底层"，是无法简单用某一种标签框定的。这是她的力量所在。

樟木头是陈娟娟心中的永远抹不掉的代表了耻辱的"红字"，是她的恐惧之源，忌讳莫深，因为这是决定她能否体面做人、挺胸立世、能否在深圳正常生活、能够过上正常日子的依据。如果被公布于众、示之于人，必将陷入万劫不复之境地。陈娟娟害怕中间人沈小姐将此秘密告诉方小红，所以极力阻止方小红跟沈小姐的交往，软硬兼施，以致引发方小红更强烈憎恶和反压制的反弹。方小红也正是了解了陈娟娟的过去，厌憎陈娟娟凌驾于她之上的感觉，抓住了陈娟娟的这个软肋，就将砸掉陈娟娟虚荣和讹诈陈娟娟金钱结合起来，一并报复——可惜，这个鼠目寸光的女人，报复错了对象，把对整个社会的不满和仇恨都放大之后，加之于其实对她很在乎、只是冒充高等人的姐妹身上了。

　　陈娟娟有文化，有专业，本可以在内地做中学老师，算是个知识分子；"陈娟娟说话算数，做事果断，干练，人长得也漂亮"，在公司做到了高级文秘这一中层，而方小红"身无长物只会打杂，连填写简单报表都不会"，这巨大的差距，因为互相需要连在了一起，陈娟娟喜欢方小红，因为方小红看上去"顺眼"，为了两人住在一起。陈娟娟为方小红争取了与其身份不符的白领楼，作为回报，方小红也主动包揽下为陈娟娟"洗衣服、打饭、按摩一下头"的活计，陈娟娟对方小红的好有点不太正常，除了喜欢方的样子，主要是喜欢她的"心无城府"，这种情感可以说发展成了一种"依恋"。也因为这种"依恋"，就难免产生独占欲，难免对方小红的生活习惯、兴趣爱好、穿衣打扮一并要加以干涉，并为了显示出自己的品味高，时不时加以挖苦、嘲笑。她满足于这种有个"蠢"而忠诚的小姐妹的幻觉。想一想这也太正常不过，在见多经历过太多弱肉强食、你死我活、尔虞我诈的世相之后，她对姐妹的这种占有欲、情感的统治欲，是可以理解的，这是无情社会唯一的情感源，所以她如此看重、纠缠。可惜方小红并不是省油的灯。她是扮猪吃老虎。陈娟娟秘密被沈小姐告发后，方小红找到了平衡，她不再装扮弱者，她占领了道德的高处，即使不可以鄙视陈娟娟，起码陈娟娟跟她方小红是一丘之貉。所以，她的对陈娟娟的使之与她的嘲笑、挖苦、小瞧，她要进行报复。这报复，首先是一层层揭穿陈娟娟的扮高贵、扮救世主的"虚伪"，其次是证明自己不输于陈娟娟的能力，榜上一个办假证的骗子，送陈娟娟一份入户登记表格。在被骗、丢了工作、"连饭钱都快没了"的时候，方小红找上门要陈娟娟给介绍工作，当未能达到目的时，方小红在沈小姐和假证骗子男友的合谋下，开始了对陈娟娟长达近二十年的报复，准确的说是讹诈。方小红在被"之前的男人""花光了所有的钱彻底秉承穷人"后，"还有多次找工的失败，最后让她什么都不想做，只有不断向熟人借钱用来租房和吃饭"，陈娟娟尤其成为她堂而皇之借钱的首选。"樟木头"成了她对陈娟娟讹诈金钱的武器。当再借不到钱，她的疯狂之举就是将陈娟娟的经历告诉陈娟娟的婆家，毁掉了陈娟娟的家庭；又告诉了陈娟娟的女儿，毁掉了陈娟娟的孩子；同时陈娟娟为了把孩子拉回正道，将她全部的身家性命所在，可以安身立命的婚前买的一套房子卖掉，送女儿出国，这也就断掉了陈娟娟办理蓝印户口的梦想。最后的陈娟娟是个彻底的输家，而半生心血、遭罪、委屈、磨难，近乎于一场空忙，几乎成了一个一无所有、无家可归者。

底层为何如此不断伤害底层？莫非见不得别人好、自相攀比、自相糟践、自相残杀也是底层众生的本性？在生存的巨大压力下，在商业社会的丛林法则中，考虑人是什么？怎样才是有尊严的生命和高贵的灵魂，在我们这个瞒和骗已成国民基因、信仰缺失、价值真空、道德沦丧的社会，是否过于奢侈？仓廪实而知礼节，到底是颠扑不灭的真理。不要幻想有一个本质化、乌托邦化的真情真义的底层。这样的底层只能出现在浪漫主义文人的大梦中。不要幻想存在一个互相扶助、路不拾遗、和谐美好的底层，这样的底层如果有，也可能存在春秋之前的小国国民社会中，存在古老社区的宗教共同体中。

作品的最后一段，这样写到：

"方小红！"陈娟娟在心里狂喊了这个名子。这些年，躲过一个又来一个，方小红不断向她索要钱财，折磨着她的神经。她是陈娟娟驱除不掉的梦魇和鬼魂。樟木头，樟木头，她总逃不掉。除了改变了她的命运，也必将改变方小红的人生。早在四十分钟之前，陈娟娟就已报了案。想到方小红因为敲诈罪而再次回到樟木头，陈娟娟已是泪流满面，心也疼痛起来。她知道，方小红的付出更多。

陈娟娟到底是个内心善良、柔软的女性，对底层恶之花的方小红给予了同情和宽容。她也许仍然有可能过上好一点的人生——离婚、辞工、重新找工作，脱离过去的轨道。但这只是假设。家庭毁了，孩子差点也毁了，工作也未必找得到，注定要孤苦一生。方小红虽然重新被送回樟木头，但一旦放出来，想必仍会继续肆无忌惮纠缠骚扰下去。这样的恐怖几率是很高的。

作品在最后，写出的仍是一种绝望。无力的挣扎，无望的前途，无助的命运，除非进入生命的死灭。这是吴君所有作品中最残酷、黑暗的一部。

城市书写视域

——论吴君深圳系列小说①

刘洪霞

一、真实地理坐标下的空间切入

在吴君作品的标题或者作品的内容里，出现了大量深圳真实的地理坐标，例如"天鹅堡""关外""百花二路""深圳西北角""二区到六区""十九英里""樟木头"等等，不可枚举，这显然是作家有意为之。这些深圳人最为熟悉的地名，吴君旗帜鲜明地用真实的地理坐标指示她所虚构的文学空间，作家为何如此乐此不疲地书写？吴君的回答是："虽然小说中的各种人物生活在深圳不同的地点，经历着各自的故事，但如果从整体上看他们，是有一个暗含的脉络把他们都牵连到了一起。我希望这些小说之间，人物之间有着某种内在联系。把深圳所有的地方全部涉及是我的一个理想。"② 这为深圳文学提供了一种书写新城市的方法论，那就是对城市空间角度的切入。对于城市书写来说，从时间角度的叙事可能更方便呈现城市的前世今生，人物也可以依据时间的线索来展开活动，文学史上的城市文学往往都采用这种视角。这些城市都有漫长的城市历史，在同一座城市里，可以书写几代人的轮回，犹如史诗般悲壮，例如，《悲惨世界》之于巴黎，《长恨歌》《繁花》之于上海。对

---

① 该文原载于《特区实践与理论》2019 年第 2 期。

② 吴君、舒晋瑜.吴君的深圳叙事野心.广东作家网，2018-12-9.

于一个有 40 年历史的城市，从时间角度的进入并不具备书写的优势，显然很难走进城市的肌理与内在。于是，空间角度的切入自然成为吴君书写深圳城市文学的最佳选择，把人物放在空间中，而不是把人物放在时间中，在空间中凸显人物的特点。吴君敏锐地发现，地理空间之下所隐藏着形形色色的人物和他们的故事，以及其中存在的社会问题。于是，她在深圳的地理空间中放置了虚构的人物，营造了虚拟的氛围。这些人物在特殊的场域里来去自如，活色生香，并且不同作品之间的人物如作家所愿有着某种为在的联系。吴君的深圳系列小说建立了相对完整的文学意义上的版图。

《关外》与《皇后大道》这两部作品中不约而同地都制造了二元对立的空间场景，形成了两个不同的价值标准对照的二元结构模式，这种模式成为作家心中的一个稳定结构，根植在作品当中，成为作品的主轴线，也是作品人物展开活动的界限。空间不仅有物理属性，还具有经济属性、政治属性和文化属性。从空间的角度可以更好地讨论作品中所涉及的经济、政治或者文化问题。在她笔下，深圳并不是一个完整的铁板一样的空间。完整的空间是现代意义上的国际化都市，但是却被区分成了各种层次的小空间，这些小空间既交叉，又独立。关键的是，不同空间之间的僭越似乎是个很有难度甚至是不可能完成的问题。所以说，她所标识的空间，是代表着阶级、贫富之间的巨大差别。

吴君对现代的公共空间与狭小的私人空间的比较，不仅引出了阶级的概念，贫富巨大差异的问题，更进一步地讨论了城市空间与社会公正的深刻问题。真实地理坐标下的空间虚构，呈现出了一系列政治、经济、文化的问题，成为吴君的标识性写作特点。

二、以乡村为他者的城市书写

吴君的深圳系列小说中，除了对深圳这座城市的书写以外，始终有着另一隐含的他者的存在，那就是乡村。它自始至终以陪衬的方式出现在深圳这座城市的书写当中，挥之不去。这里的城市与乡村有着千丝万缕的联系，剪不断，理还乱。邓一光也是深圳城市文学书写的代表性作家，但是他的深圳系列小说中，没有任何一部作品涉及乡村，都是很完整意义的城市书写。因此可以说，吴君的城市书写的成立，在某种意义上是因为有乡村的存在，两者在此又构成了二元对立结构模式。在吴君的城市文学的书写中，乡村的描写大量地充斥在她的作品里。她写作的背景，不仅仅是深圳，还有与之相关的乡村。她的作品，如果说城市是书写的近景，那么，乡村就是书写的远景，城市与乡村共同成为书写的大背景。以乡村为他者的城市书写，是吴君的深圳系列小说的一个重要特点。

城市与乡村，同样也是地理空间。但不同的是，这两大地理空间已经不是城市内部的地理空间那么单一，它所带出的问题更为复杂和多元。实际上，中国现代文学乃至当代文学的主流是"乡土文学"，而不是城市文学。20世纪30年代与80年代的城市化进程都不如90年代的城市化的广度和深度。吴君以乡村为他者的城市书写，某种意义上，可以看作是从乡村文学向城市文学的过渡，即以城市来书写乡村，城市对乡村的影响。"她书写的深圳，不是一个现代的、国际的、新兴的大都市，而是一个欲望的对象，一个梦想的载体，一个精神的病源。吴君笔下那些以深圳为背景的人物，几乎全部身处底层，且都有残缺的、病态的心灵。"[1]为什么吴君笔下来到深圳寻梦的人物是这样的状态，造成他们病态的心灵的根源是什么？是城市的现代性的无情吗？那么乡村呢？乡村难道就是一片净土吗？城市与乡村，它们究竟在何种意义上塑造了深圳寻梦人的灵魂？雷蒙·威廉斯认为，"现在乡村的一般意象是一个有关过去的意象，而城市的一般意象是有关一个未来的形象，这一点具有深远的意义。如果我们将这些形象孤立来看，就会发现一个未被定义的现在。关于乡村的观点产生的拉力朝向以往的方式、人性的方式和自然的方式。关于城市的观点产生的拉力朝向进步、现代化和发展。现在被体验为一种张力，在此张力中，我们用乡村和城市的对比来证实本能冲动之间的一种无法解释的分裂和冲突，我们或许最好按照这种分裂和冲突的实际情况来面对它。"[2]

除了"深圳叙事"以外，吴君的深圳系列小说也被批评家们命名为"底层叙事"。孟繁华说，"吴君接续了现代文学史上左翼的文学传统，但她发展了这个传统。她的底层不仅是书写的对象，同时也是批判的对象"[3]。吴君所书写的城市底层，他们大都来自农村，农民进城，给生命带来了新的可能。但

---

[1] 孙春旻.专注于描写底层心灵病相——论吴君小说中的"深圳叙事".海南师范大学学报，2013（6）.

[2] 〔英〕雷蒙·威廉斯.乡村和城市.韩子满、刘戈、徐珊珊译.北京：商务印书馆，2013：401.

[3] 孟繁华.在都市文明的崛起中寻找皈依之路.文艺报,2013-3-23.

同时，也是一种不确定性。在吴君的作品中，我们看到了从农村到城市的人们，成了"陷落的底层"。

《出租屋》的写法更为独特，吴君完全把人物活动的场景挪回了乡村，是在乡村中书写城市。留守儿童燕燕只知道爸爸去了深圳，而妈妈则刚从深圳回来，带回了深圳的生活方式。燕燕一边盼望着去深圳找爸爸，一边目睹着妈妈如何在乡村过起了深圳的生活，那就是把家里一间破烂的房子出租给了外人。这件事在村里引起了轩然大波，因为村里从来没有发生过房屋可以出租的事情。在这个出租屋里，上演着从城市到乡村的悲欢喜乐。燕燕的妈妈就是在深圳待过的人，她对这座城市又爱又恨，希望有一天身体康复后能够回去，但却没有能力回去了。但是，她真正回来了吗？她已经没有了真正意义上的故乡，她的心停留在了那座城市。确切地说，是城市改变了她的思维，她的心永远票在了出租屋里，这就是农民工进城的文化人格的嬗变。

以乡村为陪衬来书写一座现代化的城市，书写城市的同时观照着乡村，这在城市文学的写作中是非常少见的一种写法。对比的视角增添了作品的丰满性和人物的生动性。吴君不是在真空状态下从事写作的，她20世纪90年代初来到深圳，看到的是这座城市阵痛式的发展与成长，她深刻地体会到，"深圳不仅收取了每个过客最激荡的青春时光，也瓦解甚至掏空了中国农村，对乡村中国的结构改变起了一个最为重要的作用。它的特殊性，以及对当代中国农村文化的影响，至今没有任何一个城市可以代替"[①]。吴君所进行的深圳书写是异常清醒的，她看到了这座城市与乡村的关系。她与她的作品同属于那个时代，吴君的作品是在"杀出一条血路来"的时代大背景之下的产物，是在"时间就是金钱，效率就是生命""胆子更大一点，步子更快一点"的嘹亮的口号声中应运而生的作品。她的作品，是这个时代赋予的。所以，最珍贵之处，是她的作品有历史的价值。她犹如纪录片一样写实般地记录了时代的面孔、精神的样态，记录了那个时代下的那座城市。这是一种贴着地面的飞行，是有相当难度的。因为近距离的摹写，稍不留心，就可能走向流俗，走向那种只能感受生活的表征层面中的嘈杂，大众化地运用语言，只是简单地讲述一个故事。如何去书写一座城市，吴君的文本提供了这种可能，她发明了足够有特殊的文体与语言，塑造了这座城，它给文学史提供了一个认识这座城市的视角。

---

① 吴君.吴君的深圳叙事野心.广东作家网，2018-12-9.

三、批判性与生产性的精神探求

如果说，空间角度切入的写作手法以及以乡村为他者的城市书写还只是涉及了吴君深圳系列小说的表层的话，那么，真正批判性与生产性的精神探求才是吴君书写城市的内里与本质。如何书写城市？杨庆祥说："……沾沾自喜式的胜利者的口吻或者类似于'农家少年出走都市'的自卑者都显得矫情且平庸……我特别警惕一种以'温暖''疗愈'为其美学风格的伪城市写作来弱化和软化我们有力量的、具有批判性和生产性的真正的新城市文学写作。"[①]显然吴君的城市书写不是这种疗愈型和温暖型的写作，她对自己笔下的城市爱恨交织，所以她批判性与生产性的表达，仿佛是对灵魂的叩问，非常有力量，掷地有声，有时候甚至觉得她的批判性过于猛烈而显得残酷。

《岗厦》中对于石雨春的用笔是尖刻的，读者几乎能听到石雨春颤抖灵魂的微弱哭泣声和向命运的哀求声，但是作家还是让他扭曲地活着，这种批判性的力度异常强大，同时也是非常残酷的。《樟木头》中的陈娟娟的悲剧性是制度带给予她的。她本是一个优秀的英语系的大学毕业生，她忍辱负重，心中只有一个目标，那就是获得深圳户口，身份被确定的重要性超越了一切，包括爱情与尊严。当她终于通过不堪的婚姻获得了户口的时候，更具反讽的是，在她获得深圳户口的 21 天前，深圳出台了新的政策，大学毕业生可以自行申请户口，而无须任何附加条件。这真是一个让人欲哭无泪的莫泊桑的《项链》的故事。

吴君是一位非常自觉的作家，在她解构的同时，她更能够积极地建构。也就是说，在对城市批判性的同时，更有新生的生产性的建议产生。所以说，她不是一位彻底悲观的作家，她更是一位深情的作家，当她在自己绘制的深圳文学地图上，看着一个个自己创作的人物，被城市的熔炉炙烤的时候，除了哀叹，她并没有束手无策，她不仅仅为自己的笔下的人物悲天悯人。同时，她更愿意出具一剂清醒的良方。

《皇后大道》的批判性可谓深刻，但同时也有建设性。妙龄少女阿慧不过是为了过上好日子嫁到香港，到皇后大道去逛一逛，对于一个有梦想的女孩来说，本来也无可非议，但是作者却为她配上一个有残疾的丈夫。不仅如

<hr>

① 杨庆祥.世纪的"野兽"——由邓一光兼及一种城市文学.文学评论,2015.5.

此，她还要以瘦弱的肩膀挑起一家人的重担，因为婚姻而进入了愁苦不堪的生活。但是批判到这里，并不是就结束了，小说有一个饱含寓意的结尾。陈水英的女儿对于妈妈所说的皇后大道，根本不屑，通过后一代人的表现说明，两代人对香港的看法已经完全不同了，随着城市不停的发展和进步，曾经受到伤害的一代人，他们的后代已经发生了根本性的变化。我们也因此看到了希望，看到了光明的未来。

批判性是有力量的，可以鞭挞，可以棒喝。但是，生产性与建设性则显得更加弥足珍贵，它具备可执行、可操作的可能性。《华强北》的结尾，作家安排了住在华强北商业区、没文化的陈水一家，搬去科技园了，因为那里的文化氛围好，是大学、科研单位的汇聚之地。更有趣的是，有人竟然在保利剧院见到了本来完全不懂艺术的陈水老婆，并且从他们家的窗口，还传出了让人不是很懂的音乐，这音乐在昏黄的灯光下，街上的人和物，也变得温柔了。在吴君一贯的尖刻、批判、冷峻的风格下，突然出现了温暖的色调，这色调的寓意让人报以会意的微笑。吴君的批判，不是完全约一个黑洞，让人找不到出口。她总是不经意地在出口处放置些许的微光，让人寻着这微光，走向豁然开朗。她所建构的城市，已经内在于她的内心，让她爱恨交织，欲罢不能，她只有不停地叩问着这座城市的灵魂，让书写成为可能。

四、结语

吴君如何书写了深圳这座城市？在真实地理坐标下虚构了文学空间，从这一角度切入，却也把握住了那个时代的脉搏；以乡村作为背景，烘托出城市这一主角，浓墨重彩地渲染，勾连出城市与乡村千丝万缕的联系。不管她采用什么方式，呈现出这座城市的各个角度，"横看成岭侧成峰"，最后都落脚于城市内在精神气质的叩问，因此而进入了问题的实质。

文学可以荡涤心灵，批判性与生产性的精神探求，是文学的应有之义。同时，文学安慰着人的心灵，安慰着这座城市中每一颗孤独的心灵。在深圳这座商业化极高的城市，如果没有文学，没有电影，没有音乐，那么，城市就变成了孤岛，孤岛上的人们不知道怎样生活下去。在吴君的深圳系列小说中，很多人看到了自己的影子，找到了共鸣，获得了心理认同。一个城市的文化共同体的形成正是无数吴君一样的作家、艺术家一点一滴建构起来的，逐渐强大而稳定。

"属下"能说话吗 ①

贺 江

    1991 年，吴君在《花城》第 2 期发表中篇小说《太平园》，由此登上文坛，除了长篇小说《我们不是一个人类》写的是老家东北的人和事，她其他的作品全都是以深圳为背景的。

    吴君长期住在宝安，这里曾是深圳的关外，也是"打工文学"的策源地，诞生了林坚的《别人的城市》、张伟明的《下一站》、王十月的《出租屋里的磨刀声》等"打工文学"经典文本。而且以王十月、叶耳、曾楚桥、戴斌等打工作家所租住的宝安"三十一区"城中村为中心，形成了"打工文学"聚集地。"打工文学"作为一种文学现象的命名并没有得到批评界一致认可，相反，以外来务工者、城市底层人为主要描写对象的底层写作逐渐浮出水面，引起越来越多的批评家的关注。吴君是底层写作的代表性作家，她长期关注深圳底层人的生活，尤其关注那些外地到深圳打工的"异乡人"，先后出版了《亲爱的深圳》《二区到六区》《皇后大道》等 6 部中短篇小说集，还有表现宝安万福村 40 年历史变迁的长篇小说《万福》。吴君的小说世界以深圳为中心，常将深圳的关内与关外视为两种对立的世界。关内和关外是一个历史概念，关内包括南山区、罗湖区、盐田区和福田区，而关外是指经济特区以外的深圳辖区。关内和关外之间曾有一条人工修成的铁丝网（现已拆除），从关外进入关内需要经过边防检查站，非深圳户籍者入关需要办理边防证或深圳暂住

---

    ① 该文截选自《当代作家评论》2021 年第 1 期贺江的《21 世纪深圳文学"女性话语"的建构》。

证。吴君有多篇小说描写到关内和关外不同的世界，很多外来务工者把进入关内看看国贸大厦和深南大道当作"深圳梦"。在《亲爱的深圳》中，李水库来深圳是为了将老婆程小桂劝回家生孩子，但程小桂并不想回家，还给李水库介绍了工作，让他在深圳落下脚跟。《二区到六区》也是一个典型的"关内关外"的故事。在郭小改和徐森林看来，关内代表着繁荣和富裕，而关外代表着进入深圳的"前站"，是靠近梦想最近的地方，于是二人义无反顾地来到关外投奔好友"我"。然而无论关内关外，在看待非深圳本地人时的看法却是一致的：那些从全国其他地方，尤其是从偏远贫困的农村走出来的外来务工者，在深圳本地人眼中就属于"外来者"，由此，深圳与非深圳本地构成了另一种对立世界。尤其是这些"外来者"中的女性，被冠以带有歧视性的称呼——北妹。这样，外省女性北妹又和所有的男性构成一种二元对立世界。吴君小说表现的重点是这些北妹们在深圳的生活，她们处于这三种对立模式中的最底层，也就是"属下"阶层。

"属下"（subaltern）的概念最早来自葛兰西，他在《狱中札记》中用"属下"指意大利南部的底层农民。斯皮瓦克借用了这一概念，引申为那些失去了自身的主体性，无法言说自己的群体。斯皮瓦克认为"这种知识暴力所标识的边缘（人们也可以说是沉默的、被压制而不出声的中心），处于文盲的农民、部族、城市亚无产阶级的最底层的男男女女们"①都是"属下"阶层，而"属下不能说话……作为知识分子的女性知识分子肩负一项受限制的使命，对此，她绝不能挥手否认"。

吴君的小说为这些"属下"阶层发声，也建构着深圳文学新的"女性话语"。"属下"能说话吗？吴君笔下的北妹大都无法发声，她们卑微地活着，既要忍受生活的重负，也要忍受男人的压迫，她们顽强、努力，但大多逃不掉失败的命运。在《陈俊生大道》里，怀孕的刘采英去深圳宝安探望丈夫陈俊生，她看到丈夫的床上有一本沈从文的书，先是沉默了一秒，然后低着头对陈俊生说："你不会不要我吧？"②在刘采英看来，丈夫能够看自己看不懂

---

① 〔印度〕加亚特里·查克拉沃尔蒂·斯皮瓦克.属下能说话吗.后殖民主义文化理论.罗钢、刘象愚主编，陈永国等译.北京：中国社会科学出版社，1999：118.

② 吴君.陈俊生大道·二区到六区.深圳：海天出版社，2011：11.

的书，有文化，又在深圳打工，和自己的差距越来越大，她不由得产生"要被抛弃"的感觉，因此，她总是沉默着。在《复方穿心莲》中，方小红嫁给了深圳本地人，还生了一个女儿，实现了北妹们梦寐以求的目标：嫁给本地人。但她婚后的生活并不幸福，丈夫出轨后，她连抱怨的权利都没有。在《深圳西北角》中，王海鸥通过在深圳的打拼，终于挣到钱，在关外开了一间美容店。当她寄了 2000 元现金支持村里的小学时，竟被拒绝，原因是村里人嫌她的钱脏，说是她做不正经生意得来的。而在《亲爱的深圳》中，程小桂比丈夫先到城市，先适应了城市生活，还为丈夫谋得一份工作，因此，在丈夫李水库面前获得了话语权。为了不被外人发现他们的夫妻身份，程小桂与丈夫约法三章：不能在公共场合打招呼，不可以随便拥抱，不干涉各自的生活。程小桂终于改变了"属下"的角色，掌握着话语的主动权，但丈夫在适应了城市生活后，很快地又占据了主动，虽然他也依然处于社会底层，但在夫妻关系上，他再次凌驾于程小桂之上。

斯皮瓦克指出："性别的意识形态构建一直是以男性为主导的。在殖民生产的语境中，如果属下没有历史、不能说话，那么作为女性的属下就被更深地掩盖了。""属下"无法发声，也无法为自己代言。在吴君这里，北妹是被定义的角色，她们无声无息，一遍遍地重演"属下"的命运。吴君为这些打拼着的北妹们立像，也为深圳文学贡献了新的"女性话语"形象——被压抑的女性打工群体。

不是与己无关的另类的生存文化①

温远辉

吴君的长篇小说《我们不是一个人类》给予我最深刻的印象是，它是很新鲜的读本。两年前，我第一次读到这部小说的电脑打印稿时的感觉，只能用"震惊"二字来形容。在我有限的阅读经验里，阅读这样集中地原生态地反映贫民街草根阶层一类人的生存图景，反映那种粗野鄙俗的生命世相，而且出自年轻女作家笔下的作品，似乎是第一次。作家吴君给予我的感受，也和过去大相径庭了，有一种身份错位的怪念头。以前读吴君的小说集，不管是《有为年代》还是《不要爱我》，总的印象是白领丽人作家写白领阶层的生活，弥漫着小资的味儿。这部新小说却整个颠倒过来，写的是和作家现在的生活感受完全不一样的另一类人的生活，而且那么不动声色，那么淋漓尽致，完全脱离了我对作家吴君的认识和了解。就小说的内容和风格来看，很容易让人想到这是男作家的作品，是男人才敢也才能这么写的。我没有想到，吴君有那么大的书写的勇气。我不知道吴君怎么会熟悉那一类人及其生活，那应当是她心灵里的秘密，写作的理由唯有作家本人才真正知晓，我只是强烈感受到这部作品和她血脉相连，是她生命中的一部分。我没有想到，外表娇小柔弱的吴君，心灵世界是那么的丰富，她身上藏着那么巨大的力量。从那以后，我看吴君的目光再也不同以往，我从此对她刮目相看，对她心生敬意。今天再读经过修改润色、正式出版的这部小说时，不又勾起了我对这部小说的记忆，而且进一步强化了我对吴君的看法。那就是：内心丰富，力量

---

① 该文原载于《文艺报》2005 年 1 月 27 日。

强大，作品充满刚性，吴君是广东文坛不容忽略的重要作家，我相信未来将证明这一点。

我对《我们不是一个人类》这部小说最直接的看法是，这是一部让人产生压抑感和阅读快感的小说。作家说她写这本书时就有一种压抑感，她说"想起灰泥街时心里挺烦的，那一张张熟悉的面孔和身体，话语和动作，没有想象中亲切"，写作完成时"有一种想长长透一大口气的感觉"。小说写的是北方一个中等城市里被唤作"灰泥街"的贫民街里草根阶层的生活，这是另一类人的生活，这一类人从山东"移民"到了北方，无论是第一代"移民"还是他们的子女第二代"移民"，生活都混乱不堪，充斥着醒醐味和阴暗色调。这些人物几乎没有阳光的、健康的、正面的形象，他们卑微，粗俗，阴暗，狂躁，仇视，歇斯底里，痛苦与无奈，挣扎与绝望，麻木又自我寻欢。用小说中主要人物之一小利的话说，是"一个变态、混乱、贪婪的成员组合"，整条街上的人"从来就没有一个人有一个正经的工作，游手好闲得像一个秧子"。这类人在文学作品中并不鲜见，但这么集中，集中于一个社区，集中地跑进小说中成为人物，却并不多见。

作品中，人物是粗鄙化的，生活则典型粗俗化，男盗女娼，鸡鸣狗盗，打架斗殴，飞短流长，起码的道德观和价值观给拆解掉了，滋生而出一种怪异的"盲流社区"的文化味，这味儿盘桓在小说里，挥而不去。面对这样一群人物，你已无法"哀其不幸，怒其不争"，只能瞠目结舌，手足无措，一口压抑之气堵在胸口里。

让人感到压抑的还有小说中人物的语言，是那种原生态的、原汁原味的语言，粗言秽语从大小人物嘴里滔滔不绝而出，显得那么随意、自然、本色，它们在推进小说情节和展示人物性格的同时，也让读者闻之色变，不断气恼，不断生出羞耻之念，而语言的快感也随之而来。这是作品奇妙的地方，压抑伴生着快感：语言带来快感；集中写一类人造成的新鲜感，也带来阅读快感；联想到小说风格与作家身份的错位，让读者好奇也带来了快感。我想，这体现了作家吴君创作上的自觉意识，体现了她的创作智慧。

以小说主要的人物来看，三位最主要的人物都是年轻的女性，所以可以把这部小说看成是写女性成长的作品。把视野放宽一些来看的话，我以为，更应当把它看作是一类人"挣扎"的小说。小说写了两代"移民"作为社会底层人贫困人群与命运的抗争，与生存环境的抗争。只不过所有的抗争都是无助的、绝望的，到头来只能变成"挣扎"。第一代人的挣扎看起来像是"沉沦"，他们自肇事端，自我麻醉，自寻乐子，在排遣、发泄中挣扎。第二代人挣扎的方式是"出走"，渴望走出"灰泥街"。他们鄙弃、诅咒父辈"变态、混乱"狼狈不堪的生活，想挣脱出去，但又找不到新的出路，成为新一轮的"沉沦"，为挣扎或者说成长付出生命沉重的代价。这体现出作家严肃的思考，体现出作家的尊严。虽然小说写了大量的粗俗、阴暗、丑陋的东西，但作家并不是自然描摹而已，而是写出了这些东西如何如影随形，深刻地影响了人的命运。作家关注着这一类人，关注他们的生活，作家也由此进而关心他们的精神和心灵，写下一类人的命运，写下一种我们已司空见惯的可怕的世俗文化对生命噬咬的伤痕。正因此，吴君才显示出了她不同寻常的力量，显示出她的可敬和可贵。

我觉得这部小说的价值还在于提供了一个新的话题，即一定区域里大行其是的文化对生存在这个区域里的人那种致命性的影响。也就是传统老话题的"环境与人"的文化影响关系。我更情愿把它视作"社区文化"。这种区域内疯狂生长的文化带有更强烈的草野气味和世俗色彩，它和主流文化、讲义里宣传的文化相比，是一种乖谬的关系，如蛆附骨，顽固地影响着人的精神世界，成为肉体的胎记和精神上的癌症。对于童年少年饱受这种文化浸淫的人来说，影响尤烈。吴君的这部小说强烈而形象地诠释了这一点。灰泥街的社区文化充满了'灰暗'色彩，第二代"移民"无论想怎样走出去，无论是走到什么地方，是现代大都市还是特区，无论从事什么职业，都携带着灰泥街特有的气味；都挣不脱宿命，因为性格即命运；更挣不脱灰暗的心情。

小说读至此，心便生出了痛感。这样的文化，这样一类人，我们或许并不陌生，但我们总是想漠视他们，我们的目光不自觉地要跳过去。勇敢的吴君将这种文化和这类人的生存真实坦陈在我们眼前，让我们再也无法回避。他们不是我们一类人，但我们又何尝不是他们之中的一员？我们的身体内同样早已深埋着这种毒蛊文化的菌子，一俟阴湿便疯长；这种文化癔症，在我们生命的许多阶段，常常要发作起来，使我们妄想高傲的头颅羞惭地低下。如是而言，吴君的这部小说是让人感到新鲜的，但不会是一时之鲜，它涉及的话题，将会越来越显出独特的重量来。

辑四 ○○○○

访深圳地理的书写者

狭窄的人生，宽广的写作①

吴　君　刘敬文

　　10 月 28 日，首届中国小说双年奖结果在辽宁铁岭公布，包括毕飞宇的
《推拿》、徐坤的《八月狂想曲》、陈忠实的《李十三推磨》在内的 13 部长、中、
短篇小说首获殊荣。其中，深圳作家吴君凭着中篇小说《亲爱的深圳》成为
广东省唯一获奖者。昨日，记者采访了刚从辽宁领奖归来的吴君。

一、文学应当通达人心

　　晶报：祝贺你的中篇小说《亲爱的深圳》获得认可，你是在什么情况之
下拿起笔来进行创作的，小说是不是你最喜欢的文学表现方式？

　　吴君：读了一些文学书籍，自然就有试试的想法，并无特别之处。也曾
用笔名在报纸上开过一年多的专栏。目前只从事一些小说创作。我眼里的小
说与其他文学样式不同，仅有激情是什么也做不了的，写小说有些像手艺
活，要一针一线　脉络分明。熟练地掌握了基本技术。才能达到写作上的心
手一致，最后的目标就是通达人心。

　　晶报：在写作的时候你是如何架构现实与虚构的关系？

　　吴君：现实生活中，作家是一个普通的人，隐身并安于生活，与生活水
乳交融。而不是一个特殊的人，更无任何特权，不过是用手中的笔来表达艺
术感觉而已，就象一个裁缝用准确、精细去表达他的手艺。一个农民用耕耘

---

　　① 该文原载于《晶报》2008 年 11 月 14 日。

来表达他对土地的热爱一样。到了具体的写作，我比较看中一个作家独立思考的能力，尤其是反思精神，并且要敢于直面现实。如果做不到这些，作家存在的意义确实不大。至于潮流我不太关注。

晶报：你称自己为一个业余的文学爱好者，那么您是怎么处理创作与工作的关系？

吴君：差不多是今年，小说被影视公司买了去改编，拍成电影。这个问题总会有人问起，再也无法回避。之前我是尽可能不去涉及，尤其是工作场合。因为我需要本分，我的工作不是写作，所以我要让自己安于这个本分。做好手中的活儿。这毕竟是我吃饭的家伙。写作并不是我的装饰品，不能任何时候都戴在头上招摇。

二、写作是孤军奋战

晶报：现在也有一些人放弃了很好的工作专事写作，甚至还有一些中、小学生也都想着不上学而去写作，你是怎么看待这种现象。

吴君：作家的工作在很多人眼里多彩、浪漫、虚幻。而真正的写作其实非常艰苦、孤军奋战。来不得半点马虎。没有生活和知识的贮备，肯定不会走太远。而如果粮草不足，就匆忙上路，没有经济来源做保障；显然也会让人产生焦虑。这些都会影响一个作家的正常的发挥。文学看似感性，其实无比枯燥。在深圳我不敢幻想能拥有一份既可谋生，又可与自己志趣相吻合的职业，尽管多年来我一直梦寐以求，可是我好像离专业的道路渐行渐远，也许我们不得不俯首向生活做出各种妥协吧。

晶报：文学似乎已经没有过去热了，在这个很多东西以财富为衡量价值标准的时代，当一个作家是不是很难，你会不会也很浮躁呢？

吴君：在我看来，现在是价值观最多元，人心最孤独又最浮躁的一个时期。所谓写作会显得那么做作和矫情，据守或是远离一直在拷问着每个写作者。单单从写作层面上考虑，要不要频繁地出没于各式各样的活动，以此证明自己的才华没有枯竭，要不要用出书的数量去稳固才高八斗、学富五车形象等等都是问题。作家正面对时代的困惑和自己强加给自己的困惑。摆脱外界和世俗的标准，保持一分客观，冷静的人生态度在这个时期甚至上升为一种人生选择。因为写作，看待事物的角度会与别人稍有不同，心态上也有了收放自如，这便是收获。写作对每个作家都是一次次成长和蜕变，这便是坚持下去的最重要理由。

晶报：11月是深圳的读书月，你怎么看待阅读对一个人的影响？在你看来，深圳人的阅读状态如何？在阅读类型、阅读时间、阅读方式等方面是否有需要加强的？从你个人角度来说，是否有什么建议？

吴君：我看到，书店里各类指南的书前面围了最多的人。一方面说明我们深圳人务实，不喜欢坐而论道，但同时透出部分人内心并不安静。这也包括我。我正在慢慢调正和改变自己，力争少说话，多读书。

看书是很个人的事情，无法做出具体指导。我现在对自己的要求是不轻易买书，如果买回来，一定看完，哪怕是本坏书。在我看来，每本书都是有命运的。只是它的命运要通过人这个载体去实现。有的书被永远束之高阁，有的书如同补品，正悄悄滋养并改变着阅读者的容颜和命运。冬夜读书，这是我心中最美的图画。可是实现起来太难了。毕竟时间和精力都有限，并且这有限的精力还被分布到各种各样的杂事中去，更何况在深圳我们还看不到真正的冬天。

深圳的写作和生活[①]

吴　君

　　记者：在一篇评论里我看到这样的一段话："在新一代的文学叙事里，中国已被悄悄地改写。面对当下小说中近乎泛滥的都市符号丛林——酒吧、舞厅、高级写字楼、咖啡、爵士乐等，我常常会有一个幻觉：中国人似乎整天都在喝咖啡、逛商场或者失恋，仿佛一个奢华的时代已经来临。即便偶尔有人写到乡村和小镇，也大多是诗意或美化它，把它当作精神的世外桃源来向往，但事实上呢，中国的多数人还在乡村和小镇的版图上为基本的生存挣扎。今天，谁来关注这些辛酸的现实？谁愿意来书写这些渺小的人群？"我很好奇你为什么会选择这个题材来写，这不是现在的流行啊。那么是什么触动你，将目光投射在东北的一个中型城市的一个边缘地带。在灰泥街，污水横流，泥泞遍地，邻里之间甚至父母、兄妹之间互相敌视，低俗的谩骂不绝于耳；物资极度匮乏，偷盗成风。人物是粗鄙化的，生活则典型粗俗化，男盗女娼，鸡鸣狗盗，打架斗殴，飞短流长……写那样一群身份尴尬的人的尴尬生活？这里面，有你自己的生活经验做底没有？你在写那些记忆的时候，打破了我们以往习惯的对美好改乡山水的描述，而书写了一种混乱的、灰色的底层生活。这种独特的形态阐述在现在的文坛还是很新，同时也需要极大的勇气。是什么样的事会触动您写这样一个小说的神经？

　　吴君：酒吧、歌舞厅是我们真正的生活吗。现代中国有多少人是那样的生活。相反，浮光掠影五光十色的背后可能是单调、乏味，琐碎以用生存和精

----

　　① 该文为花城出版社 2009 年出版的《亲爱的深圳》跋。

神的困境。这样的生活难道就不需要正视么。那根让我们疼痛的神经我们越来越不愿意触及了。很多人在回忆故乡、回望童年时，尽管种种不愉快的记忆也会闪现。但会在作品中自觉不自觉地删掉那些灰暗，只表现那些更为光亮的东西。好像一经触及我们的身份就也沦为过弃和低档。所以粉饰生活，营造一个与时尚杂志相似的生活场景是一些写作者愿意做的事情。

记者：你在写那些记忆的时候，打破了我们以往习惯的对美好故乡山水的描述，而书写了一种混乱的、灰色的底层生活。这种独特的形态阐述在现在的文坛还是很新，同时也需要极大的勇气，是什么样的事会触动你写这样一个小说的神经？

吴君：其实有过一段时间停下来没有写作，但是我的思考没有停下，我发现被我记住的小说无一不是写人性和人情的。一个写作的人如果关注的是观光团关注的地方，也就是一个城市中是表层也是炫目的地方，我想这样的小说很难引起读者的共鸣。因为知道自己的需要所以我也就知道一部分读者的需要。写作嘛，就是做梦。当然有人喜欢写美梦，我就是写其他梦吧，其实没有好与不好的差别。

记者：你的这部获奖小说《我们不是一个人类》，我先是慢慢地看，后来被深深吸引了。吸引我的是一种痛感。人的心里总有一块地方是不能触摸的，而这部长篇就恰恰触摸了这块不能触摸的地方，因此，读起来让人心里隐隐作痛。记得小说中写到这些移民有一天回到自己日思夜想的出生地——山东老家，受到了冷落。他们的精神一下子被击垮了。你为什么要这样处理呢。

吴君：在我看来移民就是一些为生计奔波或者寻找精神出路的人群。现在有哪个大城市没有移民呢。你看那些从四面八方流向城市的民工还有寻梦的北漂还有像流沙一样散落在世界各地的华人，甚至那些不分种族背井离乡的人们。每一个春节在深圳以及全国的汽车、火车站就能够深切地感受到这些。在我住地附近的街上，每天都可以看见一些民工停在匀道的两边等着有人来找他们出卖体力。来了一个汽车他们就跑过去，有的人已经很老了，满头白发，一脸的沧桑，很让人痛心。他们住在哪，他们是从哪儿来的。这当然不是深圳的其实问题，而是我们这个时代要面对和亟待需要解决的问题。

记者：现在文学期刊生存越来越难，而你的小说大都发在这样的刊物上，你是怎么看待它们的。你与它们的关系是怎样的。

吴君：最初发表的两个小说先后让我获得了两个文学奖项。对于纯文学期刊，我认为更是值得敬佩。我理解这种坚持意味着什么，更深知为了这种坚持，办刊人的付出，在任何时候我都忘不了杂志给予我的荣誉，还有在我最困惑的时期给予我的鼓励，正是期刊这个平台让我开始了起飞。

记者：看你的小说，觉得你对底层人物的生活细节和心理细节刻画挺到位的，这是否和你曾经做过记者的经历有关？

吴君：在做记者的时候我采访过曾经的大人物，也采访过流水线上的女工。记者这个职业的确让我视野开阔，内心丰富敏感、敏锐。更重要的是它让我接触了社会的各个层面，认识了不同的人生。这些对我认识问题处理问题非常有益处。更重要的是它帮助我建立了自己的思考。可能这种思考还是肤浅的偏颇的，但是至少不会让我再人云亦云。

记者：小说创作之外，你还在多家报刊开辟个人随笔专栏，语言大胆幽默诙谐，见的独到深刻，也受到了很多人的喜爱。最近出版了随笔集《天越冷越好》。你认为散文、随笔创作是不是和小说创作有所不同？

吴君：在我看来随笔和散文其实就是作家的真性情，是一种抒发和记录。感情和立场是真实的，很少会有虚构的成分。而小说是一惊一乍，要尽花招，其实就是考验你的构造能力，无中生有的能力，它对作家的要求更严格一些，比如你对语言的训练，对技术的运用，对全局的把握，当然是不一样的。

记者：你对自己比较满意的作品有哪几个？

吴君：除了获奖的这部长篇，发表在《花城》上的小说《痛》，被《小说选刊》选用的《城市街道上的农村女人》。还有进入2005年《中国中篇年选》的《福尔马林汤》都是我喜欢的。当然这部长篇还有许多遗憾，主要是浪费了一些好材料。当时没有整块的时间，中间断了半年多才写完。你知道半年间其实感觉上已经发生了很多的变化。比如语速的把握，还有对事物的认识。

记者：你认为一个作家除了才华还需要什么素质？

吴君：最初可能是才华，走到后面是与才华同等重要的意志力和自我超越、自我延伸的能力。现在诱惑太多了。现在写作就是一个与自己过不去的事情。如果天天守在家里写作，人家可能会认为你是一个不懂生活，枯燥的人。可是这个世界上没有那么多好事，让你什么都得到。我觉得懂得选择和放弃对于一个想做事情的人很重要。

记者：我在前几年也看过你的小说，都是以移民城市为背景。现在看来可能还不够开阔，人物的挖掘或许还不深入。好像是一些停在表面的生活。是不是当时你对深圳的了解还不是很充分。现在感觉你的进步很快。角度延伸出来的想象很特别，焕发出来的体验也是独到的。

吴君：我在电台做过六年的记者。那是忙碌的六年。时间过得特别的快，好像为了拖住时间，我总想写点什么。于是写了一批反映特区生活的作品。有的人看了认为这不是深圳的生活。而我知道这不是深圳的全部生活，但却是我眼里的生活。是我构造的生活。有些人总是把新闻和文学混为一谈，这让我在当时选择了沉默。还有一些时间我是忙着写各种人物的先进事迹。每天听他们谈着他们的创业史和价值观。我发现他们的思想很雷同。没有自己的语言。他们模仿报刊、电视上人的讲话，思维。而当年我也是受了这些东西的影响，也很盲目。

记者：写作是不是你回避真实生活的一种方式呢？

吴君：其实真正的生活你是逃避不了的。需要你全力以赴地参于面对。有时写作像人生一样迷惘，前途和未来令人忧心忡忡，然而经过了这一过程之后，我不再自寻烦恼，因为我认识到写作的第一个受益人就是作者自己。通过写作，内心被唤醒了，也被一次次地梳理过。一些思考会因为有了小说这个载体变得有所附丽。与写作一起成熟起来，就不会再恐慌，无论身处何地都会变得从容和沉静。想着这些既不是悲剧也不是喜剧的人生，这让我感到真实，感到恍惚。写作是多么好呵！我可以在累一天之后，坐在电脑前在静静的夜里编织着它们，这种无须我参与而又距离最近的人生，使我仿佛变成了一只可以飞翔的鸟，跨越时空，飞翔在往事和未来中，酣畅地凌驾在自己和生活之上。

记者：你是广东省文学院第一届签约作家，记得你曾说过，曾一度动摇了自己的信念，也曾一度迷失，一度怀疑文学的无力，一次次想放弃最后又走回来，你是怎么看待你的写作的。我还想问，你为什么迷失，并且怀疑文学的无力；最后又是怎么走回来了？

吴君：其实人有时候是并不能自己选择要做什么的，比如为了生存我就要工作，而工作么肯定是要对得起这份工资和信任我的人。而为了爱好我就要利用我的业余时间去写作。既然想写作当然是想有所突破了。很多时候是事情推动着我在向前走。我想我的爱好没有什么特别之处，这就跟一个喜欢打麻将喜欢钓鱼的人是一样的。否则我就会被孤立起来，会被各种异样的目光交织成焦点人物。那么也就失去了自由的心态。现在我是淹没在他们之间的。这样我的思想就可以飞起来。在单位基本上没有几个人知道我在写作，因为我没有靠写作这门技术去领取工资。当然也就没有人对我的业余爱好指指点点。

当时的签约仪式上，主持人一定让我上去发言，我说了一句不合时宜的大实话，我说这个签约对我太晚了，因为我真的差不多要放弃了。你知道写作的人互相间是需要鼓励的，而我在那之前是在怀疑和否定中度过的。断断续续写出的一些小说也没有产生过什么影响，所以也一直游离在文学这个圈子之外。真正与深圳和全国的文学界发生联系还是在文学院签约后。大概是2000年之后吧。这时候我感觉自己不那么孤单了。

记者： 那么是不是说文学的力量更在于挣扎的无力过程，至于挣扎到怎样的结果都是允许的：你在写作上追求什么样的表达？今后的努力方向又是什么？

吴君： 文学在我看来就是虚构的一种现实。是一种虚构的艺术，之所以是艺术，我认为它不是临摹生活，照抄生活，它需要裁剪，着色布局使之成为艺术，好的作品应该是让人动情动心的，或者受震撼的。否则我们看什么艺术品呢，就看生活好了。生活不够千姿百态吗，不够丰富多彩和富有戏剧性吗？我基本上不是一个能写自己的作家。有时候我会主题先行有时候我会尊重灵感。当然对于今后的创作我还是需要自我的充实。眼界也需要更开阔。要创新，在观念和题材上都要突破，探索写作的多种可能性。避免自我重复，还有要解决在结构方面存在的一些问题。

记者： 现在文学越来越边远。很多人放弃了，你认为除了人们的精神生活过于丰富，还有其他的什么原因吗？

吴君： 除了文学失去了往日的效应，让很多人移情，我认为还有一个原因使他别恋，那就是文学从某种意义上说已经成为一种棉花做的敲门砖。当年有的作者政府为他解决了工作、户口甚至是房子，之后很多就放弃了。我认为这很正常，因为他的目的已经达到，他基本上就是怀揣这样一个目的来从事写作的。可对我来说文学是灵魂深处的需求，只想解决一时之需可能是文学之外的一些东西吧。

记者： 你是怎样看待作家这个职业的？

吴君： 我有一个长得很帅气且非常有才华的写作朋友，他希望在深圳找个女朋友，然而作家这个身份让他不断碰壁。这引发了我的思索，证明人们对这一行业的误解。在我眼里作家是这个世界上最具有灵性，最有良知的群体，他们先知先觉于人，敏感聪慧于人，可爱率真与人，那些耐得住寂寞，点灯熬油爬格子的人是让人敬佩的。这毕竟是一个人意志力的最好的体现。不了解这个群体没问题，但是谁都没有资格耻笑别人的理想。

深圳是我的写作富矿 ①

吴 君

　　我的小说《亲爱的深圳》被拍摄为电影的时候，作为原著者，我去了片场。当时正在拍从乡下赶来的父亲揭穿女儿说谎这场戏。女儿隐瞒了自己曾经做过农民的身世。我看了，很不舒服。是因为父亲誓死捍卫真相的态度让我难以接受。

　　深圳的面积不大，产生的化学反应却是巨大的。与全国各地的特殊关系，任何一个城市都不能相提并论。深圳是许多人的乌托邦理想国，而对深圳抱有理想的不仅仅是知识分子、白领，还有农民。深圳把太多人变成了外省人。移民到此的每个人，无一例外，命运都在不同程度发生了变化。背井离乡的人、心怀梦想的人、不甘寂寞的人汇聚在一起，产生了新的能量。这些能量有的转换为创新的原动力，有的转换成尔虞我诈的利益之争，有的则化为旋转在城市上空的漫天风沙。

　　行进在数以万计的移民中间，满眼都是到了年根还守在路边等活，不能回家的民工。他们愁苦的表情有着惊人的相似。尽管总是小心避开，可城市街道上那些女工姐妹还是走进了我的视野，我总在不同场地遇见她们孑然独行的背影。也正是他们，创造了深圳的繁华和失衡的男女比例。一个写作者避开这一切去建立文学的空中楼阁是需要勇气的，他要有对生活熟视无睹的勇气，对生活掩耳盗铃的勇气。

---

① 原题《关于深圳叙事》。该文为花城出版社 2009 年出版的《亲爱的深圳》跋。

○ ○ ○　　223

真实的生活开始教育我，说服我。痛和快乐就这样扑面而来。这样讲，并不是说我喜欢完全的写实，喜欢对生活照搬，对自己以往的写作完全否定。只能说，我走到了这里，再也不能回避。我和她们有何不同呢。我们的感情又有什么高低之分。我终于愿意承认这一点。与此同时，我也开始愿意承认，自己对很多名著没看懂，以及自以为是的忽略，没有让我在需要营养的时候真正地吸收它们。那些礼貌的阅读，仅仅让我在附和别人的时候少了些惊慌。

用我的一孔之见洞见心灵的宇宙，用作家必备的良知去感知生活背后的潜流，是我此刻的想法。除了一部长篇，我所有的小说都以深圳为背景。通过深圳叙事，我有了成长，学会了宽容。过程中我不敢乱施同情和怜悯，因为我可能也是别人同情、怜悯的对象。焦虑、命运感和内心的动荡每个生命都会有，而绝非没有饭吃的人才需要面对。去留两难的人生是我一直关注的。或许太多人都在面对这样一种困境和选择，而绝非地域上的来或去。两个为梦想来到深圳的女孩，在各自的轨迹中行走。在某一刻相遇，成为心灵相通的朋友也成为彼此生命中的天敌。她们牺牲爱情、尊严、青春和梦想，只为兑换一张深圳永久的居住证，以安放漂泊的心灵和困顿的身体。这是《复方穿心莲》的写作初衷。《当我转身时》展示的则是海边小镇被大时代侵吞、占领、裹挟后，曾经优越的本地人，不能预知自己将被带向那里，渔歌唱晚的故乡早已无迹可寻，未来又在何方。无助和怨恨的情绪，能够被永藏于摩天大楼的地基之下，也可能铸造出仇恨的子弹，在某个特定的时刻，射向同样可怜的同类。目睹了亲情人伦的极限，才有了《念奴娇》带出的梦魇。《菊花香》，无芳香，只有寂静夜晚里那段难以言说的心酸。

一位朋友曾对我说，每个深圳人，心里都藏着难以愈合的伤口。爱恨交织、欲罢不能。再回到《亲爱的深圳》这部电影，作为父亲，忍心揭开吗，揭开后何用，是为了实现某种高尚的需要而请功吗。往时的旧伤和隐痛何曾被忘记，哪一刻不在提醒着我们曾经卑微的出身。

作为电影，鼓舞士气，宣传昂扬的精神是本分，因为受过生活煎熬的每个人，需要带着被安慰的心离席，走向阳光的室外，重新回到各自的人生轨道中。我和投资人、导演、编剧后来成了朋友。都能深深地理解和尊重彼此的表达。也许我们已经到了这样的年纪。

2005 年之后，出书的愿望已不再强烈。不是矫情，而是曾经浮躁的我，终于有了心平气和，愿意顺理成章，希望每一篇都是精耕细作后的结果，而不是为了充数的泥沙俱下。终于接受命运、文运都早已被上天安排的种种暗示，尽管我从没有停止过勤奋，包括思考，读书和不断地练习。

写作于我，如同鱼儿离不开水。如果哪一天不再留恋，一定是有了变心变异的条件和渴望。

由开阔走向"狭窄"①

吴　君　傅小平

对于写作，深圳女作家吴君说得最多的一个词就是"痛感"。因为对痛感的敏悟，她从近乎泛滥的都市符号丛林中脱身而出，转而关注那些辛酸的现实，尽管这看以与她白领阶层的生活状态非常遥远；出于对痛感的切肤体验，她没有止于对底层生活做简单的描绘，而是如一把匕首划开温情脉脉的面纱，直抵底下坚硬的核：那是带有普世意义的人性人情。

同样，痛感在某种意义上也成了她写作中坚持的一个标准。在她看来，当很多自己或别人的痛都烙在心底时，就必然想找个精神的出口，于是就有了写作。作家收获的王是这个过程中内心的成长和最后的破茧而出。

一、真诚的写作者没法回避生活的真实

记者：读你的作品，有一个总体印象。无论小说集《亲爱的深圳》，还是你迄今唯一的长篇《我们不是一个人类》，多聚焦底层移民的角落，你似乎对多元混杂、变动不居的生活和文化背景有特别的兴趣。

吴君：除去这个群体更容易发生故事，更具备内在冲突这个原因外，更主要的是我对他们的痛苦体会更深切。因为我本身也是一个移民。每个移民要完成的精神历程其实大致差不多。移到美国的，不会比移到深圳的更高贵些。所受的煎熬不会因为你吃面包牛油我吃稀饭咸菜而有太多差别。

---

① 该文原载于《文学报》2009 年 11 月 19 日。

至于大场面还是小角落，**我**认为应该不是什么问题，有谁不在角落里，都是一隅，家庭是，单位是，个人更是。城市再大，每个人住的、停滞的只是个点，占据的也只能是一个角落。许多人生故事也都是从这样一些角落中展开。或是华丽或是阴冷，但都是有限的地方有限的人有限的事。

记者：据我所知，你此前写过一些白领阶层生活的题材，而后转向关注底层生活。是什么促成你在写作上发生了这种转向？

吴君：小说是作家的天机，它泄露出作家的蛛丝马迹。在深圳，行进在数以万计的移民中间，满眼都是到了年根还守在路边等活，不能回家的民工。他们愁苦的表情有着惊人的相似。尽管总是小心避开，可城市街道上那些女工姐妹还是走进了我的视野，我总在不同场地遇见她们孑然独行的背影。

我想一个真诚的写作者避开生活的真实去建立文学的空中楼阁，是需要勇气的，他要有对生活熟视无睹的勇气，对生活掩耳盗铃的勇气。就这样，真实的生活开始教育我，说服我。痛和快乐扑面而来。这样讲，并不是说我喜欢完全的写实，喜欢对所谓底层的生活照搬，对自己以往的写作完全否定。只能说，我走到了这里，再也不能回避。

记者：在不少小说中，你使用的是回溯的叙述方法，这在当下的写作颇为流行。但多数作家但凡笔触关乎记忆，尤其是写到童年生活、青春岁月，不自觉地会赋予一种诗意。但你不同，写得如此冷静、客观，这更多关乎你的写作心态，这是故事情节发展使然？

吴君：在我看来，现在是价值观最多元，人心最孤独又最浮躁的一个时期。作家正面对时代的困惑和自己强加给自己的困惑。摆脱外界和世俗的标准，保持一分客观，冷静的人生态度在这个时期甚至上升为一种人生选择。至于叙述时的冷静、客观，我想我只是揭示或是发现了一个事实，这些不同与我们的"人类"不仅没有无病呻吟的资格，面对疼痛，甚至死亡，他们也只能麻木和无视，因为就连他们自己，最后也放弃了疼痛时的喊叫。

二、注重书写人的内心风暴

记者：在我看来，你的小说聚焦底层生活，却没简单地流于表面的控诉和感伤，也没有放弃对其的反思和批判。同时，你写底层更多上升到揭示世道人心，或人生困境的精神层面。你自己怎么理解？

吴君：写作的时候，我更注重的是内部经验和内心风暴。移民进入深圳之后，他们或是仍在拼搏或已隐身城市钢筋水泥房中，成为一个成功人士。经历过多次让自己身心巨变的洗礼，他们不再是原来那个人了。之前的经历一定有过许多不堪让他们不愿提及。显然，我写的不是这个经历本身，而是他们蜕变过程中的内心挣扎，于是就避开了都市写作中惯常的套路。在我看来，好作品要与作家血肉相连，必须把别人的苦熬成自己的苦，把别人的心换成自己的心去感受。然后那个小说才能长在作家的心里。

　　记者：你的小说更多呈现出生活的横截面，即使写到底层生活的纵深，也更多只是作为一个背景，或是做淡化处理。或许这跟底层生活相对封闭，缺乏某种交集有关？

　　吴君：我不算是个全面的作家，却曾经做过当全面作家的各种努力。发展到现在，我个人对自己的定位是有特点的作家。这个特点来自我由开阔主动走向狭窄。这是经历了许多个探索后的最终选择。大而无当，大而宽泛都是被我摈弃的。回到角落中才是回到现实里。我在小说《福尔马林汤》中借用小桃的一句话说，城市再美，可与我有什么关系呢。她的生活就是那个点，与她交集的就那几件事，几个人。时代再伟大也只是个流动的背景。

用文字触摸两难的人生①

吴 君 林 雯

在一家咖啡馆采访吴君。刚开始交谈的时候，她略显拘谨，坦言不知从何答起。直到咖啡快喝完，话题偶然转到她做记者时住到工厂里的经历，她的话匣子才真正打开。接着，一段段故事如记忆片段般跳出来，比如她小时候对那些"没头没尾"的书的饥渴，她为什么会近似偏执地关注底层生活和移民话题，这些看似零散的记忆表述，与她的写作息息相关。 回顾自己十几年的创作经历，吴君自称"走了不少弯路"，"2004 年之前基本是乱写，甚至连投稿的常识都没有。后来在作家出版社出了长篇小说《我们不是一个人类》，才开始思考写作这件事。"之后虽然没有继续写长篇，但她的中短篇小说写作一直都没有间断。到 2009 年出版了中篇小说集《亲爱的深圳》，成为她目前的代表作之一。2005 年，吴君曾出版散文随笔集《天越冷越好》，那是她在报纸上的专栏结集。用她的话讲，书里记录了她当时对生活的观察和立场。不过，现在她却几乎不写随笔了，因为她想把时间精力都集中在小说上。"我在写作上不停地缩小范围，现在就只剩下小说了。"随着多部作品的问世，吴君获得了一些文学奖项。对此，她说："在我看来，世上没有不劳而获的好事。过去和现在，在本质上没有区别，仍然是'一分耕耘一分收获'。对自己和周围的事物有了一些新的认识，这才是真正的进步。"

---

① 该文原载于《晶报》2011 年 3 月 13 日。

一、我希望自己是个 "有限的作家"

晶报： 你的小说大部分都与深圳有关，尤其是小说集《亲爱的深圳》，被称为 "来自深圳前沿的报告"。为什么你会直接选取其中一篇《亲爱的深圳》的标题作为书名？这个带有明显感情色彩的书名，与这部作品本身所要阐述的东西是否有关联？

吴君： 我很喜欢这个书名，在写作的时候，它起到了 "照亮全程" 的作用。它也表达着赤子对这座城市一言难尽的，包含着百感交集、爱恨交织的深情。

晶报： 中篇小说《亲爱的深圳》在 2008 年还被拍成了电影，对于这次 "触电"，给你一种什么样的感受？看过电影之后，你觉得哪一部分最符合你在小说中呈现的内涵？

吴君： 我对自己的小说没有那么自恋，也知道自己的局限。我懂得尊重市场，也相信电影是一次新的创作。至于电影和小说的主旨最契合的地方，应该是结尾部分。不肯认父亲的张曼丽，千回百转之后终于重新去找工作，那时她已经敢于承认自己的身份，敢于面对自己的过去了。这不仅仅是张曼丽一个人的成长，而是许许多多深圳人内心的成长。经过生活的颠簸以及内心的浮躁之后，已经到了一个开始寻找自我、建立自我的时期，不再迷茫和盲从，而是敢于承担和面对。

晶报： 你的小说很多都以深圳的地名和具有深圳特点的事物名称为标题，这些小说之间有什么内在联系？小说中的各种人物生活在深圳不同的地点，经历着各自的故事，但如果从整体上看他们，是否有一个暗含的脉络把他们都牵连到了一起？

吴君： 其实小说中许多主人公所处的场景都非常相似。除了一个长篇，我所有的小说都是写深圳的，比如《深圳西北角》《念奴娇》《亲爱的深圳》《二区到六区》《樟木头》《陈俊生大道》等等。我希望自己是个 "有限的作家"，比如说题材上的有限、小说中人物的有限。所谓 "盲人摸象" "一孔之见"，对于作家来说，这种偏执和坚持未必是坏事。

晶报： 不少作家创作小说都以广阔、宏大的想象力为追求目标，你就没有这方面的追求吗？为什么你会甘愿于 "有限" 的写作？

吴君： 在创作上，过于刻意的大而无当、大而宽泛的东西，都是被我摈弃的。回到角落中，才是回到现实里。我在小说《福尔马林汤》中借程小桃的一句话说，"城市再美，可与我有什么关系呢？"生活就是那个点，与她交集的就那几件事、几个人。时代再如何伟大，也只是个流动的背景。时代是变了，科技文化都进步了，可如果那些最本质的东西还在，人就不可能变。在我看来，情感差不多就是小说的命脉。离开了它，技术用得再精准，我也不会喜欢。每个作品都与作家的情感和思考有关。仅有点子是不能写好一个小说的。好作品要与作家血肉相连，必须把别人的苦熬成自己的苦，把别人的心换成自己的心去感受，然后那个小说才能长在作家的心里。 亮一夜的白炽灯，让人无处可逃

晶报：这种"回到现实"的观念，也反映在你作品里对底层生活的许多描述之中。不过，可能读者也会有疑问，小说中那些形形色色的人物和故事究竟源自哪里？哪些才是你真实的体验，哪些又是虚构的？你会被哪些东西感动？

吴君：我理解的"底层"不是概念化、抽象化、脸谱化的底层。不一定没有饭吃才算是底层，精神空虚迷茫也可能是底层。提到底层并不是说城乡要对立，更不是简单地提出贫富两极分化。在我看来，底层是一个相对的概念，所以我不愿意乱施我的同情和怜悯，也许我此刻可能也正是他们怜悯的对象。只是，对小人物命运的关注，会诱惑我去体察并享受文字之苦、之美。

说到小说中的现实和虚构，在我看来，写作是生活和读书的附属品。写作的人并不是特殊的人，更不是有着什么特权的人，不过是用手中的笔来表达感觉而已，就像一个裁缝用准确、精细来表达他的手艺，一个农民用耕耘来表达他对土地的热爱一样。我认为，写作是向一切生活致敬。

当然，小说中也有一些内容源自我个人的深刻体会。比如我写过一些有关女工的题材，那是我做记者的时候，曾走过当时深圳宝安的 18 个镇，有一次我因为采访一家电子厂，被安排在一间女工宿舍住半个月。宿舍里住了大概十几个人，进出的人很多，有时也有男工过来。当时我带过去的睡衣根本用不上，因为我每天都是穿得很整齐才能睡觉。印象最深刻的是，晚上睡觉的时候，宿舍从来没有关过灯，因为要"倒班"。你想想，睡觉时头上却有一个瓦数很高的白炽灯，让人无处可逃，那种感受我一生都忘不了。后来我在一家制鞋厂也待过十几天。在这段时间里我接触了大量的打工妹，后来写了两篇报告文学，在全国反响很强烈，被许多家媒体转载。

晶报：工厂里的人呢？他们给你什么样的印象？

吴君：当时每次采访，见到的那些主管或是工人，讲的话都差不多，像是训练过。有一次我见到一个工厂的女主管，非常干练，人也时髦，她帮助我联系见一些女工。过了一些日子，我几乎已经忘了这次采访，在外面吃饭时接到了她的电话。我问她什么事，她不说话，电话里感觉她好像在哭。后来就匆匆挂了电话。我当时没有太在意这件事，过了几天又想起来，可是已经没有她的联系方式了。多年来我一直惦记着这件事情，有时会猜想，当时她要说什么呢？她在光鲜的背后究竟有什么样的悲伤呢？

前年因为工作，我去了福永一家企业，看见许多"80后""90后"打工仔、打工妹。我忽然想起，当年的打工群体又去了哪里？他们现在生活得怎么样？回来后我一直在想这个问题。直到去年我又接触了一些当年的打工妹，其中有的成了本地人的老婆，拥有了深圳户口，可是一些人的生活的确很不幸，这件事情对我的触动特别大。

二、写移民蜕变过程中的内心挣扎

晶报：关注打工群体自然而然就会聚焦到"移民"上，你如何看待作品里反复出现的移民问题？

吴君："一次移民，世代移民，这便是移民的命运。"这是我在一本书里看到的话，当时很震惊。移民的内心很难安定下来，精神在很长一个时期也是躁动的。成年移民的不适应全都收进了孩子的眼底，那么小的心灵怎么释放和排解呢？于是便长进了他们血里，长进了正在发育的骨骼里。等到他们可以决定自己生活的时候，那些埋藏的东西就开始复活了。他们的不甘，与现实生活的格格不入，以及生活在别处的想法出来后，新的移民便产生了。

除去移民更容易发生故事、更具备内在冲突这个原因外，更主要的是我对这个群体的痛苦体会更深切。移民所要完成的精神历程其实大致差不多，移到美国的不会比移到深圳的更高贵些。所受的煎熬不会因为你吃面包牛油、我吃稀饭咸菜而有太多差别。移民进入深圳之后，他们或是仍在拼搏，或已隐身城市钢筋水泥房中，成为一个成功人士。经历过多次让自己身心巨变的洗礼，他们不再是原来那个人了。之前的经历一定有过许多不堪让他们不愿提及。所以，我写的不是这个经历本身，而是他们蜕变过程中的内心挣扎。

我更注重的是内部经验和内心风暴。

晶报：2004 年出版的《我们不是一个人类》，就是因为直面移民问题而受到评论界的关注，还被媒体评为年度最好的 5 部长篇小说之一。细读这部作品，也可以看出你对故乡和记忆的回望。你有留意到这部小说出版后的反响吗？

吴君：这部小说受到许多读者的喜爱，它获得的反响是我之前意想不到的。小说中，闯关东的移民有一天回到自己日思夜想的出生地山东老家，却受到冷落，他们的精神一下子被击垮了。正如来过深圳的人，似乎"魂儿被勾住了"，离开或者回故乡，都无法消除掉深圳对他们一生的影响。我同样在《出租屋》中表达了这种无所适从，刘采英回到老家，却日思夜想深圳。这或许能代表我对移民生活的某种理解。

晶报：当你对这座城市越来越熟悉的时候，你对移民问题依然敏感吗？

吴君：如今移民已经进入了这座城市的核心地带，他们正在主导着许多东西，而一些原住民则成了少数，他们的失落感可想而知。我在《当我转身时》这篇小说中写过这种生活，包括反映香港人类似的内心变化。没有经历过小资和自我欣赏的时期。

晶报：你是从什么时候开始有"写作梦"的？当时是什么原因让你开始写作？最开始写的是什么内容？

吴君：对写作的向往，在学生时代就有了吧。不过那个时候谁都有这样的梦，不算特别。我真正的写作实践还是到了深圳之后。当时我在办一个杂志，约不到稿子，只好自己动手，写了一些纪实文学之类。后来《花城》与我们单位合办笔会，当时《花城》的主编杜渐坤看我很辛苦，可能是想安慰我或只是随便说说，问我写不写东西，如果写了，可以寄给他看看。大约半年后，我又想起这番话，就写了一个反映学校生活的小说寄了过去，很快便收到一位女编辑的信，说采用了。不过之后我的写作又停下了，我是比较被动的一个人。

后来我做跑线记者，心里根本没有小说。等有一天这些喧哗停下的时候，或是外面还是热闹而自己内心突然安静下来的时候，才真正开始需要写作这种东西。而写作真是一个化腐朽为神奇、破茧成蝶的觉悟成长过程。最后可能重新回到了起点，但是这个人已经不是当初那个人，而是一个人越过了一座座人生高山，历经了只有他自己明白的无数险境。这是个变化的过程也是一个寻找的过程。精神的出路，人生和思想的出路可能都会在过程中找到。

晶报：很多人认为你的作品没有时下女性作家的特点，而是显得大气、粗粝。在这方面，你是否受了一些作家的影响？

吴君：我一直没有经历过小资和自我欣赏的时期。这可能与我的内心，以及我所欣赏的作家有关吧。在我有限的阅读中，我喜欢那些有理性、有价值判断力的作家，而不愿意看那种只满足于揭示个人隐私和宣泄情绪的作品。陀思妥耶夫斯基、海明威、芥川龙之介、麦克尤恩等人的作品让我一开始就被引向开阔。

三、即使不写作，书也是生活的必需品

晶报：你从什么时候开始自觉地读书？

吴君：我在农村也生活了十来年，把村里那些"没头没尾"的书全看过了，还因为站在柴垛上看天棚上的报纸而摔下来过。回到城里以后，把几条街上能借的书都借来看了，包括黄色小说。在省城读书的那几年，家里寄来的钱第一买茶，第二买书，最后才是买饭票。所以等毕业的时候，我已经有不少书了。运过来的时候，要花很多钱，连老师同学都让我放弃，还说他们想把书买下来。我说不行，那些书要是不在身边我的魂儿丢了。后来根本就不会翻看这些书，可是我必须看见它们，它们是我的来龙去脉，看着这些书，我便知道是怎么长到现在。

晶报：村里那些"没头没尾"的书，你是怎么找到的？当时是如何读的？

吴君：当时我只是个刚认字的小孩，串门的主要目的就是为了看热闹和找吃的。有一次在别人家发现了一本书，那是他们家唯一的书，根本不可能借给我，而我就爬在这家的炕沿上把书看完了。估计看了差不多一天，他们家吃饭睡觉也赶不走我。

晶报：现在看来，你的写作与阅读经历之间有什么样的关系？

吴君：我几乎没听说过，哪个成名作家是没有经过大量阅读便可以写作的。我觉得即使不写作，书也是生活的必需品。在我看来，没有读书的生活很难想象。看书也许像沤肥，花朵就是在上面开出来的。这些书让你又自信，又怀疑的时候，或者可以试试写作了。

晶报：那么你具体是受到哪些文学阅读经历的影响？

吴君：应该是一段一段的吧，我喜欢过很多不同类型的文学。有一个时期我特别喜欢法国和俄罗斯文学，然后才是传统的章回小说，再后来才看回国内知名的作品。可以说阅读的喜爱随着年龄在变，但仍有一些没变的。我觉得读书跟吃饭是一样的，不是哪一种食品让我长成现在这个样子，而是成长过程中所有的食物，当然重要的还是自己内在的气质。这些书谁都看过，可是最后每个人的发育还是不同，呈现的面貌也完全不同。

四、更愿意了解小人物的命运转折

晶报：你对自己的哪些作品最满意？

吴君：《菊花香》《深圳西北角》和《福尔马林汤》是我用的时间最多、耗费的心力也最多的小说，写完的时候我也比较自信。

晶报：现在你在写作上最关注的是什么？

吴君：宏大的问题我几乎没有能力关注。我更愿意尝试了解那些小人物的命运是在哪个节点上被改变的。焦虑、命运感和内心的冲突是每个有生命的人都会有的，而绝非没饭吃的人才会。去留两难的人生是我一直关注的，其实许多人都在面对这样一种困境和选择，而并非地域上的来或去。

晶报：你觉得哪部作品中的人物所经历的命运转折是最具有普遍性的？哪些转折又是最易于使读者产生共鸣的？

吴君：比如《菊花香》里的王菊花，老板要用她的房间和某个人来段特殊体验，寻找刺激，而她只好另找一个地方，去了不远处的一个坟地，结果碰上了打更的老王，两个喝了酒，稀里糊涂上了床。可以想象，这么一个信奉并保有处女之身的人，命运一定是被改写了。

晶报：你一直从事业余写作，工作对你的写作有什么影响？

吴君：其实总有一些人感到时光局促、光阴似箭，但很多人过了 10 年以后还是这样生活，你回头看，他可能仍是两手空空什么也没有做，只剩下感慨。如果真的热爱，环境还不是最重要的，真要写作，钱可能还不是他的真正动力，环境也不可能成为他真正的阻力。在深圳我不敢幻想自己能拥有一份既可谋生、又与自己志趣相吻合的职业，尽管多年来我一直梦寐以求，可是我们不得不俯首向生活做出各种妥协。

晶报：你如何看待深圳文学的现状？你认为深圳文学界当下最重要的是

什么？最缺的又是什么？

吴君：每个人都做好自己的，整体自然就好了。还需要更加自信。没问过别人缺什么，我只知道我最需要的是定力。

晶报：在你看来，深圳的青年作家群体和别的城市的写作者有什么不同？

吴君：深圳作家普遍比较活跃，嗅觉很灵，对当下生活有自己的理解，同时又能迅速使其变成作品呈现出来，对现实题材的驾驭能力超强。作为一个作家，我祝福所有一路走来饱尝创作艰辛的文学同行。

好作品要与作家血肉相连①

吴 君 王 樽

在深圳的写作群落里，吴君是一个特殊的存在。她鲜少在圈子里出现，内敛，低调，从不显山露水，其作品却常常在文坛风生水起。

2004 年，我在她的长篇小说《我们不是一个人类》研讨会上见到她，来自北京和广东的评论界大腕集聚一堂，从多个角度解读吴君和她的创作，高谈阔论，气氛热烈。而坐在一边的吴君只是静静地听着，并不时低头做着记录，像个习惯倾听的小学生或速记员，仿佛研讨会与她没有特别的关系。在《人民文学》《十月》《中国作家》等国家重要的文学期刊上时常看到吴君的名字，她的作品因多次入选《新华文摘》《小说选刊》《小说月报》及各类选本而成为令人刮目的深圳作家。

吴君不习惯在聚光灯下亮相，不愿接受采访和过多谈论自己。她在一篇专栏文章里写到王小妮，表达出对独立知识分子的敬意。她相信深圳是藏龙卧虎之地，太多有才华的人藏匿其中。她说，因为他们，不敢乱发表自己不成体系的见解。此次采访，经过了多次动员和磨合才得以完成。

一、写作不是行为艺术

记者：看你的写作，让我想到美国作家雷蒙德·卡弗，都是对底层小人物的关注，都有一种不动声色的冷静，最重要的是你们都是业余的写作者。因

---

① 该文原载于《深圳特区报》2011 年 7 月 25 日。

为生活的压迫，雷蒙德·卡弗无法做到丰产，不能全身心投入写作是他终身的遗憾。我注意到，你也是一直从事业余写作，有没有想过进入作协一类的专业单位，这样就可以有更多的时间写作了。

吴君：之前我没有这样的好运和机会，直到前年，有过这样一个机会，我的想法又发生了改变。原因是我相信江郎才尽这一说法。我相信一个写作的人，总会有那么一天要面对自己的枯竭。从这个意义上说，我羡慕搞音乐和美术的人，不再有创造力的时候，他们还能去做个老师。作家不同，写不出来就是写不出来了，之前的都得归零，因为不能重复。这也是我不想成为职业作家的原因，是怕那一天来到的时候，还要被人问起，会受到刺激。

记者：即使很有成就的作家，也常常会在某个阶段怀疑自己的写作能力，甚至灰心丧气。像你这样的游离于主流写作之外，有没有自我怀疑的时候？

吴君：对于写作，我曾有过放弃。那时候除了为生存而必须完成的超负荷工作，还有对整个深圳的文学气候，我表现出的那种水土不服和格格不入。沿海地区的节奏和震荡曾经使读书和写作变成奢侈，更显得无力和可笑。我总在想虽然点灯熬油、竭尽全力，却很可能只是一种无意义的劳作。甚至觉得唯有学习一门生存技术才能找到安全感。朋友们聊天时也从不涉及文学，似乎我们都在逃避，文学成了每个人的隐痛和旧伤。与此同时，写作和发稿的折磨让我在不断怀疑和否定中失去了所有的自信。走在南方被烈日暴晒过的街上，我一次次问自己还要不要写，因为再也耽搁不起。我知道，写作大事，仅有理想和自恋还是不行。就在我的文学脉象日渐虚弱之时，流浪在外的长篇在作家出版社正式出版并有了很好社会影响。当时的工作和生活压力较重，还经常下到企业。有时回家已经很晚了，就想躺一会儿，把自己的脑频道，调整到文学上来。可是，我常常调着调着就睡过去了。

记者：深圳作家常常扎堆聚会，但很少看到你出现。如果不是特别提起，很多人都不会想到你是作家，你好像有意在回避一些文学活动，把自己当成与文坛无关的圈外人。

吴君：除了没有太多时间，我更愿意像个普通人那样生活，而不是文艺地生活。我已经是个作家了，为什么还要装成作家呢。写作不是行为艺术，更不是登高一呼做出的某种姿态。作家只能用作品说话，无需作品之外太多的阐述。

二、关注人物蜕变时的内心挣扎

记者： 你的作品有着青年作家少有的平实和朴素，若用心审视还是可以看出其中的匠心。你主要是受哪些作家的影响？如果到书店，你通常会关注哪一类型的书？

吴君： 我喜欢的作家很多，比如陀思妥耶夫斯基、海明威、麦克尤恩、司汤达。尽管他们来自不同国家，年代和文学理念也都不同，可全部是那种有力量和才情四溢的写作。写的是人性的较量，而非外部那些戏剧化事情造成的变化。国内的小说，我有过一段时间喜欢看江浙、广西作家的小说，他们对细节的迷恋和对意义的深藏不露比较对我胃口。这两年我比较少去书店，看着铺天盖地的新书，难免会有迷失和挫败感。我开始重读经典，把书架上那些没读完或没读懂，还有准备再读的书按计划读完。这样的阅读，除了让我比较省钱，更主要的是感到宁静，日子慢下来，同时获得了高倍的营养。

记者： 你的小说聚焦底层生活，但没有流于表面的控诉和感伤，也不会因同情和理解而放弃对写作对象的反思和批判。在所谓"底层写作"中，这点特别难能可贵，不止表现各种冲突，更多是对世道人心的揭示。比如《念奴娇》等几部小说，写到的户口问题，并没有仅仅围绕户口展示"底层"生活的状态，而是更多呈现其中的人性较量。你怎样解释其中的微妙？

吴君： 移民进入深圳之后，他们或是仍在拼搏或已隐身城市钢筋水泥房中，经历过多次身心洗礼，他们不再是原来那个人了。我写的不是这个经历本身，而是蜕变过程中的内心挣扎。写作的时候，我更注重的是内部经验和内心风暴。每个作品都与作家关注的东西和思考有关。仅有点子是不能写好小说的。好作品要与作家血肉相连，必须把别人的苦熬成自己的苦，把别人的心换成自己的心去感受。然后那个小说才能长在作家的心里。

三、以前的那些弯路没白走

记者： 了解你的简历，才发现你还做过记者，从新闻和文学的比较中，你觉得个人的写作与他人眼里的写作有着怎样的不同？

吴君： 我做记者的时候常常会在各种场合遇到熟人。有的人大概知道我在写作，见了会问最近有什么大作。我通常会停下来，似乎想表达的很多很多。结果对方已经转移了话题。到后来想明白了，人家不过是打个招呼。再后来，我的回答一律是，不写了。省得费话。我想说的是写作在他人的眼里没那么重要，只是某一小部分人的爱好。

记者：据我所知，你此前也写过些白领阶层的生活，此后又聚焦底层生活，一发而不可收。是什么原因促成你在写作上的转向？

吴君：我基本算是个晚熟的人，到了前几年，才明白一些写作和人生的道理，而那些弯路想想也算没有白走。因为走过，才知道此路与我不通，读过、写过认识过才知那些书与我没有交集，那个题材根本不适合自己，原来世上与自己契合的东西并不多。

记者：印象深刻的是《菊花香》里那个藏在纸箱间的三菊花。她是个什么样的人？也算一个典型的底层么？

吴君：我理解的底层不是概念化、抽象化、脸谱化的。不一定没有饭吃才算底层，更不能简单地认为是贫富问题。焦虑、命运感和内心的冲突是每个人都会有的。现代文明，让我们的乡愁无处寄放，曾经的生活已经一去不回。打工剩女王菊花，之所以藏到仓库，是因为她不想回到多人的宿舍。她想要一间可以放心事的房间，可是没有。同期来的姐妹都已经回去或是远走他乡，只有她留下了，可她没办法与新的工友沟通。被父母、时代、现代化车间抛弃，最后，她向这个时代交出了一副被嘲笑的处女身体。

四、洗尽铅华才是真实

记者：作家的职业已经越来越边缘化。在浮华的都市，写作者不仅越来越寂寞，影响也越来越式微。你如何看待这个现状？

吴君：我相信现在没有哪个出版社、杂志社会把培养新人当己任，他们总是挑选最好的选手，要求作家一出手就是思想成熟，技术达标。然而这些指标全部达到的时候，作家可能也有了一定年龄。创作高峰期过后，很可能是思想深刻而才思不够敏捷，懂技术但失去了创作激情。总是有了这样又少了那样。同时要面对来自各种挑剔，自信心不断受挫，寂寞写作，沮丧懊恼、自暴自弃、因在乎而小心翼翼……总之写作是个不断忍受打击并自取其辱的过程，风光只是极少数作家。

记者：你怎么看待时尚的写作，又是什么原因让你始终坚守着，有种看似决绝的写作姿态？

吴君：文学边缘化的今天，很多人不屑于谈承担和文学使命。甚至为了标榜自己的新，常常要批评一些旧。还要摆出一种姿态，为了标榜自己与时代联系得紧，与旧观念已经拉开了距离，常常要说些写作是为了玩、写作是给自己看的话，以示心态上的年轻。甚至就此放弃了对生活之泉的深挖，使得写作在整体上走向了平庸，甘心并炫耀这种平庸和思想的不进取。

轻松并招摇的写作不是不好，那样的生活甚至我非常熟悉，只是这种伪时尚与我此刻的心态无关。我喜欢那些有理性有价值判断力的作家，而不喜欢看那些只满足于揭示个人隐私并昭示自己生活质量的作品。我知道，生活就像化妆品，洗尽铅华之后一张素脸才是真实。关于时尚的写作，我不愿去做任何评判，更不愿凑这个热同。各人有各人的路数，只是这个路不是我的，也不合适我。真正的生活，最终都是要回到地面上。

他们的精神同样需要关注 ①

吴 君 李云雷

一、写作的受益人首先是自己，通过写作，内心被唤醒，被一次次梳理

李云雷：你是在东北长大的，到深圳已经很长时间，你的作品也主要以描写深圳的生活为主，能否简单谈谈你的生活经历，以及你是怎样走上文学道路的？写作是不是回避真实生活的一种方式呢？

吴君：真正的生活谁也逃避不了，需要全力以赴地参与面对。并不会因为你是女作家就有更多的便利和捷径等着你。除了需要面对写作，一样要面对生活给我们出的一道道难题。

我毕业后就到了深圳。先后做过新闻和公文写作两种职业。这些工作与文学没有太大关系。反倒是早晨出炉的好心情到了晚上已经被破坏得一塌糊涂，想不起前一晚自己写过什么，又是哪个地方搁笔的。回家后，要做家务，再给大脑清场，换频道，轮到可以写的时候，差不多已是夜里十点钟。公文写作跟小说完全是两回事，为保证写作和读书时间，我的爱好不太像女性，比如极少逛商场。如果买东西，先列到纸上，买了就回，不能恋战，也较少参加各种应酬。

我认为写作与时间的关系可能不大，内在气质很重要，如果一个人天性

---

① 该文原载于《北京青年报》2011 年 9 月 28 日。

敏感，又喜欢这行，当作家应该是迟早的事。写作的受益人首先是自己，通过写作，内心被唤醒，被一次次梳理，无论身处何地都会变得从容和沉静，一些思考也会因为这个载体而变得有所附丽。因为是自己选的，而非别人逼迫，所以我不会怨天尤人。

二、做记者的时候，我先后到过深圳十八个镇的工厂。接触过大量打工妹和管理人员

李云雷：你的小说主要描写深圳打工者的生活，但你自己却没有经历过打工生活，那么是什么促使你关注这个群体？你在描写他们的生活时，会不会感觉有隔阂？

吴君：我关注的不只是流水线上的工人。教师、酒店经理、公司职员、歌厅小姐、清洁工都曾经是我笔下的主人公。小人物生活是写不完的。

做记者的时候，我先后到过深圳十八个镇的工厂。接触过大量打工妹和管理人员。曾经在布吉镇的粤宝电子厂住过半个月，一起排队洗澡、吃饭、睡觉。只要用心，交流并没有什么困难，尤其说到一些日常的话题，真看不出谁更高明。他们为钱太少为嫁人或者找老婆发愁，而我们可能会为另一些欲望实现不了而痛苦，其分量是一样的。我曾见过两个女工为一块香皂打架把头发扯下一把，也见过男工为了一块油炸饼而打得头上流血。有个做记者的朋友曾经用假身份证混进东莞厚街一间工厂，待了两个月，出来的时候，我请他吃饭。他说工厂外面的天空显得格外蓝，牛奶也比平时甜。我还认识一对四十岁左右的清洁工姐妹。两个人在外打工近二十年，拼死拼活就是想让孩子多读些书，可是她们的孩子如今也出来打工了，重复着父母的命运。有一天，这两姐妹的父亲去世了，两个人匆忙上路处理后事。几天之后我再见到其中的一个，她和没事人一样，直到我问起，她才红了眼睛说，现在自己也是孤儿了，留在老家的孩子没人照顾，也可能要出来打工。尽管她很平静，我却很难忘记那个上午的情景。在我看来那真是一种让人绝望的生活，可是日子还得继续过。

冷静有节制的叙述并不是让作家的内心变得冷漠、冷酷，而是让自己有思考和过滤。

三、作家应该是社会的痛感神经，农民工的生存状态、精神出路是一个不容躲闪的话题

李云雷：你的小说也常被纳入"底层文学"的范围来讨论，但你的小说很少直接关注社会问题，而注重关注打工者的内心世界，写出了他们的疼痛，请问你为何会选择这样的视角？你对"底层文学"怎么看？

吴君：我不认为没有饭吃没有房住才是底层。在我看来，没有尊严，被忽视，精神受到挤压是更要命的底层。比如陈俊生不愿见到工友把女人带回宿舍过夜，认为冒犯了自己的尊严，比如王菊花希望睡觉的时候能关灯，比如《扑热息痛》里的王灿生希望老板不要再骗自己，程小桃只想喝一碗本地人家里煲的汤。然而这些看起来很小的愿望，他们都无法实现。

跟记者不同，作家应该是社会的痛感神经，他（她）不能只看到城市光鲜的一面。许多人看到了深圳的高楼大厦，高速增长的 GDP，而作家应该关注那些具体的人。三十年过去了，打工群体从青年到中老年，如今他们在哪儿？农民工的生存状态、精神出路是一个不容躲闪的话题。第二代打工者面对的也许是一个更加残酷的环境。有些打工者没有经历中考、高考，童年、少年时期又是在关爱缺失的环境里长大，抗挫折的能力可能逊于父母，他们又将如何面对这漫长的打工生涯？

四、那些落魄的小人物更合我的眼缘。他们也有人生的四季、喜怒哀乐和追求梦想的权利，只是机会少得可怜

李云雷：在《亲爱的深圳》《深圳西北角》《樟木头》等小说中，你小说的主人公对深圳怀着复杂的心情，既满怀希望，渴望融入其中，但又无法真正地成为城市的一员，有一种"深圳"情结，爱恨交织地纠结着，你用逼真的写法切入了他们的生存现实，呈现了其中残酷的一面，给人留下了深刻的印象，请问你如何看待你小说主人公的"深圳情结"？《出租屋》中那个被工装，手套、口罩裹得严实的打工妹，只露了一双眼睛，这个城市只需要她那双劳作的手。

吴君：在一些人眼里，深圳是个欲望之城、出租之城、无根之城，来过的人，离开或者回去都无法消除掉深圳对他们一生的影响。许多农民经历了

现代文明或许已经找不到回家的路。每个人用盲人摸象的方式，把对城市的记忆或想象带回乡村。城市正用一种神奇的力量搅动并改变着中国农村。这是我创作《出租屋》这部小说的初衷。《樟木头》写的是两个女工为了获得深圳户口，享受本地人一样的生活，历尽各种艰难和屈辱。"樟木头"看守所是她们绕不过去的黑洞，使她们结下一生的孽缘。

李云雷：在《十七英里》《恋上你的床》等小说中，你描述了不同社会阶层的区隔与断裂，在《十七英里》中，王家平夫妇虽然曾是庄老板的"恩人"，但社会地位的剧烈变化，让他们在庄老板的别墅中却感到拘谨与尴尬，《恋上你的床》中的打工妹对本地女人的生活极度渴望但又可望而不可即，这些都显示了社会不同阶层之间的差异，你的小说对这些有着细致的呈现。

吴君：社会发展在弱者眼里有如过山车，有失控的感觉。本地人、外地人一样焦虑和茫然。原有的海边小镇被大时代裹挟后，曾经优越的本地人，渔歌唱晚的故乡已无迹可寻，与现代化接轨的心理和技能准备好了没有呢？本地人眼里，外地人无论如何都不该闯入他们最后的领地，也是最后的尊严——家。这位叫阿焕的四川女孩偏偏要躺一下本地人的床，结果受到了最严厉的惩罚，这便是小说《恋上你的床》。现代化不由分说摆在了面前。仿佛一夜之间，安分守己，勤劳致富这些词成了老土和苦命代名词。另外一些人活得更舒服，更体面，更被人羡慕。假装不正经、消解意义的存在成了一些人的防弹衣。许多人心甘情愿卷进传统价值体系崩溃的狂欢中。

李云雷：小说《陈俊生大道》中写了一个有梦想的打工者的故事，但在现实面前，他特立独行的个性被消磨殆尽，只能与同宿舍的人修补关系；而在《二区到六区》中，你也写到了三个大学生闯深圳的故事，到最后他们的梦想也以破灭而告终，在现实中，这些青年人只能失败吗，是否他们也有成功的可能？

吴君：当然有很多人成功，否则也不会有现在的深圳，更不会有那么多人来深圳。我是一个作家，当然要选择一个特殊角度去关注。那些失败的，落魄的、无人问津的小人物更合我的眼缘。他们也有人生的四季，喜怒哀乐和追求梦想的权利，只是机会少得可怜，我所表现的是他们在城市化进程中内心的风暴。

五、关注女性打工者的内心世界和婚恋烦恼，以及农村人对城市追求的一次次幻灭

李云雷：或许因为你是女性的缘故，在小说中你也对打工的女性倾注了更多的关注，《福尔马林汤》描述了两个女孩要嫁给本地人的故事，《复方穿心莲》则写了一个嫁给本地人的女孩的故事，和一个竭力与本地有钱人保持关系而以"小丑"的形象出现的女孩的故事，这些故事看来让人心酸。请问你如何看待女性打工者？她们是否有着更多的隐痛，或者更多的可能性？另外，"福尔马林汤"与"复方穿心莲"也都颇具象征性，你能否谈谈为什么选择这样的题目？

吴君：心力角逐后，不过是殊途同归。借《复方穿心莲》中婆婆的话：北妹没有资格嫁给本地人，哪怕是残疾人她们也不配！《福尔马林汤》是写痛的，真情受到捉弄，农村人对城市追求的一次次幻灭。我想表达那些焕发着光泽，看似美好的生活，很可能已经被溶液一次次浸泡过。为过上那种有尊严的生活，打工妹付出了难以想象的代价。穿心莲确实是苦药。

李云雷：小说《菊花香》写了一个"剩女"打工者的故事，这是一个很少有人关注的题材。小说的主人公王菊花保持着身体的纯洁，为找寻合适的对象而苦恼，但在最后，她却在酒后失身于一个守更人并被无情地耻笑。这篇小说让我们看到了女性打工者的内心世界，尤其是她们成长之后在婚恋上的烦恼，请问你为何会从这样的角度去关注她们的生活？

吴君：外来加工业把深圳变成了世界加工厂。农村女孩汇聚在此，她们年轻的血汗成了肥料，灌溉着特区之花。王菊花是深圳九十年代打工大潮中留下的一个女工，她被时代、现代设备、工友集体抛弃，为了获得一个独立的空间，一个可以关灯睡觉地方（厂里三班倒，宿舍永远开着灯）她忍辱负重，可到头来，只是一场噩梦。小说中王菊花的体验我没有，但她想找个地方藏起来的感受我却时常会有。现代文明，让乡愁无处寄放，旧式生活一去不回。同期来的姐妹回家或是远走他乡，只有她留下了。她被上一个时代剩下，孤独地活在这个无人对话的世界里，甚至她的处女身体也是被遗弃和嘲笑的。

六、影视改编的经历让人更加注重故事的完整性，只有这样才能与影视结下善缘

李云雷：你的中短篇小说是最有影响的，但你也创作了长篇小说《我们不是一个人类》，请问你对不同体裁的创作有什么不同的体会？今后仍将以中短篇小说为主，还是有别的创作计划？

吴君：写长篇的时候很像是种精神分裂试验。整整一个白天在单位上班，做的事情与小说无关。到了晚上强行把自己拉回状态里。写中短篇感觉是角色客串，下了舞台又能把自己藏回日常中，比较合适我眼下的状态，暂时我的写作由不得自己喜好，只好听天由命。

李云雷：你的小说《亲爱的深圳》改编成了电影，不知你对这部电影怎么看？影视改编对你此后的文学创作有什么样的影响？

吴君：2009 年电影已经发行了。影视改编之前我有些混乱，对写作领域之外的无知导致了我兴奋和焦虑，在无人启蒙的情况下，乱飞乱撞过一些时日，完全不知我的北在哪。现在已平静，也许是必经之路吧。

这个过程中学到了很多东西，比如学习到另一个领域里的章法和行规，相对来说，比起小说创作，影视人更辛苦和用功，他们爱岗敬业，对于文学作品，连个普通演员对小说都有着庖丁解牛的本事。这触动了我在写作上更加注重故事的完整性，而不是有了一个理念就急着写出来。学会了耐心细致把事情的来龙去脉想好才动笔，只有这样才能与影视结缘，结善缘。

印象
打工者的"平凡世界"

在深圳的青年作家中，吴君是一位勤奋而低调的作家，也是一位无法被忽略的作家。

吴君的小说题材大多集中于深圳的打工者，让我们看到了在飞速发展的现代化过程中那些被忽略的人，让我们在繁荣的背后看到了打工者所付出的血汗与泪水，看到了这些年轻人的命运与生活状态。

在《陈俊生大道》中，一位名叫陈俊生的青年，怀揣着梦想到深圳来打

工，他的梦想是干一番事业，以他的名字命名一条街，但在现实中，他却只能在紧张艰苦的生活中努力为自己保留一点点空间，他看不起别的打工者，反感他们带妻子住在宿舍里，对他们冷眼相待；但当他的妻子千里迢迢来找他时，他却也找不到地方安顿，只能反过来寻求同宿舍人的宽容。而在这一过程中，他昔日的雄心则被消磨殆尽，在这里，我们所看到的不仅是一个物质贫乏的故事，也是一个精神悲剧，在逼仄的空间中，他们梦想的翅膀还没有起飞就折断了。

在小说中，吴君关注更多的是女性打工者的命运，她将赤裸裸的真实与残酷展现在人们面前，写出了她们的情感与内心纠结。在《福尔马林汤》中，两个打工女孩最大的梦想就是嫁给本地人。程小桃小心翼翼地处理着与男人的关系，既要实现这一梦想，又想保留自己情感的纯洁；方小红则不顾一切地攫取眼前的一切，与不同的男人交往。两个小姐妹相依为命，而到了最后，就在程小桃以为自己的梦想就要实现了时，方小红却抢夺了她的"果实"。

如果说《福尔马林汤》写的是打工妹想嫁给本地人的梦想，那么在《复方穿心莲》中，尽管方小红实现了这一梦想，但是她仍然生活在诸多压力与纠葛之中，丈夫的出轨，公婆的压制，在家中毫无地位，甚至连孩子都无法亲近，她仍然置身于梦魇一样的生活中。这篇小说还塑造了另一个女孩阿丹的形象，她像小五一样取悦于当地富有人家，为他们处理各种事情，只是为了寻求自己发展的资源与机会。当我们面对这一形象时，既厌恶又同情，也不得不追问，是什么迫使她们不得不以这样卑微的方式来谋生？在这中间，隐藏着社会发展的伤口。

在《菊花香》中，吴君关注的是另一类打工妹，她很早就出来打工，现在年龄大了，但还没有找到属于自己的婚姻与爱情，她艰难地寻觅，然而她细心呵护的处女之身等来的却只是摧残与嘲笑。

在这些小说中，吴君所描述的只是打工者的生活状态与情感世界，她没有从"社会问题"的角度去关注他们，她写的也不是他们生活中重大的社会性事件，而是细致地深入到他们的世界中，去贴近他们的生活与情感，描述出他们的感受与处境。正是在这些"平凡"的日常生活中，我们看到了那么多隐蔽的心理，情感的纠葛与屈辱的内心世界。

吴君是从多个角度关注打工者生活的，在《亲爱的深圳》《深圳西北角》《出租屋》等小说中，她描写了打工者的"深圳情结"，让我们看到了主人公纠结于城乡之间进退不得的艰难处境；而在《幸福地图》等小说中，她则描写了主人公在乡村社会中的影响。《幸福地图》写的是一个打工者死后在家乡所引起的反应，妻子与女儿的感受，家族内部为抚恤金的争执……在吴君的笔下，不同人的表现如浮世绘一般呈现了出来，让我们看到了打工者在家乡的真实处境：真正关心他们生死的人又有几个？在这个意义上，死者不仅被城市抛弃了，也被家乡抛弃了，甚至被家人抛弃了，这又是一种怎样的人生况味与感受？

与当今不少研究打工者的社会学著作相比，吴君的小说可以说表现出了打工者生活的"常态"。她所呈现出来的精神、情感乃至情绪上的压抑是无形的，是无法被量化与统计的，但也是最为重要的，在这个意义上，吴君的小说比一些社会学著作对打工者的理解是更深入的，也充分发挥了文学的长处，她的小说更接近于主人公的经验与内心，更加鲜活生动。同时，她所揭示出来的问题也更加引人深思——我们关注打工者不能仅仅停留在经济层面，也应该关注精神、情感等方面的问题。

在另一类小说中，吴君写了社会不同阶层之间的"距离"，今天，不同阶层之间的交流是困难的。《恋上你的床》《十七英里》等小说让我们看到人与人沟通的难度，这也正如吴君一部长篇小说的题目——"我们不是一个人类"，这样的状况是不自然的，是令人触目惊心的。吴君的小说揭示出了这样的社会状态，有助于我们反省，有助于我们直面真实并进而寻求解决的方法。

在一篇访谈中，吴君将自己归为"有限的作家"，她不想做无所不能的作家，而是自觉地认识到自己的长处与不足，从而在某个领域做出深入的开掘。有着这样清醒的意识，是一个作家成熟的表现，也预示着吴君能给我们带来更多引人深思的作品。

忠诚与谄媚 [1]

吴　君

2007 年 12 月 14 日，东莞发生了一场火灾。记得南方某著名媒体的报道中饶有意味的一笔：本可以逃生的客人被女店长拦住，为了保护老板的财产，她竟置客人性命于不顾，跪地哭求不要毁坏物品，导致自救的时间被拖延，结果是 10 死 9 伤，包括客人和服务员。

酒店、餐饮、保险……珠三角的服务业一直繁荣昌盛，吸引了全国各地成千上万的年轻人投身于此。改革开放到今天，已经过去了三十年，他们从青年到中年，甚至已经到了老年。他们现在还好吗，他们的未来怎么样，或者，他们有未来吗。

那个跪在地上的店长，曾经花样年华。我常常想到她的身影，那是怎样的一个鞠躬尽瘁，怎样的死而后已。她在天国还好吗。她的死有价值吗。甚至，她来自哪里，有着什么样的名字。

《富兰克恩》受到过批评，因为我描述的又是底层，而那些个场景是多么的令人不适。

潘彩虹、陈祥、阿齐无一例外，他们本属同个阶级。曾经善良、敬业、有情有义。然而，为求得主子的承认，他们极尽讨好巴结献媚之能事。过程中，丧失了小女儿性、母性，甚至是人性。牺牲了友情、爱情、亲情，被老板玩于鼓掌间，无知无觉。身世卑微的他们，要得其实很少很少，除了工资，一句表扬也很知足，一句无心的承若便足以令他们心怀感恩。老板被审查放

---

① 该文原载于《中篇小说选刊》2012 年第 6 期。

回来，潘彩虹说，即使出去打工，也不能让你们饿着。为了老板寻欢，她站岗放哨撒谎作伪证，被老板娘扇了耳光；为拉到生意，酒后与客人发生关系。衣着光鲜、笑容可掬，那些算计、投机，那些恬不知耻，求生的过程已是受辱的过程。只在夜深人静，才能抚拭那一道道耻辱的伤口。与丈夫同床，脑海中会浮出老板的面孔。为孝忠，她失去自我，完整地交出了灵魂。奉老板为神，酒店变教堂，店歌亦颂歌，在老板的光辉笼罩之下，他们被洗礼成奴，改造为仆。被盘剥后已一无所有的潘彩虹，主子的一个电话，一句召唤，她又会身不由己，一切重来。这职业的代价是什么，难道是我冒昧理解的反社会性吗。

Flunkey，写下这个字母时，我心情是复杂的。我理解的底层不是概念化，脸谱化没有饭吃的人群，而是那些精神上赤贫的弱势群体。某种意义上，我和我的许多亲人，何尝不是他们中的一员。我知道，自己已站在了道德的凹地上，批判的立场本不该对着本以受尽苦难，被折磨的人们。

五体投地，感激涕零，心甘情愿地交出了自己。除此之外，难道别无选择吗？

当然不是。然而，都不及出卖和放弃来得更快捷。只有谁更高明，没有谁更高尚。愤世嫉俗是没有受益前的表演，变节最快的通常是这个群体。他们何时有过真正的立场，又何必在意自己的选择。

在此感谢我的责编杨泥老师，更要感谢《中篇小说选刊》节日期间给我的重要鼓励。

我的深圳叙事①

吴 君

  对于写作，我曾经有过放弃。放弃的时候甚至连思考也来不及。其原因除了那时候完成马不停蹄的新闻采写、各类考试和人生角色转换，还有对整个深圳的文学气候，我表现出的那种水土不服、格格不入。沿海地区的节奏和震荡曾使读书和写作变成奢侈，更显得无力和可笑。我甚至觉得唯有学习一门生存技术才能找到安全感，朋友们聊天时也从不涉及文学。文学成了每个人的隐痛和旧伤。与此同时，写作和发稿的折磨让我在不断怀疑和否定中失去了自信。走在南方被烈日暴晒过的街上，一次次问自己还要不要写下去，还要不要让自己再蹉跎下去。我的追问理性而负责，因为再也耽搁不起。

  我总在想，一个人与一部小说的命运何曾相似。就在我的文学脉象日渐虚弱时，仿佛命不该绝，就是这一年，2004 年 8 月，我终于听到了肯定的回声，那是流浪在外了很久的长篇《我们不是一个人类》出版，小说《城市街道上的农村女人》被《小说选刊》转载。直到现在，我也从不隐瞒自己喜欢真诚的表扬，它甚至可能是我的写作继续下去的重要条件。我知道，写作大事，仅有理想和自恋是不够的。我在内心珍藏了那些名字，正是那些积极而正面的话语，使我及时走出了内心的灰暗并越过了瓶颈，重新回到写作的队伍中。接下来，我开始以写作者的身份思考问题，并真正面对我自己和我所居住的城市——深圳。

  深圳的面积不大，产生的化学反应却是巨大的。其特殊性几乎任何一个

---

  ① 该文原载于《文艺报》2013 年 3 月 23 日。

城市都不能相提并论。深圳是许多人的理想国，某种意义上讲类似于当年的延安和北京、巴黎、纽约。背井离乡的人、心怀梦想的人、不甘寂寞的人汇聚在一起，产生了新的能量。这些能量有的转换为创新的原动力，有的转换成尔虞我诈的利益之争，有的则化为旋转在城市上空的漫天风沙。多一些个人的思考和判断，而不仅仅是记录那些浮光掠影和时代的标志，这是我一直都在面对的问题。

《亲爱的深圳》拍摄为电影的时候，作为原著者，我去了片场。当时正在拍从乡下赶来的父亲揭穿女儿说谎这场戏。之前女儿隐瞒了曾经做过农民、做过小姐的身世。我看了，很不舒服。父亲誓死捍卫真相的态度让我难以接受。

一位朋友曾对我说，每个深圳人心里都藏着无法愈合的伤口。再回到《亲爱的深圳》这部电影，作为父亲，忍心揭开吗？揭开后何用？是为了实现某种高尚的需要而请功吗？可是，往时的旧伤和隐痛何曾被忘记，哪一刻不在提醒着我们卑微的出身？

在深圳，除了成功人士、白领丽人，还生活着大量的农民。他们有的藏身于狭长的车间，有的徘徊在去留的路上。他们或者正值年少，或者满头白发，或者再也找不到回家的路。他们愁苦的表情有着惊人的相似。正是他们，创造了深圳的繁荣和奇迹，同时也带来了这个城市失衡的男女比例和远方留守者无尽的惆怅。失去了土地的农民处于前进不了、回去不能的尴尬而无望的地带。被现代化釜底抽薪后的农民，生活之路究竟在何方？种种的迹象表明，亲爱的城市再好，楼房再高，都不属于他们。

有时写作像人生一样迷惘，前途和未来令人忧心忡忡。真正的生活谁也逃避不了，需要全力以赴地参与面对。行进在数以万计的移民中间，城市街道上那些疲倦的外省人走进我的视野。一个写作者避开这一切去建立文学的空中楼阁，是需要勇气的。要有对生活熟视无睹的勇气，对生活掩耳盗铃的勇气。关注与记忆让我明白，为了生存，这个移民的群体仍要在很长一个时期内饱受漂泊和来自内心的挣扎。

作家是社会的痛感神经，他不能只看到城市光鲜的一面。特区成立30周年，许多人看到了深圳的高楼大厦、高速增长的GDP，而作家应该关注那些具体的人。30年过去了，打工群体从青壮年到中老年，如今他们在哪儿？深圳是他们的光荣还是疼痛？深圳还能容得下那些老弱病残的身体和受过屈辱的心灵吗？冷静有节制的叙述并不是让作家的内心变得冷漠、冷酷，而是让自己有思考和过滤。仅有点子是不能写好小说的。好作品要与作家血肉相连，只有把别人的苦熬成自己的苦，把别人的心换成自己的心去感受，小说才能长在作家的心里。

除了一部长篇，我的小说都是以深圳为背景。《福尔马林汤》《复方穿心莲》《十七英里》《皇后大道》……通过深圳叙事，我有了成长，学会了宽容，更有了解放。过程中我不敢乱施同情和怜悯，因为我可能也是别人同情、怜悯的对象。焦虑、命运感和内心的动荡每个生命都会有，绝非没有饭吃的人才需要面对。去留两难的人生是我一直关注的。或许太多人都在面对这样一种困境和选择，而绝非地域上的来或去。海边小镇被大时代侵吞、占领、裹挟后，曾经优越的本地人不能预知自己将被带向哪里，渔歌唱晚的故乡早已无迹可寻，未来又在何方。无助和怨恨的情绪能够被永藏于摩天大楼的地基之下，也可能铸造出仇恨的子弹，这是我写《恋上你的床》的心理动机。强大的资本力量，把深圳变成一个世界级加工厂。农村女孩汇聚在此，她们年轻的血汗成了肥料，灌溉着特区之花，这是《菊花香》的故事。每个客居过《出租屋》的人，再也不能回到从前。城市正用一种神奇的力量搅动、瓦解并掏空了中国的乡村。《樟木头》是深圳人不愿回首的历史，更是她们洗不脱的红字。面对当下的一切，我无法选择回避。

《曾广贤文》有"受恩深处便为家"一句，此话深合我心我意。我的写作离不开深圳，深圳的写作或许也需要我。我与这座城市有来龙去脉，早已水乳交融，有真切的依恋和默契，更有爱恨交织、生死与共的深情。

由我走向我们①

吴　君

想起那个妇女节，我和一些人坐长途车去厦门，立在某个广场挑选衣服的情景。据说这批货刚从香港、台湾偷渡而来，款式和质地在内地还没有出现。整个广场充满了刺鼻的消毒水味和发霉的气息，然而我们谁也没有嫌弃，一个个欢天喜地买了许多，有的穿在身上，有的送给了内地亲友。

同年，我们以相同的面目跑到香港，躲开富丽堂皇的铜锣湾、海港城，直奔脏乱的女人街，去挑选那些挂着异域标签的地摊货，迎头撞见了香港人不屑和鄙夷的眼神。

深圳，某个时期，似乎随地可捡黄金，随处可逢机会。同时，这也是一个理想者的圣地，北斗星般照亮了许多人的夜空。当然，这里除了是改革开放的前沿、试验田、世界的加工厂，同时还是暴发户、偷渡仔、寻租客们的乐土。

《樟木头》的年代，我刚刚来到深圳，那是一个到处都是眼睛，遍寻可疑女人的街景——我所在大楼里的一个女孩就被一辆汽车拉走，再也没有回来。那个无法言说的午后，她的命运成了一个谜。在我的眼里，她仅仅是一个优秀的舞蹈演员，其他角色谁也无从得知。那时候的我们，身上必须带有一个证件或证明，否则分分钟都有被带进看守所的可能。沿海地区的温热迷离正透换着每一个人的血汗和体温，所谓梦想，变得那么做作和矫情。何去何从，我们迷茫、无助。那样的情景，让我想起了台湾作家吴浊流的小说《亚

---

① 原题《我和我们的深圳》。该文原载于《文艺报》2013 年 9 月 16 日。

西亚的孤儿》。

属于深圳的 30 年过去了。如今，这座城市不再招摇速度和金钱，它的价值取向开始出现了多元，它与魔幻的港澳台杂交出自己的孩子，它不再漂着，与内地和脚下的土地发生了真正的关联。咋咋呼呼、财大气粗的标识开始消退，内在精神出现了变异。而另一种气质的鱼，正优雅地浮出水面。

文学的深圳回来了。它以一种与时代息息相关，寸步不离的特殊气质出现，悄无声息地铺排在深圳的大街小巷深处，分布在地王大厦和京基 100 的光影里，藏身于深南大道两侧炫丽的幕墙处，甚至跳上了开往关外或九龙的大巴。文学的气息，由东到西由南至北，遍及了这座地貌被移山填海改变过，人心被翻江倒海先扯过的城市深处和上空。

我便是这样的一条鱼。深海里淹没，浅滩上搁置，最后活了回来。回来时，身形和味道都已改变。在乎的已经不在乎，没有认识的已不想认识，忘了的索性遗忘。反正，我已选择了重生。

当年住在楼下的一个熟人找到我，约好了吃饭。现在的她，是个有钱人。席间，她说了很多话，话里尽是炫耀。炫耀孩子在国外读书，说美式英语，炫耀厂里几百号人，全是家乡来的，她是村里的骄傲。结束时，她邀我们去她豪华的家中看看。她急于向我证明，向见过她窘境的每个人证明她现在的富裕和成功。她急于修改，在我们心中留下的那个充满挫败与不堪的当年。

没有看不起，除了没有资格和条件，还有，我开始生出爱惜。因为她心里长文学了，费的那番心思便是文学，眼里的红丝，粗糙的手掌，她受的苦以及没有表述的部分，就是我眼里的小说。

当年挤在人流中购买港货，伙伴们开心的样子，我至今还记得，那是对外面世界怎样的一种向往和好奇啊。如今，港台甚至是海外早已对内地人刮目相看，复杂心情难以言表。一路过来，敏感的我们，心中藏有感动，更藏有伤口。虽然早已愈合成蝴蝶结，晴朗时翩跹，借妆术艳光四射，一切都天衣无缝，仿佛岁月静好。然而，谁也挡不住，它会选择在一些平凡的雨天或午后，隐秘发作，痛彻心扉。于是我有了《亲爱的深圳》《皇后大道》《十七英里》《十二条》《扑热息痛》《复方穿心莲》……不是我的故事，却是我们的故事，只因发生时，都在现场，一个也不少。哪怕只是旁观，也未曾离开。

表达不清的时候，我常常用煲汤来形容写作这种事。之前有过五花八门的材料，历经火上的翻滚和煎熬，当这一切都已了结，便化成一味平静的清汤。然而这汤已不是原来的白水，它藏匿了神农的百草，五味杂陈。文学上，它是舍掉了成语、好词、偷学的十八般武艺，以及堂皇的意义和主张，留下了欲罢不能和欲语还休。作家和这碗清汤一样，回不去了。而这种化学反应，让我们受尽煎熬却又乐此不疲。

回头看看，曾经在意的已不在意，包括那些以为不会改变的初衷。只是，我仍然相信我眼中所见、心中所想，并努力地坚持着，记下我们这些深圳人的过与往。

关于陈俊生 ①

吴 君

在《陈俊生大道》这篇小说中，我写了一个梦想破灭的故事。这是深圳这片土地上，天天都在发生的故事，尽管这个城市招揽人才的广告词从来都是光鲜的。

陈俊生怀揣梦想到深圳，现实中，他只能在紧张艰苦的生活中努力为自己保留一点点空间，他看不起别的打工者，反感他们带女人到宿舍，对他们冷眼相待，但当他的妻子千里迢迢来找他时，他却也找不到地方安顿，只能反过来寻求同宿舍人的宽容。在这一过程中，他昔日的雄心被消磨殆尽。在陈俊生的身上，我们所看到的不仅是一个物质贫乏的故事，更是一个与现实妥协的精神悲剧，在逼仄的空间中，他们梦想的翅膀还没有起飞就折断了。

做记者的时候，我采访过大人物，也采访过流水线上的工人。记者这个职业的确让我视野开阔了许多，它让我接触了社会的各个层面，认识了不同的人生。这些对我认识问题处理问题非常有益。更重要的是它帮助我建立了自己的思考。可能这种思考是肤浅的偏颇的，但是至少不会让我再人云亦云。它让我明白，酒吧、歌舞厅不是我们的生活。单调、乏味，琐碎、欲哭无泪才是。

陈俊生的故事写于多年前，今天，当我看着自己的生活时，我在想，我何尝不是陈俊生。只是他在为面包发愁，而我在为更好的面包发愁。他和工友心生芥蒂，而我正在电话本里删除各种人。经过了对陈俊生这一些个人物

---

① 该文原载于《青年文学》2014 年第 10 期。

的书写之后，我希望自己不再怨天尤人和矫情。写作让我们变得多么安全和知足。通过写作，内心得到一次次梳理。一些思考会因为有了小说这个载体变得有所附丽。与写作一起成熟起来，就不会再恐慌，无论身处何地都会变得从容和沉静。我可以在累一天之后，坐在电脑前在静静的夜里编织着它们，这种无须我参与而又距离最近的人生，使我仿佛变成了一只可以飞翔的鸟，跨越时空，飞翔在往事和未来中，酣畅地凌驾在自己和生活之上。

慢慢写，终能看见花开 [①]

吴　君

　　写作的受益人首先是自己，通过写作，内心被唤醒，被一次次梳理，无论身处何地都会变得从容和沉静，一些思考也会因为这个载体而变得有所附丽。因为是自己选的，而非别人逼迫，所以我不会怨天尤人。

　　深圳一直就有成功的神话，一度盛产并包装了各种成功人物，否则也不会有现在的深圳，更不会有那么多人来到这个地方。我是一个作家，当然要选择一个特殊的角度去关注，那些无人问津的小人物更合我的眼缘。他们也有人生的四季，喜怒哀乐和追求梦想的权利，只是机会少得可怜，我所表现的是他们在城市化进程中，内心的风暴和历程。

　　我不认为没有饭吃没有房住才是底层。在我看来，没有尊严，被忽视，精神受到挤压是更要命的底层。比如陈俊生不愿见到工友把女人带回宿舍过夜，认为冒犯了自己的尊严，比如王菊花希望睡觉的时候能关灯，比如《扑热息痛》里的王灿生希望老板不要再骗自己，程小桃只想喝一碗本地人家里煲的汤。然而这些看起来很小的愿望，他们都无法实现。

　　深圳城市的面积不大，产生的化学反应却是巨大的。其特殊性几乎任何一个城市都不能相提并论。背井离乡的人、心怀梦想的人、不甘寂寞的人会聚在一起，产生了新的能量。这些能量有的转换为创新的原动力，有的转换成尔虞我诈的利益之争，有的则化为旋转在城市上空的漫天风沙。多一些个人的思考和判断，而不仅仅是记录那些浮光掠影和时代的标志，这是我一直

_____

　　① 该文原载于《南方文学》2017 年第 3 期。

都在面对的问题。

在一些人眼里，深圳是个欲望之城、出租之城、无根之城，来过的人，离开或者回去都无法消弥深圳对他们一生的影响。许多人经历了现代文明或许已经找不到回家的路。每个人用盲人摸象的方式，把对城市的记忆或想象带回乡村。城市正用一种神奇的力量搅动并改变着中国农村。这是我创作《出租屋》这部小说的初衷。

社会的发展在弱者眼里有如过山车般失控的感觉。本地人与外地人一样焦虑和茫然。原有的海边小镇被大时代裹挟后，曾经优越的本地人，渔歌唱晚的故乡已无迹可寻，与现代化接轨的心理和技能准备好了没有呢？现代化不由分说摆在了面前。仿佛一夜之间，安分守己、勤劳致富这些词成了老土和苦命代名词。另外一些人活得更舒服，更体面，更被人羡慕。假装不正经、消解意义的存在成了一些人的防弹衣。

我不算是一个全面的作家，却曾经做过当全面作家的各种努力。发展到现在，我个人对自己的定位是有特点的作家。这个特点来自我由开阔主动走向狭窄。这是经历了许多探索后的最终选择。大而无当、大而宽泛都是被我摈弃的。回到角落中才是回到现实里。我在小说《福尔马林汤》中借小桃的一句话说，城市再美，可与我有什么关系呢。她的生活就是那个点，与她交集的就那几件事，几个人。时代再伟大也只是个流动的背景。

有谁不在角落里？都是一隅，家庭是，单位是，个人更是。城市再大，每个人住的、停滞只是个点，占据的也只能是一个角落。许多人生故事也都是从这样一些角落中展开。或是华丽或是阴冷，但都是有限的地方有限的人有限的故事。

在我看来，好作品要与作家血肉相连，必须把别人的苦熬成自己的苦，把别人的心换成自己的心去感受。然后那个小说才能长在作家的心里。

作家是喊痛的，是时代的温度计，他不负责为当下的生活涂脂抹粉。为温暖而写温暖，不是我的追求，也不是我未来的追求。

我相信江郎才尽这一说法。我相信一个写作的人，总会有那么一天要面对自己的枯竭。从这个意义上说，我羡慕搞音乐和美术的人，不再有创造力的时候，他们还能去做个老师。作家不同，写不出来就是写不出来了，之前的都得归零，因为不能重复。这也是我不想成为职业作家的原因，是怕那一天来到的时候，还要被人问起，会受到刺激。

我原来是向黑暗处写，眼下我是从暗处向明亮处走。创作中，我除了可以在各种人物间游走，还解决了自己内心的各种困惑。一旦被人物附体，我便服从于人物。跟着人物走，他成熟的时候，我也收获了成长。这种美妙的感觉真是妙不可言。过程中我见证了许多人的生活以及他们的落脚点，这是一个内心软化的经历。

　　慢慢写，终能看见花开。

　　虽然小说中的各种人物生活在深圳不同的地点，经历着各自的故事，但如果从整体上看他们，是有一个内在的脉络把他们都牵连到了一起。我希望这些小说之间、人物之间有着某种内在联系。把深圳所有的地方全部涉及是我的一个理想。汇聚起来，将是一个相对完整的文学意义上的深圳版图……

　　其实看书或看电影的人都是有期待的，想要汲取温暖或渴望认同，总之各怀心事。在黑暗的影院里，观众打开了自己，他们需要看见创作者自己也是打开的，捧出初心，而不是身着盔甲，带着一腔傲慢在对付你。读者对作家也一样。

写作令我收获了强悍的内心 ①

吴 君

我已经开始喜欢怀旧，过去怀的是故乡，而现在怀的是深圳的当年。

九七年的时候我还是一名电台记者，有段时间每天都进出在名声大噪的劳动村。劳动村作为一个著名的观摩景点，每天接待客人成千上万。村委书记的马自达汽车傲慢地停在豪华的村委门前。统一的住房，统一的装修，甚至于劳动村的村民茫然失措的眼神也是统一的。昔日的渔村村民，并不知道外面的世界发生了什么，也没人告诉他们这从天而降的生活意味着什么。不久前，当我再次路过那里，看到了那里的破败和萧条。岗厦、蔡屋围、白石洲，都已变成了鱼龙混杂的城中村。曾经的原驻民风光不再，曾经的外省人开始过上了优渥的生活，当然，也有进不了城的农民和回不去的故乡。他们多是和我一样无所适从的外县人，衣着艳俗、表情混搭，哪怕久居深圳，其精神却还一直游荡在故乡和深圳的长途车上。梦里不知身是客，他们在为自己和家人争得美食华衣之时，付出的却是整个的青春和全部的热情。

千禧之年，我见证了深圳农村城市化，土地换社保，改旧与违建，秧苗事件，房价的飙升，深圳与香港，原著与外省人，优势互换，欠薪，收容制度，新劳动法实施，关内外的行政阻隔，男女比例，移民的后遗症，等等。深圳人的各种况味，被我收了满眼满心。这一块交合了改革开放三十年中国之美、中国之痒之痛的土地，无时无刻不牵动着全中国的神经。

《百花二路》的故事里有一对苦心经营婚姻的夫妻，他们成为邻里和社

---

① 该文原载于《人民文学》2017 年第 5 期。

会的婚姻典范，然而这个看似美好平静的家庭，在被一个年轻女孩轻轻一撞后，险些土崩裂解。在脆弱的家庭内部，夫妻的底牌昭示在世人面前。我想透露的是那些不断"垒窝"、不断积累财富的深圳人心中的隐秘，他们即便已经富可敌国，仍然无法解决内心的不安和恐慌。

我知道，如果不是因为写作，我的目光不可能投向那里，投向我生活之外的人群，不可能与他们的生活产生交集，更不可能如此紧密地随着这座城市的脉搏一起跳动，血脉偾张，爱恨交集，对人心挖地三尺不肯罢休。我从不认为这座特别的城市会带来一成不变的人和故事，所以我从来没有题材匮乏的焦虑。

我希望把中国最活跃的人群和他们所创造出的这个大都会，持续嵌入到我的书写之中，用一个个故事，串起深圳人的心灵秘史。而这，就是我的动力所在。

排毒养颜的写作[①]

吴　君

　　自古文章憎命达，机关文化更是深不可测，以个人爱好为例，为官为吏尤其不可以文学自命，个中滋味难以言说。

　　作家这一职业在当下不是被遗忘就是被区别，如果语境不对，分明就是妥妥的讥讽与奚落了。有些人这样称谓作家之时，好似手里抓住了什么把柄。仿佛面前是一个被隔离在他们之外的异类，而那异类的一切举动皆可归为无形与无常。在强大而深不可测的机关文化和市场经济大潮中，文学爱好者偏软无力的弱势体质似乎早已暴露无遗。

　　在当下，表明自己在搞文学更像一个自称特异功能的人或是杂耍艺人，绝不会收获喝彩，只会惹来偷笑与质疑。虽然本职工作完成得问心无愧，但不务正业的标签早就帮你定好，且职务越小，被另眼相看的可能性越大。领导的脸色难看不说，不安和戒心肯定是存下了。自作多情时指望的所谓尊重与仰慕，不仅没有，反而还会影响到此作家的升迁或生活。除了好事不要再指望，甚至连下作的剧本也有人替你写好，编好了场次。太过浪漫，太过务虚，太过散漫，太过多情及不拘小节迂腐之类酸词已为你备好，随时恭候您老再有高调狂妄之举对一并拿下。把长处巧妙转化为短处，把文学排斥为边缘异端，这是整人术进入新纪元的新段位，亦是唯金钱地位崇拜的再诠释。所以，承认自己是个作家在当下是需要勇气的，他必须不看别人满脸满眼的不屑，也不必反唇相讥，毕竟日子终究是过给自己的。为此，许多人早已将

<hr>

　　[①] 该文原载于《北京文学（中篇小说月报）》2017 年第 9 期。

文学的毒瘾深藏于体内而不暴露，只选择月黑风高之雨夜，私下发作聊以排遣骨子里增生出的情愁爱恨，只写不说此乃观音灵签中的上上签。

很多时候，我更希望自己擅长的是乐器，而不是永远词不达意、画蛇添足、南辕北辙的文字。你在乎什么，就会被什么束缚和塑造。原因是我们需要向五斗米折腰并深深地致敬。我以为好，别人认为矫情和可笑，我们真的真的不是一个人类，或许聒噪下面才是我们孤苦无告的内心。

语言，这冰山的一角，它到底能做什么，它又能救得了谁？正可谓：风流不在谈锋胜，袖手无言味最长。

身体的风水[1]

吴 君

　　小时候，我住在东北农村的姥姥家。那个村子里客居了大量从山东、河北逃荒过来的外省人，我便是这些外省人的后代。

　　那时候电影放映队来了才是真正过节，而除此之外就没有什么娱乐活动了。大家只能把积攒了一年的疲和累放到过年的时候去释放，而释放的方式竟又是如此奇特，平均一秒钟吃进嘴里一颗黑糊的葵花籽，平均五分钟放进嘴里一块咸硬的糖块。除此以外日子过得似乎很慢，无边无际的白天和黑夜，总是没有任何新鲜有趣的事情发生。我们只能为自己家的母鸡生了一个双黄蛋而高兴。作为小孩子的我们，开心的事情还包括谁家的女人上吊或跳河这样的新闻，因为女人们又会亢奋几天，而这时的大人们似乎忘记了对孩子各种莫名其妙的管教和打骂，同时，她们还因为与本地女人有了共同的立场，而友好起来。当然，这种和谐的景象只是临时的。

　　印象最深的是一个姓刘的女孩与人谈恋爱失身后被男人抛弃，并别无选择地跳了河。那一天的大人们，脸庞涨得通红，不知是喜是悲的情绪高涨难掩，尤其是女人们，她们似乎表现得越是开心，越是与这类脏女人划清了界限，仿佛她们用行动替天行了道。如今想来是何等之残酷和无情。刘姓女孩跳河之后引起了村里人的奔走相告，他们觉得这是离过年还太远，老天给他们的一种慰藉。当然也有更老的女人摇着头、瘪着腮，对着河岸的方向发呆。发生了这样的事，是没有人垂泪的，包括女孩子的母亲，她除了恨还是

---

　　① 该文原载于《中篇小说选刊》2018 年第 3 期。

恨，似乎女孩子的死把她的清白也夺走了。失身的女人为什么要死呢？男人不也同时失了吗？却从没有见到他们痛苦，我真想见到他们哭哭啼啼的样子。或许他们窃喜着，因为在女人捶胸顿足的时候，他们发现了自己竟然是个胜利者。

我越发不再反对婚前异性间的深层接触，前提是他们的文化层次、教养、价值观等等必须接近。他们不会想到占有和征服这样的东西，他们不会想到失身和欺骗。男女的需要是一致的，身体的需要也是。女人终于有了进步，她们影响并改变了婚恋市场的游戏规则。

小说《结婚记》便是这样的一个故事，男性终于也可以待价而沽，还是被亲人们安排的，随着时空的辗转，他们也沦为女性那般优越，不仅供人挑选，也可以面对自己的身体了。比如说嫁到一个好人家，仅仅靠身体也可以。

点灯熬夜写了近二十年，从白领写到车间，从小姐写到小贩，从虚无写到烟火的日常，日子就这样过去了很多。老朋友不联系，新朋友不愿认识，从自闭到自省，就这样以小人之心度他人之腹，从阴暗的窃喜到光亮处的展示，写作的每一天，身心疲累，饱受磨砺也无比喜悦。写到山穷水尽，也写到了柳暗花明，悠然心会，妙处难与君说。

写到与命运狭路相逢 [1]

吴　君

　　当我发现文学的无力之时，是因为我发现了生活的深刻和力量。生活已经戏剧化，每一天上演的人间剧已经令我们震撼和目不暇接。文学显然是生活之后的副产品和边角废料，它追随着生活，临摹着生活，却真正的生活是有距离的。可惜的是这种距离并非我们要的那种高于或低于生活，而只是因为自话自说产生的隔阂，也就是说，生活再是精彩也无法照搬进小说中，而要等到作家目睹了，有所触动，过滤了，思考了，变形后才能艺术地呈现出来。而在信息发达快捷得令人吃惊的现在，还有人从事这样一件事情，的确显得有些尴尬并难以自圆其说。

　　尽管我文学和生活是两回事，比如说作家在生活和写作中的表现是很难统一的，甚至有的刚好相反，有的人文字上气宇轩昂，剑拔弩张，而生活里唯唯诺诺胆小如鼠。我要说的是真正的写作者迟早要面对自己的人生。在某个地方交汇、对接，也就是说，你的际遇与小说中的人物相逢，而这样的时候你们合二为一，彼此裹挟，心手相连，共同经历人生的低谷，各种艰辛，甚至是生死迂回。如果幸运，便可穿过黑暗的云层，来到那晴朗的天空下，回到具体的生活中。过程中，这个作家可能已经暗自生出蹼和羽翼，可以上天入地、行云流水了。这样的作家，可以在我脑海里找出很多很多。

　　《结婚记》里的男女都是生活在城市边缘里的人物，他们看似在一种合乎自身逻辑的轨道里行走，可最后的结局却是那样难以预料。两位年轻的女

---

[1] 该文原载于《北京文学》2018 年第 4 期。

性，一个创作了开端，一位则设计好结局。她们无意间把一对路人般冷到冰点的父子拉在了一起，让好吃懒做的父亲，承担起他本来的义务。在这场荒唐的相亲中，牵出东北这个遍及了三亚、北海、大理、深圳这些热带地区的移民群体，他们背井离乡的真实境遇。小说的结局是父子二人由彼此嫌弃，到后面的血浓于水暖意盈怀。这是人物间的和解，也是作家向生活的一次妥协和致敬。

写作便是这样神秘，踏上行程，便不知归期，即便迷途也是必经之路。这是一个越过了无数险峰，化腐朽为神奇，破茧成蝶修行和觉悟的过程，同时也是一个寻找和回归的过程。

这样的旅途令人迷恋。

吴君的深圳叙事野心①

吴　君　舒晋瑜

舒晋瑜：能谈谈走上写作之路有哪些人或哪些作品对你影响深刻？

吴君：不同时期我喜欢过不同类型的作家。有一个时期我特别喜欢法国和俄罗斯文学，然后才是传统的章回小说，再后来是看国内的作品。我比较喜欢江浙和广西作家的作品，他们对细节的精准把握让我很是迷恋。我觉得读书跟吃饭一样重要，作家需要读各种各样的书，来营养和拓宽自己的视野。当然重要的还是自己内在的气质。这些书大家可能都看过，可最后每个作家的发育不同，呈现的面貌也完全不同。虽然阅读的喜好随着年龄在变，但也有一些没变的。在我有限的阅读中，我喜欢那些有理性、有价值判断力的作家，例如，陀思妥耶夫斯基、海明威、马拉默德、芥川龙之介、麦克尤恩、司汤达等作家而不愿意看那种只满足于揭示个人隐私和宣泄情绪的作品。

舒晋瑜：你的写作，似乎有着刻意的含蓄，比如在《陈俊生大道》中对于结尾的处理，有意让读者去揣摩？你想传达什么东西呢？你能谈谈自己对底层的认识吗？

吴君：隐伏在华丽生活下面的那一种悲痛，浮光掠影下面的真实，还有城市变动的潜流以及生命的无常，这正是我所想要表达的。努力通过作品本身传达我们丰富的物质生活和时尚生活之外还有着的一些别的东西，例如生存和精神的困境。听见有人说，就是一无所有也无所谓，大不了回农村，可是我认为这只是他发泄一下情绪而已，并不是他真的想要回到从前的生活。

---

① 该文原载于广东作家网：http://www.gdzuoxie.com/v/201812/9946.html。

因为真正的底层生活是不可以忍受的。他们多数是背井离乡，无根无据，是一群还在为生计奔波的人群，从某种意义上说这也是中国的很大一部分人群。在小说《陈俊生大道》中我写了一个有梦想的打工者的故事，但在现实面前，他特立独行的个性最后被消磨殆尽。《二区到六区》中，我也写到了三个大学生闯深圳的故事，他们的梦想也以破灭而告终。深圳一直就有成功的神话，一度盛产并包装了各种成功人物。否则也不会有现在的深圳，更不会有那么多人来到这个地方。我是一个作家，当然要选择一个特殊角度去关注。那些失败的、落魄的、无人问津的小人物更合我的眼缘。他们也有人生的四季，喜怒哀乐和追求梦想的权利，只是机会少得可怜，我所表现的是他们在城市化进程中内心的风暴和历程。

舒晋瑜：阅读你的作品，感觉像作品的名字——《复方穿心莲》《福尔马林汤》《扑热息痛》《牛黄解毒》主人公都很悲苦。再比如《亲爱的深圳》《陈俊生大道》《出租屋》《深圳西北角》《十二条》《十七英旦》等，既有对城市生活的向往，又有复杂的爱恨交织。在写作这些作品时，你的心态是怎样的？

吴君：心力角逐后，不过是殊途同归。借用《复方穿心莲》中婆婆的话：北妹没有资格嫁给本地人，哪怕是残疾人她们也不配！《福尔马林汤》是写真情受到捉弄，农村人对城市追求的一次次幻灭。我想表达那些焕发着光泽，看似美好的生活，很可能已经被溶液一次次浸泡过。为了那种有尊严的生活，底层人群付出了难以想象的代价。

舒晋瑜：陈俊生虽也是个打工者，可同时又是一个酸文人的角色，自尊、自负、自恃清高，同时懦弱、虚荣、胆小怕事。对待自己作品中的男女主人公，你好像也在有意赋予他们不同的"使命"。对于有些关于"同质化倾向"的评论，你怎么看？后来有改变吗？你觉得自己的创作还存在哪些局限？

吴君：在《陈俊生大道》中我写了一个有独立意识有梦想的青年，小说的结尾我有意让一块腊肉出现。写的时候，我也很心酸，我写的当然不是物质匮乏的故事，而是一个精神坍塌的悲剧。在狭小的工人宿舍里，陈俊生梦想的翅膀还没有起飞就被折断了。文学在我看来就是虚构的一种现实，它不是临摹生活，照抄生活；多一些个人的思考和判断，而不仅仅是记录那些浮光掠影和时代的标识。创作中，我需要不断让眼界开阔，在技术上寻找创新的途径，不断探索写作的多种可能性，尽量避免自我重复。

舒晋瑜：你如何看待评论家和作家的关系？评论家们的文章你会看吗？

会有意调整自己的创作吗？

吴君：会看，如果说得对，会做出相应调整。

舒晋瑜：自创作以来，你觉得自己的创作轨迹发生了怎样的变化？

吴君：小说是作家的天机，它泄露出作家的蛛丝马迹。在深圳，行进在数以万计的移民中间，满眼都是到了年根还守在路边等活，不能回家的民工。他们愁苦的表情有着惊人的相似。尽管总是小心避开，可城市街道上那些女工姐妹还是走进了我的视野，我总在不同场地遇见她们孑然独行的背影。我想一个真诚的写作者避开生活的真实去建立文学的空中楼阁，是需要勇气的，他要有对生活熟视无睹的勇气，对生活掩耳盗铃的勇气。真实的生活开始教育我，说服我，痛和快乐扑面而来。这样讲，并不是说我喜欢完全的写实，喜欢对所谓底层的生活照搬，对自己以往的写作完全否定。只能说，我走到了这里，对那些触动过我的人和生活再也不能回避。

舒晋瑜：现在你的作品被贴上了底层文学的标签，你的写作会受此影响吗？

吴君：标签的意义我认为是方便梳理、总结和概括，所以很重要，但它不会限定住有野心并且一直向前走的作家。只是不要把非农村、非工业、非都市、非官场、非小资、非高大上以外的题材就当成底层。底层应该是一种文学态度和立场，是有话要说，而不是把低收入，把穷困潦倒就当成底层了，那样做未免太过简单和粗莽。当然，再有态度，写得不好都没有意义。不要让技巧大于一切，也不要让概念大过内容，这是我对自己的要求。好作家应该把自己的话藏在小说里，而不是以振聋发聩的形式。

舒晋瑜：你怎么评价自己在同龄作家中的位置？

吴君：尽管我是一个被代际，命名错过，被大大小小各种热闹遗忘，境地较为尴尬的一个作家，但是事物总有两面性，那就是我真正用心创作的小说没有被忽略掉，评论界给予我的评语不暧昧，这令我的面目绝不模糊。让我如同一棵不好看，却又倔强的仙人掌，虽偏居一隅，却鲜明地存在了。这个待遇实在不错。

舒晋瑜：《富兰克恩》和《菊花香》是两个很特别的题材，你成功地塑造了两个女性形象，前一个是为了老板鞠躬尽瘁，死而后已，与丈夫同房时脑子里还占据着老板，这是一个非常典型的女奴形象。另一个是九十年代打工潮下的女工王菊花，她被时代、现代化、新的工友集体抛弃，为了嫁给一个好男人，小心翼翼守护着自己的处女之身。前者被老板无情地扫地出门，后者被同时代人所嘲笑和嫌弃。请问你为什么会有写这类题材的勇气？

吴君：我记得《南方都市报》报道的一次发生在东莞咖啡厅的火灾。报道中饶有意味的一笔是：本可以逃生的客人被女店长拦住，为了保护老板的财产，她竟置客人性命于不顾，跪地哭求不要毁坏物品，导致自救的时间被拖延。这个新闻被我记住了，而且一直在脑子里挥之不去。他们现在还好吗，他们的未来怎么样，或者，他们有未来吗。那个跪在地上的店长，曾经花样年华，我常常想到她的身影，那是怎样的孝忠。她在天国还好吗，她的谄媚是那么的令我心酸。她来自哪里，有着什么样的名字。这样的人物在我们的生活中不少，我们哪里还需要到鲁迅那个时代去找。我认为每个作家都应该有意识地对既有的写作规则进行审视和超越。

舒晋瑜：目前你在底层文学领域已经有了一定的成就。今后也将此确定为自己努力的方向吗？短篇小说集《二区到六区》由于集中呈现了移民群像，被称为"小人物之歌"。那么，作为"歌者"，你如何看待自己笔下的这一群小人物？

吴君：首先我的这个底层不单单是物质上的，主要体现在精神层面，他们承受着主流社会带给他们的种种冲击和压力。除去深圳和这个群体更容易发生故事、更具备内在冲突这个原因外，更主要的是我对这个群体的了解更多一些，明白他们所要完成的精神历程其实大致差不多，多数人还在路上，仍在拼搏，也有的已隐身城市钢筋水泥房中，成为一个所谓的成功人士。经历过多次让自己身心巨变的洗礼，他们不再是原来那个人了。之前的经历一定有过许多不堪让他们不愿提及，所以，我的底层里有他们。我写的不是这个经历本身，而是人的内部经验和内心风暴，以及他们蜕变过程中的挣扎。

工作的原因，我曾经接触过大量打工妹和管理人员，所在的单位也常常有人上访。有时候她们说着话，突然情绪失控，把袖子或裤管撸起，呈现在我眼前的是一个令人惊恐的肢体，那是一个被工业化破坏的身体，当然一定还有他们的精神。我有过与她们一起排队洗澡、吃饭、睡觉的生活。只要真诚、用心，交流并没有什么困难，尤其说到一些日常的话题，真看不出谁更高明。他们为钱太少为嫁人或者找老婆发愁，而我们可能会为另一些欲望实现不了而痛苦。在我看来，其分量是一样的。我曾见过两个女工为一块香皂打架把头发扯下一把，也见过男工为了一块油炸饼而打得头破血流。有个做记者的朋友曾经用假身份证混进东莞厚街一间工厂，待了两个月，出来的时候，我请他吃饭。他说那是暗无天日的时光，工厂外面的天空真的格外蓝。对小人物命运的关注，会诱惑我去体察并享受文字之苦、之美。

舒晋瑜：从最初关注这个群体到写出底层的面貌，多年来你的写作已形成自己的相对成熟的风格，你愿意谈谈自己的创作风格吗？

吴君：首先在我眼里的底层绝不是低收入者，它应该是一个相对的概念，所以我不愿意乱施我的同情和怜悯，也许我此刻可能也正是他们怜悯的对象。其次，我关注的不只是流水线上的工人，教师、酒店经理、公司职员、歌厅小姐、清洁工、逃港者、摩的司机、机关职员、退休人员都曾经是我笔下的主角。写作时，从来不会凌驾在人物之上，尽量保持与人物平等的关系。基本的框架搭好之后，我愿意跟随人物去体会他们并不如意的喜怒哀乐。另一个特点是小说的空间感，如《十七英里》《二区到六区》《幸福地图》《地下5号线》《樟木头》《蔡屋围》《皇后大道》等作品都有空间指向，是有意为之。虽然小说中的各种人物生活在深圳不同的地点，经历着各自的故事，但如果从整体上看他们，是有一个暗含的脉络把他们都牵连到了一起。我希望这些小说之间，人物之间有着某种内在联系。把深圳所有的地方全部涉及是我的一个理想。汇聚起来，将是一个相对完整的文学意义上的深圳版图，比如有人到深圳盐田街的时候，他如果是我的读者，可能想到陈俊生就是这条街上的工人，这是一件多么有意思的事啊。

舒晋瑜：空间感很重要，地点的迁移，构成了小说背景的迁移，但所有这些迁移，却都是为了展示深圳的发展轨迹。深圳，才是小说的中心词。从这些小说里，我们可以看到你眼里的深圳人经历了大时代变迁中人物内心的裂变、驳杂、纷繁、曲折和多维。你认为自己的写作轨迹是怎么样的？

吴君：深圳发展和人心的变化是我的写作主脉。改革开放伊始，深圳本地人完全控制话语权。他们呼风唤雨，从心理上排斥外省人，凭借得天独厚优势和固有的优越感。我创作了《有为年代》《天越冷越好》《福尔马林汤》《亲爱的》《牛黄解毒》等，旨在表达外省人的求生之痛之苦；再后来，外来移民逐渐融入深圳生活，他们有了各自的立锥之地，反映此类现实的代表作品是《流动的红尘》《不要爱我》《爱比冰更冷》《念奴娇》《樟木头》《复方穿心莲》；21世纪初，外省移民完全"占据"了深圳，"深圳是我家"的感觉越来越明显，甚至大有"鸠占鹊巢"之势，许多本地人因为多年的故步自封，已经被"赶出"

市区向城郊迁移，我由此创作了《恋上你的床》等小说。同时，外来务工的"底层人"仍然在苦苦挣扎，命运一如既往，我的《扑热息痛》《十二条》《亲爱的深圳》《幸福地图》《菊花香》《出租屋》《陈俊生大道》《深圳西北角》也相继问世。近年来，我开始将笔触转向优越感丧失，感叹三十年河东、三十年河西失去家园的本地人和深圳重新排序的富人和穷人，如《十七英里》《岗厦14 号》《皇后大道》《富兰克恩》《华强北》《夜空晴朗》《晃动天使》《花开富贵》《关外》《这世界》《生于东门》《远大前程》《离地三千尺》《结婚记》等。

舒晋瑜：《恋上你的床》提供了一个新的视点：本地人的失落，新移民的崛起。它写出了深圳在蓬勃发展的过程中，被落后的本土意识所牵制的本地人，逐渐退出主流与上层，并沦入边缘与劣势之境的失落与尴尬。

吴君：社会发展如同过山车，有如失控的感觉。在《恋上你的床》和《皇后大道》及《蔡屋围》《生于东门》等小说中，我开始关注深圳社会状态发生的惊人变化，各阶层之间的交流情况，以及他们地位上的转换及心态上的巨大失衡。原本的海边小镇被大时代裹挟，渔歌唱晚的故乡已经无处可寻，他们还来不及做好准备，不由分说，新时代便已经到来了。

舒晋瑜：深圳是这样一个快速发展的城市，你觉得身处其中，写作节奏和状态会不会受到影响？你是如何处理写作和生活的关系。

吴君：我们不得不俯首向生活做出各种妥协。其实人有时候是并不能自己选择要做什么的，比如为了生存我就要工作，而工作肯定是要对得起这份工资和信任我的人，我不太会因为创作而影响了正常的生活秩序，影响了我对工作、生活的投入。为了写作需要去阅读大量的书籍和思考问题，而这些知识的获取和对世界对人性的认识与体察、理解使我在与人的交往时更宽容和从容。我的朋友大多是写作圈外的，平时也很少去交流文学上的事，甚至不涉及这个话题。当然这也可能是件好事。

舒晋瑜：在你的作品中，外来妹总是千方百计地想要齐进这座城市——这在《复方穿心莲》《菊花香》《生于东门》《富兰克恩》《离地三千尺》等作品中都有所体现。压抑、隐忍、奋斗、不屈……打工妹的生活状况，多年来没有改善吗？

吴君：我单位有一对四十岁左右的江西清洁工姐妹，两个人在外打工近二十年，工作之余还要四处去做钟点工，或是打散工，就是想让孩子多读些书，可是她们留守在家的孩子并没有那么争气，都在初中就辍学了。有一天，这两姐妹的父亲去世了，两个人匆忙上路处理后事。几天之后我再见到其中的一个，她和没事一样，直到我问起，她才红了眼睛说，留在老家的孩子没人照顾，只能出来打工了。显然他们将成为打工二代，重复着父母的命运。尽管她很平静，我却很难忘记那个上午的情景。在我看来那真是一种让人绝望的生活，可是日子还得继续。

舒晋瑜：你的小说总能让人读出一种隐忍的痛感，如反映底层人生活的长篇小说《我们不是一个人类》。闯关东的外省人有一天回到自己日思夜想的出生地山东老家受到冷落，他们的精神一下子被击垮了。又比如，在你众多以深圳为故事发生地的小说中，主人公总是被围困在深圳，处于无所适从却再也回不去了的状态。这或许能代表你对外省人生活的某种理解？

吴君：深圳是一个具有符号意义的城市，虽然面积不大，可强大的资本力量，却使这座城市产生的化学反应非常巨大，具有革命性的意义。在我眼里跟延安、北平、纽约、巴黎、柏林一样重要。它是一个分水岭，具有划时代意义。它不仅收取了每个过客最激荡的青春时光，也瓦解并掏空了中国农村，对乡村中国的结构改变起了一个最为重要的作用。个人以为，它的特殊性，以及对当代中国农村文化的影响，至今没有任何一个城市可以代替。恰如我在中篇《出租屋》所展示的，深圳是个欲望的都市，每个来过的人，似乎魂儿被勾住，离开或者回去都无法消除掉深圳对他们一生的影响。

舒晋瑜：看得出你有很强的题材意识，写得节制、冷峻、理性又极具杀伤力和爆发力，这在女作家中是较为罕见的。请简单谈一下你部分小说的创作初衷，如《复方穿心莲》《深圳西北角》《樟木头》。

吴君：《复方穿心莲》是这样的一个故事。阿回是酒店的女经理，在方立秋摆满月酒的时候互相认识了。两个女性互相取暖也互相打量和算计。阿回为了讨好这个大家庭，告密了方立秋偷偷向老家寄钱一事，导致了方立秋"北方穷人"的本性被整个家庭认清并鄙视。这同样是个移民的故事，一个费尽心机终于进入了本地人的大家庭里，一个则被拒绝在城外。城里的不过是本地人优生优育的机器，另一个只为这个显赫家庭提供饭前开胃的笑料。用婆婆的话说，外省女人没有资格嫁给本地人，就连身体有缺陷的男人她们也不配！《深圳西北角》写了一个落选的村长，为了让自己仍有面子，托人把胆小窝囊的女婿送到深圳打工。意想不到的是女婿很快变了心，不得已他来到深圳并做了扫街人。不惜忍受各种羞辱用威胁、感化、破坏女婿工作等方式企图监督并拉回女婿。经历一番周折，两代男人终于达成和解并准备回家。结果是，回去的前一晚，女婿为道德模范的鳏夫岳父找了一个小姐。《樟木头》写的是两个女工为了获得深圳户口，享受本地人一样的生活，历尽各种艰难和屈辱。"樟木头"看守所是她们绕不过去的黑洞，因此结下了一生的孽缘，从此牵制彼此也伤害彼此。"樟木头"是她们身上的红字。

舒晋瑜：你认为一个作家除了才华还需要什么？

吴君：最初可能是才华和激情，但走到后面就是毅力了，还有自我超越自我延伸的能力。现在的诱惑太多了，如果天天晚上守在家里码字，人家可能会认为你是一个不懂生活、非常枯燥的人，但是人总是要取舍的，需要问问自己到底要什么。

舒晋瑜：文学越来越边缘化的今天，你会坚守吗？

吴君：在徘徊中终于明白了写作对我来说是一种惯性，是一种生存方式。在不影响工作和日常生活的前提下，我可能不会放弃。因为它让我无论身处何地都会变得从容、安静。安静的人大概是安全的吧，在这个变幻而莫测的年代。

书写深圳移民的心灵史 [①]

吴 君 傅小平

一、许多人生故事都在底层生活的角落展开

傅小平：看你的小说，有一个总体印象。无论小说集《亲爱的深圳》，还是你迄今唯一的长篇《我们不是一个人类》，看似题材各异，但有一点是贯穿始终的，小说多聚焦移民的角落。你似乎对多元混杂、变动不居的生活和文化背景有特别的兴趣。

吴君：除去这个群体更容易发生故事，更具备内在冲突这个原因外，更主要是我对这个群体的痛苦体会更深切。个人经历的原因，我对移民的心态非常了解。每个移民，无论是由哪儿到哪，所要完成的精神历程其实大致差不多。移到美国的，不会比移到深圳的更高贵些。所受的煎熬不会因为你吃面包牛油我吃稀饭咸菜而有太多差别。

至于大场面还是小角落，我认为应该不是什么问题，因为写的不是军事题材，更不是抗洪抢险，当然看起来只是角落。再说有谁不在角落里，都是一隅，家庭是，单位是，个人更是。城市再大，每个人住的、停滞只是个点，占据的也只能是一个角落。许多人生故事也都是从这样一些角落中展开。或是华丽或是阴冷，但都是有限的地方有限的人有限的事。想想那些成功的作品，比如《朗读者》，作品从普通楼道一角的两个不被重视的人写起。虽然没

---

① 该文原载于《野草》2019 年第 3 期。

有战争场面，却丝毫没有到影响战争对人的伤害这个主题，同时让我们见到了更大的伤害。

傅小平：在我的感觉里，《我们不是一个人类》或许不够成熟，却足够特别。阅读的过程中，能在某些段落或某个场景，不经意中看到诸如《长恨歌》《马桥词典》《刀子和刀子》等一些小说的影子，但你融入自己的情感经验，巧妙地把种种元素糅合在了一起，反而形成了自己独特的叙述格调。

吴君：在写这部长篇之前，找一个合适的叙述方式确实让我想了很久。也就是要解决结构问题。结构要能包裹住所要表达的东西，使之妥贴、严丝合缝，让语言、节奏以及那些盖小说之楼房的砖、瓦及门把手都要保持风格的统一。这个结构必须最大限度地服务于我想表达的内容，都是我在写作之前想到的。

在我看来，情感差不多就是小说的命脉，也是小说的内容。离开了它，技术用得再是精准，我也不会喜欢。有一个时期我特别喜欢法国和俄罗斯文学，然后才是传统的章回小说，再后来才看回国内知名的作品。可以说喜欢随着年龄在变，但仍有一些没变的，比如说莫泊桑、海明威、陀思妥耶夫斯基。喜欢他们自然有许多心领神会的地方。我不相信哪个作家是不受别人影响。至于哪个人影响了我的写作，我比较难说，因为每个人不可能是看了一本书就会写作的。

傅小平：在小说中，你使用了一种回溯的叙述方法，这在当下的写作中并不少见，甚至可以说是一种流行的写法。但多数作家但凡笔触关乎记忆，尤其是写到童年生活，或是青春岁月，不自觉地会赋予一种诗意，即使是写到残酷的记忆，那也是一种残酷的诗意。但你不同，你写得如此冷静、客观，是你一开始就定下来这个基调，还是故事情节发展使然？

吴君：写短篇或许依靠一个灵感就成了，但长篇绝对不行，一个灵感和突发奇想是不能支撑你走远路的。长篇有时就是长征。动笔之前我酝酿了很久，提纲也列过无数个。至于提到叙述时的冷静、客观，我认为你这个发现很好。这些不同与我们的"人类"不仅没有无病呻吟的资格，面对疼痛，甚至死亡，他们也只能麻木和无视，因为就连他们自己，最后也放弃了疼痛时的喊叫。

傅小平：小说写到了改革开放以来很有代表性的三个阶段，在不到二十万字的篇幅里，涵盖那么长的时间跨度，这对叙述是一个很大的挑战。

在小说中，你使用了双重视角。叙述人"我"可以说是一个隐形的全知视角，他在某种意义上扮演了一个说书人的角色，不紧不慢地把故事给你娓娓道来；很大一部分故事则是由主角小矣的限制性视角来展开的。这种处理一方面使小说充满张力，另一方面会让人有杂乱之感。

吴君：这部长篇仍有不足，主要是角度，用全知视角的好处是个偷懒的办法，但可能会有平庸的收场，而限制的视角又会让内心描写没办法实现。所以我一直比较犹豫。过程中，一直在寻找更加合适它的方式，这也极大地影响了我写作的进度。最后把章回小说的特点用了进来，比如这一章结束的时候，我便提到了下一章的主角。这种写法，我认为会使过渡变得更加顺理成章。

傅小平：有别于以往主要靠情节和戏剧性场景推进故事的写实小说，《我们不是一个人类》营造了一种特殊的氛围。正是这种氛围，让小说在看似流水账似的叙述中，始终保有一种内在的激情。不过遗憾的是，总体上看，在时代的沉浮中，小说人物的性格看似没有太大的起伏变化，是否为了在有限的篇幅中保持叙述的连贯性，在某种程度上牺牲了人性的转变？

吴君：说到人性的转变，小说中人物确实没有什么大的事件来推动。可是在那样的一个地方，它是不可能有大事件的。甚至市长都未必知道在这个城市里还有这样一条衍道。而这更难体现出他们的渺小。就是这样的一些小人物，命运的被改写才如同蚂蚁的命运被改写那样不足以成为事件。比如灰泥街上最美的风景——气质不凡的小丽因为追求首长的儿子不成而放弃了自己，成为可以在街上奶孩子的邋遢女人，二宝这个曾经最有理想的男孩堕落成为一个婚托，用尽心机进了文化站又上了大学最后却在远离幸福一厘米的地方死去的李北志，还有老王等等，这些无一不体现着底层的无力感。他们挣扎、努力，曾经那样有怀揣梦想，与本地孩子一样幻想未来。可现实从来都是残酷的。即使你见过全部的天，可最后还是要跌回深渊般的井底。这就是底层生活。

二、更注重书写人的内部经验和内心风暴

傅小平：我想可以用两个关键词来概括你的中短篇小说：深圳和底层。从相关评论资料看，比较受关注的是中篇《福尔马林汤》和《城市街道上的

女人》。小说现实批判的指向明确，叙述视角独特，且能让人读出一种狠劲。

吴君： 其实我有许多小说的主人公所处的场景非常相似。除了一个长篇，我所有的小说都是写深圳的，比如《深圳西北角》《亲爱的深圳》《念奴娇》《二区到六区》《樟木头》《陈俊生大道》等等。我希望自己是个有限的作家。比如说题材上的有限，小说中人物的有限。《城市街道上的农村女人》写的是一个农村女孩怀揣着嫁到城里人家的心思，住进亲戚家里。尽管她负担起了全部家务，可还是被亲戚和邻居不断奚落、利用和玩耍。终于使她因为一次本来用于戏弄她的事情——相亲，而使她葬身近处的泥塘。《福尔马林汤》的汤只是个隐喻，指的是本地人身份。两个女孩子，明争暗斗，目的就是嫁给深圳本地人。这些人物的原形就是工厂里的女工。她们希望成为本地人的主妇，从而喝上那种浓汤。假戏真情，尽管路径曲折，最后却是一场虚空。农村人对城市的梦想一次次幻灭。

傅小平： 在我看来，你的小说聚焦底层生活，却没简单地流于表面的控诉和感伤，也没有因为对底层的同情性理解而放弃对其做反思和批判。同时，你写底层，却往往不止于表现文化的冲突或人与城市的冲突等主题，而更多上升到揭示世道人心，或人生困境的精神层面。比如《念奴娇》等几部小说，都写到了户口问题。但你没有仅仅围绕户口呈现"底层"生活的状态，而是更多展示了底层人惊心动魄的人性较量。我想这也是你的小说写底层生活，却没被归类为"打工文学"作品的一个原因吧？你自己怎么理解？

吴君： 移民进入深圳之后，他们或是仍在拼搏或已隐身城市钢筋水泥房中，成为一个成功人士。经历过多次让自己身心巨变的洗礼，他们不再是原来那个人了。之前的经历一定有过许多不堪让他们不愿提及。我写得不是这个经历本身，而是他们蜕变过程中的内心挣扎。写作的时候，我更注重的是内部经验和内心风暴。

每个作品都与作家关注的东西和思考结果有关。比如说有个题材看起来特别好，谁都认定写出来后可以一鸣惊人，可以确定你的写作地位，可如果这个东西并不合适这个作家，而他非要去写，那么写出来的东西能好吗。仅有点子是不能写好一个小说的。好作品要与作家血肉相连，必须把别人的苦熬成自己的苦，把别人的心换成自己的心去感受。然后那个小说才能长在作家的心里。

傅小平： 阅读过程中，有一个比较深的感受是，你的小说总能让人读出一种隐忍的痛感。比如在《我们不是一个人类》中，闯关东的移民有一天回到自己日思夜想的出生地——山东老家受到冷落，他们的精神一下子被击垮了。又比如，在你众多以深圳为故事发生地的小说中，主人公总是被围困在深圳，处于无所适从却再也回不去了的状态。这或许能代表你对移民生活的某种理解？

吴君：一次移民，终生移民，后代也多是移民的命运，他们的内心很难安定下来，精神是躁动的。成年移民的不适应全都收进了孩子的眼底，那么小的心灵怎么释放和排解呢。于是便长进了他们血里长进了正在发育的骨骼里。等到他们可以决定自己生活的时候，那些埋藏的东西就开始复活了。他们的不甘，与现实生活的格格不入，以及生活在别处的想法出来后，新的移民便产生了。恰如中篇《出租屋》所展示的，深圳是个欲望都市，每个来过的人，似乎魂儿被勾住，离开或者回去都无法消除掉深圳对他们一生的影响。

傅小平：就我的观察和理解，很多外来打工者，或许并未从真正意义上走进过城市生活。这也使得城市的底层生活相对封闭，缺乏某种交集。你的小说凸显了城市底层的横截面，即使写到底层的"背面"，也更多只是作为背景，或是做了淡化处理一笔带过。这使得小说有时给人一种不够通透、敞亮的感觉。在这个意义上，我隐隐有一种期待，期待你表现的内容更显丰富、多元。

吴君：我不是个全面的作家，却曾经做过当全面作家的各种努力。发展到现在，我个人对自己的定位是有特点的作家。这个特点来自我由开阔主动走向狭窄。这是经历了许多个探索后的最终选择。大而无当，大而宽泛都是被我摈弃的。回到角落中才是回到现实里。一个人与城市大小有什么关系呢，与城市繁华不繁华有什么关系呢，我在小说《福尔马林汤》中借有小桃的一句话说，城市再美，可与我有什么关系呢。她的生活就是那个点，与她交集的就那几件事，几个人。时代再伟大也只是个流动的背景。背景只能决定这个人说话是现代的、时尚的，还是原始的，却不能让他改变其他。除非时代变得可以吃泥土生存，男女不需再相爱、结婚。时代是变了，科技文化都进步了，可如果那些最本质的东西还在那，人就不可能变，人心、人性就没有什么所谓的进步。

傅小平：我以为，一个有创造力的作家，写作到达一定的高度，势必会寻求新的突破。就题材的选择而言，我想主要体现在两个方面：在同一个领域不断往深层掘进；或是在题材的求新求变上不遗余力。你近些年关注的最重要的主题其实只有一个，姑且称之为讲述农民工进城前后发生的故事吧。这是一个很有价值，也很有现实意义的主题，也给你带来了写作上的成功。我担心的是，这种书写会不会成为你的写作惯性，同时也带来读者的审美疲劳？

吴君：十二岁之前我一直生活在农村，骨子里有着农民的执拗和较真。回到城市，仍会经常梦见那里。即使现在，每每想家，满脑子仍是东北农村那种景象，如安静的土地和满天的繁星，还有他们想事、做事的方法。想不到，十年后我会在深圳这个大都会与农民相遇。他们有的徘徊在工厂的门口，有的到了年根还守在路边等活，他们或者正值年少，或者满头白发，经历了现代文明或许已经找不到回家的路。他们愁苦的表情有着惊人的相似，正是他们创造了深圳的繁荣和奇迹。而原有的海边小镇被大时代裹挟后，曾经优越的本地人，他们渔歌唱晚的故乡早已无迹可寻，未来又在何方。

我从不敢乱施我的同情和怜悯，因为我也可能是别人同情、怜悯的对象。焦虑、命运感和内心的动荡每个生命都会有，而绝非没有饭吃的人才需要面对。去留两难的人生是我一直关注的。所有的人都在面对这样一种困境和选择，而绝非地域上的来或去。那些扑朔迷离的内心和为理想奋斗的过程或许就是我丰富并且扑面而来的创作资源。

三、真诚的写作者没法回避生活的真实

傅小平：据我所知，你此前写过一些白领阶层生活的题材，比如小说《有为年代》《不要爱我》等。此后便转向关注所谓的底层生活，一发而不可收。是什么促成你在写作上发生了这种转向？

吴君：小说是作家的天机。在深圳，行进在数以万计的移民中间，满眼都是到了年根还守在路边等活，不能回家的民工。他们愁苦的表情有着惊人的相似。尽管总是小心避开，可城市街道上那些女工姐妹还是走进了我的视野，我总在不同场地遇见她们孑然独行的背影。我想一个真诚的写作者避开生活的真实去建立文学的空中楼阁，是需要勇气的，他要有对生活熟视无睹的勇气，对生活掩耳盗铃的勇气。

就这样，真实的生活开始教育我，说服我。痛和快乐扑面而来。这样讲，并不是说我喜欢完全的写实，喜欢对所谓底层的生活照搬。对自己以往的写

作完全否定。只能说，我走到了这里，再也不能回避。我曾写过各类题材的小说，也虚荣和礼貌地卖过许多不喜欢的书。我基本算是个晚熟的人，到了前几年，才明白一些写作和人生的道理。而那些弯路想想也算是没有白走，因为必须走过，才知道此路与我不通，读过、写过才知那些书与我没有交集，那个题材根本不合适自己。原来这世上与自己契合的东西并不多啊，有了这样的认识，才有了后来这样的选择。

傅小平：特别想到你说过的一句话。你说，很多时候觉得自己就是《菊花香》里那个藏在纸箱间的王菊花。很多人都会把作家的写作追溯到童年生活，或是他的亲身经历、情感体验，但我觉得不尽然如此，有时作家写作或许是缘于某种心结，通过写作这个渠道让自己得到心灵的释放。你以为呢？

吴君：我承认我的写作容易让人产生误解，以为我和小说中的人物一样，有过流水线的经历。可我没有过，但某个时刻，我有过类似的体验。我理解的底层显然不是概念化、抽象化、脸谱化的底层。不一定没有饭吃才算是底层，精神空虚、迷茫也可能是底层，日日食肉者也可能是底层。并不是要把城乡对立起来，更不能简单地认为是贫富问题。我不愿乱施我的同情和怜悯，也许我可能也是别人怜悯的对象。焦虑、命运感和内心的冲突是每个有生命的人都会有的，而绝非没饭吃的人才会。去留两难的人生是我一直关注的，其实许多人都在面对这样一种困境和选择，而并非地域上的来或去。

小说中王菊花的体验我没有，但她想找个地方藏起来的感受我却时常会有。现代文明，让我们的乡愁无处寄放，曾经的生活已经一去不回头。王菊花之所以藏到仓库，是因为她不想回到多人的宿舍。她想要一间可以放心事的地方，可是没有。同期来的姐妹都已经回去或是远走他乡，而只有她留下了，可她没办法与新的工友沟通。为了等待自己的爱情，她保持着处女之身，却在酒后失守于一个守更人并被无情的耻笑。

傅小平：如果说为市场写作是一种无原则的媚俗；无视市场和读者的写作，即使是在当下非常自我的作家当中，也只是一种苍凉和无力的姿态。一个显见的事实是，当下的读者群体中有一大部分是小资、中产或女性，他们更多在阅读中寻求一种时尚、浪漫和刺激的元素。你的写作或许会被拿来作为解读底层现实的一种标本和范例，但与流行的市场趣味有一定的距离。总体上看不时尚，不浪漫，不够小资、也不够中产，或许不易为女性读者喜欢。我想了解的是，是什么让你始终保持了这么一种看似决绝的写作姿态？

吴君：文学边缘化的今天，很多人不屑于谈承担和文学使命。甚至为了标榜自己的新，常常要批评一些旧。关键是旧的东西未必不好。可是有的人一定要摆出这样一个姿态，为了标榜自己与时代联系得紧，与旧观念已经拉开了距离，常常要说一些写作就是为了玩以及写作就是给自己人看这样的怪话，以示自己心态上的年轻。这样的话多了，这样的想法多了，直到意义上也出现了插科打诨，玩世不恭。在这样的心态下，写作者就放弃了对生活之泉的深挖，使得写作在整体上走向了平庸，甘心并炫耀这种平庸和思想的不进取。

轻松并招摇的写作不是不好，那样的生活甚至我非常熟悉并且深入其中。只是这种伪时尚与我此刻的心态无关。我喜欢那些有理性有价值判断力的作家，而不喜欢看那些只满足于揭示个人隐私并昭示自己生活质量的作品。如果是给自己看，那么就写日记开博客好了，何必去浪费读者的时间和纸张。过了那个虚荣的时期，我知道这样的生活就像化妆品，洗尽铅华之后一张素脸才是真实。时尚的写作我不愿意去做任何评判，更不愿意凑这个热闹。各人有各人的路数吧，只是这个路不是我的，也不合适我。纸上的奢华可以当饭还是让我们从此不受苦了？真正的生活就是不管你是谁都要回到地面上，而不是在天上飘着，更不是不食人间烟火。有了这样的诚实之后，我写得很顺利。

傅小平：你的写作总体上给我一种强烈的错位感。作为一个女性，笔力却不乏男作家的理性和刚健；出生成长于东北，写作的重心却是南方的深圳；身为白领、中产阶层，关注的却是看似与你生活少有瓜葛的城市底层。你自己怎么理解这种错位感？

吴君：对于写作，我曾有过放弃。那时候除了为生存而必须完成的超负荷工作，还有对整个深圳的文学气候，我表现出的那种水土不服和格格不入。沿海地区的节奏和震荡曾经使读书和写作变成奢侈，更显得无力和可笑。我总在想虽然点灯熬油、竭尽全力，却很可能只是一种无意义的劳作。甚至觉得唯有学习一门生存技术才能找到安全感。朋友们聊天时从不涉及文学，似乎我们都在逃避，文学成了每个人的隐痛和旧伤。

与此同时，写作和发稿的折磨让我在不断怀疑和否定中失去了所有的自信。走在南方被烈日曝晒过的街上，一次次问自己还要不要写。我的追问理性而负责，因为再也耽搁不起。我知道，写作大事，仅有理想和自恋还是不行。我先后当过记者和写公文两种职业。这些工作与文学没有关系。整整一个白天做的事情都与文学无关，早晨出炉的好心情到了晚上被糟蹋得一塌糊涂。回到家，要先给大脑清场，转频道，完毕后时间就已接近了十点后，注意力变得不集中，人也不在状态里了，这确实很痛苦。为了保证写作和读书时间，我的爱好不太像女性，比如，极少逛商场。如果要买东西，先列在纸上，买了就回。还有基本不去应酬，不煲电话粥。

至于如何开始写作。我认为写作可能与理想无关，却与一个人的内在气质关系最大。一个不敏感的人肯定是当不成作家的，就这么简单。当很多自己或别人的事情都烙在你一个人心上的时候，就必然想找个精神的出口，让它释放。写作对我来说有一种平衡的作用。现实世界太难把握，我们预料不到明天，而与写作一起成长我会变得沉静和从容不迫。

傅小平： 当下流行玩票似的写作，趁自己才华够使，还有几份热乎劲儿，捞一把见好就收，顺便还能标榜一个不恋栈的好心态。当然，真正的写作可以说是一场长途赛跑。耐心和坚持最能考验一个写作者的心智。你说自己是在以一种专业的心态进行业余的写作。我以为这是挺好的写作心态，难的是如何才能做到持之久远。

吴君： 我一直认为，写作就是一个化腐朽为神奇，破茧成蝶觉悟的成长过程。最后可能重新回到了起点，但是这个人已经不是当初那个人。而是一个人越过了一座座人生高山，历经了只有他自己明白的无数险峰和人生仙境。是个变化的过程也是一个寻找的过程。精神的出路，人生和思想的出路可能都会在过程中找到。至于写到什么时候，我曾在新书的序中写过，写作于我，如同鱼儿离不开水。如果哪一天不再留恋，一定是有了变心变异的条件和渴望。

《时代文学》吴君专辑①

贺绍俊等

主持人语

吴君是深圳的作家，我也是在深圳第一次见到吴君，她眉清目秀，一副窈窕淑女的模样，我以为她一定是从南方某地到深圳来的。后来才知道她的家乡在东北，现代文学史上著名的作家萧红是她的同乡。

但我很难把吴君与东北联系在一起，因为她的小说几乎都是在写深圳，她有强烈的深圳情结，相反，对于作家而言最宝贵的资源——童年记忆和故乡经验，在吴君的小说中难以觅见。只是她在长篇小说《我们不是一个人类》中，集中讲述了东北某一城市的故事。显然，吴君不是没有童年和故乡的故事，而是她被深圳深深地吸引，也就顾不上去缅怀童年和眷念故乡了。她把深圳称为"亲爱的深圳"（这是吴君一篇小说的标题），她觉得自己有责任把她所观察到的深圳的一切写出来告诉读者。从这个角度说，吴君是深圳的一位对城市怀有强烈责任感的优秀市民，深圳真应该好好感谢吴君，因为吴君的小说始终在跟踪深圳的瞬息万变，她是深圳现实和精神的即时书写者。

吴君观察深圳有自己的视角，这就是新移民的视角。深圳是一个新移民城市，因此吴君的视角能够捕捉到深圳现实的要害。吴君置身于深圳热气腾腾的现实之中，并且一直以一双沉思的眼睛打量着现实。我曾评论说："吴君

---

① 该文原载于《时代文学》2019 年第 4 期。

是一位紧贴现实的作家，但同样可贵的是，她又并不屈从于现实。对精神的渴望使得她的现实叙述能够在蓝天中飞翔。深圳的魅力首先来自物质，欲望也变得更加理直气壮。吴君的小说叙述从来也不绕开物质与欲望，但她始终关注着物质、欲望与精神、灵魂的纠结。"

吴君平时很低调，在公共场合她总是站在一个不起眼的角落里，因此她的小说也没有明显的主观色彩，她宁愿藏在小说人物的背后。但她又是一位很有主见的作家，在她的非常可观的叙述里，我们能够感受到她对善恶的价值判断。这一回她亮相"名家侧影"，会让人们对她有更多的了解，也会让我们读她的小说时有更深的理解。

嵌入生活的书写

吴　君

我的同学昨天从云南过来。见到她坐在我的对面忘我地发着微信并不断接电话时我已经悄然做了一个决定，我想很快我就会发个暗示她这种事不礼貌的心灵鸡汤，除了教育，还想告诉她，我这个社交恐惧症自闭症患者能出门吃饭她应当百倍珍惜才是。可是当我们各自喝了一瓶啤酒后，我想法变了，因为她放下电话后告诉我，她破产了离婚了，如今孤身一人，正行驶在各种维权的大路上。

20世纪90年代后期她手持大哥大，脚踩小牛皮鞋与我见面，手指着新一佳百货的方向对我说，那一片都是自己家的工程时，我除了恍惚而与她再无共同语言。那时候我甚至连自己到底有多么寒酸可能都不自知。

如今，当年他们这些张狂的有钱人藏身于何处，归隐山林还是没完没了地站在时代的潮头叱咤着风云呢？

记得《十七英里》发表后，有人曾对这个小说提出异议，认为二十年如何能出现一个富翁，显然不可信。

可是如果他在深圳生活过，即会明白很多人的二十年，甚至更短的时间，人生都可能发生很大的变化，完成一个从富有到落魄的轮回可能只需一个错误的决策，一个瞬间的手指移动，一次心思的飘忽。例子比比皆是，简直就是小菜一碟。

我已经开始喜欢怀旧，过去怀的是故乡，而现在怀的是深圳的当年。

一九九七年的时候我还是一名电台的记者，有段时间每天都进出在名声大噪的劳动村。劳动村作为一个著名的观摩景点，每天交待客人成千上万。村委书记的马目达汽车傲慢地停在豪华的村委门前。统一的住房，统一的装修，甚至于劳动村的村民茫然失措的眼神也是统一的。昔日的渔村村民，并不知道外面的世界发生了什么，也没人告诉他们这从天而降的生活意味着什么。不久前，当我再次路过那里，看到了那里的破败和萧条。岗夏、蔡屋围、白石洲，都已变成了鱼龙混杂的城中村。曾经的原住民风光不再，曾经的外省人开始过上了优渥的生活，当然，也有进不了城的农民和回不去的故乡。他们多是和我一样无所适从的外县人，衣着艳俗、表情混搭，哪怕久居深圳，其精神却还一直游荡在故乡和深圳的长途车上。梦里不知身是客，他们在为自己和家人争得美食华衣之时，付出的却是整个的青春和全部的热情。

千禧之年，我见证了深圳农村城市化，土地换社保，改旧与违建，秧苗事件，房价的飙升，深圳与香港，土著与外省人，优势互换，欠薪，收容制度，新劳动法实施，关内外的行政阻隔，男女比例，移民的后遗症等。深圳人的各种况味，被我收了满眼满心，已丰富成不写不快。这一块胶着了改革开放四十年中国之美、中国之痒之痛的土地，无时无刻不牵动着全中国的神经。

我知道，如果不是因为写作，我的目光不可能投向那里，投向我生活之外的人群，不可能与他们的生活产生交集，更不可能如此紧密地随着这座城市的脉搏一起跳动，血脉偾张，爱恨交集，对人心挖地三尺不肯罢休。我从不认为这座特别的城市会带来一成不变的人和故事，所以我从来没有题材匮乏的焦虑。

我希望把中国最活跃的人群和他们所创造出的这个大都会，持续嵌入我的书写之中，用一个个故事，串起深圳人的心灵秘史。而这，就是我的动力所在。

有谁不在角落里

许烟华

我是个写诗的，小说读得少。在上鲁院之前，对于写小说的吴君，连性别也分不清楚。

我们那个班挺逗，前面的日子，大家都比较爱装，或许矜持是必需的吧，甚至有人私下称呼我们是个拧巴班。这也就增加了同学之间擦肩而过的机会。吴君表面上属于沉默寡言型，热闹的场合里绝少见她，即使是集体活动，她也主动隐身。我说这话是有根据的，从鲁院毕业后，我曾经整理期间的照片，居然找不到一张吴君的"正面形象"。几张必需的全班合影中，她总是躲在后排，又常常有意无意地利用前面同学的脑袋做掩体，仿佛对面的镜头是她有所亏欠的某个人。就连报纸上做宣传，她也只是使用几张八百年前网上能搜到的老照片。她说，作家又不是演员，放张脸丢人现眼干吗呢。

　　吴君虽不张扬，但论作品、论名气，当然也可以论容貌，想不引人注目也难。常有男同学想约吴君一起逛街、喝酒，吴君却总是以各种理由推托，装出爱学习、爱思考或自闭症患者的模样。如此一来，反倒激起了男同学的不服心、好奇心，以至于后来大家一致认为：谁要能把吴君叫出来喝酒，那是一件很有面子的事情。有次，一位男同学拍着胸脯打包票，说一定会把吴君叫出来。为了方便，特地订了离鲁院不远的一家餐厅。饭点已过，吴君却不见踪影，吹了牛的男同学免不了被在座者一阵奚落。在一次次拨打吴君电话被拒后，该男同学又跑到吴君宿舍门口，表演动之以情、晓之以理的把戏，可任你说得天花乱坠，里面亦是全无声息，想必早已呼呼大睡过去。重新回到酒桌上的同学，为表演功夫不到位而感到丢了面子，咬牙切齿故作严肃地宣布：如果能在北京城买到炸药，立马就去炸开吴君宿舍的门！后来发生的事情更有意思，在我们不安好心的怂恿之下，那位男同学酒后又到了吴君门前，小怨妇一样声泪俱下地赔礼道歉一番。

　　吴君不是一个拒绝友情的人，只不过对生活、对朋友，她有自己的原则和态度。她真诚、善良、率性，对于不喜欢的人，绝不浪费口舌，敬而远之。而一旦与她结为朋友，立马变了样子，让人不相信是同一人设。前一刻与同学闹了别扭讲好不来往，下一刻却能在研讨会上为对方的好作品不吝美言仗义执言，当然，讲完再回到事先的约定。对于那些认定的朋友，她会极到本分，热情周到。而对于她不熟悉的人，她是很难热络起来的。对远道而来深圳的同学，陪吃陪逛及尽同学本分。除此，你会发现她开朗、健谈，冷幽默，甚至会开一些尺度宽松的玩笑。至于宽松到什么程度，我就不说了，反正写小说的女子，甭管外表多淑女，都擅长这个。该正经的地方，她一点也不怠慢，平时，我们很少联系，可是有一次，突然发现她在我一首诗的后面点了赞，并在微信里留言鼓励了我。而这通常是少见的事，原来我的诗她一直在关注，只是这一首触动了她。这首诗我是写亲人间那种刻骨铭心情到深处是孤独的情感。我明白，我们对待一切情感的态度是多么相似，而又抗拒正面表达。

在鲁院时，同学间那些面对面的讽刺挖苦、低能弱智般的恶作剧、任性、耍赖，现在令我细思极暖，因为我们为了丰富将来的回忆，极尽所能贡献了自己的各种尴尬和好玩有趣的故事，从而缔结起同学的情谊。因为时间飞快，我们在那个美丽的院子里停留的时间真的很短很短，终于短得变成了六年前的往事。只是那种没有利害冲突，比友谊多一些、比爱情少一些的美好情谊却留在了我们每个人的心中。这是鲁院老师同学的智慧，也是我们这些老大不小的人，以此表达对青春不舍，对这段难以再聚的情缘不舍，对鲁院老师同学不舍而采取的一种假装叛逆、实则撒娇之举。

这些有趣的故事，当然是我们自己共同制造出来的调味品，这故作的少年状，这强作的不言愁，是我们枯燥的写作生涯中最闪亮而温暖的日子。当然，这些必须有人心领有人神会，懂而且配合。这是我们人生的路途中，短暂地放下精神的包袱、责任的包袱，不装，不作。把自己放平、放空、放飞的机会不是每个人都有，而我们没有错过，感恩、知足。

最后，我还要揭吴君一个短，她是个说话不算话的人。我曾经很正经地跟她说，我没去过深圳，也没经历过大都市灯红酒绿的生活，下一部小说，你一定要把主人公命名为"许烟华"，一定要多给他安排几个红颜知己，让我在你的小说里潇洒一回。她应着，可是六年过去了，我也没等到我妻妾成群的那一天。不过也好，凭我的直觉，我觉得吴君之所以不这样写我，大概是不愿破坏我在她心中的美好形象吧。

"写作使我收获了强悍的内心"，这是吴君说的话。既如此，有些话，我还是趁她不写作的时候，再说吧。

我的鲁院同学吴君

刘绍英

作家刘克用微信给我发来一张吴君的照片，照片上吴君面无表情，目光不知看向何处。

刘克说，我对你的朋友很殷勤的，我想与她合影，她拒绝了我。并配上了一个流泪的微信表情。

我似乎看到了刘克沮丧尴尬的样子。

我哈哈大笑。

我说，吴君不与人合影的，自个儿也不照。

这是真的。

我跟吴君关系很铁，我就没有一张她的照片。

吴君其实长得很好看，五官端正，身材匀称，皮肤白皙，举手投足间，女人味十足。

长得漂亮，又有才华的女人谁又不喜欢呢？

吴君是我鲁迅文学院第二十期高研班的同学，在文学圈子，她的才华早被大家认同和欣赏，国内一些文学奖也拿了不少，她的文学作品，都贴满了深圳标签。在小说创作方面，不由自主地，让我们对她又喜欢又欣赏。

她对这些好像并无知觉，上课一定坐在最后，课后，鲁院的院子里，就见她一个人在银杏树桑葚树青梅树之间疾走，也不见她跟同学们热烈讨论，大家觉得她不是那么爱搭理人。班上有男同学一次喝醉酒后说，吴君虽然漂亮，又有女人味，就是装得讨厌！

跟吴君熟悉后，我把这话跟吴君讲，吴君笑笑，也不理会。

在鲁院学习的两个月，同学们之间发生了很多事情，这让我跟吴君走得近了起来。

记得一次喝醉了酒，深夜我在鲁院的宿舍院子里发酒疯，夜半唱起了京剧，结果惊扰了正在睡梦中的同学，第二天我被告到院长和老师那里。眼看着一开学就要被处分或是免去班干职务。这时吴君站了出来说，酒是大家一起喝的，我们不能让刘绍英一个人受处理，如果这样我们内心会不安一辈子，我们要共同担下来这个责任。这件事最后虽然没有往处分这个结果发展，但吴君的挺身而出，仗义执言，还是让我着实感动了一把。

去江西和天津的社会实践的日子里，我和吴君睡一间房，这让我对吴君有了更深层次的了解。我们谈创作，谈生活。吴君有一套苹果定律，也让我对她刮目相看。这种冷峻和深邃，又有几人能比？也让我对她更加心生佩服。

从鲁院结业后，就见过吴君一面，那次我在常德组织同学聚会，吴君来了。她的到来，让我特别意外，也特别惊喜。她在单位里负责的各种杂事很多，又是个知名作家。我想，这种聚会对于她而言，应该微不足道吧。可她来了，我也当然明白她：她看重的是同学间的情意！

谁说吴君装？

有一天，吴君用微信给我送来一张电影票，是她的小说改编的电影《非同小可》。电影很好看，讲述了一个外省人迷失在灯红酒绿的深圳，他的岳父来深圳寻找他之后发生的故事。

我觉得电影确实好看，又推荐给了家人和朋友，并不忘强调：这是我最好的朋友吴君的作品。

好久没和吴君联系了，我也常想联系她，白天怕她在工作在开会，夜晚怕她处在写作状态，打断她的创作思路。当然，我可以以其他的形式来关注她：最近又发表了什么作品，哪个作品又改编成电影。看着她一篇篇小说或发表或转载或获奖，我由衷地为她高兴，更为拥有她这个朋友感到自豪。

到了这个年纪，我们的社交圈朋友圈都在做减法，很多人走着走着就散了。从常德到深圳，从深圳到常德，只是地理上的距离。一个电话，一条短信，都让我们欢觉无比。毫无疑问，吴君是我最重要的朋友，如果哪天我不再在吴君的心里，她若不再想念我，我想，我一定会很难过的。

就在昨夜，我做了个梦，梦中见吴君疾走在鲁院的院子里，身上飘满了桑葚花青梅花的花瓣，那个样子很美，我给她拍照，她笑吟吟地对我说，我不爱照相。醒来才知是梦。

吴君，我真的想你了。

我有一位女同学

周承强

一生太过短暂，每天都会错过很多，有些不期而遇让人刻骨铭心，这种碰撞在尘世被称为缘分。作家吴君作为好朋友走进这种情结，是在 2013 年鲁院那段同学时光，此前我们似乎在广东省作协的活动中打过照面，彼此没留下太深印象。入学时已进入隆烈的夏季，空气中难免搅杂着季节的热闹和不安分味道。也不知什么原因，一批爱酒好聊的男女同学黏糊到了一起，或在鲁院宿舍，或在勺药居一带小店，差不多天天都有酒局茶聊，快意着一份哥们儿情绪。并没乎者也地一味挥舞如椽大笔，去装逼扮大家地清高着，后来有人戏称我们这帮人为酒班子。神吹胡喝，拍天踢地，张狂得不知山外有山，似乎吹破南天门也不负责任，一副放浪形骸好不惬意形态，至今想来还觉痛快。当然酒钱都是自掏腰包的，不用搁现在这么紧张。不过那种光景下，也有个别同学不屑于如此浪费时间，不是司马迁一样奋笔疾书，便是四处与大刊主编结缘，想来文坛也是道场，凡此种种无可厚非。

吴君同学如何挤进来的已不记得，或许同在广东之由，还是另有机缘，已难细究。虽然我是其中大混角，场场不漏，杯杯有乐。印象中的吴君如名字一样，端坐一隅，君子一样矜持，偶尔闪电一样冒些幽默泡泡，隔三岔五张一下金口，给饭局撒了味甘草或调料。

生活中的吴君做过记者，长兮执着文案，常常像个陀螺般自转，个中酸甜苦辣唯有自知。这位身上流着燕赵齐鲁热血的纤纤女子，做起事来有板有眼，让一大帮男人自叹弗如，写起小说佳作不断，成为贩卖深圳故事的深军代表，虽然她曾经常年在单位卧底潜伏从不暴露作家身份。看吴同学一脸清秀相，有人惋惜她没有去吃青春饭，本来可以不用这么挑灯熬命，不该沾手这种码字的苦差事的。

其实吴君同学专注的是一份内功，鲁院期间，其大作《皇后大道》获了小说百花奖，《十七英里》获了广东鲁迅文艺奖，省作协正隆重组织颁奖仪式，有领导甚至跟她说，多少人盼着这浓墨重彩的出场时分啊！她却一脸淡然，惜阴如金地珍惜着鲁院讲座时光，不忍心错过这难得的学习机会，大约还有一份淡泊定力吧。

鲁院二十届高研班去井冈山采风实习，吴同学不想故地重游，与发小相约准备另度忆苦思甜时光，鲁院老师也准了长假。结果几个同学死拉强拽，我受众托跑到西客站买了最后一张只能到衡水的座位票（已无其他票，上车后同学刘绍英用全国人大代表证才补上卧铺票），算是解决了上车问题，硬是让其瞬间改了主意，一伙人意气风发地上了井冈山。几位男同学相约为其撑伞，被李一鸣院长笑为时尚伞兵，其乐融融中没想到还是出了不少意外花絮。同学们戏说此行多事多趣，与一般采风不可同日而语，也真让我们感触良多，五味杂陈。瞧！毕然同学意外骨折，张鲁镭同学神奇摔伤手臂，张建祺突然被毒蜂追咬，偏说同学黄龙潭飞天一跃丢了贴身的身份证。还有夜宵中喝多了的成员，差点与班干同学杠上架。细想分明打架是假，想要身体和灵魂摩擦起电才是真的。

酒班子中有的同学嗜酒如命，壮怀处海吹神阔不着边际者大有人在，每逢此刻，吴君总是耐心倾听，善意引导，不经意地抑制着酒性泛滥，无形中避免了很多意外。我大约也沐浴过此种关心，记得有回酒醉逃课，醉卧宿舍512室，头痛欲裂，也不知何人散发消息，吴君与宋小词闻讯登门慰问，俨然女汉子侠义风范，引得隔壁同学霍林楠跑来讥笑，当兵的也不全是硬汉！鲁院学习快结业时的一天下午，广子、王夫刚、王永盛、王洪刚、刘涛、许烟华、纪红建、毕然、赵卫峰、杨康、胡红一、章泥、尉友义、曹景常等一大帮同学热情捧场，加上几位外来作家老师到场支持，给我开了个诗歌研讨会。吴君本已与我约定不再来往，却跑来参加会议，并做了夸奖点评。她总是这样待人诚恳，盛情满怀。记得鲁院结业那天午餐，酒班子大部分成员呼啦啦来到三苏酒店聚别，一伙人在这店名特别的地方喝得开心，不觉就有文学高峰之狂论。事后才知这回鲁院培训的最后午餐，俱是吴同学真情请客。其时不少同学忙着与大刊编辑告别，此种同学告别情谊透出其为人真诚的一面，给那个难得的夏天抹上了不少温情色彩。

还有一件事让我记忆犹新，这件事情让我怀疑温柔只是个假象，而女汉子和野蛮人才可能是她真实的一面。有个晚上，我正无事在街上瞎逛，突然见到拥挤热闹乱哄哄的街道上，广子、老胡还有吴君正从远处说笑着过来。于是我喜欢恶作剧的毛病再次发作，主要是想借机吓唬她一次，因为她经常不给我面子，比如吃饭，喝酒，好像我随便可以被拒绝一样。于是我恶从胆边生，假扮成一个打劫分子，突然从人群中，跑过来，在她和其他人都还没有反应过来之际，袭击了她手里的小挎包并撒腿便跑。想不到这位被我袭击的女子不哭不闹，不撒娇不求人，胆量惊人，返身回来一顿猛追，并飞起一脚险些踢到我之要害部位。

直到现在想起她的高跟鞋我还是很后怕。

我有大棒，她没有玻璃心

央歌儿

吴君这人有点拽。我也这么认为。只有深入了解了她，才会把这种拽当成优点。那是由于良性自卑和不曲意逢迎的小傲娇造成的拧巴。

认识吴君快二十年了，我从来没听她夸过自己的哪个作品好，最多是个战战兢兢的"还行"。她时常会拿刚完成的作品叫我指点一下，我痛批这种行为是典型的没自信。不知不觉，我成为经常"指点"她的人。作家一般都自恋兼玻璃心，批评大于或约等于表扬时，难免把关系搞得冰冻半尺。对别人，我的批评总是胡萝卜加大棒式的，但通常对方只要胡萝卜，大棒抡得不妥当，可能就把关系搞得冰冻半尺。只有吴君是十几年如一日地求批评，似乎长着一颗防弹玻璃心，我每次看完她的小说，都会提一大堆凶狠的意见，从不考虑加胡萝卜。她从无不悦，只有诚恳和虚心，至于有没改正是另外一回事，但是意见是听了。我离开教育工作多年，但好为人师的病根还在，遇到这样虚心求教者，心里挺受用的。将近二十年过去，她从一个愁发表的文学小白到现在的名家，我的批评依然凶狠，但话风有时会突转成这样式儿的：

我：你那什么什么小说后来怎么改的？

吴：这样这样……你觉得如何？

我：啥呀这是？

吴：你觉得不好是吧？（小声地）

我：我认为，应该这样这样……

吴：哦，对对，的确比我的好。但改不了了，杂志要用了。

我：哪个杂志？

吴：人民文学。

我：……喂喂！信号不好，聊到这儿吧！

有时，她的小说被某杂志给毙了，她也会叽叽歪歪好几天，感觉心灰意冷暗无天日怀里抱冰，连再写下去的愿望也被破坏了。原来她也是在乎，只是她的抗打击能力更强。心情修复之后，又能继续作战了。

我和吴君算不上传统意义上的闺蜜，直到现在，她个人的事我一概不知，我家里的情况她也一概不了解。这样相处，反倒彼此自在，不累。那年，她到鲁院学习，在北京住了三个多月，我竟没照面，连借口都懒得编，直接告诉她不想见人。虽然她对此无半点责备，但过后自己想想都觉得相当过分。她充分体谅一个写作者突如其来的自闭和中老年阿姨只争朝夕的懒惰。遇见这样包容我的人，不收留作朋友真都不好意思！

和我一样，她也是个路痴。有一次在外地参加笔会，晚上，我们俩要去一个地方与同伴们汇合。出宾馆门走了不到十几分钟就迷路了，只好叫了两辆摩的带我们去。当摩的行驶到一条荒僻的小路，后面突然冲过来六七辆摩的，司机们用我们听不懂的方言说着什么，感觉有被卖到偏远山区做苦力的趋势。脑补了一下月黑风高，我俩紧张互望，她大声说："咱俩别散了！"幸好，只是虚惊一场。后来，每到一个地方，我俩总要唠唠叨叨地提醒对方："可别再走丢了。"

文学之路是漫长而孤寂的，不知有多少人在半路上就调头转向他方。有个同道人相伴，在你走不下去或不知所向时，给你打气，向你呐喊："别跟我走散了！"这样的关系反而比交换日常隐私来得更加深刻。无须亲密，但求共暖。

热爱市井生活的作家
——吴君印象

傅小平

采访吴君的时候，她还是一位窗口单位的工作人员。那一天她穿着单调呆板的工作服，回答问题干枯生硬，没有任何文学的色彩和艺术家气质。这样的时候我忍不住开始怀疑了我的判断。

可是如果你多少读过吴君的小说，你大概会想，这是怎样一个作家啊，她的想象力，对文字的克制力，对柴米油盐、家长里短的热爱，对八卦与世俗的体察等，这一切该多么需要我们重新发现和重新认识。

吴君的小说仿佛奔走于深圳的大街小巷，时常来来往往于这个移民城市与东北河北香港之间，跟各阶层三教九流人物都有深层次接触，并把由此得到的感觉与印象如百川归海，汇于笔端，如此才写出这一篇篇看上去特别真切，像是融入了很多亲身体验的小说吧。

实话告诉你，我刹那间也有过这样的疑问。你看她写了《亲爱的深圳》《深圳西北角》《皇后大道》《陈俊生大道》《十七英里》《岗厦14号》，这些都是深圳真实的地标，不带半点虚的，她这敢情是要以最直接生猛、最理直气壮的方式告诉你，我就要为深圳立传，我就是有这份雄心壮志，怎么了？嗨，你书名怎么直白都行，只要哪怕最不文学的书名，你都能写出最文学的作品来就行。但我还是有点为她着急，你说你就算有这能耐，也好歹含蓄点啊，再说你要缺那个火候，不落得让人说道嘛。这就罢了，你写人物面也太广了吧。上至官员、富商、白领，下至农民工、小职员、性工作者，而且都不是浮光掠影的，反倒像是要写透他们的内心世界，你这简直是巴尔扎克写《人间喜剧》的节奏啊，或者就你烧的那一碟碟小菜，也非得整出个满汉全席？算我服了你了，但你有像专职大厨做菜那样的时间去体验生活吗？问题不就是，吴君有那么多时间吗？她能有三生三世，种得出十里桃花吗？

生活常识告诉我们，人都只能活这一世，一个作家生活再优越，也得先解决了吃喝拉撒，要没那么好的条件，还得工作上班挣钱养家，如此留给写作的时间就少之又少了。吴君早年当过记者，后来进了深圳国税局，再后来到深圳文联工作，一路走来，过的都是朝九晚五的生活。这样，相比很多专职写作的作家，她作品的量不能算多，要让你有多的感觉，只是因为她写作的面铺得特别宽。所以，她不可能有那么多时间去体验生活，这样兜兜转转又回到老问题了，她是怎么把别人经历的生活，写得很像那么回事的？

还是先来重温一下老生常谈吧，小说源于生活，又高于生活。既如此，作家当然得体验生活，从生活中汲取养料。真正的作家在日常生活中自然会有千种感受，万般滋味，而在中国的语境里，各地作协或单位，也会给他们创造挂职锻炼、文学采风、出国考察等机会，让他们拓宽眼界，拥有更多的生活。这都是好事。但我们不要忘了，小说从来都不只是简单的描摹和记录，它本质上是一种创造。在我印象中，莫言大致说过类似的话，他说有感知力和创造力的作家，哪怕只在一个地方待上一天半天，也能写出大文章来。而不具备这般素质和修养的作家，哪怕是待上一年半载，也不见得能写出什么好文章来。可不是这样吗？说白了，作家或小说家，是得有无中生有的能力，也得有在方寸之间写出大千世界的笔力，还得有起死回生的神力。

这就能理解吴君为何能写出她那些有着宽阔地理空间和三教九流人物的小说了。至于她是否有这般能力、笔力、神力，另当别论。老实说，从古到今都少见具备如此综合素养的大作家。但吴君无疑有这样的心性，也不缺庄重的写作态度，她是有大我的，有同情心，有同理心，能推己及人，能感同身受，能爱屋及乌，也不缺这样的想象力和观察力。按理说，这应当是但凡作家都具备的素质，但我们不得不承认，眼下这样的作家是太少了。微信时代也确乎让人们变得更为自我，更为以我什么都知道为由，活在自己的小世界里，想来作家也不例外。

换句话说，这也就要求作家们在把自己当回事的同时，又不能太把自己当回事。也就要求他们能更多地从自我中哪怕是片刻逃离，遁入他人的世界，并以此反观和审视自我。以我看，吴君除了有这样的心性之外，她在写作中也是这么要求自己的。唯其如此，她才能不局限于写一己的活动空间，而是放眼整个深圳，并通过这种带有地理志特性的书写，从一个侧面写出中国近半个世纪以来沧海桑田的巨变，以及由此带来的人世的变迁与人性的裂变。而吴君的部分小说直接以深圳地理命名，也并不是胆大妄为，而是因为深圳特殊的经验。某种意义上这是一座新生的城市，相应地，吴君所做的即是，以文学的方式对其加以命名的创造性工作。假以时日，她所做的这份努力的意义，或许会更多地呈现出来。

当然，说吴君不依赖自我经验，并不是说她只能写好他人的生活。事实上，她同时也是一个能把自我经验写到某种极致的作家，她有部分作品，尤其是早期的小说，比较多融入了童年灰色的记忆。坦白说，于我而言，当代作家的作品，我读过之后，很少有还想再读一遍的。但像吴君《我们不是一个人类》这样的小说，我很乐意读两遍三遍。因为作品本身经得起读，也因为她在写出来个人经验的同时，也写出了人类普遍的经验。还有必要说明的是，在我的感觉里，她的小说即便写得再狠再残酷，都有着温暖的底色，这印证了她的与人为善，而这种善意和关切，是会让一个作家即便从窄门出发，也能走向宽阔的。

这样一位不像作家的人，在具体的写作中表现得那么丰盈、活色生香、心狠手辣，的确是需要我们期待的。

雨生百谷，万物逢时 [1]

吴　君

作家的创作，必然与他所处的时代，与作家看待世界的方式密切相关。作为一个被贴上深圳标签的作家，我始终走在被瓶颈围困，却又不断寻找突围的路上。塑造人物，写走心的小说，看到阶层、财富、身份困惑的同时，还要面对生死未卜、人生无常、灵魂深处。一个作家，写作的疆域只有被不断拓宽才能走得更远，毕竟我们选择的是马拉松那样的文学长跑，而不是聚光灯下的弹跳、旋转和闪耀。

深圳，这个曾被喻为世界上最大的加工业基地，四十年历经一代又一代深圳人的不懈努力，如今她早已蜕变为科技创新领域的领头雁。工一代如何安放自己的归心，深二代如何突围求变，是《你好大圣》的中心话题。富有农耕时代气息的刘谷雨无法适应这个新的产业环境，回到阔别多年的家乡，物是人非，情怀不是旧家时，她突兀存在的样子真是孤单寂寥，好在她找回了被自己错失的深情。当年的留守儿童，成长过程险象环生，理工男刘小海与母亲逆向而行，赶赴深圳时，特区正欣欣向荣，日新月异，他生逢其时，没有错过。两代人即两个时代，两种活法，当年刘谷雨为生存而去，今天，刘小海为梦想而来。疫情期间，二者敞开心扉，完成了一段艰难的救赎和成长。齐天大圣、这个被赋予了精神和特殊使命的图腾，如同创新求变已经腾飞的深圳，正在不断前行，它暗合了我一直渴望实现的文学境地，哪怕历经凄风冷雨，最终也必将看到我们生命的暖光。

---

[1] 该文原载于《北京文学》2020 年第 11 期。

从《亲爱的深圳》到《万福》①

魏沛娜

2020 年 12 月 12 日下午，由《中国作家》杂志社、广东省作家协会、深圳市文学艺术界联合会和花城出版社联合主办，深圳市作家协会和深圳市文联文艺创作室共同承办的吴君作品研讨会在深圳市文联九楼会议室举行。来自北京、广州、深圳等地的专家学者围绕吴君文学作品举行深入研讨。研讨会由深圳市文联党组成员、专职副主席张忠亮主持。

深圳中青年作家中的领军人物

作为深圳本土作家的重要代表，吴君创作出一系列深刻反映时代生活的长中短篇小说，展现了一个作家的责任感和使命感。其作品几乎涉及深圳的每次重大社会变迁，对于当下的文学创作如何反映现实、如何表现时代有着样本性的意义。其主要作品有《我们不是一个人类》《亲爱的深圳》《皇后大道》《万福》及影视和舞台作品，并有作品译成英、俄、阿拉伯、蒙等语言。

中国作家协会书记处书记邱华栋

从我个人作为编辑和小说家同行的角度来看，吴君的作品呈现了很大的变化。在我最早看到吴君的作品时，她写的是过去成长的作品，当时她写

① 该文原载于《深圳商报》读创专栏，https://baijiahao.baidu.com/s?id=1686130441625269801&wfr=spider&for=pc。

的不是深圳，而是过去带来的记忆更多一点。平时在交流的时候，我说怎么还没有对深圳进行描写。慢慢的，我发现吴君的创作找到了他乡是故乡的感觉，是对深圳的挖掘。我非常喜欢吴君收录于"深圳当代短小说8大家"系列图书中的短篇小说集，这本小说集呈现了吴君书写深圳的非常棒的短篇小说艺术风貌，让我对吴君的创作充满了信心和期待。这次读了《万福》，我觉得这部小说非常有烟火气，对人情世态的纠葛包括里面一些情感上的重新组合关系呈现得非常独特，同时小说的名字非常好。吴君从写作开始到现在的《万福》，一个作品呈现几个层次的含义，我觉得非常不容易，非常了不起。

中国作家协会办公厅主任李一鸣

吴君是一位对时代环境中的现实世界具有深刻穿透力、省察力，具有鲜明审美特征和艺术品位的人道主义现实主义优秀作家。吴君的作品的主人公多是从异地乡村到深圳打拼的小人物。他们厌倦和逃出贫瘠的土地，作为外来的闯入者厕身于一个热气腾腾、市声嘈杂的都市，他们原本以为可以由此彻底改变自己的命运，但是如原罪一样身份的烙印，常常使他们难以立足城市、融入城市，为此他们开启了在异乡艰难的命运跋涉，其中既有不懈的自强，艰苦的蜕变，奋力的抗争，也有狡黠的算计、同类的争斗，尝尽生活苦涩的滋味和命运挣扎的况味。一条连接乡村与都市，故乡与他乡的脐带，营养了吴君的文学世界。

吴君的笔触不仅在景观层面上揭开大都市中底层人民生活的处境，而且在情感人性和心理层面展示主人公的精神困境，在乡村与城市、故乡与他乡、个人与他人、个体意识与集体无意识中，在人与自我的交会、融合、碰撞、矛盾中，在生活的波折和命运的捉弄中，描绘人与人之间的冷漠与热切、亲近和隔膜、依靠与逃离诸种样态，写尽主人公心绪的迷乱与枉然、心理的焦虑与折磨、精神的撕裂和痛苦以及灵魂向高贵的摆渡。吴君的作品传导出的不是对主人公奋斗生活的庸颂，她的作品既寄寓深沉的同情，又含蓄温和的批评。有多少恩泽，就有多少苦难；有多少碾压，就有多少慈悲。面对都市小人物的存在境遇，吴君赋予人物以深切的人性关爱和人道关怀。有痛彻的泪光，有温情的抚慰，有自觉的代言。

然而，吴君并没有停止于同情，隐藏作品深处的还有批评，对主人公虚伪、算计、丧失自我甚至勾心斗角等等劣根的批评。吴君的批评是站在受苦人命运立场和基点上满含同情泪水的批评，温情脉脉的批评，怒其不争的批评。她对人生问题严肃的思考，对世道人心细腻而犀利的剖析，提升了作品的深度和层次。

深圳市文联党组成员、专职副主席张忠亮

吴君的作品书写了急剧变化的年代人的命运和情感冲突，写出变化中小人物的困境的矛盾，而且我在吴君作品中看到了浓烈的深港味，这个味道的书写不仅是吴君文学的标志，还是极其重要的深圳文学的标志。不光是语言，还有生活方式、价值观念，很多深港人在这些方面和内地人是不一样的。吴君无疑是目前深圳中青年作家中的领军人物，是深圳40年文学中不可缺少的重要作家。

深圳市文联党组成员、专职副主席张晋文

距离上个研讨会已经过去了8年多，这8年多的时间，吴君的创作有了较大的变化，难能可贵的是，在深圳这座急速发展有些浮躁喧嚣的移民城市里，她写作的状态却没有改变，她坚持写作的初心没有改变，始终耐住寂寞，不断形成了自己的品牌、风格。

为记录改革开放40年深港双城同根同源，相互成就，深度互补的关系，文联安排吴君多次深入渔民村、万丰村、凤凰古村、钟屋、香港屯门等地实地采访，以小人物为切口，写出反映改革开放40年特区巨大变化的《渔民村的春天》；反映香港青年再出发，把握粤港澳大湾区商机，香港同胞欣喜回家共话未来的长篇小说《万福》受到了广大读者的喜爱；反映深圳原居民，在新的历史机遇面前华丽转身的长篇小说也已完成。

吴君还是全市影视改编最多的一个作家，充分体现出我们深圳市文联专业干部的素质和能力水平。

广东省文学院院长魏微

我和吴君算是同龄人，又都是写小说的，我们的成长背景，对于青少年时代的记忆，读的书，唱的歌，可能小时候玩的玩具都是一样的，这些都是写作的重要因素，或多或少会影响我们这一代的写作。所谓一代作家，从这个意义上，我和吴君是真正意义上的一代作家。

但是另一方面，吴君的写作又是区别于她的同代人的，她的这种差别性，彰显了她作为一个作家的独特存在。吴君的小说，我觉得最可贵的一点是，她亲近外部世界，她深入人群、关注人群，尤其是对她不熟悉的阶层，对她不熟悉的人和事，比如边缘人、底层、小人物，她都有书写的热情，并投入了一个作家的理解和同情。我觉得这一点，我对她是很佩服的。就是说，她的小说带有她这代作家少有、难能可贵的社会属性。对于深圳的书写，可说是她的一个文学母题。她来深圳的时间当然比较早，可是我觉得，一个作家与一个城市的关系，有时是很神秘的。像我在广州生活了那么多年，至今还有一种疏离感。但吴君和深圳的关系是很契合的，她书写了另一个深圳，一个丰富的、热闹的、同时也是孤独的深圳。在这一点上，她为深圳的文学书写提供了一个新的维度，一个除了"打工文学"之外的新的文学空间。

吴君的小说，还有一个特征，就是她的故事能力非常强。写故事，是一个小说家的基本素质，但遗憾的是，当代作家有很多没做好，这其中也包括我自己。我觉得写故事是一种能力，而这个能力，吴君是与生俱来的，而我必须要靠后天努力。我希望吴君在以后的写作中，能坚持自己的心性，发挥自己的优长，把自己的文学特点扩大化，做到极致。

在多年的写作过程中，吴君的作品不断受到文坛的肯定和赞赏。其作品曾获中国小说双年奖、百花文学奖、北京文学奖、广东省鲁迅文艺奖、中国70年70部优秀有声阅读作品奖等。其长篇小说《我们不是一个人类》入选《长篇小说选刊》获评为2004年度国内五部好长篇之一；《亲爱的深圳》入选中国百年百部中篇正典、改革开放四十年文学丛书；今年初出版的《万福》登上了多个书榜和排行榜，收获诸多关注和赞誉，并在日前入围第五届长篇小说年度金榜（2020）。

花城出版社副总编辑张懿

从《亲爱的深圳》到《万福》，我觉得吴君已经从深圳的外来者和观察者真正地成长为深圳的亲历者和书写者。她绝大部分作品都是围绕深圳的主题，写深圳的人和城市，在某种意义上，吴君对这个城市的关注已经和创作紧密结合在一起，不可分割，她从以短篇小说见长到长篇小说写作渐入佳境。

作家出版社原总编辑张陵

正值深圳特区建设四十年之际，《万福》的问世，恰逢其时，不同凡响。

吴君是一个以写实讲述深圳故事见长的小说家。她以往的作品，重在描写从全国各地来到深圳创业者的奋斗故事，由此揭示出一座现代化的国际大都市繁华背后普通人的命运。评论家们普遍认为，吴君的小说，通常会突出外来者的理想与现实生活的差距所产生的内心矛盾，展示外来者融入当地社会的内心历程。然而，在长篇《万福》里，作家的思想立场发生了大转变，她的视角也发生了很大的变化，而关注的对象正是生活在基层的深圳百姓。这也正是作家基层深入生活的重要成果，她已经深刻认识到"民生问题"。在今天，没有比"民生"更重要的发展理念了，没有比"民生"更大的政治了。抓住了"民生"，就抓住了根本，就抓住了作品主题。跳开"文化冲突"看深圳，读深圳，得到的会是更深刻，更为实在，也更为进步先进的思想。长篇小说《万福》就是在这样的思想基调中，展开的对文学深圳的叙述。

广东省作家办会副主席、暨南大学文学院教授贺仲明

吴君的作品比较注意写生活细节，在吴君的作品中，无论是从外地来深的打工者，还是深港两地的往来，她都能将视野聚集于人。吴君作品的落脚地始终在人，我觉得这一点对于一个作家来说非常重要。因为有一些作家对人的关注不够，只是仅仅把小说写成一个故事而已，达不到一个深度。吴君的作品包涵比较深刻的人文关怀精神，对人物的命运与遭遇有一种比较强的理解和认同感，这也是她作品的一个特点，她的内心对人物有一种关爱、善

良的情怀。

从叙述角度来说，写深圳的地域性不好写，因为外来人口比较多。但是吴君的小说比较注意写生活细节，呈现出一种比较写实的小说特点。虽然小说不能够满足于写故事，但是故事是很重要的基础。今天的文学作品要达到一定的市场影响，故事还是很重要的。尽管吴君的故事比较生活化，矛盾不是特别激烈，比较平淡，但是她善于在生活中挖掘故事，能够把生活细节和地域性结合起来，呈现出地域性的细节，这是一个很好的方面。

广东财经大学人文与传播学院院长江冰

在吴君的写作中，她一开始就是不单看小人物，还把个人的东西与人物融合在一起。这一点可能是出于吴君一种天然的平民角度，或者是她天然地没有精英式傲慢。吴君能够写深圳，能够在深圳选择原住民来写，而不是深圳最强大的外来人。她是很温和低调地看城市的变化，既有通过原住民和城市生长之间的关系，同时又有城市对于深圳人的塑造。我觉得从这一点来说，吴君还是应该要继续深入。

北京大学中文系副教授丛治辰

吴君的小说写得好看，对于小说家来说，这是非常重要的美德。但是不仅于此，吴君的小说还有更为重要的价值。我此前写过一篇谈论《万福》的文章，谈到这部小说的三个层次：其一，吴君写出了历史的变迁所造成的错位与尴尬；其二，吴君写出了历史中的人性格之复杂和拧巴；其三，吴君其实写出了历史作用于人的最深层的东西，那就是具体的历史经验成为人的某种根深蒂固的观念，这才是历史中人的性格何以那么复杂和拧巴的原因。

《万福》写出了时间的复杂性，但是如果把《万福》和吴君的其他一些写深圳的小说放在一起，就成为拼图的一块，共同构成了吴君笔下这座城市空间上的复杂性。吴君写了一批以深圳具体地名为标题的中短篇小说，非常精彩。一方面，她用这些地名拼出了一个纸上的深圳，让我这个基本不算来过深圳的人，也对深圳有了具体的认识，走在深圳的街头感到熟悉和亲切，就像过去经深圳去香港，看到那些在港片里经常出现的地名而感到熟悉和亲切一样。但绝不仅如此，吴君其实对这些地点的选择颇具匠心，让这些地点具有某种文化标识的意味。这其中有深圳最早的福利房小区，有深圳正在改造的城中村，也有本省人聚居的颇有小镇气氛的所在，他们各自代表了深圳的一个面向，让这座作为改革开放窗口的城市在她的笔下不仅仅是一个符号，更有了蜿蜒曲折的街道巷陌和百态人生，让这座城市真正成为一座有内容的城市，她真正将深圳在文化和文学的地图上展开了。

而作为女性作者，吴君尤为值得重视的还有一个方面，那就是她非常擅长在家庭关系中讲述故事。但是她讲家庭、婚姻与爱情，并不是停留在两性关系上，更不是借此来抒发一己的小情绪，而是让城乡、阶层等多种矛盾，在一家之内的方寸之地彼此对话和碰撞，从一个家庭映射出整个城市的变迁，以及这种变迁所造成的观念差异乃至于冲突。现代城市的基本生活单元正是由夫妻、孩子构成的有别于传统中国大家族的家庭，在此意义上，吴君是写出了这座城市的内部。表层的地理标识、广度上的文化拓宽与深度上的内在精神，共同构成了吴君的深圳书写，这对于深圳的意义比对于吴君的意义更大。过去很多人说深圳是有经济没文化，可是吴君告诉我们，文化是有的，难度恰恰在于这文化太复杂了，难于言说，不过吴君把它说出来了。一座城市的文化当然客观存在，但是需要作家去挖掘、书写和留存。一个人没有去过北京和上海，但是对北京和上海是有概念的，很大程度上北京和上海的形象正是来自老舍、王朔、张爱玲、王安忆等作家对这两座城市的书写。多少年之后，即便北京已经不是老舍笔下的北京，但是那时代的人与物，将在老舍的文字中永存。深圳太新了，以至于没有来过深圳的人，对深圳的印象是模糊的；深圳变化太快了，以至于十年前来过的人，也可能在这里感到惊叹和陌生。在这个意义上，吴君的书写恰逢其时，尤为重要。某种意义上，她对深圳的书写，的确可以和老舍对北京的书写、张爱玲对上海的书写相提并论。

中国艺术研究院传记研究中心副主任张元珂

我认识深圳几乎都是通过吴君的作品，因为她的每一部作品都提到一个坐标，坐标背景下的人和事，如果把吴君放到文学史来看，可能对文学史意义的阐述具有经典意义。吴君不但写城市的地标，她也有虚构的地标。吴君是一个在风格化实践中很有意思的作家。她现在风格化的表现是把深圳地理坐标完全地文学呈现，从而依托文学坐标不断地把城市扩展。我们有一个概念叫空间再造／空间扩大。吴君的书写让深圳地理空间的坐标和文学的坐标两者之间形成一个非常好的互补。

吴君以前都是讲故事，故事情节把人与环境，人的身份、变迁反映出来，但是我发现到了《万福》这部长篇的时候变化非常大，一是格调大气了，表现十几个人物的生离死别、爱恨情愁。时间长、人物多、主题多元；她把小说中十几个人物编制成一个网中的各个点关联，这和以前聚焦某个具体的人物、事件是不一样的，任何一个人的变动都牵扯到关系网的变动，让时间停止，空间放大。小说无论向外还是向内都体现了极大的张力。

深圳市作家协会副主席丁力

吴君的《小户人家》是写小人物的，或者说，是写小市民的。但深圳的"小市民"与当年北京大杂院和上海里弄的"小市民"不一样，他们不是深圳的原著居民，因为，深圳真正的原著居民个个都腰缠万贯成了"大市民"，但他们也不是真正的"外省人"，真正的外省人，要么成就一番事业成为"中产"甚至大款，要么一事无成回了内地，没有成就一番事业却仍然留在深圳成为"小市民"的，恰恰就是黄培业、曾海东这样的"本省人"。因为他们是"本省人"，所以即便没有成就一番事业也只能留在深圳，成为深圳"小市民"的重要群体。

感谢吴君！终于让我们看到描写深圳"小市民"的作品了，不然，深圳的文学又要让人暗笑了。因为，一座"一线城市"，哪里能缺少描写"小市民"生活的小说呢。小说，就是"小声说说"，与报告文学记载大人物大事件不同，"小说"就该把笔墨对准小人物，对准"小市民"，对准城市的微观和枝梢末节。

暨南大学文学院讲师唐诗人

吴君的小说是我这两年内越来越重视的一类小说，她那种不温不火讲故事、老老实实写深圳人日常生活的小说，往往比那些观念性特别强的小说更有嚼头。可能很多年轻人，包括我刚开始喜欢上小说的时候，都是特喜欢读那些思想气质明显、观念感强烈的作品，尤其现代主义、后现代主义一类风格突出的作品，但是现在越来越觉得，那一类作品虽然可以用它们的思想抓住我们的眼球，但真正深入到作品中去，由我们读者、评论家自己发挥的空间其实是很少的，这就局限了小说之为文学作品的意义层次。相反，像吴君这一类小说，我们刚开始可能很难直接感觉到作品的思想特征，但是她把人物命运、生活现实呈现出来，这本身就包裹了很丰富的内涵，可以从中挖掘、提炼的思想意蕴是非常丰富的。前面很多老师讲了很多观点，而且很多是差异性很大的观点，这本身就说明了吴君小说的复杂性。

我根据自己的阅读，结合前面老师们的发言，想就《万福》这个长篇小说补充几点我的阅读感受。我觉得《万福》是一个过渡性作品，既是吴君的过渡性作品，也可以是文学史、文学理论意义上的过渡性作品。文学史意义上的过渡性可以分成三个方面，其一是家族小说问题。《万福》是一个介于传统家族与当代家庭之间的小家族故事。我们对于家族小说，很多时候会联想到现代小说，像茅盾、巴金、老舍等等，包括当代的张炜、张洁，他们写的家族都是传统中国的大家族，普遍也是乡土小说性质，但是当代城市小说方面，像《万福》这里面有很多兄弟姐妹这样的家庭式家族，还是比较少作家去写的。严格讲它算不上家族小说，但比较起很多"70后""80后""90后"作家笔下的小家庭式城市题材小说，它肯定可以视作家族小说。当然，这种过渡不仅仅是"家族"的大小问题，而是家庭大小与城市发展这个大历史背景结合起来，它就是一个很有意思的"过渡性"特征，我们可以看到一个"小家族"如何被城市发展撕裂，也可以看到"传统小家族"是如何一步一步走向"现代小家庭"的，这是城市文学很值得书写的内容。

第二个方面是人物性格层面的过渡性。我们可以关注一下《万福》人物介绍中对阿珠的介绍，作者只介绍说她是陈炳根的同学、初恋女朋友，却没有写上她是潘寿良的妻子。这可能是无意识的，但很可能就说明在吴君这一代人的潜意识中，前女友、初恋最重要，作者无形中就把情感偏向了这个"前任"。但是在我的阅读过程中，包括我很多更年轻的学生理解潘寿良、阿珠、陈炳根三人关系的时候，情感明显是偏向潘寿良的，介绍阿珠时往往会介绍说她是潘寿良妻子，起码不会漏掉这个介绍。这种人物情感关系上的"误差"，会不会是一种时代性文化观念的过渡性表现？其实，在我看来，潘寿良这种人物他完全没必要自卑、谦让，他的付出是很伟大的事，他在阿珠、在陈炳根面前可以没有丁点的愧疚感。延伸一下，潘寿良这种忏悔性人格，起码是类似情感关系中的潘寿良角色这类人物的人格，很可能以后再也不会是忏悔型的了。文化的变迁，带来的是不同代际作家的情感观念的变化，自然而然会表现在小说的人物塑造方面。这就可以说明，《万福》的潘寿良这种人物性格，很可能也会是文学史意义上的一种过渡性表现。

第三个方面是小说叙事结构层面的过渡性特征。这是从结尾来看的，《万福》的结尾是"大团圆"，这个结尾我们读小说读下来其实会感觉到有点突兀，它好像是刻意安排上去的大团圆结局。这种理解仅仅是从小说叙事逻辑来看可能是一个小说的一个叙事问题，是一个缺憾。但从文化层面来看，这个"大团圆"的结局就特别有时代感了。这种时代感表现为我们今天所处环境的文化结构和现实语境等等。就文化结构而言，我们今天已经不是一个重解构的时代，而是一个建构的时代，所以小说叙事会慢慢强调"和解"。"大团圆"的结局就是和解的最好表现。在二十世纪八九十年代，甚至二十一世纪前十年里，那些现代、后现代性特征明显的小说，它们的结尾往往是突出撕裂感、悲剧性、虚无化，强调的是给人震撼感。但如今我们逐渐摆脱了这一类特别西化的情绪需求，而是回到一种中国传统、本土化的情感结构。这种文化心理结构的变化，引起的是小说家叙事结构的调整。在吴君《万福》里，这一调整就显得特别清晰。我觉得这种文化转型带来的叙事结构变化，或许也是当前中国小说的过渡性特征表现。

文学史意义上的过渡性特征，意味着即将到来的小说形态会发生很大变化，这值得我们关注。吴君小说给我们提供的这些过渡性特征，可以给我们很多启示。当然，《万福》作为吴君小说，它的过渡性特征，也说明吴君接下来的作品会更值得期待。我个人就特别期待看到吴君下一部长篇，我相信它会给我们带来更多启示。

深圳市特区文化研究中心副研究员刘洪霞

吴君已经开始被历史化，她被写进《中国当代文学发展史》，而且占了很大的篇幅。我这段时间在看1982至1992年《特区文学》的刊物，有两个维度非常清晰地呈现出来：一个是特区文学形象的建构，一个是港澳台与华文文学的推介与传播。由于城市地理位置的原因，特区文学有一个地缘意识，这个地缘历史隐藏在中国意识之中，同时又面向世界意识。

吴君是20世纪90年代来深圳，和深圳这座城市一同成长起来，她的书写也呈现出地缘意识，并且展示出深圳城市地理空间的复杂性。这个空间包含了三重维度：首先是深圳的内部空间，而内部空间又分成无数小的空间，其次是深圳与香港对照的空间，最后是深圳与乡村对照的空间。这三重空间参差错落，错落有致，仿佛"盗梦空间"一般。然而，这仅仅是表层的意思。她的作品所表达的深层意思是，城市的地理空间实际上不仅是物理属性，还包括政治属性、经济属性、社会属性、文化属性等，实际上要揭示的是城市化与全球化的问题，这其中包含了阶级、民主、平等、文明等诸多问题。深圳城市内在的空间对比是对快速发展的新型城市产生的一系列问题的批判，例如作品《关外》《华强北》。深圳与香港的空间对比是有一种时间上的变迁，是一个对于全球化的空间的关照，例如作品《皇后大道》《万福》。从深圳和乡村的二元比较来讲，深圳一开始绝对不是一个现代都市，而是一个现代性的发生地，它与乡村产生千丝万缕的关系。例如作品《出租屋》《亲爱的深圳》。所以，《中国当代文学发展史》中关于吴君部分的标题是"新人民性"，吴君在为人民代言，尤其是对社会底层的人民。

吴君："既然重新回来，我就要写下去"

我的写作从20世纪90年代初开始，由于各种原因停了下来，在场的有朋友见证过我远离文学的近十年时间，那是心向往，而不能至的岁月，也是最孤独寂寞的日子。直到2001年左右由于被广东省作协召唤又回到了队伍中。有人说写作是有文运的，我深信不疑，因为除了个人的努力，还需要有来自各方的支持。这些年，我得到过许多朋友的支持，甚至有的可能只是你要撑不下去时听到的一句话。所以我也常常用同样的方法去鼓励那些爬坡上坎中的作家们。上周日，就在这个会场，我记得彭名燕主席讲到自己写到崩溃时，李兰妮主席给予她的各种支持和鼓励，这件事情，让我特别难忘。写作这个旷野上，常常是空无一人，而来自各方的鼓励都是宝贵的，包括今天的研讨，也是为我加油。直到现在，有人说，你怎么还要参加省作协的签约，是的，我想既然已经重新回来，我就要写下去，被各级作协督促着，关爱着，这样的写作是温暖的，是有使命的。感谢花城出版社，让这部《万福》在疫情期间为所有人祈福。

这些年，我得益于各级领导的包容和坚定支持，我才在马拉松的路上没有掉队。文艺创作室是一个有着光荣历史的地方，走出过许多大家、名家，我为能成为他们最后一个到来的新成员而感到荣幸。因为能够重新回来，我对自己的要求非常严格，也比过去用功，到现在为止写出近百篇长、中短篇小说，还有两部电影，一个电视剧。写作道路上得到过许多领导和老师们、文友们接力般的支持，在此我铭记在心，更不敢辜负。

火箭升空，繁星留下①

吴　君

　　农村女孩李婵娟曾经如春日清晨般美好，润泽、清澄、绚烂、生动。由于她的进城，燃起了父老乡亲的希望，也打破了白酒厂的宁静和往日的平衡，就连厂长也为她生出了万千似水柔情。只是很快她便被亲情、友情绑架，被嫉妒者不满和仇恨，李婵娟失去了退路和选择的权利。经历了被至爱亲朋利用、欺辱、榨干、辜负、伤害的李婵娟，亲历了酒厂的辉煌鼎盛、衰败、落幕，同时也见证了高薪和下岗。改写了丈夫、妹妹，众多人命运轨迹的同时，她的人生也因此跌宕起伏，险象环生，由清高的厂花，变身贪婪、荒诞、虚荣、没有边际的伪超人。一个原本的受害人，蜕变为害人者，欺骗成瘾，终入歧途。跌至谷底的女人在命运的窄道上一路前行，灵魂无处安放，身体无处可逃。求生路上，她低三下四追赶厂长豪车的脚步如此孤单寂寥，跋山涉水投奔曾被她嫌弃的丈夫时充满了卑怯和心酸。企业的秘密，厂花的人生。城市对某些人来说车马喧嚣，一路灯火，满树繁花，可有谁知道，雨夜灯影中藏匿了多少异乡人的来龙去脉，百转千回，绵绵心痛。好在兜兜转转的剧情里，早已铺就了一条回归路，牺牲了真爱后同样沦为工具的郭立民，此时的接纳珍贵而悲情。他们是在哪里拐的弯，有过怎样的挣扎和历程。摩天轮早已发车，到底抛弃了谁，或许是作家需要关注的事情。

　　文学不是强者的事业，小说应为失语者发声，为远行与归来客撰写生平，惺惺相惜是寒夜里的那一束暖光。

---

　　① 该文原载于《小说月报》2021 年第 1 期。

万物向阳[①]

吴　君

　　这是一个提前完成的长篇，它伴随着我的焦虑和困惑一起出笼。烦闷而看不到边际时，我曾偷闲写过两个短篇，只为透出一大口气，让我的目光转场到别处。我承认长篇如同长征，上下求索，前途未卜，路上并无宜人的风景。然而，最后写出的短篇也是原住民的困惑生活和一地鸡毛。显然，我吃了晒米的饭，中了晒米的蛊，晒米人的前世今生就这样不管不顾来到我的面前和笔下，滋生情愫与我狭路相逢。

　　这或许就是小说的命吧，它有着与作家相互催化并成全的使命。不能装进长篇的故事还有很多很多，他们是旁逸斜枝，也是重新生出的一片新绿，更是现实馈赠我的大礼。正如我一路写出的深圳小说那样，每一篇都是当下，每一篇都正在进行，每一篇也都是我为自己开辟的一个全新路径。

　　走过一地荒芜，眼前已然是摩登时代。合作股份是国家为深圳农民留住的一道防线，为用土地换了货币的农民存下的退路。这是一位股份公司董事长对我说的话。

　　不知何时，生活正在领跑文学，作家无时无刻不在被生活教育，影响、渗透，每一天上演的人间剧令我们震撼感到目不暇接。洗脚上岸的深圳农民在各自的跑道上发展，日益强大或有其它。然而，一夜暴富后的晒米人，他们如何吃下的这个天大馅饼，消化这天外飞来的财富。一个在摸索中前行的合作公司在陪伴中发挥了怎样的作用，他们能否担得起昔日生产队员今天新

---

①《晒米人家》后记，《人民文学》2021年第5期。

居民的全程厚望，晒米人的路上是否还需要这样的一个集体合作，答案是肯定的。如果没有这个强大的集体，多少个陈有光会沉沦，一蹶不振，或是就此误入迷途不再回来。

作家的创作，必然与他所处的时代，与作家看待世界的方式密切相关。作为一个被贴上深圳标签的作家，我一直走在被瓶颈围困，却也一直走在不断寻找突围的路上。塑造人物，关注人物的内心和命运痛点，看到阶层、财富、身份困惑的同时，还要面对生死未卜、人生的无常。一个作家，写作的疆域只有被不断拓宽才能走得更远，毕竟我们选择的是马拉松那样的文学长跑，而不是聚光灯下的弹跳、旋转和闪耀。写作路上，我得到的奖励是内心的开阔和心安。

好的写作不止于作家的自我完成，更是为读者和自己寻找一份暖光。

附：吴君作品发表一览表

短篇小说

太平太平，《北京文学》1991.10

别人的继父，《珠海》1991.4

梦里不知，《特区文学》1996.2

一路歌声，《青年文学》1999.7

别让太阳看见你哭，《青年文学》2001.4

伤心欲绝的猫，《特区文学》2002.5

曼云小姐，《厦门文学》2003.7

爱比冰更冷，《厦门文学》2003.7

高级玩乐，《芙蓉》2004.3

如影随形，《作品》2004.5

海上世界，《特区文学》2004.6

黄花飞，《红豆》2004.12

天天阙歌，《芙蓉》2005.4

城市街道上的农村女人，《当代小说》2004.4

爱比冰更冷，《厦门文学》2004.7

新生活，《北京文学》2005.10

祖国花朵，《山花》2006.4

痛，《花城》2006.4

爱情下半旗，《佛山文艺》2006.6

天鹅堡，《中国作家》2014.4

万家广场,《广州文艺》2007.3

陈俊生大道,《上海文学》2008.3

牛黄解毒,《大家》2008.4

逍遥散《青年文学》2008.4

从二区到六区,《山花》2008.6

念奴娇,《芒种》2008.9

当我转身时,《大家》2009.4

扑热息痛,《作品》2009.4

地铁5号线,《上海文学》2011.3

十七英里,《人民文学》2011.6

十二条,《中国作家》2011.12

皇后大道,《中国作家》2012.1

摇晃天使,《中国作家》2012.9

花开富贵,《上海文学》2013.1

华强北,《广州文艺》2013.5

夜空晴朗,《中国作家》2013.6

百年好合《北京文学》2014.8

百花二路,《人民文学》2014.12

这世界,《南方文学》2014.6

关外,《芒种》2014.9

生于东门,《中国作家》2015.5

才子佳人,《北京文学》2015.4

远大前程,《上海文学》2016.3

喝点咖啡抱抱熊,《青年文学》2016.8

蔡屋围,《北京文学》2016.9

芭比娃娃,《中国作家》2016.12

安宫牛黄,《中国作家》2017.1

北环,《香港文学》2018.8

甲岸,《时代文学》2019.8

家庭生活,《长城》2020.3

六合街上,《上海文学》2020.7

天生丽质，《当代》2020.11

阳光在我正前方，《广州文艺》2021.3

莲塘饭店，《中国作家》2021.7

迎宾馆，《上海文学》2021.1

中篇小说

太平园，《花城》1991.2

工地，《小说林》1991.4

不要爱我，《珠海》1992

南方最后的骚动，《特区文学》1995.2

有为年代，《特区文学》1992.1

红尘流动，《特区文学》1993.2

伤心之城，《特区文学》2000

与爱无关，《特区文学》2001

街上的小基，《小说林》2002.1

阿米小姐，《特区文学》2003.2

有人在暗处，《花城》2003.2

风花雪月，《大家》2003.3

女人花，《芙蓉》2003.9

不要在太阳下哭泣，《花城》2004.4

白色气球，《长江文艺》2004.7

爱情的方程，《大家》2004.7

黄花飞，《红豆》2004.7

王大山的深圳记忆，《特区文学》2005.1

女人花，《芙蓉》2005.1

香坊街，《特区文学》2005.5

福尔马林汤，《厦门文学》2005.12

亲爱的深圳，《中国作家》2007.7

樟木头，《山花》2008.7

念奴娇，《芒种》2008.8

复方穿心莲，《大家》2009.4

深圳西北角，《中国作家》2009.4

出租屋，《作家》2009.11

幸福地图，《十月》2010.4

岗厦，《山花》2010.10

菊花香，《芒种》2010.11

富兰克恩，《人民文学》2012.8

好百年，《芒种》2016.8

师说，《中国作家》2017.1

巴登街，《芒种》2017.7

离地三千尺，《人民文学》2018.4

结婚记，《北京文学》2018.4

前方一百米，《北京文学》2019.6

小户人家，《人民文学》2020.2

你好大圣，《北京文学》2020.11

阿姐还在真理街，《芒种》2022.2

长篇小说

我们不是一个人类，作家出版社，2004.7

万福，《中国作家》2019.11；花城出版社，2020.1

晒米人家，《人民文学》2021.5；花城出版社，2022.3

文集

有为年代，花城出版社，1997

不要爱我，花城出版社，2000

天越冷越好，海天出版社，2005

亲爱的深圳，花城出版社，2009
二区到六区，海天出版社，2012
皇后大道，作家出版社，2014
远大前程，四川人民出版社，2019
花开富贵，言实出版社，2020
我城我语，深圳报业集团出版社，2022
离地三千尺，漓江出版社，2022

影视作品

亲爱的深圳，2009.12
非同小可，2016.1

舞台剧

菊花香，2019.11

长篇小说连续广播

亲爱的深圳，2017
万福，2020

时代光影里的同频共振

⊙江 丹

人和人的缘分实在是奇妙，初次见吴君是在单位的会议上，大家在畅谈文学，移民文学、都市文学等诸如此类，各个文辞才情俱佳。无名如我，自然是不善言辞的，退缩在一边虚心聆听。吴君发言的时候，虽不算妙语连珠，却是真洞见，颇见功底。那时候，吴君大概是不认识我的。

吴君是用作品说话的人，笔下关于深圳的书写，从悬浮在半空中的小资与中产，从汇聚在此的移民到因打工而滞留在城市边缘的底层，从白领到原居民，从一掷千金的爆发户到一夜归零的失败者或逃离客，从强说愁的文艺青年再到爱恨情仇的原驻家族，爱意绵绵，恨也绵绵，才有了《亲爱的深圳》《皇后大道》这样被读者深刻记住的作品。有控制的叙事节奏，有地放矢的材料准备，都是作家必须持有的理性和态度。吴君的小说主题步步深化，既向纵深开掘，也不断向广阔处拓延，笔力厚朴明亮，主旨目标远大。吴君用手中之笔，心中深情，书写出了深圳四十年从物理到精神巨大变迁和小人物的内心隐情。

几个月后，尾随女友蔡东作客一家有着旧时上海风情的小馆，只顾着作个合格的吃客，高谈阔论间，偶然瞥见吴君还是淡淡的样子，不曾多言语，坐在那里就是很好看的模样了。夜色壮胆，饭毕我仗着那点车技，送吴君回家。许是新手的紧张，连着错了几个路口，就此错了许多路，吴老师只是宽慰我，没有关系，慢慢来，全然没有老司机那样眼里揉不得沙子的焦虑与烦躁指点。这自然让我联想起她的小说，二十多年来，她便是这样不疾不徐，沉着有序，持久、专注，不断推进深圳叙事向纵深与开阔处发展。

再后来，深圳作家评论集排上日程，我有心想编吴君的，又恐力有不逮，心有忐忑，吴君只是笑着说这是你编的集子，你是主编，你按你的思路和取舍来，还是那样的温厚。

笑容好看的人是明媚年轻的，作家的心永远是年轻而极具感知力的，不管作品还是心态，吴君一直焕发着创作活力。吴君最早的作品发表于20世纪90年代初，仔细分析发现有过几年的停顿，或许是在解决个人与世界的关系，或许在孤独中不断积蓄着突围的力量。历经一段蛰伏的岁月，如同火车驶出隧道那般，和煦的气息才迎面而来。是的，再回来她已然表现出强健，稳定的写作面貌，关注的人和事物，秉持的写作态度、创作风格已大变大改。她的创作已与深圳城市化进程同步，关注个体在时代这个摩天巨轮上的命运走向。虽作品涉及的人物性情各异，职业多样，而她探究人心人性的复杂坚定如初。生活并非满树繁花而是一言难尽。那些个漂泊的异乡客，那些嵌在流水线上的工人，那些实则被困境锁围的中产，那些患得患失的原住民，吴君对他们的生活决不是他者的审视，而是身处其间的体察与感同身受。吴君属笔力勤勉之人，佳作频频，这么多年来，创作出了一大批长、中短篇小说，这些，即是都市人的精神秘史，也是吴君艺术创作轨迹的见证。

评论之作，更是需要拾珍而录。浸在作品、评论里，我曾恍惚中偶有错觉，以为写深圳写得这么好，山川风物，地方人情，不是本地人如何能写得这样入情入理，谙熟方言，明辨斗转星移后新的世俗伦理。作为第二代移民，吴君的写作是包容的，开放的，润泽的，知错即改的，意义深远，给人以希望，是渐进式的光明与晴朗。

地理的城市是冰冷的钢筋水泥的城市，而文学意义上的城市是多向度，有温度的，有着精神世界里的人情冷暖，爱与哀愁、更有着俗世的人间烟火，生活的边角废料和一团乱麻，深圳在日新月异的发展着，作家自觉担负起记录者的使命，没有躲闪没有逃避，吴君一直与深圳同频共振，共同见证奇迹的发生。在我看来，文学家除了关心地理的城市，更需要关心生活在城市角落里的那些挣扎在困境中的生命，而吴君做到了，并且做得很好。

如同莫言于高密，王安忆于上海，池莉于武汉，深圳之于吴君，是工作生活之地，是生命体验之所在，更是文学书写与表达之所在。正如一些评论指出，为记录这座深刻改变太多人命运的城市，吴君正有计划，有步骤，用她数十年的书写描绘出了一张包含深情的文学版图，她用小说这条金线在虚拟的文学空间，穿起了这座城市人心的地图，构建起一座用虚拟的砖瓦泥水，最富有活力与生机的文学人物组成的梦想之城。

　　因时间有限，在文章的收集上必然有遗珠之憾，希望在今后的修订中，不断增补予以完善。在此，感谢深圳职业技术学院深圳文学研究中心，让我有机会从作品到评论，更深入也更深刻地认识这座城市的书写者吴君，进而思考文学之于城市、之于人之意义所在。

2021 年 11 月 2 日于深圳